但见群山默

高满航 著

陕西新华出版传媒集团
太 白 文 艺 出 版 社

图书在版编目（CIP）数据

但见群山默 / 高满航著. -- 西安 : 太白文艺出版社, 2017.1（2022.3重印）
ISBN 978-7-5513-1102-1

Ⅰ. ①但… Ⅱ. ①高… Ⅲ. ①中篇小说－小说集－中国－当代②短篇小说－小说集－中国－当代 Ⅳ. ①I247.7

中国版本图书馆CIP数据核字(2016)第312109号

但见群山默
DANJIAN QUNSHANMO

作　　者	高满航
责任编辑	李　玫
整体设计	李波平
出版发行	陕西新华出版传媒集团 太白文艺出版社
经　　销	新华书店
印　　刷	三河市腾飞印务有限公司
开　　本	787mm×1092mm　1/16
字　　数	270千字
印　　张	26
版　　次	2017年1月第1版
印　　次	2022年3月第3次印刷
书　　号	ISBN 978-7-5513-1102-1
定　　价	78.00元

联系电话：029-81206800
出版社地址：西安市曲江新区登高路1388号（邮编：710061）
营销中心电话：029-87277748

不闻名和利

但见群山默

序

就我所知，满航绝对算是文学创作道路上的一个特立独行者。

他“出道”很早，2001年读高中时，就参加了当时名噪全国的新概念作文大赛，并且斩获一等奖，殊为难得。当同届获奖的很多人收获掌声和名利时，他却考取军校，去艰难困苦中实现他的军官梦。

那之后，满航的成长道路和无数共和国青年军官的并无二致，野战部队当兵锻炼时重装越野爬冰卧雪，基层一线当排长时以身作则兢兢业业，山沟沟的团里当干事时不舍昼夜加班加点。直到2007年，刚调到城市里的基地政治部宣传处，他偶然看到全军组织网络文学大赛的通知，实在按捺不住，遂提笔参赛，又得一等奖，颇引关注。

全国的一等奖和全军的一等奖是满航笔头功力的见证，但实为可惜的是，他却并未因此而继续文学创作。正所谓革命战士一块砖，哪里需要哪里搬，他受命改行当新闻干事，并尝试用另一种视角记录强军路上的军营和官兵。他不负众望，第一年就在各种大刊大报发表消息、通讯、综述、报告文学等兼容并包的新闻稿件二百多篇。

说来也巧，正当他在新闻的道路上高歌猛进之时，却接到了去母校南京政治学院参加军以上干事培训班的学习通知。半天上课半天自学的宽松环境直接成就了他的第一部长篇小说《竹马是不会驰骋的马》。这部后来在《萌芽》刊出的青春小说在青年读者中引起了很多共鸣。

我是到了2013年，才第一次知道满航其名。

大概是6月底，我们搞文学培训班，在定夺参训人员时，写过《天啸》等作品的作家陈可非说有个叫高满航的能写点东西，并把满航发在《解放军报》上的报告文学给我看。那几篇文章文字精练，故事优美，读来如小小说一样轻松明快。我惊讶于基层还有这样的人才，也急切想见其面，随即让陈可非给满航所在单位发通知邀他参训。那次我们请来了邱华栋、周大新、王树增、朱秀海等一众文学大家授课，满航在交流互动环节最积极，频频举手探讨问题，颇引瞩目，而且显而易见，他在文学领域有着广博的阅读和独特的见解，令我眼前一亮。

半个月后，培训结束，二十多个学员各自回到单位和岗位。

接下来满航捷报频传——“《迎检的故事》在《解放军文艺》发表”“《小黑退役记》在《人民文学》刊出”……他的短信令我振奋，我粗略一算，短短一年多里，他就高产高效地在《人民文学》《解放军文艺》《西南军事文学》《前卫文学》《特区文学》《解放军报》《火箭兵报》等颇有分量的文学阵地上刊发近二十个中短篇，合计约三十万字。他这样的业余作者短时间内能这样强势地在文学战场上攻城拔寨，实为难得。

满航说那次培训打开了他“文学的天眼”，我颇高兴能促成他这样快速而巨大的进步。更为确定的是，他题材选取的转变是取得创作整体性突破至为关键的因素。循其文字脉络不难发现，从小青春小爱情、小感触小思考的个人表达，换频到对火箭军阵营的热情讴歌，充分印证了他作为军事新闻干事在强军实践的历练中视觉更加广阔，关注更加宏远，反思更加深邃，文字也就顺理成章地更有理性和担当。

满航以笔为犁，深耕火箭军壮阔军营的肥沃田野，在写出一篇篇有热血，有力量，有深度，有影响的小说的同时，也收获了广泛的认可。当时，《解放军文艺》的主编王瑛多次鼓励他，并罕有地用几乎半本杂志的容量刊发了他六万多字的中篇；《人民文学》副主编邱华栋因看了他关于火箭军哨所的奇幻叙写，才促成在2014年8月出一期《人民文学》的军旅题材专号；解放军艺术学院请他去，就怎样叙说新时期军营故事给文学系的本科学员讲课……

每一份认可都不是白来的，满航用自己的文字书写出自身的价值。

写作者大都勤勉而自制，满航尤甚。调来北京近两年，他极少走出方圆一公里；四季更替暗夜绵长，他极少在凌晨前入眠。时间呢，都用来雕琢一粒粒沉甸甸的文字。满航的辛苦没有白费，那些刊载他文章的杂志和报纸有了厚厚一摞，并且，还有四个长篇、二十多个中短篇存在电脑文档里待发。出版自己的作品对于一个写作者具有里程碑意义，满航独缺。我督促他应对此予以考虑并尝试。终于，这本辑录他十八个中短篇的《但见群山默》摆在了我的面前。

我相信，这是满航的第一本书，也是他壮丽文学征途的崭新开始。

祝贺满航，也期待他精雕细琢的几个长篇小说早日面世。同时，也要谢谢他用文字把如此生动鲜活、英雄遍地的火箭军呈献给深切热爱着这个国家和军队的人们。

徐剑

2017年1月1日

目录

你不是配角

2014年，小鲁到北京参加总部的党代会，绕道基地机关来看我。我们说着话，办公室进进出出的人都和他打招呼。“鲁连长去年比武拿了三个第一吧，真够厉害的。”“小鲁真是光彩，许多基地首长都不是党代表呢。”

小鲁自如地和大家交流，神采奕奕，自信满满。

生活总不会让努力的人失望。小鲁是自己人生光彩亮丽的男主角。

2006年，我在新兵连当排长。小鲁黑，瘦，内向。

我逐个找新兵谈心，轮到小鲁，他低垂着脑袋，小心拘谨。我问，你叫什么名字？他竟满头大汗，语无伦次。我说，慢慢说。他却更加不知所措。

我说要处分他们班长，小鲁才不再每天清晨五点起床，扫完整个营院。

可他又钻进厕所，用一支旧牙刷从地板刷到便池，仔细认真，不留死角。每次我吹起床哨前去厕所，不见小鲁，只见通明洁净的白色瓷砖。

小鲁三岁父母离异，跟着舅舅生活。舅母刻薄，百般责难，小鲁也无处去，年复一年忍气吞声。小鲁拼命学习，考上大学却没能去，就来当兵。

营长说谁新训表现不好就要被退回去。小鲁很紧张，拼命干活。

我宽慰他，只要遵守制度，跟上训练，你就不会被退回去的。他点点头。

小鲁仍极尽努力，总是累活苦活抢着干，也总闪耀着满脑门子的汗。

2007年，基地组织军事训练大比武。

我在团里政治处当干事，拿着警卫营上报的名单找到小鲁，问他，怎么没有你？小鲁赤红着脸，支支吾吾。最后说，张小北体能更好。

全团都知道，小鲁和张小北伯仲不分。小鲁体魄强健，内心却卑怯，他没有代表全团官兵出战大比武的自信，他觉得别人都比他强，他怕自己去了掉链子出丑。是啊，在他看来，那是基地的军事大比武，比他强的何止十个八个。小鲁的胆怯无限放大，紧紧束缚了自己。我说，我一定要给你报上名。小鲁追着我说，排长，算了吧，下次练好了再参加一样。

名报上了，他还在问我，考砸了怎么办？我说，要自信，你行的。

小鲁就跟疯了一样刻苦训练。他说，排长，我不能给你丢人。

小鲁说到做到。第一名，破纪录，二等功。他从未那样荣耀过。

2009年，我到基地机关。给小鲁打电话，问，军校苗子班报名没有？

小鲁吞吞吐吐，去年都没考上，今年可能也不行。又说，营里挺忙的，走不开。还说，他刚当班长，不想浪费机会。我知道小鲁所说的机会是干好班长，争取顺利晋升中士、上士，乃至军士长，他想在军队干一辈子。

可是，军校不是更大的机会吗？当军官不比军士长更长久吗？

小鲁当然想上军校，可考过一回差之毫厘，又听别人说要托关系走后门，越觉得离自己遥远。就像任何一部电视剧里，最令人羡慕的好事自然属于男主角，小鲁自我定位为配角，能干上军士长已经很是心满意足了。

我费尽口舌，才换来他一句，那我试试吧。

放榜那天，小鲁欣喜若狂，给我打电话说，排长，我真考上了。

小鲁在军校表现很棒，当了班长、区队长、副队长；被评为优秀学员，大二暑假还在老家救了一个落水孩子，立三等功。风生水起，小鲁成了名人。

那天在楼道碰见他去干部处报到，我很惊讶，你没有留校？

小鲁不好意思地挠挠头，那么多人，名额又少，哪能轮到我？

小鲁主动请缨，去了山高林密的禁区警卫连当排长。几个月后我随工作组到了那个连队，被安排在独立驻防的小鲁排观摩。他一会儿讲解禁区警卫几横几纵，一会儿带着他的十几个人排兵布阵，有模有样，有板有眼。

突然想起他第一次站在我面前的小心拘谨，语无伦次，不禁心中感慨，小鲁用勤勉努力改变着自己。他不再是配角，而是自己人生的主角了。

2013年，我接到采访任务，对象竟然是小鲁。

小鲁和我面对面坐着，阳光打在脸上，金黄，耀眼。他说，排长，真没啥讲的。我说，我是奉命而来，你得让我完成任务。小鲁嘿嘿笑着，开始娓娓讲述他在山里的生活，一件件事，一个个人，听得我动情落泪。

小鲁到禁区的两年里，竟然没出过山，自然也就无法解决在他这个年龄迫切需要解决的找对象问题。他一根筋地扑在工作上，骨折三次，轻伤无数，一本《禁区地形要志》，一套禁区防卫的制度、规定、要点，七百多天无安全事故。一个个关键词串在一起就是立体的小鲁，真实的小鲁，令人感动的小鲁。他总是那样尽力，丝毫不轻饶自己。

稿件见报，小鲁一下子成了大忙人。

获奖，做报告，参加座谈会，晋升连长，选上第二炮兵党代表。

小鲁给我打电话，排长，没想到你的一支笔这么厉害。

我说，不是我厉害，是你厉害。

小鲁不再是配角，而是自己生活里星光闪耀的主角了。

原载于《解放军报·长征》，2015年5月24日

把消息带给罗彩凤

按着感谢信上的地址穿行于关中大地，眼前到处都是一片收割麦子的繁忙景象，七拐八绕，总算找到那个叫“罗店”的村子。一周前，我所在部队的首长收到一封感谢信，说我们一个战士在4月份救了人，希望部队表扬这名战士。写信人的署名就是罗店村的罗彩凤，我此来是为核准事实。

我一直弄不明白，救人是在4月中旬，为什么罗彩凤到5月底的时候才想起写感谢信，就凭这一点，我在心里就对救人事件打上了一个大大的问号。以前也在电视上广播里听说过有人为获取虚名，专门串通了人写信表扬自己，最后败露出丑，我可不想让这种事发生在我们单位。

来了，来了。循着热情的村委会罗主任的声音望去，一个头发凌乱的瘦弱中年女人推着自行车艰难地从远处过来，自行车就像移动的拐杖一样拖着她，看着费劲。之前罗主任介绍说，罗彩凤是肺癌晚期，情况不容乐观，她丈夫也是瘫痪多年，两个孩子尚在读高中，负担重拖累大。罗主任叫人去寻时，罗彩凤还拖着病恹恹的身子在地里收割麦子呢。

进了门，罗彩凤不好意思地望着我说，到家里坐吧，我给你做饭。我忙说不用，并说明来意。我让罗彩凤谈谈事情经过，看着我打开录音笔，她有些紧张。我说，没事，怎么想就怎么说。罗彩凤清了清嗓子打起精神说，四月十几号吧，那是个周末，我到娘家去看侄女，医院说孩子是抑郁症，不能老一个人待着，我就想带着她到县城逛逛。那天县城过庙会，人多得很，我们给走散了。听到有人落水，跑过去一看，咋是我侄女，吓得我瘫软在地，哭喊着快救人。可当时天冷，加上湖里死过人，没人敢下。就在我干着急的时候，一个小伙子跳了下去，岸上有人喊，水深得很，小心点。见小伙子犹豫，我想坏了，他要不救，我侄女就完了，回去可咋向娘家人交代？我当时宁愿换她去淹死，反正我也活不了多长时间了。后来我也在信上写了，小伙子呛了好几口水，差点送了命才把我侄女救上来。

救人具体是哪一天？我再次向罗彩凤核准时间。4月17号还是16号，记不太准，反正是个星期天。罗彩凤虚弱地靠在椅背上。那怎么一个多月后才想起写感谢信？我问出了自己最关心的问题。

罗彩凤目光有些游移，嘴唇卷进牙齿里默默咬着，接着深深叹了口气说，怎么说呢？又停住了，没有看我，她目光落在面前的茶几上，有气无力地继续讲，我第二天就想去感谢人家，可娘家人拦着不让，为啥呢，也不怕你笑话，当天我这侄女是想不开自杀，娘家人怕事情闹大了对孩子不好，我觉得他们说的也对，就把这事放下了。可后来心里总不得劲，觉得人家小伙子舍命救咱，咱连句感谢的话都没有，这是不讲良心，为此整宿睡不好觉。我想自己也活不了多长时间了，不能带着愧疚离开，于是横下心，一定要当面向小伙子道谢。可这么大个世界找人真不是件容易事，我去了当时出警的派出所，从一个警察的手机上看到了小伙子救人的照片，他们说只知道是二炮的解放军，姓李，叫什么不清楚，他们让我去武装部。我就把照片洗出来拿着去武装部，武装部的人开始不给我查，说是军事秘密。后来我说了情况，见都是好事，人家才同意试着比对一下照片，一比对，还真就找着了，不光知道了小伙子叫李锋，还知道他家和部队的地址。我当时就买了六样礼去他家道谢，可小伙子已经回了部队，这道谢就得当面啊，但我有病出不了远门，就想着写一封感谢信给部队的首长，让好好表扬一下小伙子。可我文化浅，写不了信，找人写了好几次，意思都不对，后来花钱找了代笔先生才写好，想着工工整整的电脑字好看，又到打印部打印了出来，还是怕不妥，拿着让好几个人看过，都说来回意思清楚了，我这才敢按着部队的地址寄过去，不想却把时间耽搁了。末了，罗彩凤一再关切地问我，这晚了是不是就不顶用了？并央求我说，你回去给部队的首长说说，一定要好好表扬那个小伙子，他可是救了一条人命。

此刻，罗彩凤颇费周折写成的那封寄给“××××部队首长收”的红纸黑字打印件感谢信就在我的文件包里。我从来没有想过，那封读起来语句不通磕磕绊绊并且迟到的感谢信里竟有这么多故事，我为自己一开始就对事情真相的怀疑感到羞愧。我告诉罗彩凤，我一定把她的话带给首长。

回到部队，我如实向党委报告情况，事情传开，很多家军内外媒体接踵前来采访李锋“纵身一跃救起落水群众”的感人事迹，部队还组织了先进事迹巡回报告会，并且召开表彰大会为李锋记二等功。

一切忙完，我才想起要把李锋立功一事告诉罗彩凤，拨通她留给我的手机号码，却无人接听。后来电话回了过来，是一个女孩的声音，她问我找谁，我自报家门说是李锋部队的宣传干事，想告诉罗彩凤部队为李锋立了二等功。女孩沉默片刻，继而哽咽说，妈妈去世了。我良久无语，最后，还是强忍泪水嘱咐她，替我烧沓纸，一定把李锋立功的消息带给罗彩凤。

原载于《解放军报·长征》，2014年3月11日

前夜

网上订的火车票已经取回，可罗惠美还是犹豫再三，不知道明天要不要去那个叫“灵沟”的军营。到底去还是不去？罗惠美心烦意乱地嘟囔着，从客厅走到卧室，又从卧室走到客厅，仍是理不出头绪。

罗惠美跟他交往的时间并不算长，也就半年多，不，如果单算相处的时间，满打满算也就二十天。二十天里，他的表现不得不让罗惠美心存疑虑，他答应五一陪她到塬上看油菜花，罗惠美为此推掉女伴的邀请，做好准备欣喜地等着，左等右等，却只等来他一个“这周回不来”的电话；他许诺罗惠美过生日会有神秘的惊喜，可从一大早盼到次日凌晨一点，连个问候都没有，只在第二天的电话里简单说了一句，对不起，我忘了。

当得知他是军人的时候，罗惠美心中一怔，犹豫过要不要和他交往，但交往的想法总是打败不交往的想法。他除了热情真诚乐观朴实外，身上还挂满了其他一大串的优点，情人眼里出西施，他就是罗惠美眼中的白马王子。眼高心高的罗惠美单到快三十岁了，她知道自己在等的就是他。最大的不足是两人相距较远，他的军营在距离城市三个小时车程的灵沟，他说两个星期外出一次，但罗惠美和他见一面总要一个月或者更长时间。

更多时候他们是电话恋人，电话两端，他讲自己的日常生活，讲自己那些可爱并且朴实的战友；罗惠美则讲闺蜜的趣事，还有看了什么电影读了什么书。他从没在电话里说过爱罗惠美，但罗惠美常能感到电话那头传来的浓浓的爱的味道。那天他突然说要娶罗惠美，罗惠美有些不知所措了。

罗惠美总觉得他们相处的时间太短，她对他还有很多不了解的地方。知道她恋爱了，闺蜜们支了很多招，比如吃饭是不是抢着埋单，唱歌有没有抢话筒，喝酒是不是喝到胡言乱语，每天晚上会不会给你发信息，说这样可以检验一个男人对你好不好。罗惠美把这些都记在心里，可还没来得及一一验证，他竟求婚了。他说，若答应，他在灵沟军营等她。

罗惠美对他突如其来的求婚要求有些不知所措，罗惠美还掂量不清要是嫁给他，自己能得到什么，将失去什么。罗惠美的要求其实并不高，只是想要一份简单的幸福生活，但罗惠美最害怕的，就是连这他也给不了她。

罗惠美征询母亲意见，母亲说你要想好，找个军人是件辛苦的事情。接着又开始讲她那讲过多遍的和军人父亲的故事，恋爱的时候总共见过三次面，加起来不到一个月；结婚第二天就急匆匆赶回了部队，说是有任务；生你的时候都不知道他在什么地方，过完满月了，他才满脸愧疚风尘仆仆地赶回来……回忆的时候母亲平和而欢乐，好像那些过往的日子里包藏着她所有的幸福，罗惠美知道母亲深爱着父亲。母亲还说，军人情愿把命交给事业，不会辜负了谁，虽说跟了军人辛苦，心里却是踏实的。

母亲叙述里的父亲，活脱脱就是存在她脑子里的那个他。罗惠美从母亲后面的话里得到了她想要的答案。她欣喜地说，我知道了。母亲明知故问，说知道什么了？罗惠美说，我要去灵沟，我要嫁给他。母亲笑了，说，我赞成你的决定。并催促罗惠美，快把这事给你爸爸说说。

罗惠美转身处，父亲年轻坚毅的微笑定格在木质相框里，二十多年前，当营长的父亲殉职于一次救灾，那时罗惠美刚上小学。罗惠美打小就知道父亲是个英雄，她和母亲都深深地爱着父亲。抚摸着相框，罗惠美喃喃地说，爸爸，我也选择了一个军人。身后，母亲强忍的泪水瞬间溃堤般洒落。

原载于《解放军报·长征》，2014年3月12日

误 会

罗干事是在给主任呈文件时，从一指宽的门缝里看到李高工的。他小心翼翼望过去的时候，李高工正神情激动地边比画边说着什么，游移视线，又见主任一个劲地点头，显然是认可了李高工的某种说法。

文件一时半会儿呈不了，罗干事悻悻地走下楼来。心绪烦躁的罗干事一直想着李高工到底在跟主任说什么。他断定不是叙旧，而是为了年底干部调整的事情。想到这里，罗干事就更加坐不住了，因为假使那样，李高工在主任办公室的一言一行都关乎他的前途。

事情还得从三个月前说起。当时与基地机关驻守一地的警卫营教导员将要调走，调去哪里不重要，重要的是腾出来一个正营岗位，这个岗位很特别，一是该营是基地作战部队驻守城区的独一份，二是风传该营将要高配副团。明摆的，只要当上这个营的教导员，正营晋升副团就是顺理成章的事情。基层政工干部紧缺，基地就决定从政治部机关选一人当警卫营教导员，各方考量后，副营已满两年半的罗干事成为最佳人选。公示结束后，罗干事志得意满，备齐条令条例，学习《基层建设纲要》，立志沉到基层大干一番。诸事妥当，却因原任教导员的调离未获批准，导致一切工作都暂时搁浅。

罗干事倒也不急，基地已经定了他是唯一人选，警卫营教导员早走他早接，晚走他晚接，再者说，基地政治部也找不出来更合适的人选。可板上钉钉的事情偏偏就出了意外，罗干事的不淡定是从李博士毕业分到政治部开始的。李博士和罗干事本科同批毕业，一起在大山里的训练团参加岗前集训，集训结束后，两人分到两个相隔百余里的单位，便各忙各事，少有往来。这些年里，罗干事从排长一步步干到基地政治部的主力干事，也算同批里面的佼佼者。李博士则在毕业第二年返校读研，继而读博，9月初携带一纸命令到基地政治部报到。

老友相见甚是欢快，但时间不长，罗干事就心事重重，他在多个场合听李博士说起没有基层经验，想下去锻炼锻炼，一个正营博士若是下去锻炼，不可能是到哪个连队当当兵，应该有个相匹配的岗位。一念及岗位，罗干事第一个想到的就是警卫营教导员的位子。

担心忧虑的同时，罗干事也想着，组织上是公正的，自己从爬冰卧雪的排长一步步干到基地政治部的干事，吃苦受累的工作干的也不少，应该比刚刚从学校毕业的李博士有竞争力。如此想，罗干事心里方才安妥一些，但第一次在楼道里碰到李高工的时候，罗干事又凌乱了，内心的烦躁和忧虑比以往更加强烈。李高工能让罗干事产生如此剧烈的心理反应，皆因他是李博士的父亲，更为严重的是，李高工和基地政治部主任是从同一个地方坐着同一列火车到部队的同批兵，感情是亲是疏罗干事不得而知，却知道李博士是和主任能扯上关系的。

上一回李高工是不是找主任罗干事不得而知，这一回他是亲眼看见两个人坐在一起了，一个高级工程师坐在政治部主任的办公室里相谈甚欢，能有什么事，还不是李博士的事。罗干事又琢磨起来，李高工能和主任说什么呢？直言让李博士去当警卫营的教导员？主任能一口答应吗？那主任一个劲地点头又是什么意思呢？罗干事把在门缝里扫过的一幕翻来覆去地想，却也猜不出个所以然来。

楼道里有人喊李博士，说是主任找他去办公室。罗干事和李博士的办公室是楼道两边的斜对面，那边的对话清晰地传到了罗干事的耳朵里。罗干事又想着，叫李博士干什么，难道是当面宣布定下他当警卫营的教导员？也太快了吧，罗干事萌生深深的失落与沮丧，却没有完全绝望，他又想着，一切可能与警卫营教导员的岗位毫无关系。

在忐忑中煎熬了几日，罗干事的心情方才平复一些，却又被一张《拟任用干部公示》的名单激起汹涌波澜。公示名单就贴在一楼进口处的宣传栏里，上面是政治部拟任用干部的名单，有李博士，却没有他。虽然公示只是说这些人拟任用，没有说去哪里，但罗干事心中清楚李博士是要去警卫营的，看来李高工一趟趟找主任的作用已经显现。

公示贴出来后，罗干事的精气神全泄了，工作不想干，话不想说，甚至连班都不想上了，某一个时刻，他甚至萌生转业的想法，又觉得到地方上就要面临老婆就业、孩子上学等诸多烦心事，也只能就此作罢。但自此没有了那个兢兢业业的罗干事，多了一个浑浑噩噩的罗干事。罗干事想不通，吃苦受累有他的事，成长进步却没他的事。

几天后主任传话叫罗干事去办公室的时候，罗干事想着，肯定是主任对他近日的表现不满意，要教育他端正思想吃苦奉献。要在以前，罗干事肯定谨遵教诲，但这一回他倒要问问主任，是不是像别人说的那样吃苦受累是一套人马，晋升提职是另一套人马？是工作成绩大，还是人情面子大？罗干事要豁出去了，他要公平正义。

一进门，主任就招呼罗干事坐到办公桌前的沙发上，这一举动，更让罗干事感觉出事情不妙，平时呈文件哪有坐沙发这种待遇，站着都唯恐衣装不整姿势不端，这回倒是要坐下了，肯定有事情发生。罗干事倒也不紧张，进来之前，他是做了充分思想准备的。他今天就是要大着胆子和主任理论理论，大不了年底转业走人。

事情出乎意料，主任开门见山就和罗干事说起了警卫营的事情。警卫营教导员上调总部的命令已经下达，主任说基地鉴于罗干事基层主官经验少，希望他暂时过去代理一段时间的教导员，到年底的时候再正式下命令。主任说话的时候，罗干事如云如雾，从主题到内容，一切都脱离了他的预想，征求意见的时候，罗干事张口结舌仍在梦里。

出得门来，罗干事心里有一百个解不开的问题疙瘩。他的任职，李博士的去向，李高工的来意，一切都缠绕在他的心头，云山雾罩。时间是最好的答案，随后的一个月里，一个个谜团逐一破解。李博士去了一百多公里外驻扎深山禁区的一个工兵营当教导员，工兵营的苦在全基地都是出了名的，从营长教导员到列兵，天天都和修路架桥建房子打交道，居无定所，灰头土面，官兵因高强度干活带来的破皮流血、骨折脱臼都是司空见惯，许多年轻干部把分到工兵营称作“受刑”。李博士分到那里，全是李高工一遍遍找主任磨出来的，当然主任也做不了主，李博士热情洋溢的自荐书和常委会上的全票通过让工兵营有了第一个博士教导员。罗干事是和李博士同一天离开机关去各自单位报到的。

临分别，罗干事不好意思地握着李博士的手说，原来你说的去基层锻炼是到工兵营。李博士问，那你以为呢？罗干事挠挠头，红了脸，却没有接话茬，只祝福李博士在新的单位多出成绩大展宏图。

原载于《前卫文学》，2016年1期

意 外

那晚的夜训按说条件并不恶劣，无风无雨，大月亮明镜般高悬头顶，营长罗志兵带着一连刚奔袭完三公里，汽车连的指导员就带着勇士车火急火燎赶过来说，出大事了。罗志兵把迷彩帽抓在手里擦一把热气腾腾的汗水，不等指导员讲完卡车坠崖的详细经过，就赶紧上车赶往现场。

情况比想象的糟糕，这辆参训卡车上有两个兵一个干部学员，俩兵轻伤，分到营里不久的干部学员则脑部受到重创，昏迷不醒。那几日，罗志兵就像霜打的茄子没精打采少言语。调查组很快定性为训练事故，原因是教育没跟上，司训不扎实，处置不科学等等，最后给了罗志兵一个严重警告的处分。处分不算啥，罗志兵想起躺在医院里的干部学员心里就愧得慌。

罗志兵也没心思整理他的述职材料了，基地首长过几天带队与预晋升的营以上干部谈话，谈完话这些干部就要各就各位，罗志兵原本是团参谋长的后备人选，不出意外，他将在月内走马上任。可是，怕啥有啥，恰恰就在这个时候出了意外，别说高升，可能连这身军装都没法穿了。

想到这里，罗志兵就心烦意乱，内心滋生出从来没有过的惶恐感，虽说从上到下都在提倡训练从难从严，但不管基地的哪个团，只要训练出了事故，就要吃不了兜着走，轻则撤职处分，重则年底转业。就在罗志兵还是连长时，他们年富力强的副团长就因演习时装备损毁被追责而年底转业，这次捅了这么大的娄子，会是怎样的结果罗志兵大体已经心中有数。

转业就转业吧，罗志兵无奈地叹口气。其实早在当连长时就有人劝他，千锤百炼不如抓好安全。可就算眼瞅着“但求无事”的同事一个个被提拔，罗志兵也不眼红，他抓训练从来都是按照打仗标准从难从严，而且坚持认为打不了胜仗就愧为军人。别人说他唱高调，他不管，该动枪弹的时候动枪弹，该动装备的时候动装备，从来不会为了安全降低训练标准。他心中的安全不是一人一车的安全，说大了，是能打胜仗保障国家的安全。

团里开始摸底转业人员，罗志兵虽有心理准备，但还是忐忑不安，他对部队有着深沉的感情，真心不想走，但走不走不是他能决定的，一切要听从组织的安排。每天他都在紧张地等待着感觉要来却不想让来的组织谈话，这个时候谈话，差不多就是宣布让他离开了。

那日制订训练计划的时候，罗志兵接到团里干部干事的通知，让到常委会议室开会，问何事，干事说来了就知道了。走在去往团部的路上，罗志兵顺口溜出“风萧萧兮易水寒，壮士一去兮不复返”，心中甚是悲壮苍凉。待进会议室，罗志兵倒是惊了一跳，在座的不光团长政委，还有主管军事训练的副司令员。副司令员问，团里要进行干部调整，想征求你的意见。罗志兵思忖，或许是让推荐接替下任营长的人选，副营长合适，二营长也行，他更倾向于让副营长顶上来。如果让你做团参谋长工作你能否胜任？副司令员一句话让罗志兵张口结舌，他从谁接替营长的思考中还没回过神。

罗志兵记不清自己当时怎样作答，却听清了副司令员的鼓励：准备上任吧。事出意外，谈工作思路时罗志兵的思维才转入正轨，他仍旧直陈如何从难从严训练，副司令员边听边记，一再肯定罗志兵认识清想法好。

谈话结束，副司令员要当天返回基地，车出团部，他叮嘱司机说，去趟医院。借此次与预晋升干部谈话的机会，副司令员要去看望那次夜训意外事故中他重伤后至今未醒的儿子。

原载于《军营故事会》，2015年2期

落 选

憋在俱乐部里练了整整一个星期，罗文艺还是在指导员跟前打起了退堂鼓——人家可是专业队，我这二把刀，怕是不行吧？

只要有信心，就没有干不成的事。指导员又看了一遍罗文艺的“十八般武艺”，信心满怀地说，要我看，你准成。

罗文艺此番是备战基地业余演出队在团里组织的文艺骨干选拔赛，要是选上了，他一个憋在禁区山窝窝里的小哨兵就能调到城里的演出队，成为官兵眼中的“艺术家”，这在战友们看来可是小鸡变凤凰的美事。

对于这次选拔赛，指导员比罗文艺更加重视。他们一连是警卫营的王牌连，军事比武的冠军锦旗、技术比拼的头名奖状在荣誉室里挂得层层叠叠，荣誉多原本是件很光彩的事，可有人说了，一连个个都是愣头青，武的在行，文的不行。指导员一听就不高兴，借着这次选拔赛的机会，决心要出个彩头，看看还有哪个不服气。

罗文艺在指导员的心中是早就排上号的，逢年过节在连里官兵自娱自乐的晚会上，罗文艺回回都是出尽了风头。他能打醉拳，能说相声，还能捏着嗓子学李玉刚唱《新贵妃醉酒》，只要他一上场，俱乐部里就是经久不息的掌声，“再来一个”的呐喊也是不绝于耳，绝对大明星的范儿。能与罗文艺一较高下的，指导员认为在全团也没几个。

指导员找罗文艺谈话，正在做五公里武装越野热身的罗文艺面露难色地说，可这比赛咋办？罗文艺所说的比赛是团里的体能比武，连里要选苗子到营里，营里再优中选优参加团里的比武。罗文艺去年差之毫厘未能被选上，今年憋着一股劲要进入营里的比武大名单。

比啥武啊？指导员说，咱们一连个顶个都是小老虎，选哪个参加比武都不会落到后面，也不少你这一个，但参加这选拔赛可不一样，你弄好了，就能证明咱们一连文武双全，你弄不好，那就真像他们说的咱们是一条腿走路的粗人莽夫。见指导员将问题上升到如此高度，罗文艺挠挠头说，那我试试。指导员说，这可不是试试的问题，必须全力以赴一炮打响。那之后，罗文艺就被指导员“剥夺”了进行体能训练的权利，在俱乐部里专心练习参加选拔赛的“十八般武艺”。罗文艺提出两边兼顾，指导员否决说，那可不行，必须集中百分之一百二十的精力准备选拔赛。罗文艺挠挠头，底气不足地说，是。

那天的选拔赛也是怪了，原本排好了出场顺序，可基地演出队的队长和团里的副政委一番耳语，竟现场改了规则，随机点名，点到谁谁上。这一改，就把准备不足的罗文艺点成了第一个，喊了三遍名字，后台准备的罗文艺才听清是喊自己，慌里慌张就上了台。站在台子上，罗文艺四下环顾，瞅着台子下面的人不知道要干啥。还是副政委解了围，他让罗文艺别紧张，有啥拿手的表现出来就行。罗文艺又空白了一分钟，才很不自然地说，各位首长，我给大家表演一段醉拳。

下来后，罗文艺一直跟指导员解释说，打醉拳摔倒是因为台子上太滑，至于唱《新贵妃醉酒》为啥破了音，他倒是压根不提。指导员叹了口气，又摇了摇头，此事算翻篇，也未追究罗文艺落选的责任。回到连里，生活恢复正常。罗文艺再次融进连里五公里武装越野训练的队伍，挽着裤腿，鼓着腮帮子，那股拼命的劲头生动立体地刻画在脸上。指导员说，舞台上落选，赛场上可要找补回来。罗文艺嘿嘿一笑，露出满嘴白牙说，没问题。

那天的预选赛激烈异常，罗文艺更是一马当先，只在最后时刻被一个体校毕业的新兵反超，虽然顺利入选营里的参赛阵容，但罗文艺还是对第二名的成绩耿耿于怀。临参加团里的比武决赛之前，罗文艺还一再给指导员表态说，我一定拼出自己的洪荒之力，把最好的成绩跑出来。

指导员说，好，全连的战友准备为你庆功。望着罗文艺斗志昂扬的背影，指导员又想起了上次文艺骨干选拔赛上罗文艺故意落选的事情，罗文艺以为神不知鬼不觉，其实没有逃出指导员的火眼金睛。他思谋着，基地演出队队长从艺术学院毕业的外甥甘愿到山沟里来当兵，而且有进城的机会也是想方设法地放弃，定是在心中有着坚定不移的理想和追求。他打心眼里喜欢这样的小伙子。

原载于《解放军报·长征》，2016年4月6日

父子兵

老罗的满脸皱纹舒展成了灿烂桃花。同事知他心有喜事，便问老罗，遇到啥情况了？老罗咧着个嘴仍是笑，说，没啥没啥。快乐却掩藏不住。

就在今天早上，儿子打电话说，要给他过五十三岁的生日。老罗并不是为又老了一岁高兴，而是因为儿子的态度。这么多年了，儿子第一次主动给他打电话，算遇上日头从西边出来，这是老罗以前想都没有想过的事情。

多少年了，父子俩就跟陌生人一样，老罗打电话给儿子，儿子不耐烦地“嗯”一声，“啊”一声，就挂断了。就算在家里，儿子也是这态度，有事宁愿打电话给他妈说，也不搭理身边的老罗。时日一长，老罗的热情劲也冷却了。一年又一年，亲亲的父子俩就成了陌生人，各行其道互不相干。

老罗不明白儿子为啥对他熟视无睹，媳妇说，儿子抵触他的病根很早就种在了心里，媳妇不说老罗不知道，媳妇一讲，老罗就愧疚得不行。

那些年，老罗还在山里的禁区，十天半个月回不来一次。媳妇问，记得不，有一次连着三个月没回家？老罗仰头想想说，记得，那回战备值班实在回不来。媳妇叹口气说，三个月里儿子就读的小学组织了两次活动，第一次是组织郊游，规定必须父母陪同，否则不能参加。儿子着急，问我你啥时回来，我说快了，儿子催我打电话问问，我怕儿子伤心，说你会尽量赶回来。儿子就每天掐着郊游的日子焦急等待，终于还是没把你等回来，儿子是那回班里唯一没参加郊游的学生，他嘴上说没事，却把自己关在屋子里大半天不出来。时间不长，又搞亲子运动会，父亲有父亲的节目，母亲有母亲的节目，全家有全家的节目，你同样没回来，儿子准备了好几天的节目没派上用场，郁郁寡欢地看别人一家家其乐融融地表演节目。过了几天，不知道听别人说了啥，他问我是不是跟你离婚了？我说没有，爸爸部队上有任务，过段时间就回来。也不知道他听没听进去，转身就走了。

媳妇一说完，老罗就自责地不行，说没尽到责任，忽略了孩子的感受。其实媳妇说的只是那三个月里的事，论起自责，老罗要自责的事情可不止一件两件。细想想，儿子长这么大，考试没陪过，雨雪天没接过，学习成绩怎么样，有没有早恋，这些事情也没时间过问，真应了那句有苗不愁长的老话。一眨眼儿子就长大了，愧疚的老罗想补偿，可是为时已晚。

自打觉察出儿子对自己的冷淡，老罗就总找机会想和儿子解释解释，可话没说两句，儿子就抬屁股走人，根本不给他说话的机会，他叹一口气，发一会儿呆。老罗无法融化儿子的心，只能默认了冷冰冰的现实。

儿子大学毕业特招入伍，倒还真不是听从老罗两口子的建议，老罗媳妇是从侧面打听到，说学电子专业的儿子非常痴迷国产的新型战机，所以放弃上研究生的机会报考空军。老罗嘀咕说，既然当兵，不如到我们二炮。媳妇说，那你去说。老罗自知在儿子跟前没有发言权，也就闭口不言。空军驻地在相邻城市，报到那天，老罗请假想送儿子，没想到儿子不领情，自己一个人悄摸就走了。虽说儿大不由爹，可老罗还是有些伤感，儿子此去恐怕就将在那个城市结婚生子安家，以前都形同陌路，以后更是难见一面。每想到这里，老罗就被一股巨大的悲哀攫住了神经，难受得不行。

媳妇电话打过去好几回，儿子总说下周回来下周回来，可过了好几个月，连儿子的影子都没见着。老罗更加坚定地认为，儿子眼里已经没有这个家了。心里不得劲，日子就走得快，老罗一年时间倒像老了好几岁。

老罗哀叹一回，媳妇就劝一回，说儿子进了部队，早晚有一天会理解你的。老罗惆怅地说，但愿吧。后来，儿子打了几次电话给他妈，媳妇说给老罗，老罗说，儿子心里有你这个妈，可还是没有我这个爹。老罗实在不应该那样悲哀，你看，这话说过没几天，儿子就打电话说要给他过生日。

老罗那天从早到晚都是乐呵呵的，沟壑纵横的皱纹都被笑容抚平了。

原载于《火箭兵报》副刊，2014年7月22日

英雄相惜

营院里熄灯的号声搅了昏睡的鸟雀，扑棱棱抖动翅膀，腾空、盘旋，片刻即落下，懒洋洋寻到安居的枝杈，紧贴住身子，又蒙眬眬睡去。

一墙之隔。懒散倚坐墙根的罗成立也被号声激了一个哆嗦，挺起身子，在静夜里迟疑少许，又软塌塌靠了下去。冷夜凄凄，拐角那边咯吱吱的声音让罗成立警觉起来。不会有人看见他出来吧，罗成立打了一个激灵，屏住呼吸，竖起耳朵再仔细听，却只有呼啦啦的风声。或许是风和树叶在接吻吧。罗成立不再理会，背靠围墙，任凭腊月的冷风拂着脸庞吹过。

往常这时，罗成立正站在楼道里吆喝着，就寝——查铺。这一声嘹亮的呼喊，不仅他的一班，就是整个警通排都会紧张起来。急促凌乱的脚步声、放洗脸盆及刷牙缸子的脆响声——各种声音杂混一处，收拢着一日的劳累。号声停止即归于平静，几十号人整齐划一进入了睡眠模式。

咕嘟嘟灌一通啤酒，一半进了口里，一半泼洒在迷彩服上。若是此刻一柱灯光照来，罗成立能想见自己的不修边幅和狼狈不堪。管他呢，黑洞洞的夜里，不会有人在乎他的仪表。他此刻也不想要什么体面的仪表。

孟晓波可不会这样邋遢。罗成立觉得自己中了邪，总不自觉地把孟晓波当作他生活的参照系。那个熟悉而又陌生的面孔经常冷不丁蹦出来，继而揪起一桩桩往事。上次轮到孟晓波值班检查内务，明知内务柜里多出的电热锅是罗成立的，他竟丝毫不讲情面，照样没收登记，全排通报。一个锅事小，可罗成立面子上挂不住，他就赌着气，要等自己值班还回来。可主宰权真到了罗成立手里，他却没能如愿报复。就算找个最挑剔的人去三班找碴，也说不出半个“不”字。不管有没有提前预告，进去随便查吧，孟晓波的内务柜干净利落，堪称样板，抽屉里规规整整，分行成列，被子也叠得方方正正，棱是棱，角是角，跟孟晓波做人做事一样清楚。

“报复”不如愿，罗成立就憋着一口气。堵堵的，很难受。

跟初见孟晓波时的难受不一样。那时他有改造他的权力。

瘦，高，黑边眼镜。开口说话软绵绵，听得人耳朵痒痒。

新兵孟晓波让罗成立印象深刻。向后转把自己摞倒了，军姿刚站几分钟就打报告要休息，半夜拉了趟紧急集合，他死拉住要冲第一的罗成立问为什么非在这个时候。要不是人多，罗成立当时真想把他摁倒在地揍一顿。

新兵不教，班长之过。罗成立能以两年兵龄荣膺班长岗位，可不是糊弄来的。他在警勤连以能管兵会带兵著称，在新兵连里对付一群新兵蛋子，更是不在话下。他常说，没有带不好的新兵，只有带不好新兵的班长。自信爆棚，势不可当。既然大话吹出去了，自然就对孟晓波格外严苛，动辄“向后转一百次”“晚上加练到十点”，程度之甚，犹如酷刑。

他以为孟晓波会哭鼻子或讨饶。却没有，出乎意料。

连部挑选文书，点名要孟晓波。

罗成立这才想起孟晓波还有一个武汉大学毕业生的身份。看不上孟晓波，可他也不想把自己的兵放到连部跑腿打杂。官不大口气大，他自作主张回绝说，孟晓波自己不愿意去。指导员跑来亲自问，罗成立就紧张。训练这么苦，孟晓波当然愿意去连部，指导员一问，肯定穿帮。一个新训班长公然挑衅指导员的权威，在谁看来都不是一个非常有趣的玩笑。怎么办呢？孟晓波尚未表态，罗成立已开始热血奔涌，全身冒汗，他得寻思一个妥当的说辞，不管指导员信不信，最起码得他自己先信了。想啊想，想不出来，硬着头皮，就做好了人为刀俎我为鱼肉的准备。可万万没想到，任凭指导员说了一箩筐，孟晓波就坚持一条，要在艰苦的地方摔打锤炼。

罗成立谢天谢地，更感谢孟晓波对新兵班的不离不弃。

孟晓波在指导员跟前没唱高调，他就像罗成立整他一样整自己。跟不上的课目无一不是百遍千遍练习，半夜在厕所对着镜子站军姿也司空见惯。罗成立没想到孟晓波会这样狠，他开始重新审视这个大个子眼镜兵。

新兵孟晓波在变化，罗成立对孟晓波的看法也在变化。

当罗成立习惯了以微笑接纳孟晓波时，两个多月新训行将结束。

总结会上，罗成立是优秀带兵骨干，孟晓波是新训标兵。两个人都戴着大红花上台发言，各说感受，文字动情处，均提到了对方的名字。

前脚回到单位，后脚新分来的一卡车新兵也到了。

想过，但没想到能成真。孟晓波分到了罗成立所在的训练团警勤连。

半晌相隔，再见面，竟分外亲切。

不比在新兵连，那时候罗成立就怕少了威严，整天板着个脸，凶神恶煞，震慑一方。新兵怕他，就训练用心，进步突飞猛进。罗成立虽早入伍一年，却和孟晓波同龄，现在成了战友，就变换了角色，搂着孟晓波像搂着自己的亲兄弟，从营区哨位到连里的每一个战友，罗成立逐一介绍。

后来两年，俩人真是占尽了团里的风头。

罗成立刚转上等兵就提班长，这是之前的事，已创下团里纪录。不想青出于蓝而胜于蓝，孟晓波当兵不到三百六十五天，竟也加冕兵头将尾。

日子长了，关系越走越近。接触多了，矛盾也就不可调和。

一班的兵被值班的孟晓波抓了犯错误或违纪律的把柄，仗着和孟晓波走得近，罗成立就找孟晓波摆平，可任凭罗成立说破了天，都改变不了孟晓波，该登记登记，该通报通报，这都能忍，实在不能忍的是就连罗成立的电热锅他也照收不误。收了，同样登记在值班记录上，公布在电子屏上。

已经不是新兵连，罗成立不能如他所想去改造孟晓波。曾经试图适应孟晓波，罗成立已经做了难以想象的改变。他心甘情愿以此种付出唤回兄弟般亲密热烈的友谊。孟晓波回赠了热情，可他固执的坚守却岿然不动。

此时的彼此不懂，一如拥抱时的彼此仰慕。炽热化为冰冷。

从伤心到愤怒。罗成立并不想和孟晓波决裂，可一步步的冲突对撞在两人之间挖下了一条大沟，犹如天堑。自然而然，渐行渐远。

拢不到一块，就比着干。

罗成立在军事竞赛、体能比武、队列对决中屡屡摘得基地和二炮的奖状，获得“武状元”美誉。孟晓波也一展所长，成为二炮唯一的战士四会政治教员，在总政治部的主题征文中拿到了一等奖，当之无愧的“文状元”。

一文一武，各自精彩。

所有精彩最好的注脚无非高端大气上档次的归宿。罗成立和孟晓波心知肚明，彼此的理想都是提干。不想当将军的士兵不是好士兵，对于他们来讲，现在需要解决的首要问题就是军官的身份。做战士，当上班长就已封顶到头。只有当上军官，一身本事才好施展，路才会越走越远。

等待的过程热血澎湃，无限憧憬，总盼着时间跳跃着往前走。

可真等到那一天，提干的通知来了，纠结也来了。

没人能够否认罗成立和孟晓波是全团最优秀的两个兵。要提干，肯定是他俩，可当指标只有一个的时候，所有的人都没办法给出答案。

罗成立纠结，团里也纠结。手心手背都是肉，到底推荐谁呢？

罗成立注意观察孟晓波，他似乎并没有被这纠结的选择影响心情，每天仍旧斗志昂扬铿锵有力，就连带领队伍喊口号的声音都中气十足不见卸力。罗成立想着，看来这小子是心中有数。这样一猜测，自信弱了三分，有些懊恼，又不甘心。胡思乱想睡不着觉，整夜把床板压得吱扭扭颤响。

团领导找两人谈话，提出把抉择权交给警勤连官兵。无记名投票，谁的票数多就推荐谁。公平公正公开，当场唱票，当场决定。

二人无异议，接下来就是煎熬的等待。

三天后投票，三天后也揭晓他们的命运。焦灼，残酷，却无可回避。

把连里一百多人从前往后捋了一遍又一遍，罗成立在脑子里搞兵棋推演，谁会投他，谁不会投他。乐观一点，有百分之六十的胜算，悲观一点，就连一半的把握都没有。希望交织着绝望，绝望萌生着希望。

痛苦源于欲望。有了欲望的根，就避免不了痛苦的果。

那几天罗成立根本没心思训练，整日在走神和紧张间徘徊着。

站在窗口看训练场上的孟晓波，罗成立突然觉察出自己的虚弱。不是自诩为优秀吗，为何在竞争面前如此怯惧？不是勇于接受挑战吗，为何面对困难如此犹疑？罗成立确定此刻的自己不是他想成为的那个自己，他想成为的那个自己是此刻站在训练场上的孟晓波。可那的的确确不是他，而是他曾经带的新兵现在的战友将要和他竞争未来前途的孟晓波。孟晓波身上的举重若轻不惊不惧是他曾经以为的自己，那种风范是他自信能把战士身份变为军官身份的最大资本，但此刻，那资本不归他所有了。他站在看风景的位置，而那资本在远远的训练场上，是他眼中可望而不可即的风景。

或许吧。一切，早都已经有了答案。

罗成立强压住了胡思乱想，又回到了训练场上。

命运前途明天就见分晓，罗成立决定有所动作。

一瓶酒，足够左右明天投票的结果。他已经打定了主意。

他豁出去了。在一场决定未来命运的投票中，谁会选择一个夜不归宿、喝酒闹事、翻墙而入的反面典型。他要亲手把孟晓波送到军官的队伍里。

举起瓶子再灌一通酒，酒被风打落在脸上、衣服上，冷冰冰真是难受。

看到对面墙上摇晃的光柱，罗成立推算纠察正从远处晃着电筒慢慢走近。他站起来搓把脸，紧一紧腰带。伸手往上，却差一点，他低估了围墙的高度，够不着，只好回身在一堆枯叶下找到几块砖头，摸索着贴墙根放好，踩上去，一缩身，叉腿给力，轻而易举骑上墙头。没来得及跳下去。

“是谁?”纠察高喊着跑过来，手电筒的光柱在黑夜里乱舞。

罗成立本能地紧张，光柱却在中途停住了。

一个黑影成为纠察的目标。

别照了，晃眼睛。黑影拨开射向自己的光柱，理直气壮。

你把我记上吧，给，这是我的士兵证。行不更名坐不改姓，警勤连警通排三班班长孟晓波。光柱里，纠察认真查验证件，对照登记。

墙头上的罗成立强忍泪水，目送黄色光柱隐遁在无边无际的黑夜里。

原载于《解放军报·故事兵阵》，2015年2月4日

迎检的故事

罗浩然刚到汽车连报到，和他搭班子的连长就火急火燎要休假。

说起来也情有可原，前任指导员过完春节就到政治学院上学，上完学休假，休完假就直接调到团机关当干事去了。

部队有规定，连里必须保证至少一名主官在位，没有指导员，连长就是唯一的主官，就得无条件坚守岗位。连长也无怨无悔，一坚守就是九个多月。这期间，烦心事也是一桩接着一桩，老家的宅基地和邻居起了纠纷、老父亲被怀疑罹患胃癌却不愿去医院做进一步检查、女朋友在电话上三天两头提分手，样样事都在催着连长赶快回去。连长分身无术，只能盼星星盼月亮盼着上面派个指导员下来。就在连长焦躁不安的时候，罗浩然终于来了。当天晚上，全连敲锣打鼓热烈欢迎自不必说。

此番上任，罗浩然也是春风得意，排长当了三年半，终于成了正连主官，不说功成名就，起码也算媳妇熬成婆，当上了一级领导。

搭档刚来，自己就要休假，连长一手挠头，一手一个劲比画着解释说，家里一摊子事，不走不行啊。为了表明确实是迫不得已，还一件一件摆说着自己的难场事。

连长走不走，不是他罗浩然说了算，虽然心里多少有些不乐意，但他还是握住连长的手关切地说，好好休假，连里有我呢，真有啥难办的事，我及时向你请示汇报。初来乍到，罗浩然自然把连长放到了秤顶顶上。连长连忙说，有啥事你定就行，你是支部书记，全连党员包括我在内，都要接受你的领导。连长是个明白人，也把罗浩然抬到了十丈高的位置。如此一番言语，两个人心里都非常妥帖，甚至还来了个很真诚很热烈的拥抱，方才挥手告别，好像两个人不是昨天才认识，而是打交道大半辈子的老朋友了。

那一刹那，罗浩然又想起了老张经常教导他的话，凡事不要太较真，要变通一点，灵活一点，弄到别人心里的舒服处。老张是罗浩然军校四年的同学，是好哥们儿。不同的是，来自城市的老张更明白这个社会，罗浩然评价他是“世事洞明，人情练达”。老张确也如此，逢年过节，甚至队干部过生日，他都会去走动走动。罗浩然不以为然，不屑地反问，累不累啊？老张说，去的时候累，人累，心更累，就怕碰到熟人，或者被拒绝；可只要是去了，就一块石头落地，再累，心里反而特别舒服。

老张的做派罗浩然学不来，没办法，性格决定命运。既如此，他只能旁观老张的成长进步，大一入党，大二当班长，大三当区队长，大四修得双学位，老张就这样与同批入学的罗浩然渐行渐远。每次旁观老张的蜕变，罗浩然都酸酸地撂下一句，又被你小子赶上好时候了。老张开导说，这不是赶上的，都是自己争取的。罗浩然看不上老张的行为，经常批评他投机倒把。可到毕业，心比天高的罗浩然都没入上党。

连长走时把下士文书杜铭白交代给罗浩然，说，这小子有文化，头脑灵，连里的大事小情有不懂的就问他。听口气，罗浩然倒觉得是连长把他交代给了文书。

连长走后，杜铭白先把罗浩然带到了连史馆。汽车连的前身是四野的汽车团，打过辽沈战役，参加过抗美援朝，战功赫赫，英雄无数。朝鲜归来后移防西北，此后一度萎缩，1985年“百万大裁军”的时候缩为营级编制，1999年又降为连。杜铭白问罗浩然，汽车连是军里最有历史最能打仗的部队，日子过得却一年不如一年，指导员知道为什么吗？

这一问，把罗浩然问住了，裁军是大势所趋，哪有什么为什么。

正思忖着，杜铭白挑挑眉毛接着说，团里三个营九个连，除了汽车连，其他八个连最小的官都出过基地的后勤部长，而我们连——杜铭白话未说完，止住了，留下一个意味深长的尾巴。

我们不是出过那么多战斗英雄吗？罗浩然盯着泛黄的老照片。

战斗英雄？杜铭白说，战斗英雄都是在教材里，而大官都在位子上呢，要裁人家的老部队，谁不得掂量掂量？所以，但凡有什么不好的事，都落在汽车连，我们的日子只能是一年不如一年。

罗浩然这才意识到，这个长相白白净净的杜铭白还真是不一般，虽然只是个下士，却装了一肚子自以为是的道理，真有点像大学时代的老张。

罗浩然琢磨了一下杜铭白的话，并非没有道理。罗浩然读军校时有四个学员队，编制相同、任务相同、级别相同，但每回下拨评功评奖指标或者其他什么好事，三队都要比别的队多一些，有人说了，多出来的叫“戴帽指标”，是专门给三队的某某某的。后来证明的确如此，就连最后的保研指标，也是三队多一个，以使某某某顺利读研。那时罗浩然心高气傲，对此嗤之以鼻，但老张劝他，“上面有人好办事”是放之四海皆可行的真理，要拥抱这个真理。罗浩然懒得理他，捧本《海子诗选》陶冶情操去了。直到现在，罗浩然才品出老张话里的味道来。

汽车连任务重，一百来号人，四十多台车常年有三分之一跑在路上，当个主官不容易，成天提心吊胆的，生怕有什么意外。

这天罗浩然了解完连里的基本情况，又跟着解放卡车跑了趟靶场。靶场正在施工，将要建设成能容纳上千人同时驻训的模拟战场，工程已经干了三个月，预计年底才能完工。汽车连负责运送土方，十几辆卡车在尘土飞扬中马不停蹄地穿梭。

罗浩然认了认车又认了认人，天麻麻黑的时候才从尘土漫天的靶场回来，搞得灰头土脸看不清眉眼。冲完澡已经快九点了，正准备组织晚点名，却被一阵急促的电话铃声扯住了脚步。

喂，你好，三团汽车连，请问你找哪位？罗浩然提起话筒。

哦，王股长你好，有什么指示？

总部首长检查？后天？哦，别急，我找个本记一下。

好，你说——记着呢。哦，重点是办公软件、战士宿舍、农副业生产。对，哦，还有车场。其他的，好，我们认真准备。当然，标准肯定高，没问题，我们连绝对不会给基地首长团首长丢人……

挂了电话，罗浩然立马让杜铭白召集几个干部开会。

什么时候来？

团里王股长说是明天就到基地，后天来汽车连，要高标准准备。

有啥准备的，现在不是走群众路线吗？还这么大张旗鼓的，与大形势不符啊。要我说，还不是跟以前一样，看看表面就走了。副连长唱怪腔，一下子把罗浩然噎住了。

关于副连长，罗浩然从杜铭白那里略知一二。副连长由战士提干，得过基地的军事比武冠军；三年前是汽车连连长，因工作与一名士官一言不合，抡起门锁砸了对方，士官住院半年，他也被降为副连长。眼看进步无望，就整天混日子，只等着转业。

就算是表面，我们也不能落到其他单位后面。罗浩然把话说给副连长，也说给其他几位。

那你们慢慢商量吧，我实在是困了。副连长一摇一晃，出门离开。

罗浩然也不计较，抓紧时间进行了任务分工。

一排长负责菜地、猪圈，还有鱼塘的维护清理。

二排长负责战士宿舍区，规范内务，打扫卫生。

三排长负责清洗车辆，平整车场。

杜铭白负责整理各种办公软件。

总负责，当然是他罗浩然了。大首长要来，大家自然不敢耽搁，迅速领命而去。很快，各种困难和意见反馈上来。

先是一排长敲门，进来就说，我的人手不够，明天全排都得停下靶场的工作。

靶场的工作是团里的大事，不能耽搁啊。罗浩然不敢擅下决定。

后天迎检才是团里的大事，靶场迟个一两天没多大关系。要是迎检出了问题，团长非把咱们吃了不可。一排长直来直去。

是啊，迎接总部首长，那可不是闹着玩的，一点问题都不敢出。出了问题就是捅天的大事，莫说我们，就连团长、司令员都担不起这个责任。杜铭白说得很明白。

就在罗浩然举棋不定的时候，杜铭白给他讲了一件事。某年某月某日，某团在某地搞某演习，准备了一年，搞了一个多月，就在即将鸣金收兵的节骨眼上，上面来了个检查组。按说检查组来了团长政委肯定要出面接待，可问题是演习尚未结束，千兵百车都在演习场上摆着，演习场距离团部又有数百公里，实在不方便，团长就给政委说，你回去，我留下。政委觉得不妥，说，这次是总部的某部长带队，还是都回去吧。团长岂能不明白政委的话中之意，琢磨了一会儿，还是坚持了，说，演习也是大事，上面的领导肯定能够理解。事实证明，上面领导并不能全都理解。那次演习取得成果颇多，上面非常肯定，但年底团长还是转业了。

故事讲完，杜铭白说，指导员，有前车之鉴，咱们可不能大意。

转业团长的故事让罗浩然想起了他上军校时候的院长。院长是个将军，据说上过南疆战场，拼过刺刀，扛过死人，只身端掉过敌人的碉堡。后来温文尔雅地做起了学问，而且做得全军全国有名。名人嘛，都有些性格，更何况将军院长。据说他不高兴的时候，能把几个副院长集合起来训上半个小时，甚至因为总部某领导讲电话时的语气问题，也能攻势凌厉地批上几句。就是这样一个有着金属质感性格的人，有一回因身体不适住了院，住院本不是多么大的事情，巧在正赶上总部检查组来，来就来呗，不是还有政委和一帮副院长吗？可院长愣是拄着拐杖全程陪同。老张评价说，院长是个讲政治的人。以前罗浩然不理解，现在似乎明白了一些。

那就——全力准备迎检工作吧，我跟团里协调停工的事。

罗浩然松了口，一排长领命而去。

一排长刚出门，又闪进来二排长。

宿舍那边是大整还是小整？二排长开门见山地说。

啥意思？罗浩然不知道二排长葫芦里的内容。

要小整就擦擦洗洗，好弄；要大整就得床单被罩全换新的。

换新的，有这个必要吗？

太有必要了。二排长理由充分。汽车连战士多是中士以上，床上铺盖是跟随多年的老家当，平时不是拉煤就是拉土，身上脏兮兮，床上自然也是脏兮兮的，有的甚至已经破破烂烂，关起门来自己用还将就，要是摊开来迎接检查，怕是有失体面。换不换？说完情况，二排长噘着嘴等答案。

要我说，得换吧？杜铭白的话听着像建议，语气却是不容置疑的。罗浩然是个敏感的人，当然感觉到了，心里自然不舒服，想着，你只不过是个连部的文书，什么时候也开始替连领导做主了？

罗浩然来到连里后也了解了杜铭白的一些基本情况。家在山西，开个小煤窑，一年有个百八十万的收入，不算巨富，但在连里家庭条件却是最好的。杜铭白说，自己高中没毕业就跟着父亲跑生意，所谓跑生意，就是跟着父亲拉各种关系。父亲常教导他，舍得舍得，有舍才有得。也真是，家里的钱越花越多。经过社会加工打磨的杜铭白，一到部队就如鱼得水，很得领导喜欢，干上文书不说，还很有可能被提干。至于那些必要条件，也一概不缺——当兵第一年就解决了入党问题，人虽在连部，却是六班名副其实的班长，也拿到了自考的本科文凭。万事俱备，只等提干。此刻，杜铭白正行走在从一名士兵到一名干部的征途上。虽然仍是战士文书，但杜铭白在连里彰显出来的责任心，却不比任何一个干部差，甚至要超过他们。这是连长和罗浩然的汽车连，也是杜铭白的汽车连。

这换一遍得多少钱啊？罗浩然不管钱，却不能不关心钱。

一套八十块，就换一层得三千二，如果三层都换差不多一万块。二排长张口报来。

这么多？罗浩然说，还是别换了。

要换，而且得全换，不要在乎这些小钱。杜铭白定调似的说。

至于理由，当然还是前车之鉴。三年前总部首长到团里视察，一切准备工作细致入微，连厕所的下水管道上都喷了恰到好处的香水。上下检查一遍，都很满意，于是敲锣打鼓迎接首长。一切都顺利，谁都没想到，问题还是出在用心最多的厕所上。首长内急，如厕，半晌未出，外面等待的陪同人员也焦急。良久，首长实在憋不住，叫秘书。秘书出来后，众人才知道厕所里没有放手纸。这是个非常严重的事故，归口管理的后勤处长百口莫辩，说肯定放了，但又说不出为什么后来就没了。紧接着的干部调整中，后勤处长就换了别人。

杜铭白说，咱可不能因为几床被子毁了前程。

罗浩然听懂了，杜铭白说的是“咱”。

关于杜铭白提到的后勤处长易人一事，罗浩然也略知一二，但版本和杜铭白的截然不同，他的版本是男女关系问题，杜铭白的却是卫生纸问题。

不管是什么问题，杜铭白说的都不无道理。

就算小钱，连里也拿不出来啊。罗浩然关心的仍然是钱的问题。他不得不关心，二排长和杜铭白拍着脑袋说换，可换完了，他们是绝对不会为钱的事情操心的，最后还要落到他罗浩然的头上。

这个不用咱管，团里自会解决。杜铭白说。

团里解决？话未说完，电话就响了起来。

快十二点了，会是谁呢？接起来，是团里政治处的马主任。

主任好，我是新来的指导员罗浩然。

谢谢主任关心，对，我们全连动员，都忙起来了。

您明天过来亲自指导？好，我们做好迎接主任的准备。对，我给大家说了，以前所未有的高标准迎接上级检查。

基本情况介绍完了，罗浩然硬着头皮说了换床单被罩的事，当然，换床单被罩只是个引子，着重说的还是钱的事。不想马主任给了话，工作干好就行，钱不是问题，到时候列个清单，统一到团里报。

一个万分纠结的问题，就这样轻而易举地解决了。

马主任明天过来？刚挂上电话，杜铭白就警觉地问。

对。

什么时候？

说是——吃完早饭吧。

哦，那还来得及。

什么来得及？罗浩然不明所以。

杜铭白也解释得清楚，准备休息房间，还有换洗内衣、洗漱用品、拖鞋、干果、水果、香烟、纸巾、茶叶，这些一样都不能少。如果今天晚上准备，怕是来不及了。

有这么复杂吗？罗浩然眉头蹙起来。

不复杂，每回都这样。杜铭白解释。

马主任来指导迎检，咱把工作干好就行，这个——罗浩然试图用自己的道理来否定杜铭白的诸多准备。

工作是工作，跟这不冲突。杜铭白说，工作当然要干好，干得好主任当然也会高兴，但那只是替公家高兴；咱们做好对主任的接待工作，主任的高兴是替自己高兴。指导员你想想，是不是这么个意思？这狗日的杜铭白，话总是说得这样明白。

罗浩然不笨，他迅速做出决定，丰富并且完善了杜铭白提出的接待方案，把接待主任放到了头等重要的位置。

现在这些小战士，真是贼精贼精的。罗浩然在心里感叹着，他又想起这个年纪时的自己。刚分到团里，因为学的是稀缺的政治学，政委就将他留在政治处实习，说是实习，也就差不多要当干事了，这是非常令人羡慕的。一个周末，罗浩然请假外出，正好是政委值班，政委掏出一百块钱给罗浩然，让罗浩然捎买一麻袋核桃。他们团的驻地盛产核桃，还有枸杞、木耳、花菇、蜂蜜等等。当然，政委那一次只要核桃。罗浩然在镇上转了一大圈，才意识到虽然是土特产，但价格并不是他想象的那样便宜，一百块钱根本买不到一麻袋核桃，顶多买上一大塑料袋。罗浩然想，政委一定犯了和他一样的经验主义错误，以为是土特产就肯定很便宜，一百块钱就能买上一麻袋。于是罗浩然掏出手机拨通政委的电话，解释了一百块钱不能买一麻袋只能买一塑料袋的道理。政委愣了一下，随即说道，你看着买吧。于是罗浩然就买了满满一塑料袋，竟然没有用完一百块，还找回七块八毛钱。提着核桃，捏着七块八毛钱，罗浩然进了政委的宿舍。当时政委正和一个营长下棋，罗浩然说，报告政委，核桃买回来了。政委看看核桃，又看看罗浩然，说，放那儿吧。政委脸黑着，罗浩然以为政委输了棋不高兴，不敢久待，放下东西就往外走。临关上门的时候，他听见政委对营长说，我给你们营安排个排长——门关上了，后面的话再没听到。第二天，政治处主任就通知罗浩然去一营报到，当排长。就是和政委下棋的那个营长的营。只有通知，没有原因，罗浩然能想到的唯一原因是，组织上让他去锻炼锻炼，积累基层经验。这一去就是三年半，同批学员已经有人干上代理教导员了，可他，仍旧是个副连职的排长。

老张毕业前夕曾经语重心长地教导罗浩然，领导喜欢一个人是有原因的，不喜欢一个人也是有原因的，你一定要改改自己的秉性，多消除些让领导不喜欢你的原因。

离开排长位子之后罗浩然才悟出来，一切问题的症结都是那些涨了价的核桃。当然，核桃是客观原因，自己才是主观原因。三年多后再看三年多前的自己，罗浩然突然发现自己真的是不明事理，只有自己这样的人才会被核桃给坑了。还好，这回总算抓住了改变命运的机会。

纠结了一番，正准备熄灯睡觉，门又被敲得砰砰响。

指导员，晚上可能还得出趟车。闪进来的是一排长。

都半夜了，出啥车啊？

还不是为迎检。

一排长告诉他，猪圈的围墙是水泥的，年份太久，猪食和粪便都锈蚀在上面了，用笤帚蘸上洗洁精擦不下来，他们就用铁锹铲，结果力度没把握好，深一道浅一道，灯下看着很别扭，要是白天，可能更没法看。

那咋办？

一排长说，干脆，全部贴上瓷砖。

全部？瓷砖？

对，权当以此次迎检为契机，推动连里的基础设施建设。一排长把话说得既俏皮，又有几分道理。

现在还来得及吗？有马主任刚才撂下的话，罗浩然也不担心钱的事，只要对迎检有利他都支持。

来得及，瓷砖店我已经打过电话，开门等着呢，连夜拉回来，马上就能开工。一排长有备而来，似乎只是告诉罗浩然一声。整个事件里面，罗浩然并不能起决定性作用，顶多是个知情者。既然如此，罗浩然只能签了派车单。签是签了，却带着小情绪，但反过来又想，几个排长加上杜铭白这么卖力，给谁干？还不是给连里干。这是谁的连？连长不在，这还不是他罗浩然的连。标准高了，他这个指导员当然是最大的受益者。罗浩然把思想拔到这个高度，心里面就稍微妥帖了些，情绪也就变得高涨了。

半夜，又是急促的电话铃声。罗浩然开灯看时间——已过凌晨三点。

是王股长，说话带着十万火急的味道。说了两层意思：第一，总部首长命令上级不能到基层指导此次迎检工作，要看原汁原味的部队和官兵；第二，自力更生，主动作为，争取在没有上级把关的情况下高标准地做好迎检工作。临挂电话，王股长问罗浩然，你在睡觉？罗浩然没必要隐瞒，如实回答。没想，王股长意味深长地说了句，你心真大。就撂了电话。

罗浩然琢磨着王股长的话，有些惭愧，自己此时确实不该睡觉，于是穿戴整齐，打算到院子里到处转转。猪圈里的施工热火朝天地进行着；宿舍里的官兵也没闲着，刚换上的被罩和床单有点皱，在二排长的统一指挥下，大家把床单蘸上水，用小凳子来来回回磨着；连那些三十多岁的老士官也不敢偷懒，跪在地板上精心磨着扯着，没人说话，宿舍里都是沙沙沙磨被子的声音。

天快亮的时候，马主任又打来电话，强调了首长可能要看的几个重点位置，并一再叮嘱标准要高。马主任说一句，罗浩然用笔记一句，唯恐有什么疏漏。

早饭的时候，杜铭白过来确认马主任的到达时间。一听罗浩然说马主任不来了，杜铭白就有些失落，喃喃说，都准备好了，咋又不来了？罗浩然说，那就把东西留着，下次再用。杜铭白没有接话，眼睛望着前方，似有所思。

罗浩然自然地觉得杜铭白与马主任的关系不一般，后来还是从二排长那里听来原委。马主任和杜铭白是山西老乡，据传杜铭白的老板父亲和马主任是关系很铁的哥们儿。罗浩然思索，马杜二人是在杜铭白入伍前成为哥们儿的，还是入伍后？罗浩然走了神。二排长感慨地说，干啥都得上面有人啊，有人才能有发展。这话看似无意，却触碰了罗浩然的神经。想想自己，如果不是团长有个读初三的女儿，不是自己当年有全省高考第六名的骄傲历史，不是团长给了自己为其女儿补课的机会，不是自己点灯熬油加班加点，不是团长女儿谢天谢地考上了重点高中，今天这个指导员，真不知道会是谁当。扯远了，罗浩然收回了飘飞的思绪。还有许多事情等着他呢。

又遇到难办的事了。一排长火急火燎地迎了上来。

咋了？

你去看看就知道了。

罗浩然跟着一排长到猪圈，算是开了眼。昨天还涂满历史痕迹的猪圈围墙，经过一排官兵的齐心奋战已经旧貌换新颜，全成了清白锃亮的瓷砖，远远地看去就很耀眼。可能从来没享受过这待遇，猪们也不敢偷懒睡觉，齐整整站在猪圈中间，“哼哼哼”地望着外面，揣度着人类的图谋。

啥事难办？这是表功呢？罗浩然的眼睛从猪身上移到一排长身上。

哪还有时间表功啊？一排长指指猪圈，又指指不远处的菜地和鱼塘。

怎么了？罗浩然并不清楚一排长想表达什么。

猪圈算是整明白了，但你看菜地，前几天刚把菜摘了，就剩一些小青果子和肥大的叶子；还有鱼塘，青砖砌起来的沿子坑坑洼洼，还有很多缺口，这一比较，差距也太大了。一排长道出了缘由。

罗浩然这边瞅瞅，那边看看，觉得一排长说的也在理。踌躇一会儿，还是把问题原封不动地抛还给一排长，你说怎么办？

给菜地把果子挂上，鱼塘沿子重新用水泥抹一遍。

抹鱼塘沿子倒能理解，给菜地挂果子真就超出了罗浩然的理解能力。

待要问个究竟，一排长说，指导员你放心，保证完成任务，赶下午三点你来验收就行了。

见一排长这么说，罗浩然也不多留，又去宿舍楼转了转。经过一晚上的加班加点，一床床铺盖都磨得差不多了，笔直的被单、方正的被子大多已经各就各位，只有几个下士还在继续磨着，许是昨晚就没睡。既然床单被子磨出来是为看的，那么今天晚上他们肯定也是不能在床上睡觉了，不管怎样，要坚持到明天检查结束。

赶到车场的时候，三排长已经把四十多辆汽车洗得清清爽爽，整齐地摆成了两排，新车放前面，旧车放后面，掉漆的、碰撞的，还一一做了技术上的处理，反正打眼望去齐整有序，很有汽车连的样子。

单边桥、S曲线、限宽门等场地也平整到位，铁锹拍打出来的场地呈现出新土湿润黄亮的模样，看了很是舒服。摆成两排的观礼席也已就位，打着“首长”字样的桌牌规规矩矩地矗立在前排桌子的居中位置。

汽车连的专业就是开车，不知是哪一年，一位视察的领导即兴要检验官兵们的技术，于是就着现成的训练场地，几名老班长秀了一把车技。领导高兴，官兵威风。打那之后，驾驶表演就成为汽车连迎接上级检查的固定课目。当然，不是每个领导都对这玩意儿感兴趣，但不管领导啥想法，汽车连官兵的准备每次都严谨认真，毫不含糊。

罗浩然到车场的时候，杜铭白也跟了过来，跟着罗浩然转了一圈，杜铭白突然想起什么似的问，三排长，黑鞋油还没买回来?

没呢，镇上的商店一家买不齐，要跑好几家。

买鞋油干什么?罗浩然问杜铭白。

当然是给汽车擦鞋。杜铭白卖关子。

三排长进一步解释说，咱们的车子跑路太多，黑轮子都磨成了花白色，绿车厢黑轮子，这是军车的标准配置，如果一溜车都是花白轮子，看着不好看，所以每次有检查的时候，我们就给车轮上一遍黑鞋油，次次都把镇上的鞋油买断货。只要镇上商店的鞋油没了，镇上的人就知道汽车连肯定来了大领导。

是上面要求轮子必须是黑色的吗?

那倒没有。

那咱就把鞋油省下来，这回不涂了。

可是以前都——

以前是以前，现在改了，就按现在的来。

可是出了问题——杜铭白试图改变罗浩然的决定。

出了问题我负责。罗浩然掷地有声地撂下这句话后，走了。

罗浩然刚走，鞋油就买回来了，用方便面的箱子整整装了两箱。三排长和杜铭白没了主意，涂，不合适；不涂，也不合适。

杜铭白反应快，当下就给正在休假的连长打电话。他知道连长会给他什么样的答案，连长果真就给了他想要的答案。

挂完电话，杜铭白赶快去追罗浩然。罗浩然并未走远，正在菜地和鱼塘看一排长的进展情况。就这么点工夫，刚才还一片绿叶子的菜地就蔬果满园了。

真是邪了门了。罗浩然一边嘟囔着，一边走进园子里。

这个一排长真是能呀，竟将果子用绿色的细线绑在菜叶下，有茄子、西红柿、黄瓜，甚至还有密密麻麻垂下来的豆角。从远处看，还真发现不了；可一走近，就露了馅。

罗浩然扒拉扒拉，一个个还都绑得挺结实，就是欠了点精气神。

怎么样，像那么一回事吧？一排长紧赶着从鱼塘边过来。

这——不会适得其反吧？罗浩然心里别扭。

有啥适得其反的，这又不是第一回。一排长拍着胸脯说，这就是个景儿，没人会进到园子里较真的。

就在罗浩然拿不定主意的时候，杜铭白又来说车轱辘的事了。

指导员，刚才那个事——杜铭白先扔个引子。

不是都定了吗？还有什么不明白？罗浩然不高兴了。

刚才连长打过来电话，说还是涂成黑色好。杜铭白耍了个滑头，把他给连长打电话说成连长给他打电话，想着这样就能撇清自己。

让连长打给我，跟我说。罗浩然动了气。杜铭白那点小聪明岂能糊弄了他？连长早不打电话，晚不打电话，偏偏在这个时候打电话，真不知道是心有灵犀还是见了鬼了。在罗浩然看来，就连那个所谓的电话也是杜铭白假托的，他根本就没有打，只是想用连长来压他。想到这儿，罗浩然就气愤得不行，他想着，在这个连里，不光有个连长，还有个指导员，而且他这个指导员还是支部书记，杜铭白一个下士文书竟欺负他新来，要跟他讲道理？还要用连长来压他？罗浩然横竖也是在部队摸爬滚打多年的人，他今天倒要看看，连长怎么给他打这个电话？又怎么说服他去给汽车轱辘打鞋油？

话扔出去，杜铭白没争辩，也没离开，只有些窘迫地站在原地。

看着满脸委屈的杜铭白，罗浩然又生出恻隐之心。虽然这个精明下士的所作所为让人有些不舒服，但他也是为了单位形象着想。杜铭白想让前来检查的首长高兴，想让这个一度萎缩的汽车连获得肯定和荣誉，这有错吗？这犯得着自己大发雷霆吗？罗浩然有些自责，作为指导员，他理应为连里有这样的兵感到骄傲和自豪，不该蛮不讲理地训斥和刁难。

这样想的时候，罗浩然并不是打算屈服，而是打算给杜铭白讲讲不打鞋油的道理。怎么讲呢？猪圈已经砌上了白瓷砖，菜地里也绑上了买来的蔬菜瓜果，他还怎么堂而皇之地把鞋油和车轱辘拆解成两个完全独立的概念呢？

算了，说也说不出个子丑寅卯来。罗浩然想杜铭白总有一天会明白的。

撂下车轱辘打鞋油一事，罗浩然又叫来一排长探讨绑上去的蔬菜。

没问题，肯定没问题。一排长一个劲地强调。

有了问题怎么办？罗浩然将他一军。

一切我负责。一排长信誓旦旦。

你负责？罗浩然没有说出潜台词，但一排长还是听明白了，罗浩然分明在说，你一个小小的排长负责得了吗？

为了打消罗浩然的疑虑，一排长拍着胸脯强调，以前都这么干。

以前行。罗浩然叹口气说，并不代表现在行。

你是说——现在改作风？那也就是说说吧——一下就变得那样彻底？再说，这次，也没说什么——是吧？一排长词不达意地表达着观点。这事能不能弄，最后还得罗浩然拍板。

行了，既然都买了，也都绑了，就这样吧。罗浩然似乎也没有更好的办法。临走，他又对着一排长强调，咱们要让首长高兴，但不能糊弄首长。一排长不语，以为这话之后罗浩然又有什么新的决定，但并没有，罗浩然满腹心事地走出菜地去了鱼塘。

汽车兵干起建筑工人的活也有模有样，鱼塘边上，有人和灰，有人抹灰，大家忙得热火朝天。鱼塘里的鱼儿兴奋地高高跃起，又重重地跌入水中，或许就为看一眼战友们为它们盖的新家是什么样子。

叮嘱大家注意安全。这里的工程没什么好看的，之所以提到安全，是因为这个鱼塘里淹死过汽车连的两个兵。第一个是在鱼塘边洗手时滑落淹死的，第二个也是洗手惹的祸。汽车连的兵有九成是北方人，九成之中又有九成是旱鸭子，掉入水中要是没有战友搭救，只能没命扑腾。两次事故之后，连里下了死命令，除了炊事班捞鱼，其余的人靠近鱼塘五米以内记过一次。这一招果真奏效，之后再没淹死过人。

刚转身离开鱼塘，三排长又急匆匆地来找罗浩然。

指导员，那个汽车轱辘——三排长是个老实人，意思已经表达清楚了，一句话却磕磕巴巴说不完整。

汽车轱辘咋了？罗浩然知道他想说什么，明知故问。

鞋油——三排长脑门子沁出汗来。

不是说了吗，不打鞋油。罗浩然重申了他的观点。

不打——真是不好看。三排长捋一把脑门子上的汗说，有损汽车连的光辉形象。

汽车连的光辉形象就是一管子鞋油能决定的？罗浩然反问。

最起码看着舒服点。三排长解释。

牛粪蛋蛋外面光，但里面什么样子，谁不知道？罗浩然又反问。

可是——

可是什么，听我的，你把手头事情做好，打鞋油的事情就不用商量了。罗浩然给对话结了尾，定了调。三排长不好再坚持，悻悻地转身离开。

别看一个小小的汽车连，遇上迎检这样的活动，可真够忙活的，上上下下里里外外都折腾一遍，战士掉层皮，干部换次骨。

一排长发牢骚说，我要是大领导，下去检查的时候，根本就不提前通知，到哪个单位再通知检查哪个单位，这样才能看到真实情况。不像现在，都是做出来的，看不到真实情况，有什么意思？

罗浩然何尝不同意一排长的观点，又何尝没有过一排长这样的牢骚？可话说回来，这样大张旗鼓地迎检也能促进单位建设，比如建设硬件、补充软件，其他不说，连里原来空空如也的图书室经过多次迎检之后，已经陈列了颇多名著级别的书籍，还有数十种期刊。官兵们也是很高兴的。

这些都是辩证法的知识，属于宏观层面。罗浩然要做的却是具体而微的工作：墙角不能有蜘蛛网，战士教育笔记要完整，训练计划要完全契合大纲要求，党支部会议记录必须要素齐全，等等，这是检验一个单位正规化建设水平最直接的尺度，也最能反映出单位主官带领部队的能力和水平。

迎检上升到了如此高度，罗浩然当然不敢马虎大意。坊间流传许多关于迎检的故事版本，有人因为备受肯定而提前晋职晋衔，也有人因为漏洞百出而被安排年底转业，每一个版本的故事后面都有一个具体而生动的人物对应着。就看你想成为谁，不想成为谁。

罗浩然当然知道自己想成为谁，所以一整天里费心尽力，没敢闲着。

赶在晚饭之前，各路人马来报：诸事妥当，只等验收。罗浩然顾不上吃饭，带着几个排长和杜铭白逐个点位验收，并明确提出让大家不拘一格提问题，早发现问题早改正，以免等到明天措手不及。

天色渐晚，营院的大灯全部打开。

到鱼塘的时候，杜铭白提出水泥抹得不平整。罗浩然趴在地上瞄了一会儿，还真瞄出了不该有的凹凸感。一排长赶紧解释，这是因为晚上灯光有阴影，加倍增强了不平整的感觉，要是白天就看不出来。

几个人讨论了一番，觉得有道理。鱼塘算是验收合格。

到菜地的时候，罗浩然又不无担心地问，行不行？

一排长未及说话，其他几人倒一致肯定地说，没问题。

见都这样说，罗浩然虽有疑虑但也觉得应该是没问题的。

严谨细致地过了一遍，结束的时候已经快晚上十点钟了。

每人吃过一桶泡面后，罗浩然又叮嘱，吃完了，你们再看一下自己的责任区，然后早早睡觉，明天还要早起。

几人散去，罗浩然有点累了，靠在椅子上刚打了个盹，就被电话铃声惊醒了——是王股长。

挂完电话，罗浩然已是睡意全无。

王股长照例是在关心迎检的事情，并事无巨细叮嘱了许多。罗浩然一一应答没问题，说到车轱辘的时候，罗浩然迟疑了一下，仍说没问题。

没错，王股长也叮嘱车轱辘上一定要打上鞋油。王股长在电话里提出，打上鞋油就是尊重首长。

罗浩然忐忑不安，这个鞋油打还是不打？罗浩然拨通了三排长的电话，却鬼使神差地并没有说打鞋油的事情，只再一次交代了车子摆放要整齐、观礼台上的桌牌要再校正一遍的事。

一切安排妥当，罗浩然躺在床上，却怎么也睡不着。

明天要早起，必须精神饱满。罗浩然开始数绵羊，诱惑自己睡去。一只只徜徉在草地上的绵羊闪过脑海，他却仍未有睡意，反而分外清醒。罗浩然翻来覆去地想车轱辘的事情，想得脑袋疼，想停止，却不能，脑子里装的全是一个个崭新的、锃亮的轮胎，要是车子本来就是新的该多好啊。这样想着想着，罗浩然迷迷糊糊睡着了。

梦中。罗浩然接到电话，是王股长打来的，告诉他说，为了迎接检查，团里专门给他们拨了四十辆新车，让罗浩然带人提车。于是全连出动，他们开着崭新的大卡车回到了院子里，三排长顶着满脑门子汗跑东跑西，问罗浩然，指导员，咱们那些破汽车放哪里？放到围墙外面去。罗浩然慷慨豪放地回答。于是一辆辆旧车开了出去，一辆辆新车摆在了车场。罗浩然晃悠着腿坐在观礼台的沿儿上，看着台下一溜儿的新轮胎，簇新，漆黑，上面的凹槽清晰可见，没有任何磨损的痕迹。

瞬间，又见首长站在一群人的中间，摸着车轱辘说，检查了这么多部队，这是我见到最黑、最像车轱辘的轱辘，哪个是指导员？站出来，我看一看。罗浩然闻声答到，跑步到首长面前，敬了一个标准的军礼。你小子，干得不错，带部队有水平。首长笑着握住了罗浩然的手。陪着首长一起笑的，有营长，有团长，有司令员，还有总部一群扛着将军衔的大官。罗浩然不知道他们是谁，但他们都对着罗浩然笑。

嘿嘿——嘿嘿。罗浩然笑醒了，然后，他披上衣服就朝车场跑去。

没有任何变化，车场的灯光下，三排长正围着几十辆旧车转来转去，既尽职尽责又忐忑不安。三排长脸上宿命般的茫然让人心生怜悯。

指导员，这车轮子不打鞋油白煞煞就是不好看。见罗浩然过来，三排长又老话重提，试图争取最后的努力。

嗯——嗯。罗浩然边答应着边瞅着眼前这些走南闯北、跋涉过千万里的老古董。三排长看着罗浩然，不知他的“嗯”里包含着什么意思——也认为“白煞煞不好看”？或者同意把那一大堆鞋油派上用场？三排长还没有猜明白的时候，罗浩然已经转身离开了。

大首长雷厉风行，就一句话，果真是上到基地下到团里，没有一个领导胆敢下来提前指导。所有人都是跟着首长坐在两辆考斯特上，一起涌到了汽车连。

一下考斯特，气氛就不太对。

车场在哪里？大首长一下车就开口问随行的基地司令员。

罗浩然不知道司令员有没有来过小小的汽车连，罗浩然知道的是，从窘迫的表情看，司令员肯定不清楚车场在哪里。

首长这边请。司令员就是司令员，即使不知道，也敢在前面带路。

罗浩然不敢耽搁，紧两步赶到了司令员的前面，快速在前面引路。

场面有些严肃，也有些混乱。

一大群将军，一大群大校。罗浩然扫了一眼，有的认识，有的不认识，认识的少，不认识的多。这场面让他更加拘谨。

到车场的时候，三排长已经准备多时，正要报告，司令员挥挥手。

三排长僵在原地，不知所措。

不用报告。罗浩然造了个无声的示意嘴形，三排长会意，迅速退到一边。

这个汽车连还像个样子。大首长走到车场，冷不丁地说，咱们解放军的汽车轧过千山万水，肯定是有磨损有消耗，怎能每一辆车都车身不掉漆，轱辘不磨损？弄虚作假就是欺上瞒下！

一席话说得司令员汗涔涔的，也奇怪，司令员刚才还铁青严肃的脸上却泛出笑容。

罗浩然不明情况，看着“白煞煞”的轮胎，心里慌乱，身上冒汗。

摆这些桌子干什么？扫一眼观礼席，大首长问。

报告首长，请首长们观摩我们汽车连官兵的驾驶技术——罗浩然及时上前报告，话没说完，却被大首长打断了，观摩驾驶技术？

是，首长。罗浩然严阵以待，声音洪亮。

拿花名册来。大首长并没有坐在中间放着“首长”桌签的位置，而是随便拉了把椅子在边上坐了。这样，其他人就没法落座，一群将军，一群大校，就三三两两地在大首长后面站着。

亏了罗浩然想得周到，身上提早揣着人员花名册，当下呈给大首长。

报告首长，我连编制一百二十七人，生病住院三人，休假十七人，出差学习九人，执勤值班十三人，现有八十五人。干净利索，倒无废话。

哦。大首长应着，翻看花名册，刚才罗浩然所说情况在上面也列得一清二楚。

你叫罗浩然？

是！

连长休假？

是！

好，那我就随便抽几个人看看你们的驾驶技术。

我们满怀信心等待首长的检验。

王锋。

到！一个精干的下士应声出列。

简单做完自我介绍后就登上汽车。

单边桥、轧铁饼、限宽门——几个项目分别中速快速通过一遍，尘土飞扬中，一声轻点刹车，载重卡车稳稳停在了标志线的位置。

好，技术不错，我再点一个！

梁建涛！

到！

也是赶了巧，大首长当日点的几个全是汽车连的“红旗驾驶员”。何谓红旗驾驶员？就是多少年安全无事故，上过多少次急难险重任务，带出过多少徒弟，跑了多少万里路程，评选条件颇为苛刻，全连不过十人。

抽点过三人，大首长严肃的眉眼方才舒展一些。

好像传染一样，其他人的表情也舒展开来。

好，这个连不错，实事求是，技术过硬。大首长站起来说。

这是我们基地的先进连队。司令员说。

罗浩然吓了一跳，莫说基地，汽车连连团里的先进都不是。

对，就是要把这样踏实做事情的连队树成典型。大首长强调。

考斯特在车场边上等着，大首长却执意要去连队院子里看看。

刚才一番点兵点将之后，大首长心情好了许多。

这个鱼塘真不错！大首长眼睛停留在水面上。

这个鱼塘产的鱼能保障我们全连吃全年。罗浩然恰如其分地进行汇报。

哟，是吗？这个好，自己动手，丰衣足食。大首长肯定地说。

嗯，这个菜地不错。大首长的眼睛停留在眼前这一片绿汪汪的蔬果中。

我们夏天的餐桌全靠这一大片菜地。罗浩然汇报。

你们是上化肥还是大粪？

大粪。

大粪好，种出来的蔬菜天然无污染，现在城里都买不到。

这个菜生的也能吃，首长可以尝一下。司令员建议道。

罗浩然的心紧了一下，赶紧看大首长。大首长笑了一下，笑得罗浩然心里发慌。

不行喽，现在的腿和嘴都不是自己说了算，得听医生的。大首长说。

闻此，罗浩然的心沉到肚子里，刚才惊出的一身冷汗顷刻下流。

说话的工夫，不大的汽车连就转完了。考斯特已经在门口待命。

小伙子，不错，好好干，带兵就要实实在在。临上车，大首长握着罗浩然的手深情嘱咐。

是，首长，我们一定不辜负首长的教诲。罗浩然肃然而立，敬礼。

后面的将军大校们依次上车，大多意味深长地拍拍罗浩然的肩膀，或者嘀咕一句“小伙子不错”。罗浩然紧张，激动，无以言表，只是一遍遍重复着自己标准的敬礼动作。

直到两辆考斯特消失在视野尽头，罗浩然方才垂手礼毕。

回到连里，罗浩然第一时间吹哨集合，带领全连官兵把那些绑上去的蔬果摘了个干干净净，一个不留，这一片菜地才又露出真容。

大首长离开几天后，那日检查的诸多细节才一一清晰起来。

据说，大首长在基地点了五个建制连，说，就看这几个单位。

于是一帮人浩浩荡荡地赶往点到的这五个连。当然，之前为了迎检，基地所有的连队都做好了充分的准备，不怕一万就怕万一，所以司令员心中还是有数的。基地的连队除了因任务各异而带来的些许差别外，没有什么大不同。

首长检查，例行的也就看看宿舍、看看食堂、看看农副业生产、看看装备训练和官兵精神风貌，还真与汽车连没有什么迥异。那些连长指导员们也是下了功夫做的准备工作，有的连猪圈里的猪都洗得干干净净，鱼塘里的鱼也教育得兴高采烈，就连平日总在炊事班外面等着觅食的乌鸦也被临时遣散，招了一群一群的喜鹊在大杨树上喳喳叫着，甚是欢快喜庆。可问题就出在车轱辘上。有的是先知先觉，理所当然地觉得迎接首长，车轱辘就应当涂成黑的；也有的是接到了像王股长那样的电话，明确要求涂成黑的，连长指导员哪敢违抗，只能无条件服从，于是前四个连队，所有迎检的汽车轱辘都是清一色的黑油油。

一路看下来，大首长终于忍不住了，问司令员，你们的汽车是不是经常就停在院子里，不跑？

司令员不知所措，憋了半天，说，跑，肯定得跑。

那怎么车轱辘上连灰都不沾。说着，大首长走到车跟前，摸了一指头，确实没摸到灰，摸到了一指头的黑鞋油。

这咋回事？车轱辘咋还掉漆？大首长沉着脸子，明知故问。

这——司令员、团长、营长，红了一圈子脸。

汽车嘛，走南闯北，谁不知道有磨损，车轱辘也可以不是黑的，为什么非得弄成黑的，这是干什么，糊弄我吗？大首长伸着被抹黑的指头，怒了，我倒要看看，你们是不是每一个单位都弄虚作假；我也要想想，还敢不敢把部队让你们带。大首长没擦指头，就上了车。闻此，一干随行人员都汗流浃背。

就是带着这样的情绪，两辆考斯特开进了汽车连。

汽车连给司令员团长解了围，汽车连给基地争了光——那日，罗浩然正在听杜铭白叙说迎检带来的正面影响，却被手机铃声打断。

哦，老张啊。

你——也想开点。

吃一堑长一智，到地方上要多注意一些。

这个老张就是罗浩然的军校同学老张。

老张和罗浩然同年毕业，分配到南方某军区任职，因是双学士，当年授上尉正连，直接干指导员。罗浩然实习期一年，第二年授中尉副连，当排长。毕业两年后，老张为副教导员，罗浩然仍是副连排长；四年时间过去，老张已是营教导员，罗浩然还没挪窝，继续当副连排长。两相比较，云泥有别。

可变故也来得突然，就在两周前，老张所在营迎接上级检查，颇费一番心思，然而适得其反，尤其用黑鞋油涂抹汽车轮胎被首长反感痛斥。时值大兴务实之举、反对“四风”的敏感时期，影响太坏，经层层加码处理，老张最后被降职降衔。重挫之下，老张才萌生了转业的念头。

几天前，愁苦中的老张与罗浩然谈及此事，语重心长地说，我这个用鞋油涂抹汽车轱辘的事算想明白了，不抹，是颜色问题，再严重都是小事；抹了，是作风问题，再小都是严重事件。前车之鉴，言语诚恳。

此时，正是罗浩然履新指导员紧锣密鼓准备迎接上级检查之际。

老张打来电话之事，罗浩然从未对外人提起，但罗浩然坚决不让给车轱辘抹鞋油之事却被外人屡次提起，而且越提越神乎，甚至加入了许多演绎的、杜撰的成分。有人说，大首长要调罗浩然到总部去工作；有人说，罗浩然马上要提前晋职晋衔当副教导员；有人说，罗浩然一看就是能当大官成大事的人。罗浩然不澄清、不阻拦，任凭道听途说，流言四起。

原载于《解放军文艺》，2014年2期

洗心河往事

一

罗清泉每天出门的第一件事就是抬头张望西边的山头。如果山头上金灿灿打上太阳的光芒，他就分外高兴，响亮着声音说，哎呀，今天可是个好天气；如果山头黯淡得和那些墨绿色的针叶林没有区别，他就唉声叹气沮丧着脸说，哎呀，又是暗无天日。罗清泉喜欢晴天讨厌阴天，这种态度鲜明的爱与恨他坚持了二十多年。

今天又让罗清泉失望了，隔着窗子就能听见淅淅沥沥的雨声，不用看就知道，今天没有太阳。没有太阳并不妨碍成群结队的乌鸦在头顶上飞来飞去。这些黑家伙光临营区并不是和官兵们有感情，而是跟炊事班后面的垃圾场有感情，那里面有剩饭剩菜，还有带着肉的小骨头。呜哇，呜哇——黑压压一群如同直升机一般裹挟着聒噪声音的乌鸦飞过头顶，片刻，又会以同样姿势衔着战利品返回，这一天下来，也不知道要往返多少次。罗清泉嘀咕说，深山老林的，能活下来也真不容易。

没有打伞，淋着淅淅沥沥的雨滴，罗清泉不紧不慢地往办公室走。罗清泉是这个驻扎在深山禁区团里的高级工程师，过完这个年就五十岁了，团里没人能老过他，所以年龄大点的就亲切地喊他老罗，年龄小的就恭敬地叫声罗高工。罗清泉也没架子，叫啥都应，用他的话说，名字嘛，就是个代号。老罗的编制在保障处的装备股，人却住在离厂房更近的一营。一营的战士四人一个宿舍，老罗单独住一间，就这，团领导还是觉得委屈了老罗，动员他搬到常委宿舍楼去住，老罗觉得搬来搬去太麻烦，也就一直没挪窝。

老罗到办公室的时候，股长正带着几个工程师核校一张工程设计图纸，见老罗来，股长说，罗高工，正好有几个地方得请教你。老罗问，什么地方？伸着脑袋凑到了图纸前，图纸是老罗亲手绘制的，一笔一画他都心中有数。股长的问题自然不难，两句话就说明白了。

又仔细看一遍图纸，确定没有看不懂的，没有说不清的，股长就卷起图纸到保障处长办公室汇报，完了后还要跟保障处长一起去找参谋长和团长汇报，一级级签完字，这个工程就能动工了。

股长离开办公室的脚步声还隐约可闻，牛助理就提起了电话，嘟嘟嘟拨了一串号码。那边忙音或者占线，牛助理屏息等待，坚持了一会儿，无奈挂断电话，稍停顿，又重新再拨，牛助理没有按“重拨”键，是一个新号码。嗨，忙啥呢？这次电话通了。

高升了没有？

还是副科长？好着呢，最起码是个领导干部。

是吗？李军这么牛，一笔买卖就赚了八十万。

最近一段时间，牛助理的电话特别勤，无大事，均是无事寒暄。

手头暂时没有要紧的事做，老罗招呼一声，就出门去厂房。昨天厂房的一台大型空调出了故障，只要跟电有关的器件，都归老罗管。以为是线路老化，所以老罗不管三七二十一就把空调拆了，拆了才发现线路没问题，是一个底部的螺丝断裂，导致管道不畅，如此，这个活就不再属于老罗，而归张工程师管。不管谁管，一时没有替换零件，就撂下了。今天不知道外出买零件的人回来没有，老罗必须得去看看，换完螺丝调试的时候必须确保电压稳定，他要不现场坐镇，怕是张工程师不敢随便抬起闸刀。这样想着，他就更急切起来。即使雨比刚才小了一些，赶到厂房的时候，老罗的头上还是被淋得湿漉漉的。一进厂房，老罗就迎面撞上了张工程师。

咋样了？老罗显然问空调的事。

好了。张工程师说，就一个小零件的事。

电压稳定？老罗没心思管零件不零件的事，他只关心电压。

稳着呢，刚才还说等你来呢，正好小汪在这儿，我就让他把关了，没有你们这些电专家在场，我还真不敢轻举妄动。张工程师拉开厂房的门问老罗，罗高工，走不走？

哦，你——先走。老罗回应。

张工程师走了，老罗站在原地开始不舒服。老罗的不舒服不是生理上的不舒服，而是心理上的不舒服。他在仔细琢磨张工程师的话，别看短短的两句话，却包含了太多的信息，够老罗琢磨半天的。

老罗想着，事关电压的事，张工程师却没有等他，虽然嘴上说原本等他的，可到底还是没有等，没有等的原因他也说了，那就是小汪在场。小汪是谁呢？是老罗的徒弟，像小汪这样级别的徒弟，在这二十多年里老罗培养了不下一百个。这一百个里有干部有战士，有现在和他一样扛着副师级资历章的技术七级，也有入伍刚一年的新兵蛋子。从头数到尾再从尾数到头，也没有哪一个敢跟他平起平坐的，他是谁，他是老罗，是这个大山里的第一个清华毕业生，是团里最有权威的电力专家，对，不是最有权威的之一，是唯一。可就在刚才，张工程师说“你们这些电专家”，乍一听，像在夸赞自己，可仔细琢磨，就觉得不对劲，这个“你们”指的是老罗，也指的是小汪，能这样打包评价，就说明在张工程师的眼里，老罗和小汪压根没什么区别，可小汪的情况老罗知道，也就是个小学生水平，但刚才在张工程师眼里，他们都是一样的。这样深入浅出地剖析一番，老罗就有些生气，也有些伤感。从进到山沟禁区那天起，他就是毫无争议的电力专家，专家的头衔顶了二十多年，现在却变成了“你们”，那种天然的身份优势、技术优势似乎正慢慢从他身上被剥离出来，老罗真就变成了和老马老朱没有区别的代号了。老罗有些惶恐，没有区别意味着没有价值，没有价值意味着要被这个养小不养老的部队淘汰掉，老罗可真不愿意混到这样，别看快五十岁的人了，他还有理想，要拼到技术三级，带上将军的军衔和资历章。倒不是迷恋官位，他有不便说出来的苦衷。

既然空调已经运转起来，老罗待在厂房里也就没有了意义，整理着情绪，就出了厂房。老罗的团驻扎在罗蒙山脉的腹地，也不知当年费了多大劲才找到这么一个山高林密、谷底又稍显坦荡的地方。说坦荡，也只是较其他相邻的山谷而言，具体说来，也就容纳着一条路，一条河，再往两边就是悬崖峭壁了。一遇雨天，河里的水就陡然暴涨起来，哗啦啦撞击着石头，撞击着大树，也撞击着河堤，这种声音在老罗听来尤其刺耳，诱得他心慌慌的，不自觉加快了脚步。

回到办公室，股长还没有回来，几个助理员各有忙闲，间或听着牛助理高谈阔论。牛助理谈论的非工作、非爱情，而是刚才电话的延伸。老罗从经验判断，牛助理刚才那个电话打完或许又拨出去几个。近来，牛助理似乎尤其喜欢了解以前同学的近况，听着谁挣钱了，听着谁当官了，他心中的热血就会澎湃起来，也把这种澎湃辐射到整个办公室。

我那个叫王宝的同学，老爸是国务院的，现在在中组部。

我同桌鬼机灵，现在开公司，据说已经几千万身家了。

说完同学，牛助理又说自己。语气和态度岂止一百八十度的大转弯。你说，我当时怎么就心血来潮签了部队的合同?

这深山老林里，学那么多知识又有什么用?

牛助理以前并不这样，最起码刚到装备股的时候不这样。牛助理在团里是个名人，一开始就是，因为他来自名头响当当的北京大学，大学生入伍不是新鲜事，但北京大学的大学生入伍就是新鲜事，尤其在这个深山团里，北京大学的名号几乎可以说是引起轩然大波。有人说，北大的学生都来山里干，我们还有什么资格拈轻怕重？也有人说，北大的学生来山里竞争饭碗，不好好干迟早就得转业或复员。牛助理的北大效应持续发酵着，他先是在团里一场接着一场做报告，告诉大家他从小就怎样热爱军队，怎样通过一顶旧军帽与部队产生联系，怎样与军校失之交臂，又怎样没有泯灭从军梦想，结尾当然是告诉大家要立足军营大舞台实现自己的理想和价值。每当此时，都是以官兵们雷鸣般的掌声结尾。后来，牛助理就成了基地的典型、总部的典型。老罗在总部的《战胜报》上看到过写牛助理的报告文学，名字叫《北大高才生的军旅情怀》，洋洋洒洒一个整版，将近万把字，还配了便装照军装照持枪瞄准照匍匐前进照……一个英雄青年的光辉形象跃然纸上令人振奋，老罗当时却是特别惭愧，闷头想着，都是大学生入伍，当年的自己和现在的牛助理比起来，觉悟相差的岂止一丁半点。

当完典型，牛助理就直接走马上任一营一连的连长，这可是团里最先进最生猛的连，算下来已经出过三个将军。不说出将军的事，光是当上这个连长，牛助理就比同批入伍的大学生快了四年。地方大学生的正常调职程序是入伍后先有一年实习期，第二年授中尉副连，三年后授上尉正连。可牛助理不知得益于双学士还是名校毕业，反正不走寻常路，一下命令直接就是上尉连长，别人贴着地面匍匐前进的时候，他已经展翅高飞了，这个还真没法比，谁让人家是北大的呢。

干了两年连长，牛助理又以飞行速度干上了副营长。就在这时候，立足于为这个深山团保留人才的考虑，机关的股从副营升格为正营，上面考虑到要培养牛助理，就不能让他一直窝在基层，也需要增添一些机关履历，于是就准备让他当正营职的保障处技术股股长，这时候，牛助理的同批大学生战友还都在副连位置上跋涉着，他却要干正营了。放了谁都应该骄傲一下，可牛助理骄傲得有点过了头。

事情的来龙去脉老罗也是清楚的。那日牛助理邀了几个同批要好在营里的小仓库煮火锅，就着火锅喝白酒，也喝啤酒，氛围颇为热烈，也算是为牛助理升迁壮行。说到牛助理的春风得意处，其他几人开始只是喝着酒附和，酒喝得差不多了，就有人表现出沮丧来。按说此时的沮丧也是人之常情，可喝多了的牛助理就不高兴，非常强势地追问此人吊个脸子给谁看。此人也不爽，先是言语冲撞，继而干了起来，干翻了火锅，干碎了酒瓶，干伤了彼此，也干丢了牛助理的大好前程。

正营股长是没法干了，副营长也没法干了，对于牛助理何去何从，组织上万分为难，最后秉承爱护干部的原则，还是把他放到技术股，当个副营职助理员，想着沉淀个一年两年，打架事件的影响消除之后，可以继续委以大任。组织上当然是把话给牛助理挑明了，所以牛助理刚到技术股的时候谦虚谨慎不骄不躁。可仅一个月后，又有了骄傲躁动的迹象。北大的学生嘛，骨子里就是骄傲的，你怎能让他不骄傲?

牛助理的骄傲体现在他对同学的描述上，他的同学有部委的干部，有企业的高管，有资产千万的富豪……大家都能品出来，他说同学不仅仅是为了说同学，人以群分物以类聚，他的同学都这样，那么他的潜力也显而易见。牛助理的骄傲也体现在对自己处境的抱怨上，他一直在暗示他的同事们，如果不来这里，他会怎样。同事们当然会沿着他的话头去联想，有的说，小牛能干个处长；有的说，小牛能干个总裁。这时候，牛助理往往会把对话从世俗的物质层面引向高尚的精神层面，他说，先不管干成什么，最起码能实现人生的价值。

说到价值，牛助理总要把话头引到老罗身上，罗高工，你说是不是？老罗顿一下，平淡地说，啥价不价值的，把活干好就行。

隔着办公室窗户，老罗能清晰地看到那条河，汹涌澎湃，放荡不羁。刚到团里，别人告诉老罗那叫洗心河，老罗问，喜新厌旧的喜新，还是洗心革面的洗心，那人说——洗心革面。

二

现在的老罗就跟他的称呼给人带来的印象一样，平实、朴素、和蔼、与世无争，与我们生活里经常出现的那些老王老马老高老陈等，并没有什么大的区别。这只是现在的老罗，要在以前——以前的老罗可不是这个样子，当然，那时候他有唯一的名字——罗清泉。

罗清泉是清华大学电力学院1987年的毕业生，那一年他们专业共有二十七个人，号称是未来二十年推动中国电力事业发展的“二十七大天王”，可以想见，当年青春年少的他们是何等气势如虹。喝过酒，摔过杯子，天之骄子的二十七人就各奔东西，有人去了乡镇，有人去了企业，有人去了机关。不管去哪里，他们这些人都有实力也有信心从自己的岗位上出人头地，继而镇守一方。果不其然，只十来年的工夫，这二十多人就雨后春笋般在祖国大地的不同土壤中冒出尖来。罗清泉盘点过，那时候，除过一名同学因病英年早逝外，余下的二十六人都有不凡业绩，九个电力公司老总或者副总，七个国家电力部门核心岗位的中层，其余则是大大小小电器工厂或者公司的掌门人。当然罗清泉也不错，是这个山沟团里当之无愧的电力掌门人，三十刚出头，就已经干上了副团职的副参谋长。

罗清泉是心无旁骛的事业型男人，事业型男人很容易成功，罗清泉就成功了。但小小的成功并不能让他满足，他要的是不可复制、只能仰望的成功，于是干好本职工作的同时，他大胆提出改进沿袭了几十年的供电模式。经过几个月绘制图纸和撰写可行性报告，一级级呈上去，果真就批了下来。这在团里引起轰动，你想想，一个多亿的大工程呢！

接下来的几个月里，罗清泉带着自己的小团队北到东北南至广东，几乎走遍了中国所有稍具规模的电器企业，买到所需装备的同时，还大大拓宽了生命的认知和体验半径。整天和那些大企业的老总混在一起，他们请他吃饭，他们请他唱歌，他们让他闻所未闻见所未见，他们热情周到地为罗清泉打开了生命里的无数个窗子，窗外风景是否美丽，只有罗清泉自己心里清楚。对于盛情款待，罗清泉有的拒绝了，有的没拒绝，干了十几年革命，罗清泉当然有自己的原则，但原则在罗清泉这里是个易碎品，时间一长，就溶解在了红酒白酒鸡尾酒里。

别人打电话问，罗老板，有没有时间？罗清泉说，有没有时间关键看干什么事。罗清泉已经不像刚走出大山时那样拘谨和讲原则了，也学会了那些大老板的语气，换句话说，那些大老板在他眼里也不算个啥，还不都想从他身上挣钱呢，他就是大老板们的大老板。别人说，那啥那啥。罗清泉高深莫测一笑说，这个嘛，倒还是有时间的。于是他们就那啥那啥了。这个那啥那啥名目颇多，只可意会不可言传，有时他们在东北那啥那啥，有时在东莞那啥那啥。在哪里那啥并不意味着人就在哪里，他们可以从东北飞到广东那啥，也可以从广东飞到东北那啥。那时候对于罗清泉来说，时间不是问题，距离不是问题。

这样的日子持续了半年或者七个月，事办完了，罗清泉也不得不回山里的部队。司马光说，由俭入奢易，由奢入俭难。现在，罗清泉就比较难，过惯了灯红酒绿的日子，大山的清静真有点让他受不了，肉体虽然在山里，灵魂却一刻不停飘荡在东北和广东的夜空。他也经常给往日的同学打一打电话，以前的电话无非叙叙旧，讲讲当年的温煦感情，现在却不一样，他羡慕一番同学，同学也动员他，要不回来吧，到我公司干，给你个副总当，年薪二十万。罗清泉知道同学开玩笑，也不当真，顶多感慨一番。挂完电话，罗清泉就开始想，如果当时不来部队，而是去了其他地方，或者就和同学一样，那起码现在也是在大城市里有房有车，有灯红酒绿的生活。越是这样想，他就越是难受，甚至想过立时转业。但静心思考，又觉得现在的大环境和当年不可同日而语，在山沟里待了这么多年，再出去不一定能混出名堂。山里待了十多年，营造出一方天地和固有习惯，毅然决然离开，说什么他也下不了决心。

罗清泉在两难之中纠结着，备受折磨，牢骚满腹。工作也不像以前那样尽心尽力，有次还因为违反操作规程损坏了一台机器，这在以前简直是不敢想象的，可现在却发生在罗清泉的身上。领导批评，罗清泉烦躁中言语顶撞，不久，经过党委会慎重商议，撤掉了罗清泉的副参谋长一职。那之后罗清泉更是破罐子破摔，情况几乎到了不可收拾的地步，甚至被列入年底转业人员名单，他越发喜怒无常蛮不讲理。

那日罗清泉照样提了瓶酒坐到了洗心河边，酒是当地产的高粱白酒，人是备受打击心性紊乱的伤心人。喝一口酒，叹一口气，酒喝去半瓶的时候他就开始骂人，自说自骂，使用了最有力道和杀伤作用的那几个生机勃勃的动词，被这些生机勃勃的动词侵犯的有领导、同事、同学，甚至自己。那是你我能想到的最严重的歇斯底里和不管不顾。

一口口白酒强压着内心的愤懑和不满，耳边，是汹涌河水跳跃奔腾冲刷堤岸的声音。罗清泉骂骂咧咧说，一年不如一年了，你看吧，就连这野山沟里的河水也在向我咆哮呢，也在向我示威呢。是啊，罗清泉在灯红酒绿的大城市里活了一回，就这一回，就声势浩荡地激活了深埋心中关于权力和利益的种子，一种史无前例的巨大需求让他不知所措，让他抓狂，让他欲罢不能，却也因不能而分外痛苦。

黑夜逐渐笼罩山沟的时候，月亮就在黑黝黝的山背后明灯一样地出现。愤怒麻醉了心性，白酒麻醉了神经，在长时间的自言自语里，罗清泉产生了幻觉，眼前波澜壮阔的长河里突然浮现出一张湿漉漉的面孔，是的，那是一张像极了人脸的面孔，只是体积巨大，棱角模糊，这张浮游空中的大脸上有眼睛有鼻子有嘴巴，好似一个动画片里的卡通形象。罗清泉本能地有几分恐惧，拖着身子往后挪了几米，大脸还在那里；使劲揉了揉眼睛，大脸仍在那里；用足了力气掐自己的下巴，没错，一切是真的，罗清泉有深切而真实的痛感。他害怕了。

罗清泉以为这汹涌的河水派出这张卡通味十足的大脸要把他这个充满委屈和不幸的人拖进水里淹死，却不是，大脸温和善良地看着他，他们没有对话。罗清泉觉得这张大脸上的嘴巴会张开来，喷出湿漉漉的雾气，然后像团里面领导那样教训他一番。教训吧，他已经习惯了，习惯了那些领导高高在上的姿势，习惯了那些领导纵横捭阖的口气，他们以为自己所说的一切都是对的，但在罗清泉眼里，却是没有任何营养的废话，他蔑视领导就像蔑视自己当下的命运一样无可救药。那张湿漉漉的大嘴并没有张开，这却并不影响一张大脸和一张小脸的交流。是的，这是洗心河与罗清泉心灵的交流。

罗清泉不敢相信这是真的，他运足了力气紧紧捏住自己的嘴巴，是的，嘴巴被捏得紧紧的，柔软的舌头安分地躺在方寸口腔中，舒展平静。在这物理的平静中，罗清泉在精神上却是跌宕起伏，他明显感觉到了洗心河在和他说话，在和他交流。是的，在交流，洗心河跳跃着它那湿漉漉的脑袋一直在问，我能帮你什么吗？我能帮你什么吗？

帮我什么？罗清泉在心里想着，你帮我成为最成功的人吧。不想这个想法迅疾如同电流一样传到了洗心河里，并且很快有了回应，罗清泉脑中已经有了一种清晰的反射回应，他想成为谁，洗心河都能满足，而且拥有三次机会。成为谁呢？罗清泉想到了比尔·盖茨，想到了乔布斯。可这一切没有逃脱洗心河的掌控，它传来消息说，成为谁都可以，但罗清泉一旦走进那个人的生活，就要承担那个人在生活里的一切幸与不幸。罗清泉思忖，什么是幸什么是不幸。洗心河传来消息说，每一个人都有自己的幸与不幸，或许对于名人来说，我们看到的都是幸，没有看到的是不幸，我们独能看到幸，所以往往误以为他们没有不幸。这种提醒让罗清泉警觉起来，他想成为大成功的人，却又不想落入大不幸的圈套，那时候的乔布斯雄心勃勃身体却是每况愈下，罗清泉可不想刚一华丽转身就经历从医院到墓地的短暂旅程。他打算找一个知根知底的人，他知道他们的为人，他懂得他们的成功，他要再在洗心河的怂恿下做一次稳赚不赔的尝试。罗清泉想到了他的大学同学张三，他的二十多个同学有的有钱，有的有权，但权钱都有的莫过于在中央某部当处长的张三。张三的威武经过同学的口口相传已经到了神话的程度，坐在办公室里发号施令，掌管着某工作的全国指挥权，他说给补贴就给补贴，他说增加生产就增加生产，一句话带来的进出少说也是数十上百亿，下到地方那也是财神爷的待遇，别看一个处长，经常都是要各省的省长书记作陪的。就张三。罗清泉打定了主意。

定下主意，罗清泉就在不知不觉中向着洗心河里走去。他知道这就跟《西游记》里演的一样，进到河里就进到了另一个世界，他内心渴望着见证奇迹时刻的到来，他咬紧牙关大步朝前，瞬间，一个凶猛的大浪打来，罗清泉一个趔趄，就翻进了汹涌漩涡里，身体漂荡无所依靠，河水挤进五脏六腑，他感觉自己就要死了。没喊出声，昏厥过去。

再睁开眼睛的时候，罗清泉坐在了宽敞的办公室里。实木质地带旋转的老板椅，宽阔锃亮的办公桌，隔着窗户望去，外面高楼林立，车流涌动。还未从梦境般的虚幻中回过神来，电话铃声骤响。

是一个自称小顾的某集团公司老总打来的，说晚上要请张处长吃饭。愣了一下，罗清泉才想起张处长就是自己。他不知道该不该应下来，揣度着以一个中央处长之尊，能否随便答应一个地方老板的邀请。主意未定，小顾却说这个饭局是上个月就约好的，某省的副省长也参加，既如此，罗清泉也就没有拒绝的理由。于是，就应下了。

罗清泉没有坐部里的车。晚上六点下班的时候，小顾的电话准时打来，说车子在单位门外靠左一百米处等着。罗清泉想着，这些北京的老板真是讲究，不光想得周到，还替领导注意影响，心中甚是满意。饭局设在一个偏僻的地方，让罗清泉很容易想到“风高月黑，借刀杀人”这个标配语汇，他狐疑地看着小顾，心想，这家伙不是要绑架自己吧。待进到里面，富丽堂皇的布置才让他放下心来。人不多，也就五六个，小顾说的副省长罗清泉不认识，讲清了才知道是一个十年前就退下来的副省长，这也无妨，吃饭嘛，跟谁吃不是吃？

饭是最精致的饭，酒是最高档的酒。酒足饭饱后，小顾提了一个箱子给罗清泉。罗清泉有点眩晕，但头脑不失清楚，警觉地问，这是什么？没什么，就是上次张处长让帮忙搞的东西。小顾轻描淡写。罗清泉当然不记得上次张处长的什么事情，既然在情理之中，那就收下了。饭后罗清泉在那个不起眼的房子里按摩桑拿一番后就住了下来。洗完澡光着身子刚要就寝，就听见砰砰砰的敲门声，进来的是小顾，小顾后面还跟着一个人，非我族类，而是个国际友人，且是女友人，细高个，白皮肤，大胸脯，金发碧眼，那蓝色的眼珠子忽闪忽闪，电流强劲，一见到罗清泉就手舞足蹈地说“哈喽”。罗清泉不知所措，弄了个大红脸。小顾没说话，就把国际女友人往屋里请。罗清泉顽强地堵住门口问，这是干吗？小顾笑着说，这是小刘啊。罗清泉张口结舌，问哪个小刘？小顾说，忘了？就是上次一起吃饭的刘易斯。就在罗清泉纳闷的工夫，刘易斯闪进屋里，小顾离开，关门。

剩下的事情跟大家想象的一样，该发生的发生了，不该发生的也发生了，什么该发生什么不该发生，只有鬼知道。次日晨，疲乏的身子还没缓过劲来，小顾又来了，一个人，拿着文件夹，让罗清泉签字。罗清泉觉得是圈套，但想想，吃了人家的饭，拿了人家的钱，对，昨日装在皮箱里的就是一捆一捆的人民币，还睡了——算了，不想那么多了，顺水推舟，签就签吧，不就三个字嘛，不对，不就两个字的事嘛。罗清泉大笔一挥，签下“张三”两个字。

未过几日，还没弄清楚状况的罗清泉就被反贪局带走了，很快调查取证完毕，涉及违法十多起，共贪污受贿七百多万，一百多万来源不明，为十多家企业谋利超过一个亿。对于罪证，罗清泉当然要发言，他说那晚只收了五十万，违法也就那一次，其他的都是为张三背了黑锅，没人信，他为张三背了黑锅，那他又是谁，没人相信他是张三那个待在大山军营里本本分分的同学罗清泉。最后判了十一年，就在戴上手铐脚镣押往监狱的时候，罗清泉不干了，坚决不愿再替张三受罪。

果真，罗清泉又回到了洗心河边。河水击石，汹涌澎湃。

罗清泉一上来就埋怨洗心河，说洗心河把他往火坑里推，明知道张三犯了那么多事，还让自己替他受罪。洗心河说，每一种命运都是你自己的选择，我可以帮助你成为你想成为的人，却不能帮你抉择成为失败者或者成功者，好人或者坏人。罗清泉不想听那么多，他只想尽快换一种活法，一种功成名就说一不二的活法，这次他想成为李四。

李四是一家大型电气公司的老总，上次罗清泉到广东时一起聚过，罗清泉贸然猜测李四的身家。说一千万，李四笑笑；说一个亿，李四笑笑；说十个亿，李四也笑笑。笑完说，没那么多。于是罗清泉坚定地认为，李四的身家好歹也有八九个亿。现在，他就想成为拥有八九个亿的李四。想成为李四，却不得不为张三的事埋单。洗心河说，你要记着，还有十一年的监狱要蹲。罗清泉冒出汗来。洗心河说，不用现在就蹲。罗清泉问，那什么时候？洗心河说，你离开部队的时候。

又经受一番跳进漩涡的折腾，罗清泉就到了李四的世界。

不像初到张三的世界时那样安逸，一进入李四的世界罗清泉就提心吊胆。坐到杂乱无序的办公室里，他就没有闲过，三个多小时里，他打出去七十多个电话，全是找钱的。找钱的理由全不一样，有的说临时应急，有的说帮朋友倒手，还有的说瞄上一桩大生意。借钱的标准也不一样，不同的人开不同的口，有的借几百万，有的借几十万，还有的借几千块。已成为李四的罗清泉看见自己的手指划拉到了电话簿上“罗清泉”的号码，想了想还是拨出了，李四想向罗清泉借三万块。上一次聚会的时候，罗清泉说自己一个月的工资是两三千块，李四说这点钱够干什么，让他转业跟自己干，一年二十万。现在李四想着，三万块是罗清泉一年的工资，想必心理上能够承受。电话拨出去，无法接通。罗清泉干着不得不干的事，却暗自庆幸多亏山里没有手机信号，否则三万块就没了。如此折腾了三个小时，罗清泉已经知道自己所扮演的不是身家八九个亿的李四，而是倾家荡产的李四。更为可怕的是，李四打算不负责任地捞上一笔，然后逃亡海外，他把护照机票都办好了，只等着一笔笔钱汇过来后就拿了走人。让罗清泉恐怖的是，已经有几个大老板听信了李四的话，答应几十万几十万汇过来。罗清泉心急如焚。他已经不能经受这种煎熬，他喊洗心河，他要回去。

如同灵魂抽离躯壳，罗清泉又回到了黑夜里的洗心河边。

我不干了。缓过神来，罗清泉尚沉浸在巨大的恐慌中。洗心河说，你不能就这样不干了，你走进李四的生活，你就要替他承担责任。罗清泉说，我什么都没干，一去就忙着打电话，厕所都没上一个。罗清泉确实委屈，在张三的生活里，他吃也吃了，喝也喝了，还与国际女友人共度良宵。可在李四的生活里，除了担惊就是受怕，连杯水都没顾上喝。洗心河说，这是你选的，这就是现在你所羡慕的李四的生活，好或者坏，你都要担起责任。罗清泉问，怎么担？洗心河说，算你运气好，李四潜逃不成被抓了，以诈骗罪判刑七年。罗清泉争辩，这七年跟我没关系。洗心河说，李四的七年就是你的七年。

罗清泉算了一下，就这片刻时间，别的不说，光领刑就是十八年。

洗心河没有食言，仍旧坚持把最后一次机会给罗清泉。它问，你说吧，还想成为谁，你依旧可以毫不费力地走进他的世界里。罗清泉说，我谁也不想成为了，不想成为张三，不想成为李四，你把刚才的承诺收回去吧，就当什么也没有发生过。洗心河说，那可不行，人生是条单向行驶的轨道，没有回头路，你选择了，你就要走下去，你就要承担所有应该承担的责任和义务。罗清泉知道洗心河可以让他走进张三李四的世界，也就可以让他坐满十八年的监狱。还要成为谁呢？站在冰冷湍急的洗心河中央，他把自己功成名就的同学又过滤了一遍，似乎每一个在他心中都打了折扣，不再像以前那样带有迷信般的向往，过电影般闪现一个个光彩熠熠的头像，每一个头像后面却都是高深莫测的甬道，不知道会通向哪里，未知的领域在罗清泉心中都是凶险的黑暗。

成为罗清泉吧。罗清泉觉得只有自己是最可信的，因为他了解自己，他知道自己要什么不要什么，他明白自己敢干什么不敢干什么，他更知道，只有自己还原成罗清泉，才能不受无妄之灾。

罗清泉闭上了眼睛，向急速旋转的漩涡深处走去，瞬间，扑起的浪花击打过来，无法抗拒的压力把河水挤进了他的五脏六腑。

三

洗心河一事让罗清泉醍醐灌顶。他一直想着，如果这种醍醐灌顶早些来就好了，他也不至于犯下那么多不可挽回的错误，现在即使知道走自己的路是最为妥帖的，也不能翻到上一页重新来过了，没有了副参谋长的职务，他又回归成技术九级的纯技术干部。此刻，他仍旧面临着被转业的危险，转业之后他就再没有选择，等待他的将是十八年的牢狱之灾，三十多岁转业，坐十八年监狱，就五十多岁了，一个糟老头子甚至连出狱的必要都没有了，死在监狱算了。这样想着，他就感到害怕。罗清泉从来不抱免除牢狱之灾的侥幸，他设想过无数回领刑十八年的缘由，或者因为驾驶汽车肇事撞死了人，或者因为莫须有的强奸或者抢劫，又或者自己的挎包里被不知什么人放进足够重量的毒品，反正对照着十八年，怎样都行。洗心河可以让他随心所欲走进别人的生活，就同样有足够的办法让他为自己的承诺付出代价。

罗清泉现在紧要关心的，就是不要离开部队，如果能干到八十岁一百岁最好，别人六十岁闹退休，他坚决不退，他要发挥余热，把自己的电力知识毫无保留地奉献给部队，奉献给大山里的团队，哪怕一分钱工资都不要。可是——关键问题在于今年底，他就可能被列入转业名单。一切怪不得别人，都是他自己造成的。自己偷懒导致安全事故，自己不知悔改顶撞领导。罗清泉想着，一切能够从头再来就好了。

发生的已经发生，世上没有后悔药，如果有，罗清泉愿意第一个吃，吃下去，他的人生就可以从当副参谋长那时候重新开始。现在怎么办呢，罗清泉只是想着不要让自己转业，想得脑袋都疼了，一宿一宿睡不着觉，每次照镜子，都明显看到头上的白发噌噌往上冒。

什么也不想了，就干好自己的工作吧。这是罗清泉最后做出的决定，之所以如此决定，主要原因在于他也的确再无别的办法可想。那时候，厂房的施工还处在攻坚阶段，一批批刚买回来的机器等着安装，任务异常艰巨。因为罗清泉前期的不良表现，促使团党委痛下决心，把这个技术精湛的“电力通”暂时拿下，让一名副团长主抓电力工作，但事实证明，干技术和干革命的本质区别不在于干劲和态度，而是有无核心竞争力。副团长的干劲和态度没的说，一天二十四小时窝在厂房，到处有他的身影，到处有他的声音，但是机器装了拆拆了装，就是在该运转的时候运转不起来。副团长急了，说，这他妈的什么破机器，逼急了老子亲自上。后来副团长就亲自上了，亲自上跟在边上指挥没有什么大的区别，最大区别在于两个年轻人可以暂时休息一会儿。就在这关键而比较尴尬的时候，罗清泉又回到了厂房，他回到厂房是令大家非常意外的，在很多人看来，罗清泉之所以敢顶撞领导，就是因为他不想干了，顶撞领导之后他理所当然不用来上班，整天耗在宿舍的床板上打打电话看看电视就行，到了年底，顺理成章就走人了。罗清泉嘛，清华大学的高才生，学历和技术都是硬邦邦的，不怕到地方上没碗饭吃。可这时候，罗清泉却来上班了。

罗清泉到了厂房就是干活，副团长让干啥就干啥，副团长没有具体命令的时候，他就检修一下机器，维护一下线路，反正不闲着。因为罗清泉的参与，厂房里的机器不出两个星期全部安装到位，当拉起闸刀，这些奇形怪状的大家伙轰隆隆一起运转起来的时候，副团长搓着手站在人群的次前面，最前面的是团长，副团长给团长介绍说，装机器跟带兵一样，先要了解它们，然后对症下药。团长肯定地说，你这脑袋瓜子就是灵，学啥会啥。副团长摸着脑袋说，还是团长领导有方。

厂房的机器安装完毕，运行一段时间后，团里组织了声势浩大的表彰大会，一名副司令亲自参加。副团长荣立二等功，小李、小刘、小王荣立三等功，被嘉奖的还有小江、小魏等近十人。副团长不用介绍，“小”字辈的都是罗清泉的徒弟。此次表彰与罗清泉无关，但罗清泉还是高兴的。因为作为恰如其分的补偿，就在表彰大会之前一个小时，政委找他谈话，说副团长实事求是讲了罗清泉在厂房机器安装中的表现，团党委心中是有数的，所以明确了罗清泉下一步的工作分工，就是编制落在保障处装备股，人在一营，有利于发挥他的优势，虽然领导职务没法恢复，却依旧是团里电力相关业务的负责人。

这就是说，一时半会儿罗清泉是转不了业了，闻此消息，罗清泉泪水奔涌。政委并不能明白罗清泉的情绪何以如此跌宕起伏，解释说，这是组织上经过慎重考虑做出的决定，你还年轻，好好干，肯定有冒出来担当大任的一天。政委误解了，以为罗清泉想当官。

安定了，罗清泉如释重负。那段时间，厂房里的机器正在关键的调试阶段，经常因电压不稳出现跳闸等异常情况，见此，罗清泉主动请缨住到了厂房，二十四小时监控机器的运转情况，有时竟忘了吃饭，兢兢业业之态度令人为之敬佩。如此，罗清泉在团里的新形象逐渐确立，虽然当年犯错误和顶撞领导的事情还偶尔被在各种场合提起，但更多时候的大会小会上，领导总会说，干工作要向罗清泉同志看齐。

过了几年，团里的领导相继高升或者转业，比罗清泉年龄长资历老的干部已经为数不多，曾经年轻意气的往事也逐渐随着洗心河的波涛汹涌流到远方去了，少有人提起。一茬茬的干部和战士看到的罗清泉永远是那个在厂房里不声不响默默干活的人，再一打听，啊哈，竟是清华大学的高才生，更是张大了嘴不敢相信，传奇由此诞生。

也在这时候，罗清泉的名字不再被人提起，相熟的，喊一声老罗，更多的人则喊罗高工。老罗这些年确实干了一些建设性的工作，在团里乃至基地，颇有些口碑。每年大学生干部分到团里他都要先去挑几个电力苗子，从基础的爬电线杆到线路维护，他都手把手亲自教导。因为是对口传帮带，他带出来的徒弟理论扎实实践过硬，每一次的各级比武中摘金夺银早已是家常便饭。只要有人说，这是老罗的徒弟，比武场上的对手十有八九都不指望拿第一，只能摆着重在参与的心态。长此以往，老罗的名气传开，基地便安排他定期给基地的电力骨干上课，不是草台班子，而是专门在教导团组织，每期一两百人，列了课表，从理论到实践，老罗每年要当两个月的“客座教授”。有人算了算，说古有孔丘弟子三千，现在老罗的弟子马上赶上孔子了。老罗听后说，我哪敢跟孔子比，孔子培养的是大哲学家，我培养的是电工。话虽这样说，但老罗的心底里是高兴的。

当“客座教授”之余，老罗还主动请缨，利用两年多时间拄着拐棍走遍了方圆两百里的深山密林，其间被狗熊吓过，被野猪追过，被马蜂蜇过，苦与痛简直难以言说。但是老罗愣是坚持了下来，绘就了地形地貌图，还建设性地提出依照地形走势更改团里的线路布局，以最大限度减小自然环境带来的破坏。很快，上面批准了老罗的建议。如今，团里一年三百六十五天不断电，都要归功于老罗。

算了，也不一一列举了，反正老罗就没闲着，从三十多岁就这么一直忙忙碌碌干到了快五十岁。现在老罗已经不再害怕转业，就算整天躺在床上睡大觉，他也能熬到退休的年龄，关键是他也不想在六十岁的时候就退休，他想一直干下去，哪怕到时候返聘也行。琢磨这个事情的时候，老罗心中还有一个矛盾的心结，一方面他希望徒弟们快快成长起来，好从他的手里接过团里电力负责人的接力棒；另一方面，他又害怕他们的技术熟练起来，年轻人嘛，毕竟有优势，万一哪一天他失去了电力负责人的名头，或许团里就不需要他了，这个大山里就容不下他了，弄不好随便找个理由就让他退休了。想到这里，老罗又有些心神不宁，他可不想离开这个大山，他知道离开意味着什么。

很少有人知道二十年前的罗清泉，大家看到的只是现在的老罗，罗清泉和老罗看似只是一个人不同时期的两个代号，没有具体的区别，但实质上，却是云泥之别。如果以前的罗清泉是云，那么现在的老罗就是泥，而且老罗使足了劲，继续把自己深扎到泥沼里。一提起清华的学生，大家很容易想起国家领导人某某某，大科学家某某某，财富排行榜前十名的某某某以及某某某，但现在有人一本正经说起老罗也是清华的学生时，就云里雾里有点超现实的魔幻主义色彩。每一批新分配到大山里的干部或者战士，都被老罗的过去履历和现在身份震撼过，至于在不同人的头脑里掀起怎样的风暴，个人自知。但大体上知道老罗的情况后，大家都会更加踏踏实实在山沟里干下去，毕竟嘛，这个集体里有个清华的学生，这个集体的整体档次就提上去了，反过来说，清华的学生都在这里待得住，自己还跳腾啥？

大概五六年前，总部《战胜报》的一名女记者来大山里采访，初来觉得这里山高林密空气宜人，很适宜居住生活，便说要来这里待上十年八年，不想三天未过便急着要走，临行抛下一句话，山清水秀，一住就够。也就在仅有的三天里，女记者采访了已经被叫作“老山沟”的老罗，采访进行了两次，每次半天，回去不久，那篇配着老罗照片的通讯稿件就出来了，名字叫作《大山深处的“罗清泉效应”》，内容大体是说，因为大山深处有了清华毕业的罗清泉，一届届毕业生才比学赶帮超，心甘情愿留在大山，心系大山，建设大山。稿子发表后，反响挺大，总部首长还在上面签字“向罗清泉同志学习”。

正如大家所知道的，“罗清泉效应”确实影响了这个山沟部队很长一段时间，甚至有句顺口溜都传出来了：若有苦痛和怨言，想想一营的罗清泉。罗清泉真就如同一面镜子，正己照人，四面发光。

可自从团里来了牛助理，情况似乎开始有所改变，尤其牛助理犯错误到装备股当副营职助理员后，这种情况尤为突出，罗清泉甚至嗅出了某种危险的气味。每次见到牛助理，他内心都升起一股无法言说的压迫感，他再清楚不过，这种压迫感与其说是牛助理给他的，莫如说是他自己强加给自己的。

罗高工，你觉得这样过一辈子亏不亏？

老罗，说一说，你同学现在混得最好的在干啥？

老罗，想过没有，你如果不来部队，这会儿应该在做什么？

现在的牛助理和二十年前的老罗简直就是一个德行，好高骛远，目中无人。老罗也再清楚不过，这二十年里，之所以没有人质疑过他，主要是因为“清华大学”的牌子泰山压顶般镇住了他们的质疑，连喘息的机会都不曾有，还谈什么质疑？是啊，清华大学是什么，是那些家伙在学生时代做梦都想走进却毕生走不进的地方，对一个走进去又走出来的人，除了顶礼膜拜还能怎样？还要质疑吗？笑话，你又凭什么质疑？但牛助理不一样，他来自同样牛逼的北京大学，何况在北大学生的骨子里，对清华大学有一种天然的敌视和不屑一顾。清华又怎么样，混了这么多年也就是个高级工程师，就差一点，牛助理肯定在心里想过无数遍，就差一点他就要成为正营职股长，成为老罗的直接上级。所以骨子里他并不把老罗放在眼里，可以叫他罗高工，也可以叫他老罗，并且常常带着轻浮的语气鼓励老罗对比他的前世今生。

老罗怎样面对呢？老罗已经不是年轻时候的罗清泉，沉淀了二十年，棱棱角角都磨平了，他不会和一个初出茅庐的小孩子较劲置气。老罗不正面回答，他甚至还担心某一个字眼刺痛了牛助理，让他生出不应该有的不快来。老罗说，人吃哪碗饭都是有定数的，不能跟这个比跟那个比，要知足要心存感激。牛助理听了就不痛快，说，好我的老罗啊，你还是堂堂的清华毕业生，咋是个唯心主义者？事在人为嘛，啥事都要通过自己的努力和奋斗实现，咋能是有定数的。站在老罗的角度来讲，没法就唯心唯物进行深层次的探讨，一切对话都是为目的服务，脱离了目的的对话对他来说，没有丝毫意义。他就打哈哈说，啥奋斗不奋斗，这都是你们年轻人的事，我们现在就图个舒坦。牛助理深切地意识到，老罗已经堕落成行尸走肉，而他是有理想的。

那天早上到办公室的时候，有理想的牛助理又不高兴了。起因也简单，机关正规化检查，要给办公电脑加装几种软件，要打扫卫生，要把柜子里的文件按照涉密登记级别按序排放，反正相关的工作一大堆。保障处是几天前就布置下去了，今天上午自行检查的时候，牛助理却没有按照要求落实，股长就不高兴了，批评牛助理不珍惜集体荣誉。牛助理反驳说，正经事还干不完，哪有时间搞这些虚头巴脑的事情。股长敏感，坚持认为牛助理嘴里的虚头巴脑说的不是事情，而是说他。牛助理一不做二不休，干脆指名道姓骂股长就是虚头巴脑。老罗见事件逐步升级，急得这边劝劝，那边拉拉，却全没有效果。两人都是年轻气盛，眼瞅着撸起袖子就要干起来，多亏几个年轻的同事强力拉住，要不然还真不知道有什么事情要发生。看到血气方刚的牛助理，老罗不由自主又想起了二十年前的自己，也是这样生猛，也是这样不计后果。想着，就有些害怕，因为又顺便想起了后来的事情，想起了那天晚上的洗心河，想起了还在后面等着的十八年牢狱之灾。

股长和牛助理被叫到保障处长办公室进行集体谈心，老罗清楚，保障处长谈完副政委要谈，副政委谈完团长要谈，团长谈完政委还要谈，他也太清楚为什么是政委最后一个谈，团里的党委书记嘛，谈完之后就要给两个人打架这件事情定性，特别恶劣杀一儆百，或者偶发事件下不为例。不管哪种，对两人的成长进步都会有影响。不觉间，老罗又走到了洗心河边，上游又下雨了，河水这几日持续上涨，翻滚的浪花砰砰地撞击在回旋处的岩石上，被撞得粉身碎骨，落入河中，迅疾又组织成新的一股，再次重重地向岩石上撞去，义无反顾，毅然决然。奔涌的河水让老罗有些害怕，他一闪念又想起了还在谈话的牛助理。

翻来覆去斗争了一整天，老罗痛下决心，要找牛助理去聊一聊。聊什么不重要，重要的是他想让牛助理知道，不要犯下跟他一样的错误，年轻不是犯错的理由，生命的轨迹是不可逆的，走过的路不能擦掉重来，走了什么样的路，就要承担起什么样的责任。他想好了，要给牛助理讲讲他自己的故事，就讲他当年怎样一下子干到了副参谋长，又怎么样好高骛远犯了错误，如果可以，他还要讲讲怎么样替张三李四活了一回，以为是锦衣玉食高官厚禄，没想到到头来得到的却是一场无妄之灾。老罗原本不想说这些的，你也知道，一个人最不愿意让别人知道的就是他不光彩的历史，但没有办法，老罗要去说服的是牛助理，北大毕业的有理想的牛助理，而不是张助理刘助理或者其他什么人，没有血淋淋体无完肤的事实，他是怎么也不会相信老罗的。为了拯救那个和自己一样年轻过的孩子，牺牲自己一回又如何呢。老罗下定决心了，就是今天晚上，带上一瓶酒，带上一些花生米什么的，找牛助理谈谈。白天老罗就想和牛助理说的，可是一整天都没有见到牛助理，想问股长，看股长铁青着个脸，也没好问，想着等等就来了，可一直等到下午下班，都没有见到牛助理。老罗的心中隐隐有些不安。

晚上业务学习的时候，老罗还是盼望着牛助理能来，他斜着眼睛一遍一遍往门口看，可一直等到九点，牛助理还是没有出现。但老罗已经不像开始那样担心了，因为从张助理那里听来消息，政委并没有把上次的冲突事件上纲上线，只是说两人都年轻气盛要互相谅解一些，不用处分甚至不用交检讨，只是口头批评了一下。口头批评一下，那简直连批评都算不上，就像团长总是对他说“老罗，你不能光带头工作，也要带头休息”，这就是口头批评，听见没，这是批评的形式表扬的内容。既然这样，老罗心里就瓷实一些，没有批评就没有怨气，没有怨气就没有出格的牢骚和举动。

业务学习结束，老罗又在办公室里待了一会儿，出门的时候已经十点多钟。出了办公楼，他就感到洗心河里湍急的水流分外狂飙，让人有些心慌。老罗不愿沿着河边走，但要回到一营，这是唯一的通道，他只能沿着道路远离河水的一边，急匆匆地迈着步子。

突然，在湍急咆哮的水流声之外，他竟听到了另一种声音，对，没错，是有人在说话。激昂、亢奋，却含糊不清。老罗有些心惊，借着被云层遮挡的月光，透过黑暗里摇曳的树枝，他看见了一个人影，正在河边半躺着，灌一口酒，急躁地喊着什么。那是谁？仔细看，老罗看到了自己的背影，是啊，那就是二十年前的自己，他有些毛骨悚然。仔细听，却不是自己的声音。谁呢？没错，就是消失一整天的牛助理。老罗惊讶地看见牛助理像接受了某种指令一样，突然站起，甩掉酒瓶，正在朝着洗心河的中央走去，步伐坚定从容，老罗想冲上去拉住牛助理，却怎么也迈不开脚步，他两腿发软全身发抖。黑夜给了他黑色的眼睛，在他黑色的眼睛里，牛助理正在洗心河里变小，直到最后什么也看不见。老罗瘫软在地上，他不知道牛助理什么时候上来。耳边充斥着洗心河水撞击石头的声音，一波接着一波，声声如雷。

原载于《西南军事文学》，2014年5期

无名谷

无名谷于我既遥远又缥缈，而我的大学同学罗江已在那里待了十年。

当年我们学员队九十八个人，分配到海陆空和第二炮兵部队，分散在天涯海角的各个军营。北到漠河，南到南海，最西边的扬言撒泡尿能顺风飘扬到印度，最东边的则常随军舰巡护钓鱼岛，一个比一个远，一个比一个更有理由在彼此的生活中杳无音信。独我俩未分散，一同分到了第二炮兵的A基地，甚是欢快，想着有更多机会在小酌两杯里共叙往事。可集训结束后二次分配，我留在了镇上的训练团，他却进了遥远神秘的禁区无名谷。

记得在前往A基地报到的长途火车上，罗江一遍遍给我讲他的五年规划。他脑子里全装着经商的门道，又是做电子品牌的总代理，又是依托互联网开设线上工厂，还煞有介事地说要找些老师办培训机构，怎么招兵买马，怎么运作，怎么挣钱，说得头头是道。想着上军校真是可惜了他这经商的好材料。说到高亢处，他还许诺我说，阿满，要是做成了，以后教育培训这一块就交给你，咱们要立志做成东南地区最大的培训品牌。他那样气势磅礴，仿佛我们不是去基层部队任职，而是履新跨国公司的大区经理。

罗江可不是光会耍嘴皮子，而是在经商领域有着实实在在的辉煌战绩。大一下学期他就开始倒腾拨号电话卡回学校卖，虽然当时管理甚严，但罗江总有办法稳妥安全地买进卖出。大三时手机开始普及，他又成为某国产手机在周边几个学校的分销商，还卖组装电脑。据传，他最多一个星期卖过一百多部手机和二十多台电脑，人称“政治大学的电商大佬”。

临毕业，我们大多数人只凭借一百多块的津贴清贫生活，而罗江胡吃海喝奢侈浪费之后，还华丽丽从大学校园里带着数十万高调毕业。他那次在火车上先和我谈怎样挣钱，又顺理成章地扯到人生价值的大课题。罗江说，一切金钱都是劳动成果的体现，你越有钱说明劳动成果越多，说明对社会贡献越大，自然也就更有价值。他谆谆教诲我，其他的都是瞎扯。

刚从政治大学故纸堆里抬头的我一番聆听，醍醐灌顶深以为是。加上他曾呼风唤雨的本领，我更坚定地认为，没有什么能够阻挡罗江前进的步伐。

可未料想到，罗江被分配到了无名谷。在那深深的群山交错里，是固化的与世隔绝和整齐划一，不会给他留出丝毫施展经济智慧的缝隙。他说过不想在部队久留，如今置身艰苦之中，能想见他的不甘心和不安心。

果然在分别后的一个晚上，我正代替指导员在俱乐部领教歌曲，文书说有我电话，接起来，正是罗江。他的情绪很低落，对我说，阿满，你知道这无名谷的山有多高吗？他还说，我的家就在山脚下，劳神费力考学离开了大山，不想到头来却进到更大的山里。沉默许久，他决绝地说，你看着吧，我必须离开这里。他问我信不信。我未及回答，那边传来紧凑的集合哨声，接着一阵凌乱嘈杂。没说再见，电话就嘟嘟嘟挂断了。

我相信罗江能把自己调离无名谷。他有我所不具备的力量和能量。

没过几天，他的电话又打来。

我无论如何都得走。

这才刚见习，能走吗?

我不管，只要能离开这鬼地方，被除名都行。

还没授衔呢，不如等一等再说。

我一天都不想待了，必须离开。

那时我未到过无名谷，也未听人详细说过。可既然罗江如此不管不顾坚持离开，我自然想那里是刀山火海痛苦莫名，就在心里同情并支持罗江。

之后两三个月再无罗江的消息。无名谷是军事禁区的禁区，普通军线电话打不进去，我急切，却等不来他丝毫音信。此间我被分配到警勤连，经受着和军校截然不同的体验，既有新兵客气地喊我排长，又有代理排长之职的二期士官刁难苛责；既有半夜站哨的疲惫痛苦，又有给全连官兵上课的春风得意。秋风吹出些许寒意之际，我被调到团政治处当干事。

初到政治处，也没有什么紧要任务交给我，每天最重要的工作就是打扫处里的卫生区。卫生区范围不大，却有几棵五六十年的白杨树，初秋季节一片金黄，甚是美丽，可随着风来，便是无边落木萧萧下，每天飘零一层，打扫干净，次日晨，又是一层，且地势坑洼，清扫甚难，颇费耐心和力气。在瑟瑟寒意的秋天早晨，我总是热气腾腾地在如画般美丽的白杨树下忙碌，再想起，竟是生动的场景。不久，一个外单位调来的副主任站在树下说，小高，我和你一起搞。一聊，他竟是从无名谷调出来的。

你是哪个学校毕业的?

政治大学。

今年刚毕业?哦——对——他望我一眼说，肩上还扛着红牌呢。

我羞涩地抬头笑笑，对领导的关心表示敬意。

那你应该认识罗江?

认识认识，我们是大学一个队的同学。

“哎呀，你这个同学表现可不咋好。”

副主任告诉我罗江分在警卫营，而他当时恰恰就是营里的副教导员。你那个同学啊，毛病可不少。副主任上班时间绝少到我们几个干事办公的大办公室，只在早上清扫落叶时，想起一件说一件罗江的故事。我听得越多，后面想知道的就越多，面上却装得淡定，不主动问，只等他讲。

分到警卫营后，见习学员都分散到各班和战士同住，别人都行，只有罗江提出调换宿舍，他嫌班里有战士打呼噜睡不着，换完后还是不行，又说受不了另一个宿舍的汗臭味。营里没法，最后把他安置在行李库房。睡觉的事算是解决了，可胡搅蛮缠的事情还在后面。警卫营早晚都要跑一趟重装五公里，罗江一回没跑完，就死活不跑了，还振振有词地说，人的体质有差异，有的能跑，有的不能跑，他属于后者。好吧，不跑步就打扫卫生吧，可罗江打扫的卫生回回被通报批评。评比结果就张榜公布在营部门口的宣传栏里，全班都脸红，就他理直气壮地反驳说，当兵不是打扫卫生的，而是打仗的。副主任叹息说，这样的干部对自己不负责，谁还对他负责。

只言片语里也得知无名谷山清水秀，营区整洁，似乎并不是我依着罗江的厌恶揣度的那般恶劣。不知道罗江所有的不能忍受是不是皆因为高山密林里的无名谷剥夺了他经商的梦想。他无奈于一入此地，理想顿成浮云。

黄叶落尽，关于罗江的故事也告一段落。副主任是团领导倚重的笔杆子，整天在自己的办公室里闭门写高深莫测的政研材料、研讨材料、会议材料，平时很少参加处务会，也不到我们的大办公室来。只在吃饭时能在食堂打个照面，他总在这时舒展了笑容鼓励我，小高不错，好好干。

大概在元旦前后，副主任突然打电话叫我到他办公室。

你知道不，罗江被关了禁闭。

关禁闭！为啥？

那小子想翻山离开无名谷，结果被抓了回去。

啊？我大脑一片空白，并不知道这意味着什么。

你跟他说两句吧，做做思想工作。

副主任转了两次机，把电话接到了罗江手里。

喂，罗江吗？我不确定在电话那头的寂静里有没有人。

阿满，怎么是你？是罗江的声音，他先是惊讶，继而慵懒，颓丧。

副主任在边上站着，我也没法细问罗江究竟，只说了些服从分配、建功立业之类的大话。他简单回复着“嗯”“知道了”。沉默许久，罗江突然问我，我这样是不是很丢人？我顿了一下，回他说，一切都会好的。

几天后，副主任的一篇文章在《解放军报》发表，我去送报纸，顺便也谈些看完他文章后的收获。副主任很高兴，对我说，你有政治大学的底子，跟着我磨一磨，肯定能写出来。又讲了他的某战友因笔头子好给基地首长当秘书，后来调到第二炮兵机关，后来又到总政机关，现在已经在北京当了处长，并鼓励我长江后浪推前浪。我有些心猿意马，不说，只等待着，希望话题能到罗江身上。终于，片刻停顿，副主任提到罗江。

他说，都是一批同学，罗江要和你一样上进，也不至此。

我红着脸，倒觉得副主任像在批评我。

罗江那批分到警卫营的十多个学员一个月后定岗，都当了排长，只有他仍是学员。罗江不服，去找教导员，未果。又找政治处主任，主任有主任的理由，无非说他到营里后的种种落后。罗江没趣，气鼓鼓回到营里，更是破罐子破摔，四处叫嚣着他不干了，要转业回去。可是明明白白的规定罗江也知道，干部学员最低要服役八年，远不是谁想走就能走。

也不知动了哪根筋，他竟然敢翻山越过禁区，差点当成逃兵。

副主任说，得亏连里最先抓到他，要是第一时间找不到他，把情况报到上级机关和首长那里，莫说禁闭，十有八九是要关进监狱判上几年的。念在他意气用事，只是批评教育，当然免不了让罗江在禁闭室面壁思过。

我能感同罗江的痛苦。他的痛苦不只是常人待在无名谷里的那种空虚寂寞冷，更甚的在于他那无处安放的经商理想。他要做电子品牌的总代理，他要依托互联网开设线上工厂，他还要办培训机构，可在无名谷里，他除了一遍又一遍地空想，根本无能为力。我们的罗江对此又怎能甘心？

我替他忧虑着。如何才能束缚住恣意蔓延的经商理想在无名谷里熬过八个年头？那可是三千多个日日夜夜，七万多个小时。于他，太过漫长。

之后再无罗江的消息，就连副主任也忙着融入永无止境的材料，少了与无名谷的联系，就再无更新版的罗江故事。曾想过写一封信到无名谷，问问罗江的近况，鼓励他适应和坚持。可想想也就过去了，终没有落实。

第二年秋天，训练团承接了整个A基地的军事技能大比武。我被抽调到会务组负责文字材料的起草和校订。在秩序册上看到了“罗江”二字，的确是无名谷的干部，我像被电击了一哆嗦，仔细看，备注里的比武专业却是“电力”。我立马泄了气，这和学政工的罗江风马牛不相及。

那天晚上副主任带着我修改几天后团长在军事比武总结大会上代表考核单位的讲话，回到办公室已经凌晨。仍在加班的老干事说有个来比武的人找我，等到将近九点钟快点名时才走。我问名姓，同事说是我同学。

莫非真是罗江？我不敢肯定。

次日我找到无名谷官兵的集训地，电工罗江真就是我的大学同学罗江。

怎么是你？

怎么就不能是我？

怎么干上电工了？

觉得有意思就干呗。

此时罗江的身份已经从警卫营的见习学员变为变电站的助理工程师。我讲了讲我一年的经历，他也略微说些在变电站的事。至于其他，他未提及，我也没有多问。但能从政工干部变为电工，中间肯定有很多故事。

之前的五年规划还作不作数？

他愣了一下，笑着摇摇头说，我现在转换到无名谷的频道了。

经商的事也不想了？

现在不想了，以后再说吧。

印象里，转换到“无名谷频道”的罗江那次没有参加个人项目比武，只是在野战线缆架接比武中给别人打下手。即便这样，我也觉得他实在了不起，因为到现在，我也未听闻哪个政治大学的校友干了纯技术工作。

第三年初春，基地政治部宣传处一名干事转业，因我在第二炮兵的党委机关报上发表过一些“豆腐块”，便被征召顶缺。到了繁华热闹的A市，自然想起罗江的五年规划，旧事犹记，罗江却已去山高林密的无名谷。

有一天，对面保卫处办公室的路干事找到我，说过几天有个快递，他留了我的电话，让到时代收，顺便说起将到无名谷调查一起触电身亡的意外事故。无名谷的事都是绝密，就算基地内部的人也有保密纪律，他且说，我且听。他不说，我也不能问。路干事一走，我心里就突突跳起来。第一个担心触电者会不会是罗江，他搞电，又是半路出家，真是让人焦灼。

犹豫一番，我斗胆用政治部的值班电话打到无名谷，就想确定一下，触电事故和罗江无关。那边却三缄其口，我挂断电话更加惴惴不安。直到几天后路干事处理完事故回到单位，我借着给他送快递，直接问，出事的不是罗江吧？他疑惑地望着我，本能说，不是。我才安下心来。

十多天后，安然无恙的罗江打来电话，闻其声，倍觉亲切。

搞电太危险，不如换个岗位？

出事的是我们副站长。

听说当晚大风大雨，为何不等到第二天再维修线路?

保养超级武器不能断电，副站长明知危险，却还是主动请缨。

副站长的牺牲在无名谷并非个例。为了捍卫超级武器，无数人在这里埋葬了青春以及生命，他们从来不畏惧生死。在这片光荣的土地上，每一个人都迎着阳光努力绽放，就像那漫山遍野独自盛开又凋零的格桑花。

不论在何处，绽放——本身就是一种价值的体现。

罗江说，是副站长从警卫营把他带到变电站，并教授他最初的电力知识。他永远忘不了那个黑夜，副站长在风雨中决然地说，我上去看看。

一道电光，击穿了副站长的肉体，也坚定了罗江的选择。

他觉得对副站长最好的缅怀就是做一个技术精湛的电工。世界上最恐怖的事就是一个优秀的人能够坚持不懈，罗江钻研电力知识便是如此。

再见到罗江已经是毕业后的第五个年头。他到A市见女朋友，顺道找我。他的女朋友我五年前在政治大学的校园里见过，长发披肩，白净颀长，是典型的南方美女。对的，罗江在无名谷消失了五年，女孩就在茫茫人海中坚定地等了他五年。把女孩送上火车，我拉他到A市最出名的夜市喝酒。

想到了当年在火车上经常小酌的约定，不禁感慨万千。

没想到喝杯酒要等五年。

就是啊，谁能想得到呢?

我们那时讲好的，每周都要喝一顿，轮流做东。那时的岁月随风荡漾，以为年轻的光阴尽可以率性而为，未承想造化弄人，一等就到现在。

A市应该是你的舞台。

我的舞台在无名谷。

想过没有，若你一直在A市五年会怎样?

不知道，或许也不过是和你在这里喝酒吧。

罗江不再气势磅礴，他的平静和淡泊在人声嘈杂中显得突兀凛冽。

是不是打算结婚了?

她让我转业到南京，和她一起经营厂子。

你去吗?

不知道，我告诉她至少三年后才能给她答案。

她愿意这样等吗?

她说她等。

三年后满八年。说起来，那五年也真是去的迅疾如风，没来得及伸手去抓，就无影无踪。接下来的三年呢，不过是另一场风，定然转瞬即逝。

A市别后不久，罗江就当上变电站站长。我调侃他说，到底有没有真本事?你一个政工干部可不要在“电老虎”面前滥竽充数。罗江说，你莫小看我，我这次可是基地独一个参选尖子人才库的电力专业人选。

好霸道的“独一个”。罗江已是基地新生代电力专业的NO.1。

隔行如隔山，难以妄断罗江的技术道路是不是走得艰难，反观我，读完四年大学文科后，就坚定地以文科生自诩，对所有的方程式、数字、线路图等都主动绝缘，宁愿驾轻就熟地和文字材料打交道。这样的一个我，自是难理解罗江，更难理解他抱着熬八年的初衷，却一枝独秀于无名谷。

年底，第二炮兵下发通报，尖子人才库罗江在列，他是基地有史以来最年轻的第二炮兵技术尖子。隔了山山水水那么远，我分明又感受到了他的气势磅礴。也想着，他若当年留在A市，或许熙熙攘攘的名利社会多了一个无关紧要的生意人，无名谷却少了一个守护超级武器的电力能人。

偶有无名谷的干部上调基地机关任职，谈话中但凡知道我从政治大学毕业，定会惊讶，并追问，认识罗江不?无一例外，听到肯定的答案后他们脸上的兴奋是那样显而易见。开始并不适应，渐渐地就习以为常，我因为和罗江是大学同学而被别人高看一眼，足见他在无名谷是神一样的存在。

自然的，也流传出罗江各种各样的故事。

众人对变压器故障束手无策，罗江一把扳手就解决问题。

罗江三天三夜不睡，翻译校正出进口设备的全套外文资料。

无名谷断电，罗江打包票说两分钟内恢复，果如其言。

后来见面，一桩一桩追着问罗江，他只是笑。再问，他如实讲，每一件都确有其事，但细枝末节未免添油加醋。看，我们的罗江被神化了。

被神化了的罗江也极力推崇着无名谷，一反当初的诅咒和逃离。

你知道我们的超级武器有多厉害吗？

你知道无名谷对国家战略有多重要吗？

你不知道吧，好多国家领导人都专门到无名谷指导工作。

我们是连着中南海，心系党中央。

罗江眉飞色舞喜形于色，他的身份是他无以替代的骄傲。

第六年，罗江当上电力营长。而我，自诩努力，也才是副营职干事。

不要急切啊，再坚持两年。

啊？

女朋友不是在南京等你吗？

我们分了。

我以为你熬够八年会去南京找她。

我决定了，一直留在无名谷。

真的假的？

真的。他缓缓地说，我不打算离开了。

每一个至关重要的选择背后都有坚定的理由做支撑，我相信罗江也不是心血来潮。不出意外，两年后他就能晋升副团。在万众瞩目的无名谷，这是军旅仕途的起步，况且他有主力营长任职经历，且怀揣一技之长，稍做努力，人生就有无限可能。我想到的，或许就是罗江深思熟虑过的。

那个时候，我还以为以我之揣度，定然懂得罗江。

首次从A市的基地出发去无名谷，车子走了三个多小时后，仍在重复地过隧道，转急弯，也不知过了多少条隧道，转过多少个急弯，终于，见到一块“军事禁区”的牌子，刚松一口气，却听同车的保卫处长提议司机，还有好几个小时的山路要走，停下来休息一下。闻之，不禁瞠目。

虽然无名谷隶属A基地，但其人员进入无名谷亦要经过苛刻的政治审查和严格繁杂的申请报批手续。因进入者少，无名谷在A基地就愈加神秘莫测，谈之谨慎，闻之色变。就连“无名谷”三个字都是绝对的军事机密。

参加工作八年，我才得到机会随联合工作组进入无名谷。

司机驾轻就熟，在山雾弥漫的黑夜里把车子开得行云流水。晚上十点多，我们摸黑到达。无名谷给我的第一印象就是模糊不清的一团混沌。一整夜，我都被巨大的流水声搅扰，次日晨，则被乌鸦的聒噪叫醒。

他们说，无名谷的夜太静，让河流的躁动都无处藏身。至于乌鸦，是奔着食堂后面的垃圾来的，那是它们的饕餮之地。乌鸦强悍，其他鸟类战斗不过，就渐渐飞远，把这块领地让了出来，独剩“黑美人”称王称霸。

天亮许久，太阳还不露面，被壁立千仞的山遮挡。夜未至，又早早地隐在了一山苍翠的背后。官兵讲，唯独太阳是无名谷迟到早退的孬兵。

走在通往哨所的崎岖山道上，我想起罗江说的他第一次巡逻，是如何被野猪追着一路狂奔，最后匆忙爬到树上才免受攻击。登上白云环绕的天上星哨所，五个兵，一条狗，一个月给养车上来配送一次物资，其余时间狗陪着人，人望着山，能体会罗江一遍遍重复的孤独。十几公里的漫长防洪堤都是用河道里巨大的石块垒砌而成，被告知年年洪水来了都要冲垮一段，年年又要重新砌好。人与天斗，天再厉害，人却从来没放弃，山里自然条件极差，官兵却能改造成军事重地，也明白罗江为什么干活会胳膊脱臼了。

神奇的无名谷啊。晚了罗江八年，我也走了进来。

临出山的前一天下午，罗江找到招待所。一身迷彩，满脸汗渍，他刚带队检修线路回来，怕我下午就走，所以火急火燎赶来见上一面。听说我还要待一晚，他很高兴，说正好，晚上一定得喝点。说完，急匆匆走了。

他带我到电力营的储藏室，里面一个酒精炉上的汤锅正咕嘟嘟翻滚。

我有好酒。他得意地从柜子里取出来。

报上酒名来。

泸州老窖原浆，没喝过吧？

是不是准备送领导的？

哪里啊，给马高工带的。罗江说，白酒能缓解他的风湿疼痛。

可是等他休完假把酒带回来，马高工已经悄然离开了营里。

马高工曾是罗江营里的老兵。四十年前从上海交通大学毕业后，经层层选拔脱颖而出，到无名谷守护超级武器。那时电力营负责保障所有电力设备，技术要求高，特事特办，就设定了高级工程师的编制。自从进入无名谷，马高工就在电力营没挪窝。罗江说，我们教导员的父亲和马高工是一批兵，教导员满月礼的照片上还有年轻时候帅气潇洒的马高工呢。罗江到电力营后，马高工既是父亲、师傅，又是朋友、知己，无私地帮助他。那么大年纪了，跟年轻人一起进阵地，上任务，劝都劝不住。家有一老如有一宝，马高工就是电力营的宝贝。罗江竭尽所能关心照顾其生活。

可是，延迟退休工作到六十二岁，马高工还是退休了。

在无名谷拼了一辈子，到底图个啥？

罗江沉默。我接着问，总得有原因，这世上没有无缘无故的付出。

钟情于大山，离不开超级武器，或者还有其他更多吧。

看得出，罗江对马高工的退休颇为伤感。我们一直喝到胡言乱语。

我终于知道，神秘莫测的无名谷就是一道河谷，是万千群山里毫不起眼的一抹褶皱。因为超级武器而尊贵，更因为一群人而莫测难懂。

出山了。我们开始谈论下车后繁华A市等待着我们的行程。

朋友聚会。预约看房。家庭饭局。

身后，是默默远去的无名谷的山和无名谷的人。

又到了来时"军事禁区"的石碑处，停车休息。一行歪歪斜斜的字刻在山石上。走近辨认：我无名，国有名；以无名，铸威名。刹那间，无数帧生动的影像呈现于脑际，是那高耸入云的哨所，是那数年如一日的坚持，也是万千个体生命在繁华迷乱里最终落脚此处的选择。朦胧里，一股无形的力量揪紧了我，泪水就那样不由自主地涌出眼眶，止不住，扑簌簌滚落。

有时候也想，若八年前分配到无名谷的是我，面对那高耸入云的大山和无边无际的森林，我能否心无旁骛地坚持？八年里又能做些什么？八年后会是怎样？所有的生活都是在白天和黑夜里真实地交替，能证实却不能证伪。有一点是无疑的，我不是罗江，即便去，也必定是另一种版本。

罗江一直是有理想的人，而且是大理想。他也更懂得舍与得之道，为了大理想，一番挣扎之后，他放弃了做电子品牌总代理、开设线上工厂、办培训机构这些小理想，也放弃了前往南京找那个死心塌地等着他的女朋友。不想当将军的士兵不是好士兵，我一直以为我知道罗江要什么。

调往第二炮兵机关工作之前，我得知罗江要调任作训科长。

明显是给接任副参谋长热身啊。

你想多了，换个岗位而已。

是啊，当司令员也同样是换个岗位。

我希望他优秀。我也相信他会优秀。

罗江更加忙碌，后来很少听到他的消息。到北京后，与无名谷的直线距离和心理距离都更为遥远。我得益于身在机关，也去过第二炮兵部队的很多基地，都是沉甸甸的大国基石，相比之下，A基地只是庞大超级武器家族的一分子，无名谷的官兵也悄然隐遁于火箭兵阵营的万水千山。

偶尔和在北京的大学同学聚会提到罗江，我揣测说，应该都当上副参谋长了吧。无名谷里管理严格，终没有机会打电话加以佐证，我们权当他已晋升副团职，就举杯为他庆贺。早调到北京机关的同学因此懊恼，后悔没有像罗江那样安心待在基层，以致现在才是副营职，和罗江差了两级。

也记不得借着罗江晋升副参谋长的理由喝了多少杯酒，许是他在无名谷里闻到了酒味吧，一个百无聊赖的晚上，我在办公室接到他打来的军线电话。一接起，我就调侃说，副参谋长好，而他那头竟长时间不说话。

我给上级打了报告。他所言莫名其妙。

什么报告，你不会要求转业吧？

我准备回电力营去。

不会吧，那——你不打算接副参谋长了？

设备近期出过两次事故，营里缺精通电的人。

精通电的又不止你一个，非得你回去吗？

只有我顶马高工的缺合适。

你是说你回电力营干技术，当工程师？

嗯。

罗江不是征求我意见。他决定了，只是告诉我。

我们都把罗江当作政治大学毕业生在军旅逆袭的一个样板。从叛逆到适应，从政工到军事，从心灰意冷到雄心勃勃，接下来应该顺理成章沿着副参谋长、参谋长、团长的道路高歌猛进。可冷不丁，他却主动折回身子去当工程师了。我爆出这个消息后，一众同学都皱着眉头百思不得其解。

在别人的疑惑里，我惭愧于以前并不懂罗江，而此刻，隐约懂了。

时光在各自的日子里蹉跎，一日叠加一日，转眼又是半年。

说来蹊跷，那日忙完孩子入学事，就胡乱联想到罗江当时气势磅礴说到的经营培训机构，正入神想着，却接到电话，通知我陪同一位刚到第二炮兵工作的首长去部队调研，细问，其中一站竟是A基地的无名谷。

在超级武器运行的巨大库房里，我开始并没有注意到罗江，触感到亲切的笑，仔细看，才认定是他。一身洁白的工装从头到脚都武装起来，曾经明亮的眸子装配上了眼镜，衬出斯文，一看就是怀有真才实学的技术人员。

首长行程紧凑，调研结束后，我们就出了无名谷。

那次和罗江的接触只是一个微笑，沉淀了无数梦想和希望的微笑。

后来再无半点音信。想着他忙碌，我自己也忙碌。

我们在各自的世界里，承担各自的责任，经营各自的人生。所有的人都会渐行渐远，脚下的路却绵绵无尽向前延伸，一生相随，不离不弃。

还会时常想起毕业那年夏天火车上的景象。罗江挽着袖子，大汗淋漓，气势磅礴地给我说，男人一定要想方设法挣很多的钱，钱才是男人在这个社会上的面子和通行证，有钱，才显现一个男人在社会上最大的价值。

恍惚十年。所幸我们的青春并未荒芜，而是在肥沃田野里极尽所能地茂密生长。罗江的经商梦虽渐行渐远，但他的气势磅礴却丝毫没有减弱。

想念无名谷。想念罗江。

2015年7月29日于北京

战 友

大厅那样大，灯光那样亮。置身其中，杨国才愈发地局促、憋闷，额头密密的汗珠闪耀着白色的光影。虽为此行特意到商场置办了新衣服，可落座环顾，他还是立即觉出这身行头与此处的富丽堂皇格格不入。

孟小军站在舞台那明亮灿烂的光柱里，西装革履，风度翩翩，像极了大牌明星。他说，感谢诸位参加今晚家国集团的上市答谢会，然后优雅地端着红酒走下舞台，和每一个漂亮的男人和女人轻碰酒杯，众人都极尽恭敬，孟总，祝贺您。孟小军频频点头，笑谈古今，风光无限，就像沙场凯旋的功臣。让杨国才不由得想起三十年前的自己。时间真快，一晃三十年就过去了。

杨国才清楚地记得，他是在榆树湾高地战斗中，被火线提为连长的，这之前他是突击排排长。那场战斗真是惨烈，连长牺牲了，指导员牺牲了，副连长也牺牲了。营长红了眼，站在战壕里杀气腾腾地问，大功一连还有谁在？杨国才刚从敌人的火力网中撤下来。这个时候都知道，营长不是给谁加官晋爵，而是找一个能迎着敌人火力网冲上去的人。没别人了，只有杨国才。营长说，带谁去你定。不到一个小时，全连伤亡五十多人，太惨烈了。大家都积极请战，要为战友报仇。杨国才太清楚，迎着敌人的火力网前冲，人越多目标越大，伤亡也更多。他坚持一个人去，营长艰难点头，并下了命令，所有火力全开，掩护杨国才炸碉堡。那重机枪呼啸的子弹雨点一样在身边呼呼穿过，打在石头上就带起一串火星，打在树枝上树枝齐茬折断，密集的声音就像年三十晚上铺天盖地的爆竹炸响，猛烈喧嚣，无休无止。胳膊热辣辣的痛感并未阻挡杨国才前冲的脚步，他离战友们越来越远，离敌人的碉堡越来越近。终于抵近了，他一个前扑纵身跃了上去。伴随轰鸣巨响，杨国才失去意识，再醒来，战友们已在榆树湾高地尽情欢呼。

胳膊无大碍，只是子弹把肉打烂了，没伤到骨头，未及休养，杨国才就被召到团部。事有两件：一是正式宣布杨国才任连长的命令，二是部署老虎岭战斗。老虎岭高高耸立在我阵地前沿，是敌人插进我方的一个楔子，火力网覆盖我主力部队行进路线，必须打掉。团长命令以大功一连为主攻，趁夜拿下老虎岭。杨国才立下军令状：绝对完成任务，次日在老虎岭庆功。

借着众人围着孟小军祝贺的空当，杨国才起身环视四周，大厅里足有三十多桌，超过两百人。他看到的男士女士皆锦衣华服，举止端庄，彬彬有礼，不像他这个大老粗。到此地，真应了陵园管理处老刘说的，路都不会走了。孟小军又偏偏把他安排到这紧靠舞台的显眼位置，就更不自在。

司仪被光柱照得光彩夺目，他高大魁梧，白色的衬衫，红色的领结，绝配于这亮丽场合，开口说话亦气势非凡，据说每个成功男人都有一座秘密故事的富矿，今天，我们就来挖掘孟小军总裁这座富矿好不好？

好——有男声，有女声，在热烈的顶峰处两股声音终是混成一片。

在司仪千呼万唤的邀请下，孟小军的昔日同乡走上去，讲了孟小军打小就有不切实际的妄想，别人笑他，他自坚持。同乡总结说，小军的经历证明人要有理想，万一成了呢。孟小军的高中同学走上去，讲了孟小军为了弄懂一道题，经常晚上两点不睡觉，别人说，三年呢，又不在这一晚上，孟小军说，今晚过去了，就不再有今晚。同学总结说，孟小军抓住了每一个今晚，所以有了今天。杨国才听他们讲孟小军的故事，恍惚又回到了大功一连，孟小军面红耳赤地说，排长，下次我一定把命中率追上去！

连长，连长。相邻而坐的孟小军把杨国才从恍惚里喊了回来。他这才意识到所有的目光都聚焦到了自己身上。司仪再次声若洪钟地邀请，掌声响起，热烈欢迎与孟总一起扛枪打仗的尊敬的杨连长讲讲孟总的铁血岁月。

好久没有见识过这样的场面了，杨国才全身紧在一起，僵硬无力，差点没站住，双手扶住桌子才稳下来。站在孟小军适才站过的光柱里，杨国才如在梦中，满眼喧嚣，大汗淋漓。众人的掌声让他重拾英雄的荣光。

老英雄，用你最生动的语言讲讲你最优秀的战友的故事吧。

众人呼喊，群情高涨，和当年积极请战的小伙子们一样。杨国才痛惜那些生龙活虎的战友，他们在枪林弹雨中夺下一个个高地，青春却被深深地埋进了红土里。我——我——杨国才口干舌燥，想说话，却力不能及，一字一句都卡在了喉咙里，那样疼，一如当年拿下老虎岭后的锥心刺痛。

掌声如枪炮，带他回到那生死难忘的战场。那里有青翠挺拔的高山，那里有波涛汹涌的河流，那里有永远生机勃勃活在记忆里的亲爱战友。

三十年了，那样遥远。但在杨国才看来，他们却好像是昨天晚上才刚刚睡去。鼾声那样响亮，脚汗味那样浓烈，他吹灭了油灯，也和衣躺下。

说说吧，老英雄，给我们讲讲你最优秀最伟大最引以为豪的战友。

杨国才望着珠光宝气的人群，嚅动嘴唇，吃力地说，他不优秀，也不伟大，是整个营众所周知的差兵，孬兵。可这么多年了，我都为他自豪。

众人先是惊讶，继而欢呼。他们期待杨国才描摹青涩年代的孟小军。

杨国才站在光柱里，如梦，如幻，仿佛走进光阴的隧道。那时候他和近处那个举着红酒杯的男士一样年轻，就像蔑视敌人一样蔑视落后和懦弱。

嗷嗷喊着，后撤步，前冲，甩开，扔。一颗手榴弹被他投掷得声势浩大，落在地上，仍旧没有超过三十米的及格线。他死活不扔了，耸动胳臂揉着肩膀，嘴里振振有词，手榴弹设计不合理，扔不出三十米也正常。

杨国才就站在他身后，气得怒目圆瞪。过几天就要全团考核，如果抽上他，大功一连肯定名誉扫地，一颗手榴弹都扔不及格，还凭什么攻城拔寨？杨国才下命令，全排集合。挨个扔，个个都超过三十米，最后是杨国才，嗖的一声，那边报距离，七十八米。他则歪着脑袋一副无所谓。

杨国才恨铁不成钢地质问他，队列走不好说是天生身体不协调，射击上不了靶说是距离远视线模糊，那么今天手榴弹投掷不及格又怎么说？

他有气无力地嗡嗡回应，还能怎么说，胳膊上没劲呗。

全排忍俊不禁。三十年后的大厅里也笑成一片。都望向孟小军，想不到他当年是那么孬一个兵，更惊奇，当年的孬兵竟也干出了一番名堂。

他谈恋爱是被一个地方青年告发的。青年追女孩差不多两年，眼看着要成，却斜刺里杀出个他。青年前功尽弃，他们却一见钟情，不离不弃。

教育他不能在驻地搞对象，他却振振有词，窈窕淑女君子好逑，宁违反规定也不能有悖于人性。男女之间的事容易上纲上线，杨国才为绝后患就严禁他外出，可他呢，竟翻墙出去幽会。为儆效尤，关了他一个月禁闭。

原本要开大会处理他，后来部队备战开拔，也就不了了之。

哦，原来孟总那时就风流，怪不得有干女儿——一位风姿绰约的女士话说一半，意味深长地止住了。大厅里传来窃窃的笑声，议论声。是啊，何止孟小军，哪个生机勃勃的青春没有过不管不顾的鲁莽和精彩呢？

第一场战斗越来越迫近，官兵热血贲张，纷纷递交请战书。接敌在即，请战书就是迎战的决心意志和态度，是一支部队杀敌建功的荷尔蒙。杨国才数来数去，却差一份。猜着是他，逐份清点，果然唯他无“必死的决心”。

杨国才批他怕死，他梗着脑袋不承认，说和那个女孩有约定，退伍就娶她，不是怕死，是怕食言。杨国才大骂粗话，一脚把他踹到了墙角根。

争夺榆树湾高地杨国才排牺牲过半，刚任连长又领受拿下老虎岭任务，细统计，全连战斗力量勉强凑齐两个排，境况维艰。苍穹辽阔，月朗星稀，杨国才抽着烟，听下面汇报，一排的机枪手拉肚子到脱水，不能参加战斗，二排三个兵靠前侦察踩地雷牺牲。他一言不发，心情糟糕到极点。

杨国才掐掉烟头转身，见他迎面站着，底气不足地说，连长，这次战斗我要上。杨国才问，你行吗？他说，训练不行不代表打仗不行。这个时候杨国才不可能拒绝一个积极请战的热血战士。是役，他替补一排机枪手。

敌人要同归于尽，他们在老虎岭沿线埋下密密麻麻的地雷，不让我军上去，他们也没打算下来。冲锋一开始，我方就接二连三踩雷，牺牲十六人，根本没法再冲。一排长向杨国才建议等到天亮再攻。杨国才清楚，天亮大部队就要开进，如果敌人居高开火，势必造成惨重伤亡。杨国才没得选，扛起机枪要带头前冲，一排长抢在了他前面，未出十米，踩雷殉国。

当向导的边民说老虎岭侧面有一处断崖，宽半米，人可通过。杨国才派一个班侦察，未料敌方地堡的火舌喷出，当场三名战士中弹坠崖。敌人把我方死死地困在老虎岭下方，前进一步都难于登天。他主动请命，我去炸了地堡。杨国才问，到处都是雷，你怎么过去？我赌一把，万一碰上雷，大不了一死，总不能干等着。他的视死如归让杨国才始料未及。

他背上两捆炸药，扒开树林钻了进去，一晃就不见了踪影。杨国才瞪大眼睛望向浓密的黑夜，他害怕听到那惊天巨响，他害怕眼前瞬间火光冲天。但愿那小子命大，杨国才心里默念着。时间一分一秒蚕食着暗夜。

一声巨响，紧接着三声清脆的枪声。杨国才得到了他发来的信号，地堡炸掉了，可以从断崖处安全通过。借着火光，即将接近老虎岭峰顶的杨国才望着迎接战友的他，心里想着，这小子并不熊，一场仗就成为了英雄。

炮弹就在杨国才的眼前炸响，他刚才迎接战友的地方被炸成大坑。石头炸碎了，树叶烧起来。他呢？杨国才冲过去，火光里什么都没有，他已经无影无踪。那一仗惨烈得令人不寒而栗，战士们踩着一颗颗地雷上去，迎面又是一梭梭的子弹，地堡炸完了，躲藏在犄角旮旯里的敌人又从四面八方放冷枪。老虎岭于黎明前攻克，可除杨国才重伤外，全连无一生还。

老英雄，生还的还有孟总。司仪轻声提醒杨国才。

攻上去的兄弟们都留在了老虎岭。杨国才情难自抑，老泪纵横。

可是？司仪和众人一样不解，望向孟小军，孟小军早已泪流满面。众人从未见过这样的孟小军。家国集团的孟总向来都是风度翩翩，游刃有余，可在此刻，他竟哭了，那样悲痛，那样难抑。他哽咽着，我没有上老虎岭，被炮弹击中殉国的是一级战斗英雄陆家国，就是家国集团的家国。

啊，不是孟总？不是讲孟总的故事吗？那——孟总呢？大厅里嗡嗡响着，众人疑惑不解，他们不知道发生了什么，他们焦急地等待答案。

是啊，那孟总呢？司仪和众人一样揪心，想不明白在如此荡气回肠的英雄故事里，即将掌声响起的结尾处，却莫名其妙把男主角弄丢了。

我是那个战前掉队的机枪手。孟小军低着头，那样惭愧，那样卑微。如果把半个小时之前的他比作迎着太阳盛开的向日葵，此刻则毫无疑问就是霜打的茄子。他揩一把横流的泪水喃喃说，我恨死了自己，为什么在那时候拉肚子到不省人事，我宁愿迎着炮火和战友们一起战死在老虎岭。

孟总掉队了？他若上了老虎岭是不是也已牺牲？事实的真相背离了众人的期许和初衷，大厅里炸了锅。只有舞台中央的杨国才那样安静。

连长，你当年应该枪毙了我，我擅离了机枪手的战位。

我最应该毙掉自己，兄弟们都壮烈殉国了，我却苟活着。

一个在台上，一个在台下。两个战友奔涌着各自三十年前的泪水。

孟总怎么关键时刻掉队？孟总是不能去还是不想去？陆家国是替他死的？积毁销骨，如果一个人一口唾沫，孟小军瞬间就会被淹死。

声音传来，众人才注意到杨国才的身边已站着一位女士。一袭红裙，高绾发髻，那样优雅，她漂亮的面庞被泪水覆盖，我是家国集团的财务部经理、孟小军总裁的干女儿陆梦。财务经理？干女儿？大厅里的嗡嗡声迅疾放大，很多人听说过孟小军的这个干女儿，也议论过这个干女儿。她顿一顿，有些哽咽，陆家国是我的父亲，我是陆家国的亲生女儿。

安静了。停顿了。三十年是一个巨大谜团，要捋顺还得再回到1985年。

老虎岭战斗是大功一连的最后一战。杨国才重伤住院，孟小军并不知情，一直以为全连殉国，悲痛之余随部队回到西北驻地，一连重新纳兵，孟小军当班长。一日哨兵报告有人找陆家国，一连只有孟小军是老人，排长便派他接待。那个自称王美芳姐妹的女孩焦急诉说，你们陆家国呢？美芳都怀孕六个月了，肚子越来越大。他说从战场回来就结婚的，可不能骗人，不然美芳就没法活了。孟小军告诉她，家国牺牲了。姑娘瞬时僵住，啊？牺牲，你是说他死了？那，美芳怎么办？大着个肚子，也没结婚，以后可怎么活？说着，姑娘嘤嘤哭起来，孟小军忍不住，跟着哽咽落泪。

年底，孟小军自请复员，带着即将临盆的王美芳回他的籍贯地西安。

王美芳是在以泪洗面中听孟小军讲完战场上的故事，一遍又一遍之后，她才相信，给过她许诺的陆家国已不在人世。孟小军告诉她，陆家国替我死了，我是大功一连唯一活下来的，我替大功一连一百多个兄弟活着，我要为他们活得精彩。他承诺，替家国做一个好爸爸。孟小军只是做了陆梦的干爸，并未和王美芳生活在一起，他曾提出王美芳为陆家国守身如玉，不再结婚，王美芳能答应，皆因心中有他，在等他。不知真傻假傻，孟小军总不解风情，王美芳哭过，恨过，依然。陆梦三岁那年，孟小军觉出不能为陆家国委屈王美芳，自作主张为她牵线一名中学老师，二人两情相悦领证结婚。孟小军则未娶，他怕分掉自己替陆家国和战友们活着的初心。

那一代人的成功故事大体相同，裹挟在时代的风口浪尖，加之自己的勤奋和敏锐，潮起潮落，九死一生。商场并不比战场温和，错过战场的孟小军再未错过商场，一番征战，拼下赫赫十几亿身家，成了这个城市炙手可热的明星人物。即便如此，孟小军仍是个谜，无人知其前世今生昨日今日。

杨国才撩开了孟小军的神秘面纱，那是三十年前的，三十年后呢？望着陆梦，杨国才又想起了那个让他引以为豪的孬兵陆家国，看那眉眼，看那举手投足，还真是像呢。那时的陆家国比现在的陆梦更年轻，恍惚间，两个形象重叠了，他已经分不清谁是谁，任凭泪水就那样流淌着。

陆梦知道——这些年孟小军走遍大江南北，访遍了大功一连一百三十八名战友的老家，认下了一百三十八对父母，拜下了四百九十七个兄弟姐妹。孟小军专门登记造册，记下战友家庭的详细地址，记下战友父母也是他干爸干妈的生日，记下战友兄弟姐妹也是他兄弟姐妹的年龄。家国集团专设大功一连工作委员会，每月给健在老人发放生活费，每年给每位过生日老人寄送礼包，逢十大寿，孟小军不管多忙都亲自前往，以儿子礼数行三叩九拜大礼；为战友的兄弟姐妹担负学费，即使读到博士也一如既往；开设大功一连战友亲情热线，二十四小时专人值班，为一百三十八名战友直系亲属解决力所能及的所有困难。老人去世孟小军更是披麻戴孝跪守三日，搭台唱戏，极尽尊荣。身为儿子和兄长能做到的，孟小军想尽做尽，战友们慷慨许身于国，孟小军不及，唯有替他们而活，活得激情炽烈，荣光精彩。

这得花多少钱啊？简直太不可思议了，顾得过来吗？

有一种感情常人难以解读，有一种付出只求内心安妥。孟小军的世界或许无人能懂，但无碍他孤独地坚持，宁以执着燃烧，轻缓抚平亡故战友留给未亡人的伤与痛。

这是悲壮的生死之交，这是伟大的战友情深。司仪落泪了，那样一个注重体面的人，此刻在众人瞩目下，竟失了庄重，女士们，先生们，让我们共同举杯，敬英勇献身的国家忠魂，敬忠肝义胆的中国好战友。

有人落泪了，有人哽咽着叫好，还有人就着泪水，喝下那鲜血一样炽烈的红酒。孟小军的形象从未那样高大，远远超过了身家亿万的孟总。

杨国才呢，他握着陆梦的手就像找到失散多年的孩子，端详着，哭着，终于忍不住，垂首痛泣。三十年了，只有孟小军能读懂老连长的不易。

伤愈出院，杨国才并未回老部队，而是留在边境，一百三十七名战友埋在这里，他还回去干什么？部队寻而未果，报他失踪，家人只道他牺牲在战场。杨国才倔强地选择了被世界遗忘，独自一人搭个窝棚，住在寂静森然的墓地里。他和战友们形影不离，他还是他们的连长，每天早晨，他吹哨集合，逐一点名，正课时间照常训练，晚上带头吼唱雄壮的军歌。突然想谁了，就盘腿坐在坟头，自言自语，直到被风吹醒，或者被黎明叫醒。孟小军也去了杨国才的老家，认了他的父母，拜了他的兄弟姐妹，更确定他已殉国。一年又一年，时间掩埋了不计其数的悲伤，有一些纪念却始终不能忘却。今年清明，孟小军到新建的陵园祭奠，陵园管理处的老刘见其所祭是大功一连战友，就问是否认识老杨，孟小军问杨什么，答杨国才。孟小军不敢相信，亲往一见，在狭小黑暗的土坯房子里，竟真见到了老连长。三十年如刀斧，夺走了刚勇战士所有的骄傲，只留下衰老的容颜。

大功一连的战友们当地下有知，老虎岭战斗健在者还有两人：一个杨国才，守望他们走过三十个春夏秋冬；一个孟小军，替他们活出精彩和荣光。孟小军讲明大功一连工作委员会是为战友尽忠尽孝尽责，杨国才方在焦灼挣扎后决定到家国集团上班。这是杨国才三十年来的第一次远行。

说完对杨国才的新安排，都在感动，老英雄终于能有一个幸福温暖的归宿。可始料未及的是，孟小军随即宣布辞去集团总裁职务，他说，战友们在凄风冷雨中等待了三十年，是时候接替老连长去看看他们陪陪他们了。

空气短暂凝滞，随即，掌声就如溃堤河水般轰鸣响起，那么热烈持久，那么激荡人心，淹没了所有的岁月沧桑，定格了所有的泪雨奔流。

2015年4月27日于北京

大汗淋漓

一

父母的良苦用心总是事与愿违。罗金斗现在谁也不想怪怨，他总想起上士班长死不瞑目的遗憾，并且引以为鉴，心想着，一定不能重蹈覆辙。

二

拆迁改造的消息传了好多年，却迟迟没有动静。

罗金斗那一拨小孩，就是在拆迁消息甚嚣尘上的时候，开始不好好念书的。都说，补偿那么多钱，还念书干什么？于是，就都开始游手好闲。

学业荒废了，拆迁的事情却还是海市蜃楼，补偿款自然无从谈起。

那拨小孩就开始作鸟兽散，自谋生活。

罗金斗无处可去，仍留在家里，和父母一起等待拆迁的到来。

终于，轰轰烈烈的大拆迁开始了。

挖掘机、大吊车呼呼啦啦开进了街道，街坊们奔走相告。每天一大早，罗金斗都跟着父母站在街头，看着那些大家伙在尘土飞扬中把一座座房屋夷为平地，百废待兴的场面激荡人心，蔚为壮观。父母每晚带着一身尘土回家后，就开始一本正经盘算，快了，就快到咱们家了。

终究没有拆到罗金斗的家。市政划了一条白线，把罗家划在了非拆迁范围。罗家父母四处上访，终是没有结果，悲戚之甚如丧考妣。

多亏了驾驶员技术不过关，一铲斗下去，推翻了邻居家，也将罗家的房子豁开一个大口子。见此情景，罗金斗一家忘情相拥，喜极而泣。

谈判进行得异常艰难。拆迁办的人提出重新帮罗家把房子修好。罗母说，既是重新修，只能是缝缝补补，肯定修不好。拆迁办的人说，我们请最好的泥瓦匠，绝对没问题。罗母说，你要同意我用刀在你身上捅个窟窿再缝上，我就答应你的条件。与他们谈话的是个年轻人，无言以对，气咻咻甩胳膊离开。

面对拆迁办新派来的中年人，罗氏夫妇开门见山说，我们家虽没有划在拆迁范围，但这一家伙下去灰飞烟灭，房子被拆了一半，也算与城市改造有缘分，既已至此，索性一撸到底，按照国家政策进行补偿算了。

中年人坚持底线。据理力争说，白线划到哪里，是经过会议商讨的，不可更改，现在只能谈重修房屋，不存在拆迁补偿的可能。

话说到这份上，自然无法继续。中年人还要争取，罗氏夫妇不干了。

拆迁办人多，第三回换了一个头发花白的。

花白头发的开门见山问，说吧，你们到底想干啥？

唇枪舌剑，各执己见。最后拍板定案，由拆迁办赔偿一定金额，罗家自行修葺房屋。能这样爽快，关键在于后面的附加条件，就是拆迁办要帮助罗金斗找到一份工作。这对罗氏夫妇来说，同样具有不可抵挡的诱惑力。

沉默寡言的罗金斗并不知道自己的命运会跟拆迁如此挂钩。正如那些待拆迁的房屋无法改变被推倒的命运一样，罗金斗也只能在一桩交易中随波逐流。就算舍弃利益，父母也愿意为他做所能做的一切。

一纸入伍通知书送到家里的时候，罗氏夫妇感觉上当受骗。

当初许诺的安置工作呢，怎么是去当兵？

当兵也是安置，说不定还能干个将军呢。

愿不愿意，也只能这样了。也许送到部队去，还能改改孩子的心性，天高任鸟飞，海阔凭鱼跃，指不定还真就干个金光闪闪的将军。

罗金斗没有选择的权利，只有顺从。在生命赳赳向前的列车上他只是一个被动的接受者，乘务员说在哪儿下就在哪儿下，无从自行选择。

三

那个不怀好意的新兵班长喊出“南北吊”时，罗金斗竟然鬼使神差答了“到”。声音拐了一个柔软无力的弯，闻之，饱含卑怯懦弱的钝感。

排长批评班长说，你是党员也是骨干，要尊重新兵。

班长诺诺说，挂在嘴边，不小心出溜出去了，下不为例。

排长雄赳赳气昂昂地又站在全班新兵前面说，以后谁也不许叫罗金斗“南北吊”，我们部队向来提倡尊干爱兵，起绰号有损文明之师的形象。

众新兵笔直站立，目不斜视。

“南北吊”绰号昭告天下之后，广而告之，就叫开了。

也不能怪班长，罗金斗的脑袋前凸后翘，有人说像西瓜，也有人说像哈密瓜。记事起，就被冠以“南北吊”，天长日久，习惯了，也自然了。只是初到军营，旧时的日历翻篇，无人知晓他的前尘往事，所以算是侥幸，“罗金斗”三个字又被叫了回来。有着这样的缘由，口随心动的班长刚喊出“南北吊”时，罗金斗条件反射似的脱口答“到”，也就不足为奇。

脑袋长得不规范，总不是一件值得骄傲的事情。

可既然班长都那么叫了，其他人也都没有了顾忌。即使排长正经八百约法三章，可排长是排里的长，在班里，班长还是最高首长。应和班长似的，大家都喜欢在班长的眼皮子底下亲切地喊罗金斗一声“南北吊”。

班长说了下不为例，可说的是自己，对其他人如此喊，并不制止，而是报以微笑。罗金斗很矛盾，想着不管谁叫南北吊，自是不答应，时间长了，这个令人厌恶的绰号就会被忘记，罗金斗三个字继而可以光明正大走上前台。可别人喊时，又很纠结，怕不应答影响团结，所以每每被叫到南北吊，仍总要回应一个拐了弯的“到”，内心的纠结全挂在长长的尾音上。

绰号一事虽影响心情，却并未影响罗金斗想当好兵的强烈愿望。

虽努力，效果却不尽如人意。

站军姿半小时一休息，一战友未休息连站一小时，最后体力不支晕倒，受到连篇累牍的表扬。罗金斗也效仿，站了一个半小时，偌大一个训练场，各级领导却是置若罔闻。班长鼓励三大步伐踢出声音，罗金斗第一个响应，虎虎生风把脚都踢疼了，可队列会操时，他竟是唯一惨遭刷掉的，也就是说连参加会操的资格都没有。如此再三，他当好兵的愿望就被闷棍击毙了。

沮丧了好一阵子，机关挑选公务员又让罗金斗梦想了一回。

据闻有两个硬杠杠，一个是白净，一个是勤快。

参照一比，罗金斗觉得就算选一个人，全连也是非他莫属，更何况要十几个呢。等呀等，终于等到了机关挑选公务员的工作组。

一批批新兵接受面试的时候，始终没有叫到罗金斗。他这才意识到，被挑选的前提是被推荐，班长从班里推荐了五个人，没有他。

十几个看起来并不白净也弄不清到底勤不勤快的新兵坐上依维柯离开的时候，罗金斗贴着窗子呆呆地望着。他太想跟着那辆车一起走了。

依维柯开走一个星期，新兵也要下连了。

人人都在期盼军旅的第二次投胎能够心想事成，罗金斗也不例外。老兵中盛传着“最苦工兵营，最累工兵营，最脏工兵营”。口口相传，让新兵有了畏惧，人人都念叨着，千万不要分到工兵营。罗金斗也在念叨。

军务参谋一个个念着名字，前后左右都被新单位的参谋带上不同的轿子车，在轰隆隆中走了。还有十几个人，军务参谋合起夹子说，后面就不念了，都到工兵营报到。罗金斗就在不用念名字的那些剩下的人里。

罗金斗固执地认为那天从头到尾都是雪花飘飘。刹那间，整个新兵营都被白雪覆盖了，不见了营房，不见了训练场，到处都是白茫茫一片。

他登上了一辆蒙着帆布的卡车，颠簸摇晃中朝着山里走去，朝着工兵营走去。鹅毛大雪强劲肆虐，扑打而来，他寒冷至极，冰透心底。

四

上士班长说，他曾经和一个跳舞的女孩子谈朋友，那女孩身材超好。

罗金斗从来与女孩绝缘，也因此，他对上士班长充满了羡慕嫉妒恨。

乌压压的大礼堂里，另一个跳舞的女孩子正在聚光灯下翩翩起舞。罗金斗伸长了脖子，紧紧地盯着游走的女孩，她跳跃，他随着跳跃，她游移，他随着游移。音乐时急时缓，如同一股野山泉流淌在罗金斗的心田里。

从罗金斗的坑道记忆开始，上士班长就总在谈论他和跳舞女孩的爱情。每一回休息的时候，上士班长就会坐下来狠狠地吸上几口烟，慢悠悠吐出烟圈，然后说，跳舞的女人就是不一样，线条好，身子软。

接下来，一段故事就开始了。

讲完一段，他会扭过头来问罗金斗，谈过女朋友没有？

罗金斗噎得喘不上气，就剩下急促地呼吸。

上士班长就笑，放肆而夸张，戏谑说，你这个南北吊，长得细皮嫩肉，可整天窝窝囊囊肯定不行，这样怎么可能吸引女孩子的注意。

上士班长烟很勤，几句话说完就要续上一根，却不中断说话。他说，我告诉你，茶壶配茶杯，男人配女人，这都是天经地义，不然有个啥活头。

他有时会讲到和跳舞女孩接吻，讲过一段，就扭过头来问罗金斗，你亲过女孩子没有？不等回答，就戏谑说，女朋友都没有，肯定亲不上。然后自说自话，又进入下一个爱情步骤。他的听众有满满一坑道。

雷打不动。抽过三根烟，上士班长的风花雪月就会告一段落。

他说，女人嘛，终究不能当饭吃。干活。

站起来说完，他第一个提起风钻，呜呜呜地插进石头里。

罗金斗畏惧上士班长，也羡慕上士班长。

罗金斗一直怀疑是不是在他母亲怀孕的时候受过谁的欺负，要不然自己怎么与生俱来就会有那么强烈的自卑感。生活如此，爱情同样受到牵连。

高二那年，学业一塌糊涂的罗金斗突然萌生了恋爱的想法，目标也很明确，就是有着白皙后颈的她。她坐在罗金斗的前排，每回上课，罗金斗的注意力都会被白皙后颈引诱走。暗恋就这样不知不觉疯狂生长。

多为难呀，可是为了爱情，罗金斗还是决定勇敢一回。

几夜几夜的煎熬，终于凑出五百来个字，写在白纸上，不妥，换成彩纸，仍不妥，最后换成有动物图案的信笺。手和心一样紧张，誊了一遍又一遍，总算没有错字漏字，盯着又检查了一遍两遍三遍，才算放下心来。

晚自习后，他将告白夹在她的书里。一夜无眠。

初恋是大巴掌，挟风而来，带给罗金斗血淋淋的羞愧和后悔。

次日到校，她和别人竟一边念着罗金斗的告白，一边笑。那种尖锐刺耳的嘲笑足令罗金斗一生铭记。他感觉自己太蠢，竟然落款留了真名。

“你是我心中的珠穆朗玛峰。”她们一遍遍地念，罗金斗心中一遍遍地羞愧。这是整个告白中罗金斗曾经最满意的一句，不想，现在却变成了最刺耳的一句。他真想把那页纸夺来撕得粉碎，内心却无论如何也指挥不动内敛羞涩的肢体，只能无动于衷，沉默就座，聆听山呼海啸的尴尬。

这并不算完。“你是我心中的珠穆朗玛峰”还在蔓延。

那帮女孩子简直是群疯子，她们只要在外面见到罗金斗就会像高尔基讴歌英雄的海燕那样抒情地朗诵“你是我心中的珠穆朗玛峰”，每到此刻，罗金斗就像一个做了错事的孩子，低头灰溜溜逃出她们的视野。

越逃越远，直到罗金斗逃离学校。

白皙后颈变成他的梦魇，爱情的奢望也被一棒子打死。

对于女人的欲望已经在他年轻的躯体里早早凋谢了，一提起女人，那件往事带给他的羞愧本能地反射而来，如同巫师不可攻破的魔咒。

解铃不一定必须要系铃人，上士班长口无遮拦的酣畅诉说似乎正成为一道秘符，悄无声息地解开着罗金斗的魔咒。随风入夜，润物无声。

上士班长的一切罗曼蒂克都是在排长不在的时候。三个班里他是最老的班长，排长不在，他就是排长，排长在，他就又回归到班长。

排长在，他休息时除了抽烟，就是伸懒腰，打哈欠。那些丰富多彩的感情故事就被强制压抑在了胸腔里，鼓鼓的，在暗黑的坑道里钝响。

上士班长三十一岁了，坑道掘进干了十二年。他总悄声在几个老兵跟前说，我打坑道的时候，那小子还在小学和女孩子抢豆豆糖吃呢。罗金斗知道上士班长说的“那小子”指排长。暂不论抢豆豆糖一事有无根据，单从时间推算，刚毕业的排长十二年前的确只是一个十岁的小学生。

又能怎样，排长一毕业就是排长。

上士班长干了十二年，到头来也只是个班长。

上士班长从当兵第二年就当了班长。听老兵们说，刚当兵那会儿，上士班长玩命干活，抱着风钻在坑道里一干就是一天，全身上下每一个有孔的地方都被石头粉末塞满了。这算什么，拍打拍打，他抓起风钻继续干。

上士班长是有私心的，卖命干就想提个干。

累倒了好几回，终是没能遂愿。

倒不是说组织上不讲感情，但凡事都有个规矩，提干有个硬杠杠，往那一卡，就把他卡在了外边。命运就那样板上钉钉，他又能如何？

算是安慰，营里让他上了士官学校，注定一辈子与当干部无缘。

士官学校回来，上士班长的人生就定格在了幽黑坚硬的坑道里。他的同一批兵，除了提干就是退伍，能从新兵熬成十二年的老兵，他是独一份。兵龄长，技术好，又肯干，上士班长是工兵营绝无仅有的“元老工兵”。

前后陪了六任排长，上士班长一个都看不上。

这家伙对坑道肯定没感情。每一个排长初来乍到，不论开场词怎样慷慨激昂，杵在角落里的上士班长总是这样面无表情地进行评价。

排长都是军校毕业的白面书生，长得文弱娇气，可不管咋说，人家谦虚好学的态度总是值得肯定的，可上士班长却一点不给面子。

就拿之前的刘排长来说，一放下行头先到上士班长的屋里报到。

班长，你是打坑道的专家，以后多向你学习。

你是官，我是兵，有啥学的，你命令就行。

你看，人家一个不耻下问的好排长，硬生生地被上士班长给憋了回去。

还有那个张排长，人家老爸听说是北京部队的部长，但也没有要什么官二代的威风，自个儿咬破手指头写了申请书，要到这最闭塞最艰苦的大山里来，团部待了几天，嫌艰苦不够，又到工兵营，一腔热血，两袖干劲。

张排长是真心来吃苦的，放下背包就进了坑道。

上士班长在前，张排长在后。

跟着我干啥？上士班长一说话，就把灰尘吹了张排长一脸。

向老班长学学。张排长像个新兵。

你又不干这个，学了有啥用，装门面可以学别的。

看看，脆生生又是迎面一闷棍。

新兵不敢劝，老兵说，你也给人家干部点面子。

上士班长黑着脸说，面子是自己留的，不是别人给的。依旧我行我素。

上士班长看不上干部，干部也看不上他。虽然干得很辛苦，一年到头总在坑道里猫着，可评功评奖、推荐典型的时候，老轮不上他。他倒也不惦记，闷着声说，三等功倒是有过两个，可是又顶个啥用？

提干伤了他的心，他这是铁了心要与世无争。

一年又一年，上士班长的脾气没改，预言却是个个应验。

长则一两年，短则几个月，排长们就像长了翅膀一样，匆匆飞来了，又匆匆飞走了。在偶尔的空当期，上士班长会代理排长，但用不了一两个月，新排长又会空降下来。顺理成章，他又回到了自己班长的岗位上。

他总说，快来个干部吧，我他妈的才不想干这个破排长。

包括新来的罗金斗，个个都能看出来上士班长口是心非。

五

官兵们的矜持已经按捺不住，场面有些混乱了。

那个穿着黛色短裙的青年演员一走上台子，就引起了热烈的掌声。罗金斗心里清楚，这掌声并不是献给高雅的艺术，而是献给黛色短裙。

罗金斗也热烈地鼓掌，他被裹挟在亢奋的人群里。

女演员上台先做了一番自我介绍，她叫什么，罗金斗没有记住，或者并没有去听，他的注意力都集中在女演员那光彩熠熠的脸上，虽然隔了很远，他仍觉出了她的美丽。白的脸、黑的眉、瀑布一样倾垂的长发，那一刻，瞬间就点燃了罗金斗暗恋的冲动，他下意识地用手触碰脸庞，火热火热。

战友们，你们是最可爱的人，你爱边关，我爱你。女演员一说完这句话，整个场面彻底混乱了。不知道哪个家伙在人群里喊了句“我也爱你”，混乱的掌声，放荡不羁的哄笑声，紧接着就是一连片的“我爱你”。

团长站起来，扫视四周。虽在黑暗里，他的威严却丝毫不打折扣。很快，四下里安静下来，所有狂荡的闷骚都压抑成持久不息的强劲掌声。

台子上，女演员的歌声嘹亮，诱人。

看着团荣誉室里的照片，罗金斗怀疑，照片里的人和上士班长是否是同一个。看介绍，应该没有问题。“下士班长刘和平带领本班十一名同志连续战斗三天三夜，掘进坑道七十米，创造了前机械化时代坑道掘进的纪录，为树立典型宣扬先进，刘和平班被记集体三等功，刘和平荣立个人三等功。”红底的照片上，上士班长青春，清癯，炯炯目光里难掩含羞青涩。

刘和平就是个疯子。这是另一个声音。

不知道是从哪里传来的，坑道里、荣誉室里，或者就是罗金斗在疲乏暗夜里一个含含混混的梦。反正那个声音挂在耳边，久久不能散去。

刘和平为了能提干，不惜把战友的命搭上。

这一次，罗金斗明白过来，他惊讶于手里的风钻竟能开口说话。你不要这样看着我，在坑道里待了三十年，我说的话能有假吗？风钻呜呜地喊着。罗金斗愣怔在原地，不知把风钻放下，还是就那样提在手里。

你知道吗？八号坑道里死了三个人，两个都是刘和平的兵。

风钻牵着罗金斗的手，呜呜呜地钻进了坚硬的岩石里，顾不上浇水，钻起的石头粉末扑面而来，让颤抖的罗金斗有些窒息。风钻才不管那些，它大喊着，抓紧我，笨蛋，狠狠往里钻，可不要叫刘和平去踢你的屁股。

风钻的故事都在震耳欲聋呜呜呜的掩盖里。

士官学校回来，刘和平依然铿锵有力。虽然挂上了士官的衔，他军官的梦想却没有死。政策上说连续两年立三等功的班长可以提干，他就铁了心要两年立两个三等功。哪有那么容易？你想想，一个连一年才两个名额，再怎么说也一百多号人，不能回回都有他吧。可刘和平是王八吃秤砣。

小杨是个列兵，死的时候才十八岁。

把三月份定为攻坚月是刘和平提出来的，他给连里的报告上说，三月是春暖花开的季节，万物都在努力地绽放，我们解放军战士也不能落后，必须与万物复苏的春天共成长。那个月被定为“刘和平攻坚月”，坑道掘进的土石方量比往常提高一倍，也就是说按照以前的速度是白天干晚上歇，现在要白天加黑夜。要想休息片刻，必须从速度里争取时间。

可怜小杨被刘和平分在自己一组。

既然攻坚月是刘和平提出来的，他就要以身作则干出名堂。他要自己干在前面，也要自己的班干在前面。为引起注意，前三天他压根没出坑道，当然，他组里的其他人也出不来，都在超负荷体力劳动中扛了七十二小时。

一个班都累瘫了，包括刘和平。

一觉醒来，他又拍着手喊着，起来了起来了——加油加油。

小杨往轨道车上出石料，那些被风钻咬下来的石头，都要被小杨一块一块搬到轨道车上，慢一步，刘和平就会大喊大叫——快点快点。小杨入伍不到一年，哪敢怠慢，累了，狠劲摇摇脑袋，强迫自己继续坚持。又是一天一夜，他实在困得撑不住了，就倚在轨道车上，静静地躺了下去。

“小杨！小杨！”

无数个惊厥的声音在坑道里此起彼伏响起来的时候，小杨依旧没有任何反应。他们掐他的人中、胳膊、脑袋，掐破了皮，却没有流出血来。小杨的血都在坑道里耗干了。抬出坑道，擦拭掉黑灰，他的脸如同白纸一样，虚弱，煞白。太累了，他可能也情愿那样永远地睡下去，不再醒来。

那回，刘和平立了个三等功。

六

哪个是罗金斗？卡车弯弯绕绕开进了大山里，一路颠簸，罗金斗有些昏昏欲睡的时候，到了，他们被吆喝着下车，站成一排。还没回过神来，就听到一个粗重的声音呼喊，他打了一个激灵，大声回应“到”。

他妈的，这么小的个子。上士班长挥挥手，来，到这边来。

新兵和老班长混在一处，人声嘈杂，罗金斗睁大眼睛，努力寻找呼喊他名字的方向，瞅准了，背着背包却挤不过去，就使劲往过冲，却一头扎进了谁的怀里，一抬头，恰恰就是刚才喊他的上士班长。

就是个打坑道的命，却叫了个说相声的名字。罗金斗对上士班长的这句话久久难忘。他口笨，最不喜欢别人拿说相声来刺激他。

班里十一个人，11月份退伍走了一个，罗金斗一去，又齐了。

坑道很深，走了半个小时还没有到头。罗金斗不时回头张望，怕出不去。坑道已经拐过几个弯，根本看不到出口的亮光，视野尽头是白炽灯下黝黑的石壁。四处裸露，面目可憎，在罗金斗的神经里映射出深深的恐惧。

没见过吧？上士班长瞅一眼罗金斗，昂起高高的头颅。

这都是咱们打的？罗金斗仍在四处张望，一条长线把无数个白炽灯泡一溜儿牵进了深处，深到哪里，他并不知道。反正是在远远的前方。

屁话，肯定是咱们打的。上士班长背着双手，雄赳赳走在前面，活脱脱一个土财主带着新来的长工巡视自己广袤的庄园，趾高气扬。

警卫营的兵毕竟见多识广，不知从哪里采来了野花，几枝绑作一朵，高高擎起就上了台子，没人再敢呼喊，掌声却是如水如潮。那个兵也精干，十来个台阶，只三两步就跨了上去，就像踩了高跷一样毫不费力。

罗金斗伸长了脖子，他太羡慕那个警卫营的兵了。

他长得潇洒，动作也潇洒。

罗金斗手上湿漉漉，脖子上也沁出汗来。这会儿他倒替警卫兵担起心来，走上台子怎么办，花怎么给，女演员接不接，接完之后怎么办？刚纠结完，他就知道自己想的多余了，几乎要比他的脑子早一拍，送花，接花，敬礼，还礼，下台。警卫兵和女演员互敬互爱的一系列动作就做完了。

又是掌声。谢谢这位战友。女演员唱歌间隙，深情鞠躬。

罗金斗觉得警卫兵真是幸运，不光近距离接触了女演员，把花献了出去，还获得了一声“谢谢”。罗金斗替警卫兵高兴，巴掌拍得啪啪响。

一恍惚，罗金斗觉得自己就是刚才的警卫兵。他上了台子，献了花，正如所想的那样，献花接花的一瞬，他触摸到了女演员温热绵柔的手，虽然没有触过电，但他坚定地认为那就是触电的感觉，二百二十伏的电压通过女演员的手导到他的手上，继而传遍全身，通体舒畅。那真是一种酣畅淋漓的灼热。他回过头，看见了山呼海啸的呐喊，人群里，有上士班长。

女演员还在台上，罗金斗回过神来。一切跟他没有任何关系。

排长让罗金斗关上门，罗金斗开始紧张，并努力在脑子里过滤了一遍，最近有没有干过挨批的事。一想，就有些不妙。中午把一个馒头装在袖口里出来，他以为并没有人知道，他是装作替值日员打扫卫生，在笼屉里抓了一只馒头，从食堂的后门漫不经心地走了出去。丽丽就在那里等着他。

丽丽是一只狗，比罗金斗来工兵营更早。

来之前的生活不知怎么过的，反正罗金斗一到营里，一人一狗就建立了牢不可破的深厚友谊。罗金斗在班里总是被其他人吆来喝去，他却可以对丽丽发飙。他大喊一声，过来，丽丽就摇着尾巴顺从地趴在他的脚前面。他说，走，丽丽就一步三回头依依不舍地朝远处跑去，当然也不跑远，就在前面看着他，等待他随时大喊一声过来，再摇尾而来。罗金斗感动于丽丽让他呼来喝去，一只毛茸茸的狗让他在这深山老林体味到价值和温暖。

为了持续这种跨越物种的友谊，罗金斗每顿饭后会拿出来一个馒头。

究竟被谁看到了呢——炊事班的马班长？不会啊，当时他正在厨房里盘点副食。值班员大王？也不可能，他最能耍滑，每次值日，都要先到卫生间里耗上一段时间，正应了那句懒驴懒马屎尿多的话。还能是谁？排长，也说不定，排长总是来无影去无踪，罗金斗还真说不清那会儿排长在干啥。一想到排长一双黑溜溜的眼睛目睹他拿馒头、溜出去、喂狗，刹那间，就冒出一头大汗。罗金斗开始绞尽脑汁想着承认错误下不为例的说辞。

你们班长最近怎么样？排长不动声色，漫不经心地问。

班长？班长——今天带队进坑道了。罗金斗丈二和尚摸不着头脑。

我知道，我是说最近说什么没？排长眼睛盯着桌子上的人员花名册，翻来翻去，不知道在找上士班长的信息，还是罗金斗的信息。

没，没说什么。

难道没有说他跟女人的故事？

罗金斗低下了头。上士班长每天都在说他的爱情，他撒了谎，没想到一下子就被排长揪了出来。脸上滚烫，罗金斗低下了头，仿佛排长不是说上士班长说女人的故事，而是说他说。他的无地自容就有些理所当然。

我给你说吧。排长合上人员花名册，严肃认真地看着罗金斗，刘和平思想上不健康，整天给官兵灌输什么情啊爱啊，鉴于他在专业方面的贡献，营里连里一直都在容忍他，但你们自己心里要有杆秤，知道什么是对的什么是错的，不能人云亦云。今年刘和平已经第十二年了，你也知道，在部队十二年就是个坎，就算他走了，我们的事业还要继续，你还年轻，要有是非标准，要经得起考验，不能随波逐流，否则最后受害的只能是你自己。

排长讲话简短有力，字字如枪，刺在罗金斗的胸口上。

听明白了吧？排长问。

明——明白了。罗金斗在颤抖，他尽量克制自己。

那好吧，今天的谈话也不要出去说，你是个老实人。排长意味深长地拍拍罗金斗的肩膀说，好了，去吧，好好向班长学习，争取当个骨干。

罗金斗早已汗涔涔，他感到双腿绵软，使不上劲。倚着墙走到户外，太阳正好，金光扑面而来，广场上，树上，营房上，到处都是金黄一片，就像一个梦幻的世界。开阔的视野里，丽丽同样披着一身金黄，欢快地从远处跑来，没等罗金斗呼喝，它就静静地匍匐在脚边。温驯，恬淡。

七

终于等不住了，在黑暗中，罗金斗摸出了礼堂。

他想好了，就算被团长看见也不怕，团长反正不认识自己，若被门口的纠察挡住问起来，他就说上厕所。人有三急，总不能让人尿到裤裆里吧。

虽已天衣无缝，挪起屁股的瞬间，虚弱的心中却仍是袭来怯惧。

管他呢。思想打了退堂鼓，身体却是毅然决然。罗金斗猫着腰穿过过道，借着地面上荧光色的路标指示牌，他摸到了太平门下。已经很小心，门还是发出刺耳的吱扭声。罗金斗顿觉身后几千双眼睛都扫视过来，额头冒出汗。屁股在暗夜里，头已经出来。他决绝前行，门都忘了关上。

一出了礼堂，他就飞奔着跑向排里的菜园子。靠着河边，有一排的月季花，年初整理菜园，上士班长让把月季花铲掉，说是挡着太阳，影响蔬菜的生长发育。罗金斗手握铁锨，就是磨磨蹭蹭不动手。上士班长看出他的心思，骂咧咧地说，好吧，狗日的，就把这花当媳妇给你留下吧。

一个月后，那些月季花就长出鲜艳的蓓蕾，成为菜园里最受欢迎的公主。上士班长说，小子，可要上心看好你媳妇，千万别被人偷走了。

团里不免爱美之兵，会摘了花朵藏进被子里，夹在书里。

为防万一，罗金斗写了“月季有毒，切勿靠近”的牌子。

上士班长嘲笑他扯淡。但却管用，花自那之后竟然一朵不少。

罗金斗心里有数，这个时候，那一排的月季花正疯狂斗艳，莫说几枝，就是采上一百朵也不在话下。他要扎上一大捧，献给美丽的女演员。

风钻说它在坑道里待了三十年。罗金斗坚信它已经成了精。

它总在罗金斗一接触它的时候就开始说话，喋喋不休，不紧不慢，就像一个干了多年却进步无望的老兵，语言慵懒，说起谁都极尽刻薄。

呜呜呜——钻进石头的同时，风钻又开始说话了。

刘和平想提干，真是走火入魔了。他能连命都不要。

那年真是诸事不顺。年初遇到松软石质，年中遇到百年一遇的泥石流，工期耽搁不少，刚组织起掘进攻坚，却又碰上一次塌方。幸好没有人员伤亡，可巨大的塌方面在前面挡着，施工也没有办法继续。施工坑道直径小，大型机械进不去，和掘进一样，处理塌方还得靠人。可那都是几百斤上千斤的大石头，说不准啥时候就砸下来，进去就等于死，谁都不敢贸然行动。

第一个站出来的还是刘和平。他说，我排险，副班长观察。

副班长也是渴望进步的血气方刚的小伙子，当然不会有半点迟疑。

营长也是急红了眼，见刘和平请战，分外喜悦。简单交代了两句，就目送两人进了坑道。巨大的石头悬在坑道顶部，有的就是放了炮也下不来，有的不干预，却灭顶般坍塌掉落，不确定性让死亡无限可能地逼近官兵。

提着风钻，刘和平第一个往里冲，副班长紧紧跟在后面。

有情况喊我。说不害怕是假的，说不定什么时候，那千斤重的大石头就会囫囵掉下来，砸在人身上，人就变成肉饼子。这会儿已经没有退路，一脑门子血液催促刘和平快点往里走。回过头，他坚定地望一眼副班长。

副班长没有再往里走，他的任务是观察，看到石头摇晃就大声喊叫。

呜呜呜——呜呜呜——

在塌方面的四周，刘和平紧急钻孔。遵照营长指示，围绕塌方面快速打出九九八十一个孔，装填炸药，一轰之后，十有八九就把塌方面清理掉了。刘和平大汗淋漓，风钻攥在手里，打一个，数一个，一点不敢耽搁。

远处的副班长比刘和平更紧张，盯着摇摇欲坠的大石头，望着手握风钻的刘和平，跟个美国牧师一样，在嘴里念念有词，保佑石头不要掉下来。

七十四，七十五——刘和平的胳膊肿胀酸痛，鼻孔也快被石灰粉堵塞严实了，汗水却止不住，流在石头粉末上，成了混凝土，硬邦邦悬着，异常难受，抹一把脸，汗水和石头就都跳进了毛孔里，肿胀，辛辣。

七十六——刘和平弯下腰来，他感觉已经筋疲力尽。

他使劲抬起风钻，却怎么也钻不进石头里，风钻就贴着石壁，嗡嗡嗡地跳跃着。石头嘲笑他，真是个不中用的兵，连风钻都拿不起来。

刘和平很愤怒，可手已经不是他的手。他倾尽全力，却无能为力。

副班长冲上来从他手里夺过风钻，刘和平随即瘫软在地。

呜呜呜——副班长继续数着，七十六，七十七。

刘和平躺在坑道的角落里，听着钻头吞噬石头的声音，碎末和粉尘掉落在他的脸上，身上，他浑然不管。他已经瘫了，好想就那样睡过去。

一声天塌地陷的巨响之后，刘和平就被掩盖到了黑暗里。他甚至来不及恐惧，混沌一片中，坑道陷入了死寂。惊悚里睁眼，他以为只是一个噩梦。眼前黑漆漆一片，闭上眼睛，又睡了过去，他实在太累了。

再睁开眼睛，刘和平已经躺在了卫生队的病房里。

洁白的墙壁和被褥有些耀眼。醒了，醒了。战友们围成一圈，睁大了眼睛望他。他像囚禁在鱼缸里的金鱼，也旋转着眼睛看大家。

刘和平还没有弄清楚状况，他在努力回忆。这是哪里？为什么突然会置身这样洁白一片的世界里？他以为仍在梦里，试图闭上眼睛。

班长，班长。众战友不抛弃不放弃，终于将他叫醒了。

就是在病房里，战友们你一言我一语，给刘和平还原了塌方的情况。

整个塌方就掉下来一块石头，有一间房子那么大，进不去，出不来，大家并不知道刘和平和副班长两人的状况。营长亲自带队冲锋，在那块大石头上打眼，装药，爆破，然后继续打眼。直到把一块巨石炸成碎片。

后来推测，副班长当场就被巨石砸成了肉酱。随着一波波爆破，就和坚硬的石头一起灰飞烟灭，仅剩下衣服上的布条，其余都升腾成坑道里浓重的血腥味和炸药味。刘和平算是幸运，卡在巨石与坑道的夹缝里，不知道是死是活，最起码当时身上是浑全的，战友们就哭喊着将他拉到了卫生队。也是神奇，竟然未查出外伤，睡了三天三夜，阎王爷把他放了回来。

不是八十一个孔都打完了吗？

刘和平明明数过，九九八十一个爆破孔围着塌方面整整齐齐转了一圈，他其实在梦里数过，可他颠倒了，以为是自己数过，他甚至记得已经开始装填炸药。怎么就会塌方呢？他不能理解曾经的努力丝毫没用。

孔是打完了。战友们说，九九八十一个一个不少。

并且推测，可能副班长打孔结束后停了风钻，声波减弱，打乱了坑道里的力量平衡，所以导致塌方。听到这里，刘和平扑到床上号啕大哭。

他哭喊说，死的应该是他，而不应该是副班长。

他一哭，围着他的十几个兵就都哭成了一片。

营里为副班长在山巅上建了一座衣冠冢，供战友们凭吊悼念。

年底，刘和平再立三等功。

八

第一次进坑道施工，刚走到洞口，上士班长就一脚把罗金斗踹跪在地上。磕头。上士班长命令说，进坑道不拜山神，小心山神收了你。

其他兵笑，上士班长却刚毅严肃。

罗金斗很为难，弄不清楚是真要拜还是上士班长戏弄他。赶紧的，心里不诚，出了事可不要怪怨别人。上士班长撂下话，自己先走了。

罗金斗并不是有神论者，其实他也说不清自己是哪一派，算是入乡随俗吧，他趴在地上磕了三个头，嘴里还念念有词，上帝保佑，上帝保佑。爬起来拍拍膝盖，一溜烟地追了上去，再往里走，果然心里踏实很多。

阔大的洞口往里延伸一千多米，就开始分支，向着四面八方扩散，零落成了七八个作业面。每个班负责一块，就像蚂蚁搬家一样，成年累月定在坑道里，打眼，放炮，再将一块块碎石搬进轨道车运出去。

兄弟们，上工了。一到洞口，上士班长就脱下上衣大喊起来。

上工喽——众人应和，也纷纷甩掉了上衣。

上士班长和另一个老兵提起风钻，在最前面。按照施工图纸，他们要打出密密麻麻的孔，然后按照一定的比例装填炸药。轰隆一声，烟尘扑面而来，一面石壁也被炸得千疮百孔。后面的兵抡大锤继续扩大作业面。炸掉和砸掉的石头落在地上，就被铲进小车，转移到轨道车里，一车车运到外面。如此往复，坑道就一米一米往里伸展。缓慢，但是不停不歇。

上士班长说过，他们现在采用的是最落后的掘进工艺。因为开工时间长，作业面小，所以大型机械进不来，现在其他坑道施工都扩大了作业面，大型机械轰隆隆开进去，都是机械和石头硬碰硬，再不用人徒手作业。

他们算是中国工兵最后一次以血肉对抗坚硬的石头。

脱下衣服，上士班长身上的腱子肉就绷了出来，充斥着力量。

把炸药准备好。上士班长一面呜呜呜持着风钻吃石头，一面不忘安排下一步的工作。营里规定在风钻作业中必须佩戴防尘面具，可上士班长嫌那玩意儿麻烦，压根没戴过。他说，早都尘矽肺了，戴这顶屁用。

看他不戴，罗金斗也就不戴，却被踹了一脚。扭头看，是上士班长，新兵蛋子，好的不学，竟学这不靠谱的。上士班长变戏法一样，从迷彩裤的兜里抽出一副口罩，撇给了罗金斗。罗金斗心头一热，眼圈湿了。

真是活见鬼了。罗金斗绕着一亩见方的菜地，从这边走到那边，又从那边走到这边，像将军巡视部队一样把一排的月季花全部检视了一遍，可连一个含苞欲放的花骨朵都没有，更不要说绽放的花朵了。

探下头去，扒拉开，月光下的月季花失落而颓丧。

怎么办呢，肯定是警卫营那帮家伙摘走了。罗金斗焦灼，失望。

可仅仅几分钟，他就从失望里振作起来。

月光下，罗金斗飞快地跃出菜地，沿着公路跑出一段，就纵身上了山，沿着警卫营平时巡山的道路，他一溜烟消失得无影无踪。还是那回跟着上士班长上了一回山，在山顶的一块平坦处，他看到了一大片绿色的植物，上士班长告诉他，那是格桑花，秋天的时候金灿灿，会开成一片花海。

已经是深秋季节，他不管，一定要去碰碰运气。

晚上不比白天，爬山真不是容易的事情，还好，有警卫营长年累月踩出的一条秃路，权当做了罗金斗的路标，不至于迷失方向。他拼尽了力气，不是在跑，而是在飞，两脚几乎没有同时着地，他唯恐在散场前赶不回去。

到顶了。虽在夜晚，但格桑花海仍是亮闪闪惊艳地横在眼前。

哦，格桑花。哦，格桑花。罗金斗嘴里念念有词。他一下子扑了进去，一朵两朵，他急切而又细心地抓住花朵的底部，温柔地掐断，一朵一朵攥在手里。那些格桑花像小伞一样，张开在夜里，张开在罗金斗的心里。

摘好一大捧，歇口气，罗金斗才感觉到周身的冰冷。刚才太过拼命，身上的汗水汹涌沁出多次，这会儿融在衣服里，湿漉漉地贴在身上。往下走的时候，身上，腿上，都酸痛疲软。不远处有动物撞击树木的声音，各种陌生的怪叫环绕周围。恐惧就像天上的月亮一般如影相随。

也不管那么多了，罗金斗心里想得最多的是能不能及时赶回去。

他拔起腿，拼命地豁开灌木丛，沿着来时的路向下跑去。有时跌倒了，他并不停歇，连滚带爬继续朝下面冲刺。只听见灌木上的小刺火辣辣划开皮肤的声音。脸上，手臂上，时时传来钻心的疼痛。罗金斗不管那么多。下意识地，他总是在摔倒的瞬间将那一捧格桑花紧紧地护在胸前，像呵护一个刚刚出生的婴儿。终于，他的脚重重地落到了马路上。远远望去，礼堂的窗户里仍禁锢着灯火通明。他内心充满了温暖的希望，急切地放开步子，近了，掌声还在响，仍旧热烈和亢奋。罗金斗长长舒了一口气，踉踉跄跄闯进了礼堂。台上，一个男歌手演唱《我在高原》，雄壮，激亢。

罗金斗默默落座。格桑花仍旧婴儿一样，躺在他的怀抱里。

九

南北吊，陪我喝酒去！门被踹开的时候，罗金斗正琢磨着给家里写封信。山里不通手机信号，唯一的公用电话亭设在警卫营营部门口，距离工兵营少说有一个小时的步程，懒得去，罗金斗就想着写信。说什么呢？到底是报喜不报忧，还是实话实说？望着天花板的罗金斗犹疑不决。

我——门被踹开让罗金斗受到惊吓，一时无语。

怎么，忙着？上士班长强横反问。

没，没事。罗金斗赶忙表明坚决立场。

那好，跟我喝酒去。上士班长大手一扬，先行走了。

正是周五下午。三点钟，排长就写了相亲的请假由头，坐着团里的班车到城里去了。留下了排里一群无所恋无所念的光棍汉，冷清，孤苦。

团里规定在驻地谈对象的干部经过组织批准可以两周进城一次，享受同样优惠待遇的还有结婚并且家在驻地城市的干部和士官。

能享受到这项政策的，全营也就为数不多的几个干部。

排长刚毕业，可他一就职就打了恋爱报告，谈一谈换一换，总之结婚之前都处于谈恋爱阶段。上士班长则不同，他压根就没有在驻地谈恋爱的资格。还是刚转下士时回过家，家里也着急给介绍，但毕竟不是能急得来的事，谈得差不多了，假期也到了。山里打电话不方便，仅凭写信联络感情，着实有点不太靠谱。一年又一年，过了而立之年的上士班长仍旧孤身一人。别人下山，他就喝酒。酒是他须臾不离的兄弟，也是女朋友。

进到排里的储藏室时，上士班长已经盘腿坐好，等着罗金斗。

煤油炉子上架的铁锅咕嘟嘟响着，白萝卜，排骨，胡萝卜，白菜，还有其他花花绿绿，胡乱煮在一起，香味随着白蒙蒙的蒸汽升到屋顶，拐个弯，又折了回来，在储藏室里四散飘开，诱出罗金斗的口水来。

愣啥，坐啊。上士班长命令。

罗金斗顺势盘腿坐到了上士班长边上，上士班长尚未说话，他觉出不妥，嘿嘿笑着，屁股一扭一扭，又挪到了对面。上士班长摇头说，金斗啊金斗。他仍是嘿嘿笑。别笑了，把缸子拿来。上士班长的语气缓和一些。

两个军绿色的缸子并排放着，上士班长从储藏架的后面提出一个白色塑料桶，拧开盖子，咕咚咕咚就倒上了。一股刺鼻的酒精味扑面而来。

别看是塑料桶子，这可是北京带过来的二锅头。上士班长拧紧盖子，就近放着。罗金斗想着，晚上是不是要把这一桶酒喝完呢。他望着上士班长，上士班长没有看他，而是夹了一块白萝卜津津有味地吃了起来。

半缸子下去，上士班长就话多起来，又讲起了他的爱情。

看见没？他掏出一张磨得发白的照片，递到罗金斗的眼前说，这就是你嫂子，跳舞的，身材超好，知道吧，比军里演出队那些女演员哪个都漂亮。要是我不在部队，我们早成了，她喜欢我喜欢得不得了，要不是在部队，我老早就把她娶了，这会儿也是老婆孩子热炕头——来，咱俩再喝一个。

频频举杯，罗金斗以为自己扛不住，可也真是奇怪，平时闻着酒都能醉的罗金斗那晚却是遇到奇事，那塑料桶装的二锅头倒进他的嘴里就像饮料一样，甜甜的，酸酸的，还带着醇厚的香味，味道真是美妙极了。

一放下缸子，他又想喝。看他端起来，上士班长也就端起来。大着舌头说，金斗，来，干一个，喝一个。罗金斗不说话，就是个喝。

一缸子下去，上士班长就开始前言不搭后语重复絮叨着。

他还要喝，罗金斗也想喝，就又一人倒了满满一杯。

上士班长瘫倒在地上，背靠着铁质的行李架粗重地喘气，偶尔喊一句，我要和她结婚。再喊一句，喝，咱们再干一杯，我没一点事。

锅里的肉和菜已经煮成囫囵的一团，在汤里咕嘟嘟跳跃。罗金斗操起筷子，夹一块排骨，抿一口酒，夹一块萝卜，再抿一口酒。肉和菜的温暖配上二锅头的香甜，真是无法诉说的美妙享受。他进行得有滋有味。

你就知道吃！突然传来的声音吓了罗金斗一跳。

他以为上士班长在批评他，赶紧放下筷子。看上士班长，他却正呼噜噜仰头大睡，分明的，刚才的声音是一个尖锐的女声，就算上士班长喝坏了嗓子，也不可能发出那种声音。罗金斗环视四周，努力寻找。

在几乎放弃努力时，却见上士班长手里照片上的“嫂子”直瞪瞪地望着他。罗金斗缓下一口气说，嫂子你干吗这样看着我？照片上的女人立马拉下脸来，不要叫我嫂子，我跟你不熟。罗金斗又抿了一口酒。你跟我熟不熟不要紧，关键你是上士班长的媳妇，就理所当然是我的嫂子，这是我们部队的规矩，不叫嫂子是要犯错误的，你也不要不好意思。

我才没有不好意思。女人说，只是我和你这个上士班长根本就不认识，我也不知道他是犯了哪门子的神经，更不知道他从哪里弄来了我的照片，一年四季揣在身上，见谁就给谁说我是他的女朋友，实在不可理喻。

上士班长还说跟你亲过嘴，和你睡过觉。罗金斗直言不讳。

他胡说。女人气得直跺脚，你叫醒他，倒是问问，照片上的我叫什么名字，年方几何？他只是一个一厢情愿的光棍汉，不讲道理的光棍汉。

我才不叫醒班长，要叫你自己叫。

好，好，你不叫也好，但是捎话给他，请他不要成天把我的照片塞在他的怀里，也不要到处扬言和我在处朋友。他的所作所为已经严重影响了我的正常生活，损害了我的名誉。如果他还要继续这样胡言乱语，我就要施展我力所能及的报复，也让他为自己的言行付出代价。

你不要在这里吓唬我，你们的爱情我无权干涉，我倒是希望你们终成眷属，给我们上士班长一份暖烘烘的爱情和一个幸福的家。

当兵的，你不要痴人说梦了，你们成天住在大山里，钻在坑道里，没有房子车子，没有花前月下，哪个女人愿意和你们共守寂寞，哪个女人愿意与你们一起清贫？醒醒吧，除了那些坚硬的石头，没人愿意走近你们的生活。我也奉劝你一句，要想收获爱情得到幸福，就早点脱下军装，离开这千重万重的大山，离开这冰冷坚硬的坑道，这简直就不是人待的地方。

女人喋喋不休，罗金斗吃菜喝酒。

外面的世界那样广阔，那样精彩，你们傻了吗？为什么要死死地守在这里？你想想，这里能够给你们什么，金钱吗？名誉吗？还是后半生里的某种承诺？什么都没有，但你们把一切都留在了这里，这真是不值当。你知道吗？像你这样的年纪在外面，或许已经开上了好车，住上了洋房……

你走吧，嫂子。哦，不，就算你不是我的嫂子，不管你是谁，请你不要再喋喋不休，请你赶快离开。你看吧，这汤锅一直在沸腾，它们催促我了。请你离开吧，我要吃肉，我要吃菜，我还要喝班长的二锅头。

储藏室里寂静了，咕嘟嘟的声音分外响亮，偶尔夹杂着罗金斗喝完酒后，军用缸子落在水泥地上的刺响。扭头看，照片上的女人归了位，端庄，秀丽，眸子里青春的气息却被磨损。她已经不是罗金斗的嫂子了。

命运无情地捉弄了一回刘和平。风钻有些幸灾乐祸。

班长。两个三等功。板上钉钉要提干部的路数。

刘和平信心满满，灿烂的笑容就像秋天里的菊花肆意绽放，根本就收拢不住。也给家里写信了，说等着儿子的喜讯吧，再回来，肯定扛着一毛一的军衔。这种慷慨激昂的表达，在他们那个闭塞的小山村简直就要沸腾了。老刘家将要出一个军官，打鸡血一样营造出了难以压抑的膨胀氛围。

多年不走动的远房亲戚来了，说让刘和平当了军官也惦记着他们，家里还有三个男丁，什么时候也弄到部队上去吃碗皇粮。家里有青春姑娘的爹娘来了，说最中意的就是军队上的人，如果不嫌弃，当下就可以让自己姑娘到部队去和刘和平订了终身。村里的几大班子成员也陆续来了，坐在刘家低矮的自制木凳上反复表述，希望刘和平事业有成也不要忘了造福家乡。那段日子太混乱，刘爸爸咧着嘴一桩桩就都答应下来了。一辈子求人，好不容易被人求了一回，已经心满意足，哪有不答应的道理。

老刘家人等着，等着肩扛一毛一军衔的儿子荣归故里。

刘和平等着，等着提干的一纸命令。

从年初等到年中，从年中又等到年尾。刘和平实在经不起煎熬，莽莽撞撞找到连里。指导员知其来意，面露难色，说，你先坐吧。

看到指导员取纸杯，放茶叶，倒开水，罗和平心里就紧张起来。当了多年兵，他心里最是清楚，若不是组织上有愧于官兵，领导定不会做出这么客气的举动。但他纠结着，不知道这回指导员客气的源头在哪里。

一说，果然是晴天霹雳。

提干政策变了。以前的硬杠杠是班长，两个三等功。现在又加了一条，必须高中以上学历。指导员说，建设知识型军队嘛，这个也可以理解。

刘和平理解不了。恰是这第三条将他挡在了提干的大门之外。家里的条件捉襟见肘，加之志不在读书，高二未完他就回了家，没能毕业。

刘和平的苦闷只有班里的战友们知道。他一天到晚闷在坑道里，提着风钻疯了一样吃着石头，风钻发烫了，他也不松手，狠狠地往里刺去。

同年兵和战友们给他出主意。伪造一份高中学历塞进档案里，或者买点东西去领导家里走动走动。刘和平不拒绝也不采纳，每天仍是执着地猫在坑道里。渴了，拧开水壶盖咕嘟几口，累了，就地躺着睡上一阵。

这么多年，刘和平再没回过家。他没法给家里人交代啊。

十

排长调走了，到另一个连当指导员。

宣布完命令，上士班长就被教导员叫进了营部。老兵们说，想都不用想，肯定又是做工作让上士班长代理排长。这已经是第四次了。

罗金斗也希望上士班长代理排长，因为那也是他光辉的荣耀。

出乎意料，从营部出来，上士班长脸上阴沉一片。罗金斗想着，可能如上士班长之前所说，他并不想代理这个排长，但是教导员找不到更合适的人选，强行要求他代理，结果谈不到一起，就不欢而散。

到底是代理还是不代理呢？罗金斗猜不出结果，心里着急。揣度着，上士班长是个老党员，即使不想揽那么多事，但是在关键时候，肯定还会听从组织的安排，和所有他知道的党员一样，各种各样的意见和情绪都可以有，但是最后，都服从了组织。这么一分析，他就认为上士班长代理排长已经是板上钉钉的事情。罗金斗灿烂起来，和上士班长的隐晦形成强烈反差。

等待祝贺上士班长的日子，却有另一阵风吹来。关于上士班长，那些老兵们在议论着完全不同的版本，彻底颠覆了罗金斗一厢情愿的想象。

那日的现场是文书描述的。文书是一个喜欢添盐加醋的家伙。

上士班长进营部。教导员关门。文书沏茶端水。

老刘啊，最近怎么样？教导员和上士班长是同批兵，他习惯称呼上士班长老刘。起初上士班长也喊他老姜，后来改了，和大家一样叫教导员。

只要不让我代理排长，什么都好。上士班长先入为主申明态度。

代理排长的事咱先不说。教导员把一纸杯茶水递给上士班长。

那最好，安排工作我全盘接受。上士班长接过纸杯。

哪来那么多工作。教导员坐下，从办公桌上的烟盒里抽出一支烟，递给上士班长一支，点上，自己也点了一支。沉默，白色的卷烟纸被火星子一点点吞噬，变成袅袅白烟，环绕在营部里。文书及时打开了窗户。

晋升四级军士长的事不好办。教导员缓缓地说，目光落在别处。

嗯。猝不及防，上士班长的神经被扯了一下。

团领导也说你是个人才，但是四级军士长的指标有限，团长说了，但凡有一个富余的，肯定给你转，毕竟，你是咱工兵营的宝贝疙瘩，离了你，这好多工作还真是不好开展。该说的话我也都给团长政委汇报过了，但还是那句话，铁打的营盘流水的兵，走或者留，你都要做好准备。当然，我和营长的意思呢，还是希望你留下，工兵营成长起来个骨干也不容易。

上士班长低头默默抽烟，并不插话。

其实转业回去也未必不是一件好事，咱们营许多人回到地方上都干得不错，有当个体户的，有承包工程的，就凭你这坑道掘进的一身本事，只要肯卖力气，绝对差不了。现在这世道，就是要转换观念，适应环境。

火星子燃到了过滤嘴，上士班长坚持狠狠地再吸几口，才扔掉。

教导员再摸出一支，递过去。虽说团领导那么说了，但这几年的形势你也知道，这个时候还不给准话的，基本是留不下来了，咱兄弟也不说见外话。今天回去也别进坑道了，把东西准备准备，也和家里人商量一下，到底选择转业安排工作还是复员拿一笔钱，提前有个筹划，免得到时候举棋不定。也别想不开，咱们身在部队，迟早有走的这一天，分个早晚罢了。

上士班长狠狠地吸烟，自始至终再没有说话。

消息像风一样传开，上士班长年底就要离队了。

既然是从文书嘴里说出来的，罗金斗就没有怀疑的理由。他突然觉得很难受，也说不清是为上士班长伤心，还是为自己揣测的失算懊恼。

另一个班的上士班长代理了排长。井井有条，劲头十足。

上士班长彻底变了个人，颓废，沮丧。但他并没有接受教导员的建议，反而去坑道更勤了，上工时间就攥着风钻呜呜呜地吃着石头，休息时，就躺在坑道里发呆，一根接一根地抽烟，直到自己吭吭咔咔要吐出来。

罗金斗心疼上士班长，嘴笨，也不知道说什么，就坐在他的边上，默默陪着。陪瞌睡了，一个激灵，上士班长还在烟雾里痴痴地发呆。

第一次收到远方来信，上士班长谁都没告诉，默默地看完，默默地收藏起来。第二封第三封同样。他显而易见的变化逃不出罗金斗的眼睛。

上士班长脸上的阴晦正在慢慢地退却，消散了，明亮了。

他走出了坑道，开始整理自己十二年的工兵生涯。他把自己早年获得的一大摞奖牌奖状细心地擦拭，装在一个纸箱子里。把各个时期的军装精减再精减，留下几套，说，别看破破烂烂，都是与石头搏斗的见证。他还把自己掘进坑道的记录本、图纸本整整齐齐装订到一起，说留给战友们，也省得再翻箱倒柜去查阅资料了。十二年的光阴，他分门别类逐一清理。也没有和家里商量，他自己做了决定，不要组织上安排工作，拿上一笔钱，轰轰烈烈出去创业，毕竟才三十一岁，青春的道路只是刚刚开了个头。

都以为是教导员做通了上士班长的思想工作，只有罗金斗知道底细，他谁也没有告诉，默默地看着上士班长的变化，打心眼里替他高兴。

有一回，或许是实在压抑不住内心的喜悦，上士班长拉着罗金斗说，金斗啊金斗，我郑重地告诉你，我要和那个跳舞的女孩子分手了，我知道，那样会让她非常的伤心，但是没有办法，每个人在美妙的爱情里都是不由自主。你知道吗，我希望不伤害任何人，但也不想改变爱不爱谁的主意。

你另有新欢了？罗金斗小心地问。

你会不会觉得我三心二意？上士班长红了黑色的脸庞，抽出钱包里已经磨出毛边的发白照片，对折，撕掉，再对折，再撕掉，最后撕成了拇指蛋大小的一堆碎屑，手一扬，就被山里凛冽的大风带走了，七零八落。

上士班长说，阿敏给我来信了，她崇拜并且喜欢像我这样的老兵，她承诺说愿意死心塌地地跟我一辈子。我想好了，一辈子不能困死在这山沟沟里，教导员说的对，外面的世界很大也很精彩，我要转换思路，出去闯一闯，跟阿敏一起，我坚信我能干出名堂来，我要拿青春再赌上一把。

罗金斗没有问阿敏是谁，上士班长也没有详细说。

他还说，你现在还小，总有一天你会明白，我不是你想的那样。

罗金斗望着那些零落在山脚下的照片碎屑，一句话都没有说。

上士班长的秘密就是罗金斗的秘密。

上士班长却并不知道罗金斗的秘密。

十一

给你一张过去的CD，听听那时我们的爱情。

压轴的女歌手一蹦一跳惊艳出场，礼堂里再次响起震耳欲聋的掌声。战友们，谢谢你们。说完，女歌手又开始唱——有时会突然忘了我还在爱着你，再唱不出那样的歌曲，听到都会红着脸躲避——

大步流星走到聚光灯下，女歌手的眉目五官清晰如画。

怎么是她？罗金斗想起了上士班长撕碎照片里的那个嫂子。不可能不可能，他揉一揉眼睛，睁大了，唯恐不仔细。女歌手又走出了聚光灯，一会儿转圈，一会儿扬起胳膊，一会儿半跪在舞台上。各种姿势，活力四射。

罗金斗收回恍惚的思绪，把注意力集中在怀里的那捧格桑花上，又紧张起来。冲上去，冲上去。他给自己鼓劲加油。他担心自己败下阵来。

因为爱情不会悲伤，所以一切都是幸福的模样。

握着格桑花的手心出汗了，浑身燥热，罗金斗的内心鼓荡挣扎。一个声音说，你太大胆了，这个时候怎么可以冲到舞台上去，几千个官兵在下面，团长也在下面，上舞台容易，下来怎么办？另一个声音很快盖过了前一个，上啊，你还等什么？你要当懦夫吗，你要给自己留下遗憾吗？

闭上眼睛，罗金斗踉踉跄跄冲上了舞台。

经久不息的掌声里，罗金斗思维混沌，只感觉耳边阵阵轰鸣。

走得急切，竟一下子冲到了舞台中央的聚光灯下，明亮里，他找不到女歌手了。四下张望，台下，黑压压无数个脑袋翘首以待，台上，黑乎乎一片。掌声停了，礼堂里的喧哗突然跌进深邃的寂静。罗金斗有些慌张。

因为爱情怎么会有沧桑，所以我们还是年轻的模样。

歌声是唯一的希望。台子上，他终于看见了从黑暗里走来的女歌手，她仍在欢歌，激亢地，动感地。聚光灯下的罗金斗颤抖着，使尽全身力气压制住自己亢奋的呼吸。女歌手也走到了聚光灯下，微笑地望着他。

罗金斗忘了献花。他扑上去，紧紧地把女歌手拥抱住。一大捧花抓在手中，垂在胯际，格桑花们就像一群受了惊吓和委屈的孩子。罗金斗的另一只手环在女歌手的腰上，用力，再用力，他把她紧紧地箍在了身体上。

罗金斗嗅到了女歌手身上浓烈的香水味道，她的腰身很柔软，罗金斗的劲使到哪里，她的腰身就随到哪里。女歌手开始还在微笑，勉强地微笑，接着，她就感到不大对劲，想抽出身来，可使劲，全不管用，罗金斗拿格桑花的那一只手也环了上来，如同缰绳一般牢牢地把女歌手捆在他的身体上。女歌手越是用力，他就捆得越紧。女歌手有些窒息了，面部露出狰狞。罗金斗也是大汗淋漓，身上，额头上，都湿漉漉的，头上的汗水一滴一滴汇到一处，顺着下巴落在女歌手的肩膀上，继而从肩膀顺流直下，浸湿了女歌手的胸部、小腹，继续勇往直前。胳膊上的汗水从手掌流到格桑花的花茎上，汩汩汇聚到花瓣，滴落在女歌手的腿上，顺其自然，落在脚面。

女歌手痛苦地呻吟，挣扎。罗金斗不管，他将脑袋深深地埋在女歌手的肩膀上，闭着眼睛，看似睡着了。远远看去，就像相依相偎的一对恋人。可又从女歌手的狰狞里看出极大的不和谐。礼堂里有些混乱了。

罗金斗刚走上台子，大家以掌声起哄，他们大多不认识罗金斗，把他看作一个爱出风头的兵，很快，他们就发现不对劲，跟随着罗金斗发了疯一样的一举一动，他们屏住了呼吸，一切都出乎了最大胆的想象。几千个人都愣住了，张大了嘴巴，被动等待罗金斗一秒一秒地把他们带入。

大家清醒过来发生什么事情的时候，第一时间，都齐刷刷把目光投向了团长。如果团长腰里有枪，他们百分之百相信，团长会毫不犹豫地站起来拔枪，然后果断地把子弹射向胆大妄为的罗金斗。可是不敢确定，在百余米之外，团长能否把花生米大小的子弹射进罗金斗身体而避开女歌手。

团长同样惊愕，他和大家几乎同时迟缓地反应过来。

他气急败坏，站起身来，却不知道要说什么。就那么站着，像往常一样在无声中彰显着自己无与伦比的权威。可是当事人罗金斗把脑袋和眼睛都深埋在女歌手的肩膀上，并没有看团长，团长的威严自然无从体现。

纠察们看到团长了，也读懂了团长的震怒和意图。

四个粗壮精干的小伙子，飞奔着冲上舞台。不由分说，抓住四肢就把罗金斗和女歌手拆分开了。撕开的刹那，罗金斗似乎才从梦境里醒来，他挣扎，却无济于事，在人高马大的纠察手里，他的扑腾就像小蚂蚱一样无能为力。他睁大了眼睛，第一次真切地看到了聚光灯下花容失色的女歌手。她已经吓哭了，瑟缩一团，惊慌失措。她木楞原地，不知道要干什么。

嫂子。罗金斗声嘶力竭地哀号着，声震屋瓦。

罗金斗看清楚了，女歌手就是上士班长照片上的嫂子。鼻梁，眼睛，眉毛，嘴巴，就连眼角的芝麻小痣都丝毫不差。他坚信女歌手就是嫂子。

女歌手还陷在恐慌中，礼堂已经炸了锅，她听不清罗金斗喊什么。

抬出去，快抬出去，真是个疯子。团长气急败坏，如果近在眼前，不论如何，他都要扇上罗金斗两个大耳光。这可是总部文工团小分队的慰问演出，竟然有兵在这样的场合耍流氓，传出去简直不知道要如何收场。

团长一喊，四个纠察更加坚决。

架起罗金斗，就像抬着一副担架，正步走出了礼堂。罗金斗手里的一大把格桑花早已被打落，乱七八糟散落在舞台上，被纠察踩得一片狼藉。

嫂子——嫂子——

罗金斗始终没有放弃挣扎，也始终没有挣脱束缚。

礼堂里再次响起热烈掌声。没有理由，莫名其妙。

深山阔叶林的叶子开始变黄，随着一阵阵的秋风，扑簌簌地下落，再有两个月，等这片阔叶林萧瑟成孤零零的树枝时，上士班长就该回家了。

该准备的都已经准备得差不多，上士班长无事可做，就整天领着罗金斗的丽丽在营区里兜圈子，有太阳就晒晒太阳，没太阳就在阴风阵阵里走上几公里。丽丽勤快，上士班长走到哪里，它就亦步亦趋跟到哪里。

除了陪伴丽丽，上士班长每天要写一封信。当然，远方的来信也很多。谈了什么罗金斗不得而知。或许一切的内容都挂在上士班长喜气洋洋的脸上。快乐是美容剂，半月时间就将上士班长脸上的皱纹撕扯得平平整整。

提出最后一次进坑道的时候，营里破例为上士班长举行了告别仪式。

一面党旗挂在坑道口，上士班长重新宣誓了对工兵事业的忠诚，教导员专门从团里请来了摄影干事，给上士班长留了影，说是要发到总部的报纸上。重点就是报道一个老兵退伍不褪色的光荣事迹。

上士班长很高兴，他潇洒地提起风钻，表态说要站好最后一班岗。

班里的十个战友和以前一样，扛着家伙跟在上士班长后面，大步流星朝着深远的坑道里走去，就连那些威风凛凛的石头见了他们，也不敢大声出气，瑟缩成卑微的沉默，耳边只有渗水滴落在水槽里“滴答答”的声音。

兄弟们，开工了！上士班长甩掉上衣，大声喊着。

开工喽——大家都甩掉了上衣。

呜呜呜——上士班长熟练地操起了风钻，刺进了石头坚硬的胸膛。最后一回了，上士班长非常珍惜，每一个孔他都钻得非常仔细，打好了，呜呜呜地再钻一遍。这一回，比任何时候打的孔都更加圆润和饱满。

一个，两个……上士班长把孔打得密密麻麻，一个都不会少。

装药喽。上士班长退下来。中士把黑色的火药一孔一孔灌注。

仔细点，不要有遗漏。上士班长仍然尽心尽责。

以前就发生过灌注遗漏的问题。孔打够了，但是有的没有灌注炸药，结果一次爆破之后，作业面没有有效破坏，还得重新再来，推延工期不说，还浪费了炸药。所以上士班长每次都要特别叮嘱一下。

没问题。中士比往常更加仔细。

退后退后。上士班长大喊一声，大家就都隐蔽起来。上士班长点燃了长长的引线，自己也躲到了安全地带，罗金斗在远处看到，纤细的引线被明亮的火苗一点点地吞噬掉，打着滚扑向石壁上的八十一孔炸药。

天呐，装炸药的箱子怎么还留在作业面下边。罗金斗第一个发现了问题，他第一反应是跃出掩体，要冲上去搬炸药箱，可是已经来不及了。

轰——

剧烈的响声把罗金斗炸蒙了，如同被人用铁锤在头上重重一击。很久，耳朵里还嗡嗡嗡地响着。坑道被腾起的灰尘填满，一阵阵剧烈的咳嗽声。

救我，快救我——

灰尘里，上士班长的喊声凄厉而刺耳。

罗金斗第一个在混沌里摸了过去，首先摸到的是上士班长的两只手。

班长，班长，你没事吧，我是金斗。

金斗，快救我。上士班长急切地喊着，嗓子已经刺破。

罗金斗抓着上士班长的手使劲往外拽，却不起作用，只传来班长撕心裂肺的哀号。忍忍班长，很快就好了。烟尘落下，借着微弱的光线，罗金斗绝望了，他看到上士班长身上压着一间房那么大块的巨石，胸部以下，全都被巨石死死压着，只露出挣扎的头部和拼命刨着石头地面的两只胳膊。罗金斗哭了，他知道无论如何，上士班长都不能活着出来了。

班长，忍一忍，很快就会好的。罗金斗跪下去搂着上士班长。

快拉我出去。上士班长扭过头去，看见了望不到顶的巨大石块，可他不甘心，还是呼喊罗金斗拉他。上士班长心存着活下去的侥幸。

好的班长，好的班长。罗金斗趴着，抓着上士班长的两只胳膊，无力地拉扯着，他想尽其所能，却明知起不到任何作用。罗金斗号啕大哭起来。

血液从身下慢慢渗了出来，浸湿了上士班长的胸脯，浸湿了上士班长的下巴。他舔一口，伤心地说，血都快流完了，我活不了了。

会活的，你忍一忍。罗金斗抓起沙土，去堵上士班长身子里喷出来的血，来不及，他就用自己身子把地上的石灰粉壅过去，几乎埋掉上士班长。

整个过程里，上士班长都在呜呜地哭泣。

罗金斗也哭了，他真的不想就这样看着上士班长死掉。他伸开双手抱住了上士班长，上士班长的头顶着他的头，上士班长的头是那样烫，像个烧透的铁疙瘩一样，淋漓地滴着汗水，和着眼泪一起滴答答掉下来。罗金斗分明觉得，那不是汗水和泪水，而是血水，上士班长终究要被这样耗干。

不哭了，会好的。罗金斗哭泣着抚慰上士班长。

我知道我要死了。上士班长不断地哭泣。我不甘心，我当了十二年兵，却没有当上干部，我三十一岁了，连女孩子的手都没有摸过。上士班长悲哀地说，阎王爷都觉着我活得没意思，要把我收回去了。汗水和泪水仍在流淌，上士班长越来越虚弱了，可他不甘心就那样死去，挣扎着，挣扎着。

我都摸到提干的边了，可就是没提成，这是命。

一辈子没有女人也是命。记得那张照片吗，也是假的，十年前，文工团来演出，我弄了一张歌唱演员的照片，把她想成我的女人，真是可耻啊。

金斗啊，金斗，你在哪里?

哎，班长，我在这里，我就在你跟前。

我就要死了，可我不甘心啊，我没有提干，也没有女人。

你不会死，不会死。

我不甘心啊——呜呜呜——

一切都静止了，尘埃里，只剩下罗金斗凄厉的哭泣。

十二

工兵营的党委会一直开到了大半夜。

能不能再考虑一下。营长有些为难，毕竟是个老实孩子，再说也是在那种环境下一时起意，批评教育一下算了，可不能就这样把他毁了。

同志啊，你还讲不讲政治。教导员拍着桌子说，你没看团长都气成啥样了?他专门叫咱俩过去说要杀杀歪风邪气，起到杀一儆百的作用，不严肃处理罗金斗，怎么向团长交代，怎么向总部文工团交代?

可是，又处分又关禁闭是不是太重了?

就这样，这是党委会的决议，不能随便更改。文书，文书！教导员站在营部大声呼唤。哎。文书惊慌失措地跑了进来，揉着惺忪睡眼。

明早通知各连早饭后开大会，宣布处理罗金斗的意见。

是。文书敬礼，退下。

天上的星辰还没有退尽，太阳就跃跃欲试地跳了出来。

向右看齐，向前看，报数——

今天不留小值日，开完会后再打扫卫生——

我再强调一下会场秩序——

八点钟刚过，一队队人马就早餐完毕，在食堂门口各自整齐列队。值班干部在队列前一遍遍宣布会场纪律，氛围肃杀，庄重窒息。

报告教导员，没有找到罗金斗。

再去仔细找，宿舍，饭堂，厕所。

都看了，没有，宿舍人说一大早就没有见到罗金斗。

教导员警觉起来，带着文书来到院子里。一队队人马唱着雄壮的歌曲鱼贯而入，带队干部给教导员敬礼，教导员视而不见。

问内岗。看到罗金斗没有？一大早就提着风钻出去了。

问外岗。看到罗金斗没有？一大早就朝着坑道的方向去了。

教导员又带着文书跑到坑道里，老远，就听到呜呜呜的风钻声。

罗金斗，快出来，到俱乐部开大会。

里面没有回应，只有呜呜呜的风钻声。

罗金斗，我看见你了，快出来——

教导员和文书往里走，再往里走，一直到了顶头，却连人影都没有，只有越来越清晰的风钻声。呜呜呜，呜呜呜，声声入石，尖锐刺耳。

2014年11月12日于左岸斋

小黑退役记

很多年后，劳碌一天的小黑横卧在甘肃黄土塬毒辣辣的太阳下面，一边吐着柔软的长舌头喘气，一边还想着十多年前在巴南深山里度过的那一年时光。那时候的小黑还很健硕，黑色的皮毛亮闪闪的紧贴在身体上，每日里都昂着头大步流星骄傲地行走在山间的小路上，渴了喝一口清泉，饿了啃几口绿叶；那时候的小黑脖颈上没有笼套，迈着强健的四蹄，它走上山巅下到河流，偶尔还伫立在路边与那些过路的异性鼻息相通；那时候……一声响亮的皮鞭声将小黑从梦想带进现实，它眨一眨迷蒙灰暗的双眸，似乎使出全身的力气，才痛苦地、艰难地，用四条颤抖的细腿支撑起瘦骨嶙峋的身体，却未站稳，趔趄倒地，又是连续几声响亮的皮鞭声，在激起的一片尘土里，小黑一番折腾，终是咬牙站了起来。“嘚——起——”在一连串的皮鞭声中，小黑迈着沉重的脚步再一次踏进了坚硬的黄土地里，它的身上套着犁铧，身后是左手执犁右手握皮鞭的主人，犁铧深深地犁进坚硬的黄土里，小黑吃力地前行着，它感觉到身上的背负有千斤万斤，即使曾经光滑如缎的鬃毛被磨秃了，即使曾经饱满如今干瘪的背上磨得血肉模糊，它也不敢放慢脚步，那刀剑一样锋利的皮鞭不知道什么时候就要带着呼呼风声落到背上。抬头望一眼毒辣辣的太阳，小黑盼望着今天快点结束，向前望一眼广袤的黄土塬，它真不知道这日复一日的苦难什么时候是个头。它悲哀地意识到，此生是逃脱不了这无穷无尽的劳碌了；它绝望地意识到，此生再也不能回到青山绿水的巴南军营了。

最早的时候，小黑就出生在甘肃定西一片叫作“干沟”的黄土塬上，过了一岁，它就是一头漂亮壮硕的牲口了，扬着娇嫩的蹄子走遍了干沟地界的沟沟坎坎，有时闲庭信步，有时撒欢狂跑，没有到上笼套的年龄，也没有到干粗重农活的年龄，它尽情享受着年轻带来的快乐，就连那些同宗的骡子和马也向它投来艳羡的目光。它不理它们，它总喜欢和一头花白相间的小奶牛厮混在一起，它喜欢小奶牛的温驯，它喜欢小奶牛的饱满，它领着小奶牛站在土塬上看干沟的万千沟壑，它领着小奶牛吃秋天里一片红莹莹的枸杞和酸枣，它有意无意地和小奶牛耳鬓厮磨，对于那些旁观的小动物，它会毫不客气地尥起蹄子驱赶它们。见小黑来，那些动物就作鸟兽散，它们对小黑的惧怕就像对小奶牛的喜欢一样已经无法改变。

第一次搭上笼套的时候，小黑惊慌失措极力逃脱，却被缰绳紧紧地勒在了树桩子上动弹不得，与生俱来的桀骜不驯被牢牢禁锢，小黑高高昂起的头颅里滋生的不仅仅是怨恨，但没有丝毫的办法，它只能任凭摆布地套着一辆拉粪的大车，低头走上坑洼不平的土路，奋力向前。走过一个个沟，走过一道道坎，然后在黄土塬上停下，把大粪扬撒在贫瘠的土地里，返回，又开始新一趟的运载。无数次的折返里，它看到了那些比它更年轻仍自由自在的骡马，它看到了那已经跟别的驴子耳鬓厮磨在一起的小奶牛，它还看见那些大摇大摆徜徉在它前进道路上的小猫小狗，它已经没有力气向它们尥起骄傲的蹄子，它只能任凭它们无拘无束逍遥自在。

小黑是在早上主人又要给它套上笼套的时候逃跑的，休息了一个晚上后，它的精力已经恢复，它的腿脚依然有力，它的尾巴能像翅膀一样坚挺地伸展，它夺门而出，跳上山梁，奔向土路。它沿途又看到了含情脉脉的小奶牛，它愤怒地冲向了那些早起的猫猫狗狗，它把积累已久的愤怒和张扬毫无忌惮地泼洒在寂静的黎明中。当一群人逐渐逼近的时候，小黑慌张了，它知道人们要对它做什么，它似乎已经能够想象自己即将面对的痛苦和绝望，它双腿颤抖，身体剧烈痉挛。它想着，自己是不是要被处死。

小黑没有被处死，人们用绳子将它牢牢捆扎起来的时候，罗班长出现了。罗班长豁开人群，站在已经浑身战栗的小黑面前，掰嘴看看它的牙，捏一捏它的脊背和腿，然后大声宣布说，好，就是它了。小黑不知道发生了什么，那天中午吃过一顿丰盛的大餐后，他就跟着罗班长出发了。

身后是指指点点的人群，是深情凝望的小奶牛，是那些眼睛里神情复杂的猫猫狗狗。小黑不知道它要去哪里，一路上那个罗班长只是一遍遍回过身来抚摸它，对着它笑，却不能打消小黑的疑虑。它已经没有了逃跑的勇气和信心，就跟着罗班长的缰绳一蹄接着一蹄往前走着。

其实有一点需要补充，那就是小黑此时尚不叫小黑，它只是甘肃黄土塬上千万倔驴中的一头，无名无姓，只是为了便于叙述，我们提前就把它叫作小黑，但真正拥有这个响亮名字，还是走入巴南军营之后。

走了很多天，罗班长才把小黑带到巴南军营。一路上甚是辛苦，好多次，小黑都以为疲惫不堪的罗班长要一抬腿骑到它的身上，甚至已经做好了反抗的准备，但罗班长却没有，顶多倚在它的身上借一下力。即使这样，小黑依然对罗班长不信任，它最不愿意罗班长是炊事班长，它既惧怕又不敢相信自己千里迢迢来到巴南军营就是为了变成一顿美味。

一进入巴南山区，小黑的心情就明朗起来，清清的流水，绿绿的树叶，叽叽喳喳的小鸟，这些都是它在甘肃的黄土塬上不曾见过的。多日无言的罗班长此时也高兴起来，对着小鸟打一声呼哨，对着热乎乎的脑袋撩一把清水，也扯开嗓子吼一串哥哥爱妹妹的小调。小黑听不懂罗班长唱什么，却能看明白罗班长脸上的欢快，此种氛围也感染了小黑，虽然它还惦记着远在家乡的小奶牛，还忧心着自己此去的前途，却有了片刻的悠然。它的世界里没有希望和失望，只有满目苍绿和流水潺潺。

翻过一座座山，跨过一条条河，过了一块立着“军事禁区”的界碑后，罗班长开始收起吊儿郎当的松弛，洗净脸庞，正好衣冠，一板一眼往山里走。小黑觉得罗班长忽然间像变了个人，它的脚步在后面也跟得有些凌乱，却不敢分外放肆，谨小慎微地挪着蹄子。走过一段木板小桥，罗班长脸上瞬间就洋溢出喜悦，顺着罗班长的笑容望去，前面一个拐弯处，一溜儿军人急不可耐地望向这边。到了到了——有人兴奋地喊了起来。

紧凑的锣鼓敲起来的时候，小黑吓了一跳，转身就想跑，却被罗班长一把搂住了脑袋。罗班长一边抚摸着它，一边冲着人群喊，可不敢敲，吓惊了就追不上了。众人遂放下锣鼓家伙，手足无措地兴奋着，与陌生而又拘谨的小黑热情对望。一个瘦高个的老兵捧着一朵红花系到了小黑的脑袋上，大家鼓掌，却又觉不妥，稀稀拉拉停下，开始爱惜地抚摸小黑，有的摸脑袋，有的摸脊背，有的摸尾巴。小黑痒痒的，却怪舒服。就这样，小黑在众人的簇拥下来到了新家，一个排级建制的偏远哨所。

哨所千里迢迢把小黑请来并不是小黑担心的那样把它做成桌上餐，而是发挥优势进行短途运输。哨所扎在山沟里已经几十年了，由于山高林密，地势险要，这些年里，方圆数十里的其他哨所先后通了路，修了桥，各种生活补给车辆开进开出，唯独这个能够伸手摘星星的星河哨所没有变样。每周末，哨所官兵都要走上十几里，到能够通车的地方背煤炭，背米面，背蔬菜。时间一长，官兵们苦累不说，个个都背成了“小罗锅”，虽然经常贴着墙根高强度练军姿，但一个个玉树临风的小伙子背部的曲线还是不可逆地弯曲了起来。即使这样，每周一次的“背山”却不曾停止。

上个月，一位到此视察的将军跟着官兵们一起“背山”，回来后将军就掉了眼泪，动情地说，想不到都这个年代了我们的官兵还这样辛苦。将军一心想改变这种现状，但对策想了一大堆，却没有一个能实施，哨所的地理位置决定了官兵们要吃苦受累。站在星河哨所的门口，将军望着蜿蜒曲折的羊肠小道，颇为无奈地说，实在不行，就给哨所配一头毛驴，这样也能把官兵们解放出来。一句话把小黑的命运和哨所紧紧绑在了一起。

只几日，层层签字的命令就下到哨所，要求“立即购买健硕毛驴一头，以解官兵运输之苦”。几经挑选，入伍前有过饲养牲畜经历的罗班长挑起大任，回甘肃老家找驴。历史的大事件往往在不经意间发生，小事件更是如此。就在小黑昂头逃脱牢笼奔跑在山间小路上的时候，它做梦都不会想到，命运的另一扇门已经悄然为它打开。那一天罗班长早起跑步，与迎面而来的小黑对视相望，小黑的桀骜不驯令他欣赏，那一刻他已经拿定主意，就是它了，这个奔跑在黄土塬上骄傲的家伙，他要把它带回巴南军营。小黑还在奋力挣扎恐惧虐待的时候，它已经是一头带编制的军驴了。

吃过一顿饱满香甜的晚饭，小黑躺在铺满麦草的棚子里，像做梦一样感到新鲜。它能听到风声，能听到鸟叫，能听到小河里潺潺的水流声，如同这个星河哨所的名字一样，天上的每一颗星星都近近地挂在眼前，似乎小黑一昂头就能碰到，它好奇地昂起头来，站起身子，星星却像挑逗它一样，永远那么近，却又永远够不着。青春洋溢的官兵也很友好，他们忍不住好奇，利用晚上训练的间隙，三三两两跑来看小黑，他们给它带来新鲜的蔬菜和水果，喂它吃完，然后站在近处评头论足，小黑也静静地端详着他们。

几天时间里，小黑都像明星一样，受到官兵们的宠爱与欢迎。官兵们根据小黑的身高体重，又把棚子修整了一番，麦草加厚了，围栏放低了，出入的门上还挂上了鲜艳的中国结，贴上了喜庆的对联，上联是：千里迎宾进门一家人；下联是：同甘共苦哨所写忠诚；横批：互敬互爱。小黑望着红红绿绿的装饰也很开心，在它眼里，这比黄土塬上主人家里的厅堂一点不差。官兵们还轮番地搂着小黑合影，小黑开始还有些惧怕，不知道这些生龙活虎的小伙子“咔嚓咔嚓”要干什么，待看清楚数码相机里自己的容颜后，便放松许多，甚至非常配合地做出舔舌头抬蹄子等亲昵的举动。官兵们更是欢喜，先前照过的还要再照一次，小黑来者不拒，它像战友们热爱它一样，热爱着这里和善友好的每一个战友。随后几天，官兵们与小黑的合影就一张张贴在了棚子的柱子上，欢乐和幸福就那样一张张定格在小黑的世界里，每一个黎明和傍晚，小黑都会端详着那些照片，咀嚼突如其来的幸福与温暖。也是在那个时候，战友们七嘴八舌地给这头甘肃黄土塬上的驴取了“小黑”这个名字，从此“小黑”登籍造册有了官方称呼。

按道理，小黑既然已经到了哨所，就要跟着官兵走山路背物资，但官兵们本着“有朋自远方来不亦乐乎”的诚挚热情，前两周里并没有带上小黑，反而在庞杂的负重之外，还给小黑带回新鲜的绿草和树叶。小黑甩着黑缎子一般华丽的尾巴对这些大汗淋漓的战友表示感谢，战友们在罗班长的指导下已经知道小黑的肢体语言，一个个摸着它的脑袋说“不客气”。

哨所不大，事情却很多，官兵们从早到晚少有闲着的时候。哨所最高首长是哨长，中尉军衔，是陆军学院毕业的优等生。下面三个班的班长也是各有所长：一班长体能好；二班长琴棋书画样样精通；三班长稳重踏实，与大家也算老熟人，想起来了吧，对，就是带小黑来哨所的罗班长。哨所虽是巴掌大的地方，官兵们的一日生活却安排得满满当当。方圆一公里的险要地段有或明或暗的四个哨位，每个哨位都是双岗，也就是说，每次都要同时有八个人站哨。官兵们还雷打不动每周搜山，确保营区周边绝对安全。搜山的时候周内是走小圈，多则五人少则三人；周末走大圈，一般都要十个人以上。除此之外农副业生产，训练教育，也是一样都不落下。所以看着人挺多，却都是两眼一睁忙到熄灯，哨所的日子就这样热烈充实。

小黑不是笨驴，打从走进这深山哨所的第一天，它就明白干什么来了，当然，它之前还处在深深的忧虑中，人说天上龙肉地上驴肉，它最怕一来就被抽筋扒皮上砧板下油锅，但明白干什么后，心里就坦然了，那是一种死里逃生的豁然开朗。尤其受到官兵的种种礼遇之后，它更加地感到幸福，心里想着，自己不就是一头驴嘛，竟然受到官兵们的如此恩宠，这是甘肃黄土塬上的驴们包括人们谁也不会想到的。小黑甚至想着，就算它在黄土塬上的主人进了哨所，也不会享受到这种待遇的，别说待遇，在这壁垒森严的哨所，他就是想进来都不可能。如此想，小黑就有些飘飘然了。

顿顿饱餐，万千宠爱。小黑心里也有数，总有走上工作岗位的一天，但一天两天，一周两周，官兵们夜以继日黑水汗流，却没有人提起让小黑干活。站在棚子里无所事事的小黑有些待不住了，更确切地说是有些不好意思了，同是服役，官兵们争先恐后，它却好吃懒做，它怕给官兵们留下不好的印象，让他们误以为它是头懒驴，于是昂起脖颈昂昂地叫了起来。官兵们以为它饿了，加一把饲料，送几片叶子，善意地拍拍脑袋就走了，可小黑还是叫，排长就让人叫来正在站哨的罗班长，罗班长笑着说，小黑待不住，着急参加任务呢。排长高兴地说，倒挺积极嘛，那好，明天下山背物资就把小黑带上。听到这个消息，小黑昂着头兴奋地频频致意。

周末下山背物资正好轮到罗班长的班，早上八点钟吃完早饭，罗班长带着班里九个人准时出发，他们要赶十点钟之前回来，接替二班的哨位。下山的路顺着一条自流河蜿蜒伸向山下，很窄，只能容得下一个人走过，罗班长在最前面带队，副班长落在最后面照顾小黑。这条路小黑并不陌生，去哨所报到的时候它就是在惊恐中从这里过去的。故地重游，它仍感陌生而又新奇，新奇于脚底的流水潺潺，也新奇于头顶的莺飞燕舞。

半个多小时赶到山脚的时候，物资采购中心的卡车已经到了，米面蔬菜肉调味品，东西一件件从车上卸下来，官兵们人手一份，有的扛在肩上，有的背在背上，卡车离去，大家弯着腰往回走，这时小黑又开始昂昂地叫起来，罗班长这才意识到，小黑此来是专门背东西的，而不是陪着大家游山玩水，大家都把小黑给忘记了。罗班长赶紧让两个瘦弱的战士各卸下一袋米一袋面放在小黑的背上，小黑这才满意，嘚嘚地尥着蹄子，沿着曲折小路向山上跑去。四条腿毕竟快，罗班长一个劲在后面喊——慢点，慢点。小黑听见了罗班长的呼唤，却并不放慢脚步。第一次干活，它要让官兵们看一看它超强的战斗力，也要展现一下吃苦耐劳的本色，和在家里一皮鞭一皮鞭的苦难相比，这样的干活当然是小黑非常喜欢的。

小黑的遥遥领先带动三班官兵大大提高了速度，大家追着小黑的脚步一鼓作气往山上爬，不知不觉发现归队比以前整整早了二十分钟，再不像以前急匆匆赶去换哨，拍打尘土洗手漱口之余，还能留出喝口水的时间。罗班长摸着小黑汗涔涔的脑袋说，还是小黑厉害，提高了我们的战斗力。其他战士也说，按照小黑的拼劲和干劲，年底一定要给立个三等功。见如此评价自己，小黑心中格外高兴，沁着汗珠的黑色鬃毛在阳光照耀下闪闪发亮。

就这样，小黑正式走上了工作岗位。小黑原本想着，排长和战友们会不会给自己搞个正式入职的仪式，毕竟这对于一个从黄土塬上走来的驴子是一件大事，但一个星期两个星期，山上山下来来回回跑了十几个来回，也不见排长动议仪式的事情，小黑想着，排长日理万机，或许没有想到。想示意罗班长给排长提个醒，但思来想去怕留下不好的印象，同样作罢。加之时间已经过去许久，这件事情在小黑的脑子里也就渐渐淡忘了。

相比于官兵们来说，小黑算是哨所最为轻松的一位，平时在棚子里看日出日落，听虫叫鸟鸣，只有到周末的时候，才跟着一班人马把山下的物资背回来，然后又等着下一周，不像在黄土塬上的时候，有拉不完的粪土，有耕不完的坚硬土地。只几个月的时间，小黑在顿顿饱餐和青山绿水的滋补下，日渐一日地壮硕起来，和之前的轻盈灵活相比，它现在可以背负两百斤重物健步如飞，也可以毫不费力地撞断一棵小树，它能明显感觉到自己的力量在全身奔涌着，甚至能听到肌肉跳跃生长的声音。

每一次走过哨位边上军容风纪镜子前面的时候，小黑都要停留一下，它喜欢上上下下打量一番，它由衷的喜欢镜子里的自己，它为自己的健壮和美丽感到骄傲和自豪。闲来无事扫视那些贴在棚子上的一张张照片时，它心中有一种深深的憧憬，希望战友们再给它拍一回照片，不像上次那样扭捏作态，像个玩偶一样呆呆站立，它要拍一张奔跑跳跃的，拍一张前蹄高高扬起的，拍一张负重疾驰的，拍一张伫立河边的……脑子里，它高大伟岸的形象一帧帧定格，是那种专业相机拍出来的特写，而它，总在照片的最中央，结实肌肉，漂亮皮毛，明亮眼睛，它的每一寸肌肤就是一个关键词，共同铸就一张张经典和传奇。小黑盼望着那样一天，有战友说，走，小黑，咱们拍照去。可自从初来那次之后，再没有战友为它拍照，他们似乎已经遗忘了它，他们也有周末拿着相机合影留念的时候，但他们叫的是张三李四王麻子刘疙瘩，却一回也没有叫过小黑，他们只在运送物资的时候说，走小黑，干活去。小黑感到深深的失落，它只能一遍遍浏览之前的照片，就连那些照片也在风吹雨打中慢慢变黄褶皱。有一次小黑实在憋不住，就向罗班长示意了想拍照的心思，不想罗班长只是笑着拍拍它的脑袋，并没有给一句表态的话。小黑其实理解罗班长，他自己并没有相机，也不好意思给别人开口，所以爱莫能助。

小黑尽量调整好自己的心态，它在老家的时候常听主人感慨人生不如意事十之八九，掌管世间的人尚且那样，天生任凭驱使的驴就更不必说了。小黑给自己定下标准，每周只要有一件值得高兴的事情，自己就是幸福的。还好，这样的要求并不算过分，所以小黑少有不幸福的时候。

夏天的巴南山区分外溽热，大太阳呼哧呼哧照在头上，就算是湿润的地皮也要沁出一身汗水来，风却被层峦叠嶂的森林挡在山外，就连最高处树木的叶子也是纹丝不动。小黑和战友们走一趟山路回来，身上的汗水就像泉水一样沿着汗腺汩汩流出。卸下物资，官兵们纷纷端着脸盆到洗澡间里冲凉，按说哨所边上就是一汪泉水，是最好不过的泡澡去处，可这山泉皆是高山上的融雪水，千年冰冷聚于一处，即使地表温度达到摄氏四十度，那河中流水也是冰冷刺骨，裸手洗几件衣服手也会被冻得疼痛麻木，以前官兵们不知道其中厉害，大多在里面尽兴祛热，不想几年后纷纷罹患风湿，痛苦不堪后悔不迭，之后再无人敢下到河水里，总是大热天也要在洗澡间里冲热水澡。战友们用热水冲掉满身汗臭的同时，小黑却钻在棚子里忍受着溽热的煎熬，以前还都能忍受，这一回似乎分外地让它感到焦灼和痛苦。小黑历经一番思想斗争之后，决定不再忍受，它的昂昂叫喊惊动了排长，也惊动了罗班长，他们箭一般从宿舍里蹿出来，以为小黑发现敌特分子，在拼命示警，却不是。排长看罗班长，罗班长不好意思地说，小黑太热要洗澡。仿佛罗班长自己给组织提了分外要求一样不自然。排长倒爽快，说，哎呀呀，咱们就光顾了自己舒坦，把小黑给忘了。排长当场安排罗班长带着小黑洗澡，罗班长领命，就带着小黑下到河里，小黑直着眼睛看罗班长，梗着脖子就是不往下走。罗班长看出了小黑的意思，为难地说，人娇嫩，可这水对于你——话没说完罗班长就打住了，他从小黑眼里看出了不满。无法，待众人洗完后，罗班长把小黑带到了澡堂里，调好水温，把小黑带到了莲蓬喷头下面，小黑习以为常似的横着躺了下来，罗班长准备离开，小黑扭头看他，罗班长又留下，像搓背师傅一样细心伺候小黑，小黑则完全舒展在水雾下面。那是小黑如梦如幻的一次享受。

从洗澡间里出来，小黑迷蒙着眼睛望一眼层峦叠嶂的山峰，感觉自己和山峰一样高大和挺拔，甩一甩身子，一袭水珠猛烈地击打在罗班长的身上，侧眼望去，罗班长默默地拭去了水珠。小黑初时还萌生一丝不安，怕罗班长生气，随即想着，他对班里的战士爱护备至任劳任怨，都是战友，我又何尝不能享受这样的待遇？便觉得是理所应当。洗完澡的小黑躺在山风流淌的棚子里，耳闻蛐蛐此起彼伏的鸣叫，从身体到内心都是无比的舒畅。

山里的秋天随着阔叶树木的凋零，说来就来了。山里的秋天短暂，有时一场来自蒙古高原的寒风之后就是冰冷的冬天，以防万一，每到九十月份的时候，哨所就要开始准备冬储煤。大卡车就把煤卸在山脚下，往年战士们一人一个背篓，就那样一背篓一背篓把几卡车的煤块背到哨所里。这些煤供应哨所一个冬天的取暖还有开锅造饭。接到储煤通知的时候，哨长就说，这回小黑可要派上大用场了。小黑分外得意，看吧，关键时刻还要看我，小黑觉得自己已是哨所不可或缺的一员了。

背煤是那段时间哨所一项重大的任务，除了站哨，所有人员都要投入其中。哨所的安排是一个班站哨一个班待哨一个班背煤，背煤的班一回来稍作休息就要走上哨位，三个班如此循环，每个班一天也就背上两趟，即使筋疲力尽也没有多少成果。最为辛苦的当属小黑，它的背上被架上了两只大筐子，每天六趟往返于哨所和山脚，和以前周末下山不同，现在是天天干活，而且笨重的煤块像石头一样坚硬沉重，即使身强力壮，也让小黑有些吃不消，但小黑自知吃的就是这碗饭，咬牙坚持着。

小黑的脾气是二班副班长惹出来的。那日跑到第三趟的时候，小黑已经气喘吁吁，低着头有气无力跟着队伍蹒跚着朝山上走，偶一抬头，看见战士们都是半筐，而自己却是满满的两大筐，心里就有些不爽，尤其那天早上的时候，还有一个不懂事的家伙向哨长建议说，能不能给小黑再加两个筐子。听这么说，小黑心情分外压抑，它就怕哨长应下来，那可真就是吃不了兜着走了。还好哨长深明大义，体恤小黑的不易，断然拒绝，说不能把小黑累趴下。即使这样，小黑仍旧为自己的两大筐耿耿于怀。中途短休息的时候，走在最后的二班副班长竟然不作声地把自己的煤筐架到了小黑的背上，小黑扭头看，二班副微笑致意，仿佛小黑跟他有多熟似的。小黑不悦，扭过头来，继续前行，它想着要怎样甩掉这个多余的煤筐，终于在一个狭窄的拐弯处，它晃一晃身子，二班副没有抓紧的煤筐就哗啦啦掉下了山坡。听见二班副“哎呀呀”的声音，小黑并不理会，继续走自己的路，走过一段，扭头看，二班副正狼狈地提着筐子捡拾四下散落的煤块，脸上身上，都抹成了黑乎乎的一片。它昂起头，继续大步流星。卸完煤稍作休整，小黑跟着三班再次下到半山腰的时候，才见二班副狼狈地往上走，小黑对二班副视而不见，二班副看着迎面而来的队伍，无奈地摇摇头。

背煤的那段时间是小黑到哨所后最劳累的日子，每次回来它都软塌塌地卧在棚子里，不想动，甚至吃饭都是卧着。由于劳动量大，罗班长给小黑改善了伙食，每餐都有白嫩的白菜叶子和鲜绿的菠菜叶子，小黑自然吃得香喷喷。小黑最不喜欢在吃饭的时候有战士把吃剩的饭菜倒进它的盆子里，它认为那些剩饭剩菜应该倒给后院里的大白猪和大白鹅，而它理所应当要吃新鲜的营养的食物。可那天，一个冒冒失失急着站哨的战士还是把半碗饭倒进了小黑的盆子里，小黑非常气愤，想站起来一蹄把盆子掀翻，可瞬间，剩饭里的香味吸引了它，它不知道是什么东西，舔一口，满嘴喷香，于是不做犹豫，风卷残云和着食料吃完了。小黑问罗班长那为何物，罗班长说回锅肉，于是小黑记住了那好吃的东西叫回锅肉，这是小黑有生以来的第一次体验。后来某日，思念美味的小黑辗转给罗班长表达了想顿顿吃回锅肉的想法，罗班长解释，哨所的菜品每日不同，每周只有一次吃回锅肉的机会。小黑此时不知如何得知香味不光回锅肉有，什么肉都有，于是提出要吃肉。罗班长这次倒爽快，毫不犹豫就答应了，小黑也觉得，干这么多活，吃点肉又算什么呢。于是小黑每顿都有了肉吃，有时是红烧肉，有时是粉蒸肉，当然还有回锅肉。小黑知道吃肉的香，却不知道罗班长已经没有肉吃，他没法名正言顺地给哨长汇报小黑要吃肉的详情，这完全在情理之外，可罗班长又不想让小黑失望，于是让出了自己的那一份。

吃了肉，小黑的劲头就比往日恢复得快，背煤的力量更大，虽然背上磨破了皮，但垫几块破布，它仍然负重走在上山的崎岖小道上。期间一名首长上来视察过一次，批评了猪圈的卫生，批评了哨所记录的不规范，然后摸着小黑受伤的脊背说，小黑今年真是立大功了。听这样说，小黑就分外高兴，摇着漂亮的大尾巴对首长表示感谢，偌大的一个哨所，处处不如意，却只有它为哨所迎来表扬与荣誉。很长一段时间里，小黑都沉浸在这种沾沾自喜里，它觉得自己若托生个人，完全可以取代哨长担负大任。

紧赶慢赶，终于在落下第一场雪之前，哨所圆满完成了冬储煤的任务。总结会上，哨长讲了问题和不足，然后指着卧在棚子里的小黑说，要是没有小黑，这冬储煤可能还有一大半在山脚下堆着呢。哨长号召官兵都要向小黑学习，排除万难不怕牺牲。晚上哨所会餐，罗班长为小黑弄了一大锅肉汤，就着残存的肉片，小黑呼呼噜噜喝得很是带劲，喝完了，舔舔罗班长的脸庞表示感谢。随后雪季到来，那年的第一场雪整整下了三天三夜。

官兵们怕小黑冻着，抱来一大堆麦草给小黑做了厚实的垫子，而且用塑料把棚子围挡起来，不见风，不见雪，寒冷也被逼到了棚子外面，但寒夜里的小黑却感到孤独，冬夜山谷的静谧也让它惊恐，昂昂两声响亮叫唤之后，罗班长出现了，小黑说，它想住到哨所的楼房里。罗班长为难，小黑说，如果不答应，它就绝食。小黑的重点不在于绝食，而是告诉罗班长吃不了饭就干不了活，周末驮运物资它就爱莫能助了，这在哨所当然是个大事件。罗班长不能擅自做主，就报告了哨长，哨长在外面走了三圈，又在小黑的棚子里站定，说，这外面还真是有些冷，于是同意腾出一间仓库把小黑安顿到楼房里。小黑抖擞身子，跟着罗班长搬了家。

小黑昂着头走进楼里的时候，望了一眼瑟瑟发抖的大白猪和大白鹅，骄傲地说，我和你们是不一样的。猪和鹅当然知道彼此之间的不一样，它们要在这里忍受寒冷以及即将到来的新年里的杀戮，这是千百年来物竞天择的自然规律，它们无可奈何只能逆来顺受，但骄傲的小黑和它们不一样，它虽然只是一头驴，但它享受了人的待遇，吃上了肉，住进了楼房，不知道后面还有多少幸福等待着它，这些都是大白猪和大白鹅可望而不可即的，正所谓身在咫尺，命运天涯。

虽然住进了楼房里，可未过几日，各种问题就接踵而至，尤其小黑无节制地吃喝以及无节制地排泄，不光让布置得窗明几净的新居一塌糊涂，各种臊臭还在暖气的怂恿下四下流窜，窜进宿舍，窜进厨房，窜进每一名官兵的鼻孔里和肺腔里。开始大家还只是个忍，后来实在受不了，就托罗班长劝说小黑节制饮食。罗班长一开口小黑就不干了，说罗班长干涉驴身自由，罗班长无语，只能默默退出。见无效，众人一纸申请，联名要求把小黑迁出楼房，这味道哨长其实也没少闻，有时候臭得他平白无故就想呕吐，但已经做出小黑迁入的决定，他不好朝令夕改再把小黑迁出，于是开大会鼓励大家再忍一忍。哨长说，冬天已经来了，春天还会远吗？大家明白哨长的意思是说，春天一到就把小黑迁出去，于是只能捂着鼻子默默地等待。此事之后，小黑就有些不高兴，觉得战友们不像以前那么爱它了。

一连几天里，小黑都黑着个脸，对那些微笑示意的战友视而不见，它想着，你们驴前一套驴后一套，都不是什么好人，对于罗班长，小黑仍是如此态度。温和善良的罗班长好几次喂食的时候都想和小黑沟通一下，讲一些他所认可的做人的道理和做驴的道理，可刚一开口，小黑就转身给他一个屁股，罗班长无法，只能悻悻离去。

为了尽量减少小黑排泄物对大家的伤害，哨长做出决定，所有人轮班每天对小黑的圈舍进行打扫，起初小黑不乐意，觉得麻烦，后来也就习惯了，但有些打扫的战士就发牢骚，说，不就是一头驴嘛，竟然比哨长待遇都好。战士的意思是说哨长都自己叠被子打扫卫生，小黑却好吃懒做。小黑对于这样的评价非常气愤，抡起大尾巴就扫到了战士的脸上，战士气愤，用扫把打了小黑，你来我往，一场较量惊动了众人，好不容易才劝下两边。事后有批评战士意气用事的，也有批评小黑不可理喻的，唯有一条让小黑分外不爽，就是有人说，何必跟一头驴计较。小黑觉得这是看不起它，好坏它也是带编制的军驴，他们竟当面说三道四，在骨子里小瞧了它。小黑愤愤地喘着粗气，如果距离近，它真心想尥那个自以为是的家伙一蹶子。

任凭怎样不高兴，每周一次的任务是不能不完成的，虽然经历了一场风波，但周六早上小黑还是早早准备就绪，饭后就跟着战士们下了山。冬天的山上总是银装素裹，一场大雪洋洋洒洒下起来就没完没了，短则三五天，长则十天半个月，等结束的时候远处近处都是白茫茫的一片，就算冬日温暖的太阳照上三天，也不会消融多少，可三天之后，另一场雪风卷云涌，又早早地做好了降落的准备。这天的大山丝毫没有多少改变，小黑和战友们深一脚浅一脚往山下走去。小黑毕竟四条腿稳妥一些，那些战友就不行了，轮番摔倒在狭窄的小道上，行走得特别艰难，尤其背了生活物资之后，弯曲的姿势使战士们行走起来颤颤巍巍，大家都小心翼翼，一只脚试着站稳了，才敢抬起另一只脚，偶尔狭窄的地方，还要帮衬着一个个通过，不要说赶时间，只要不摔得全身泥污就是万幸。走在这样的道路上，小黑也不敢掉以轻心，稍有不慎，它也会摔到沟涧里去，即使这样，上到一半的时候，小黑还是示意一个瘦弱的新兵把一袋面粉放到了它的背上，新兵感激地望着小黑，小黑鼓鼓的眼睛里也释放出和善与友爱，新兵就一步步托着小黑身上的负重向上走着。一路上，小黑周身也流淌着幸福的温暖。

小黑也在反思自己，作为黄土塬上的一头驴，能走进这巴南军营也不容易，虽然功不可没，但自己不能沾沾自喜，也不能得罪了身边的一个个战友。他们或许瞧不起它，但它要温顺地让他们接受，罗班长不也是来自黄土塬吗？战友们没有一个另眼看他，都当他是好班长好大哥。小黑并不认为自己是天生的离群索居型，它有改善与战友关系的强烈愿望。

战友们轮番打扫卫生的时候，它温顺地摇着尾巴，不管他们喜不喜欢它都用舔舌头的最高礼仪对待他们，它不再把排泄物喷涂得到处都是，它会约束自己小心翼翼把固体的或者液体的排出物准确地降落在专用的盆子里。小黑在寻求改变，在追求进步，想成为一头受欢迎被爱戴的军驴。

一切努力都在收获回报。哨长说，小黑越来越通人性了；战友们说，哎呀呀，小黑真的长大了；就连罗班长走进来的时候也舒展开笑容，欢乐地和小黑说古道今。小黑告别灰暗世界，又阳光灿烂地欢快起来，就连忧愁着春节越来越近的大白猪和大白鹅也悄悄地说，小毛驴，你变得越来越阳光了。小黑说，那当然，春节的到来并不能影响到我快乐的情绪，我们是不一样的。一番好意却受了打击，大白猪气愤地说，不要兴奋得太早，我们都是人类的奴隶，你迟早也摆脱不了走上餐桌的命运。大白鹅说，你跟我们相比，只是干了更多的活，受了更多的气，最终是要变成驴肉的。小黑听了很不美气，赤红着脸说，我和你们不一样，春节马上就要到了，屠刀就要落到你们的脖子上了，我为你们感到可怜和悲哀。大白猪和大白鹅仍旧辩驳，小黑却不愿听，腾挪四蹄回到了楼房中的圈舍里。

躺在干燥清香的麦草上，小黑思绪复杂，它原本只是周一等周末，周末盼周一，对更加长远的一生没有深入的思考，但与大白猪大白鹅一番辩驳后，心中却增添了忧愁。在黄土塬上的老家里，它知道所有的同类在老迈的时候都不可避免地要走上屠宰场，不管曾经在主人眼里是多么的忠诚和骁勇，最后在冰冷的砍刀下，都会变成一块块的肉，走进不同人家的案板，炖进不同人家的铁锅，从嘴里到胃里，最后变成一文不值的粪土。这是驴的命运，这是牛的命运，这是它所认识的所有动物的命运。它以前没有想过这些问题，现在想起来，就有些害怕，那血淋淋的结局难道它也是不能避免的吗？小黑侥幸地想着，我是有编制的军驴，没有人敢随便屠杀我的，这样想着，心中却还是害怕，这是内心深处对宿命的深深恐惧。

罗班长看出了小黑的心不在焉，小黑没有隐瞒，和盘托出它的担忧，罗班长没法给出小黑某种承诺，他只是默默地给小黑拌着草料，并把自己的那份回锅肉倒进小黑的盆子里搅拌，他摸着小黑的脑袋，知道小黑此时心中的郁闷和纠结。罗班长似乎想了很长时间，然后慢慢给小黑讲经历的或听来的故事。罗班长说，以前另一个哨所有一条军犬，因为抓过敌特分子立了功，服役满年限之后按理要退回军犬训练基地，但官兵们竭力挽留，后来军犬就留在哨所，好吃好喝直到寿终正寝。罗班长说，另一个团有一头耕牛，在农副业生产中出了大力，年老无力后团里的官兵就把它养起来，想到哪里就到哪里，除了团长政委，官兵们见了它都要敬礼。罗班长说……那天小黑已经忘记了肉的香味，它完全沉醉在了罗班长的故事里，它坚信罗班长说的每一个故事都是真实的，在每一个幸运动物的身上，小黑都能看到自己的影子，似乎自己和军犬耕牛一样，都能干到退休那天。

有了信心小黑就重新斗志昂扬起来，它不知道耕牛有没有立功，反正军犬是立功之后得到老干部待遇的，所以它狠下一条心来，要在年底立功。那段时间，小黑比以往任何时候都要勤快，下山之前，它早早就在路口等待着，上山的时候，它总是尽可能多地驮运物资，任劳任怨，言听计从；它尽可能把自己的圈舍里弄得整洁一些，免得战友打扫的时候多费气力；倔强的性格也改变许多，温顺得令人心疼。官兵们又喜欢和小黑打成一片了，有事没事喜欢摸摸它的头，还有它那威风凛凛的尾巴。

进入十二月份，一年一度的年终工作总结就要开始了，从哨长到列兵，大家都在紧张地准备个人总结材料。小黑知道，在总结大会上，人人都要念自己的总结材料，让大家监督批评，还要投票选出先进单位、立功个人、哨所之星等荣誉。以前这些都是哨长说了算，但现在不一样了，从上到下都提倡敏感事物公开化，所以和入党提干一样，人人都有表决权，什么事情都要投票决定，票数多就是王道。小黑开始着急起来，别人写了工作总结才可能参与评选，可它没法写，就连参评的机会都没有。急切中小黑想到，到时候自己说让罗班长翻译不也一样吗？这样一想，小黑就坦然了，开始搜肠刮肚地打腹稿。个人总结嘛，就是说成绩，今年干了什么，好的地方在哪里，还有多少不足，如此，小黑就打开了记忆的闸门。从走过“军事禁区”的界碑，到承担起驮运物资的重任，小黑知道，一切成绩都要用数字说话，它算了一下，前后驮运物资一百二十九个来回，二百五十八个单趟，行程两千七百多里，驮运物资三千五百多公斤，价值八十多万元，身上受伤十一处……梳理了一大堆数字之后，小黑就开始想总结的开头，它默念着，尊敬的哨长、各位战友，转眼间一年就要过去了，回望来路……从头到尾捋了好几遍，小黑心里有了底气，只等总结大会召开。

约莫一个星期之后，小黑苦苦等待的时机终于到来，哨长一句“通知全体人员开总结大会”的命令让小黑异常激动，兴奋地围着圈舍转圈圈。会议室就在小黑圈舍的斜对面，一声集合哨之后，战友们跑步集合，整队完毕，哨长宣布总结大会开始，按照顺序，从一班长开始轮流陈述总结。几个人之后，听得津津有味的小黑才意识到哨长把自己忘了，于是在圈舍里使劲做出响动，不想，为屏蔽噪声，哨长竟把会议室的门关上了，也把小黑的频频示意拒之门外。小黑不甘心，便昂昂地叫了起来，可那日正好罗班长值哨不在，没人能听懂狂躁小黑发出的语言信号，嫌太聒噪，哨长命令一个战士说，把驴牵到外面去。哨长的命令小黑听得真真切切，话音刚落，一个战友就走进小黑的圈舍，不耐烦地拉它走出圈舍，走出楼道，并且把缰绳紧紧绑在了户外的棚子里。小黑仍昂昂叫着，它告诉战友，出来就出来，也不至于绑上吧。到哨所之后，小黑一直是自由的，脖颈上的缰绳只是个样子货，它从来没有被束缚过，这一次，战友却限制了它的驴身自由。任凭怎么说，战友并不理它，并且不耐烦地对着昂昂叫的小黑就是一巴掌，警告说，不许叫。小黑彻底伤心了，为了哨长“把驴牵到外面去”的绝情，为了战友粗暴无礼的相待，小黑垂头丧气地站在棚子里，隐约听到会议室里战友们的轮番总结、此起彼伏的热烈的掌声。

会议结束后，小黑并不知道哪个班是先进，哪个人立了功，它知道的是一切都与它无关了。当初听完罗班长的一席话之后，它以为可以和军犬耕牛一样为自己的生命迎来转机，到头来却是一场空，立不了功，它永远就是一头普通的驴，纵是有千种万种的功劳，也没人会关注它，免不了案板之上的悲哀。想到此，小黑甚至有一些憎恨，憎恨出身为驴，憎恨哨长的绝情，憎恨战友的粗鲁。各种憎恨交织，让小黑没有一点食欲，罗班长看出了小黑的心思，劝慰说，什么事情都不在一时半会儿，这次机会抓不住还有下次，来日方长。小黑不应答，仍旧垂头丧气。

一场接着一场的降雪之后，春节就慢慢迫近了。那天，一个战友的霍霍磨刀声刺痛了小黑的神经，它感觉五脏六腑在剧烈的颤抖中就要碎裂，僵在原地，一动不动。比小黑更加惊恐的是肥硕饱满的大白猪和大白鹅，大白猪在圈舍里一圈一圈奔跑着，伴随吱吱的叫声，充满悲戚和绝望；大白鹅伸出雪白的长脖子呆呆地望着磨刀的战士，绿豆般的小眼睛里空洞而迷茫。一切杀戮是在中午的阳光下烧开一大锅热水之后进行的，惊恐的小黑静静躺在圈舍里，一动不动，唯恐弄出一丁点的声音引起众人的注意。它伸长了耳朵，仔细聆听外面的一举一动。外面乱糟糟的，有人说话有人嬉笑，中间掺杂着木柴燃烧时噼噼啪啪的声音，还有铁钩子碰撞在一起叮叮当当的声音，每一丝风吹草动都让小黑头皮发麻，它惊恐于此，却又强迫自己关注于此。它听到了众人急促奔跑的声音，继而平静，有大白猪的叫声，却没有大白鹅的叫声……

小黑在迷蒙中惊醒的时候，看到罗班长正站在它的面前，和往常一样，罗班长把一碗肉菜倒进了小黑的草料里，小黑没问，但它知道，它面前喷香的美食里，有大白猪的一部分，也有大白鹅的一部分，它张不开嘴，只是默默地流泪。罗班长当然知道小黑的心思，哀叹一声说，每一个生命都有自己的使命，有时候不能选择，只能等待命运的安排，就像这猪和鹅，它们就是提供肉食的，所以免不了这一天。罗班长还说，小黑的使命是驮运货物，应该尽职尽责干好每一天。但小黑知道，年轻的它是驮运货物，如果年老呢，大白猪大白鹅的悲哀或者就在前面等着它呢。

很长一段时间里，小黑都在思考生命的归宿问题，食宿不香，干活也有气无力。春节过后，哨所的警戒任务相对轻了一些，一些老兵就轮流打报告休假，那段时间哨所里非常热闹，有人要休假，与大家依依告别，有人刚回来，大包小包带着各种土特产，这热闹的场面勾起了小黑的思乡之情，它想起了自己在黄土塬上的生活，一年不到，在它却像是很多年以前的事情了，它想念那里的沟沟坎坎，想念那头温顺饱满的小奶牛，想念那些惊恐奔跑的猫猫狗狗，甚至想念对它并不友善的暴躁的主人，尤其听说罗班长即将休假的消息后，它思乡的情绪更加强烈。小黑想着，它也打报告休假，这样罗班长就能带着它一起回去，然后再一起回来。罗班长否定了小黑的想法，说，这不可能。小黑不满，你们能，我为什么不能。罗班长欲言又止。小黑说，我知道，你们觉得我就是一头驴，可我是有编制的驴，和你们一样，所以你们能休假，我自然也能。相持不下，官司打到哨长那里，哨长乐了，问罗班长说，小黑也想休假？罗班长点点头，哨长摸着脑袋想了片刻说，其实这个小黑想的也有道理，我们看父母，它也看父母，人之常情也是驴之常情，可是，可是这个没有先例，再说小黑走了这冰天雪地背物资就成了个事。一番商议下来，小黑算是明白哨长的心思了，只想让它累死累活在这里干活，从没想过它的福利待遇。它拉长了脸，实在不想搭理哨长，它越来越觉得哨长在利用它，是个居心叵测的家伙。

最后一片雪在春天温煦的阳光中逐渐消融的时候，罗班长提着大包小包回家了，虽然他保证会把小黑的思念带到小黑父母还有小奶牛那里，但小黑还是怏怏不快，它失去了一次荣归故里的机会。站在哨所的入口处，它痴痴地望着罗班长的身影，直到在密林深处彻底地消失。

哨所又买回了一头小白猪和一只小白鹅，两个小家伙一到哨所就异常兴奋，东瞅瞅西看看，叽叽喳喳不停交流着所感所悟。小黑不知道它们从哪里来，却知道它们终究要到哪里去；不知道它们什么时间来到这个世界，却知道它们什么时间离开这个世界。它同情它们，它并不打算告诉它们大白猪和大白鹅的故事。反正不能改变，知道那么多又有什么意义呢？

小黑打定主意了，它不能这样闷头一直干下去，就像大白猪和大白鹅预言的那样，等到精力耗尽的那一天，它也不可避免地要走上案板，走上蒸锅，猪和鹅的下场就是它的下场。它庆幸自己是清醒的，能够提早抉择它的未来和命运，它决定抗争，离开这风景秀丽却充满绝望的哨所。

那天跟着二班下山的时候，小黑就开始思谋是从山脚背物资的时候跑还是在半山腰跑，这种巨大的冒险让它有些紧张，脑袋四下晃动的同时，鼻子里还呼哧呼哧冒着热气。罗班长不在，没有人看出小黑的异常，崎岖的山路上，大家有说有笑。落在后面的二班副最先发现小黑不见了，于是整个二班都警觉起来。弄丢了驴可不是小事，大家不敢怠慢，赶紧分头寻找。二班长有经验，叫齐众人说，不要乱跑，就顺着这条河道往里找。原来在这山高林密的夹缝里，有一条山洪冲刷出来的四五米宽的河道不规则地横陈其间，看来小黑也无处可走，只能顺着这条河道逃跑。河道里全是坚硬冰冷的鹅卵石，任凭小黑还是战友们，都跑不快，二班副自知殿后的他对丢驴一事负有主要责任，所以一马当先冲在最前面。几分钟后，他就看见了前面甩着尾巴想跑起来却动作缓慢的小黑，二班副悄悄加快脚步靠上去，冷不丁抓住了小黑的尾巴，小黑吓了一跳，本能地尥蹶子，一下子蹬到二班副胸前，将其当场掀翻，随即撒欢跑起来。跟在后面的二班长见小黑逃跑，加快脚步向前冲去，小黑力气尚可，速度却不行，只几分钟，就被二班战士逼到了河道里的一个死角，它昂着头几次想突围出去，却被战士们死死围住没能得逞。二班长有经验，缓缓靠上去猛地抓住了那根晃荡在胸前的缰绳，并死死地拉向怀中，小黑挣扎，二班战士一拥而上，将它牢牢地控制住。小黑昂昂大叫，却没有丝毫办法。二班副胸骨骨折，小黑闯了大祸，被绑在圈舍里，算是关禁闭。小黑非常害怕，不知道哨长要怎样处置它，尤其听到厨房磨刀的声音，它就有一种大限将至的恐惧。

哨长并没有惩罚小黑，只是脖颈上的缰绳绑得更紧了。第二周，小黑仍旧跟着大家下山背物资，这回大家都防着它，一人牵缰绳，一人后面警戒，纵是再大胆，小黑也不敢复有非分之想。小黑为自己踢伤二班副短暂地内疚了一下，又开始陷入对自己命运的思考。虽然逃跑没有得逞，但并不意味着它接受了逆来顺受的命运，并不影响小黑对于未来驴生的设计，它尽量去做自己所能做的一切。

逃跑不成的四周后，小黑在一次上山的途中驴失前蹄摔倒，撞断一棵小树，树干生生捅进小黑的臀部，鲜血像自来水一样流淌下来。战友们吓坏了，赶紧用衣服为小黑包裹着回哨所，医生看后说要休息三到五周，并开了一些止血消炎的药品。小黑躺在寂静的圈舍里，仍旧有几分后怕，多亏它选择的地方并不陡峭，多亏树枝只是捅进臀部，它的这一次险象环生的冒险，为它迎来了一个月的休息时间。但是一个月后，走出圈舍的小黑仍旧颤颤巍巍，一走山路，它就习惯性地跌倒，扶都扶不住，几次尝试之后，大家就放弃了对小黑的役使。哨长说，这驴怕是有了走山路的恐惧症，等三班长回来再说吧。就这样，小黑在圈舍里每天就是吃饭睡觉，以此打发日子。

小黑不喜欢别人公然叫它是"驴"，虽然这是事实，但它觉得这是一种侮辱，这是对它的蔑视。它注意到，近段时间以来，越来越多的战友忽略了"小黑"的称呼，都叫它"驴"，尤其哨长，他的语气里有一种厌烦和气愤。小黑觉得这个哨所已经对它不友好了，仅仅因为它受伤没有干活，他们就完全改变了态度。它更加厌烦战友，更加厌烦哨所。

小黑正在梦里追逐小奶牛的时候，听见响动，睁开眼，却是罗班长。小黑呼哧呼哧笑了起来，旋即又拉下了脸子。罗班长回来后知道了一切，包括小黑怎样逃跑，怎样受伤，又怎样长期休养。别人看不懂小黑，罗班长能看懂，他问小黑是不是不想干了，小黑说，是不想干了，这里的人不友好，这里的环境太恶劣。罗班长说，我们哨所的每个人都有自己的责任，你也有自己的责任，谁都不能推脱不能抱怨。小黑反驳，我和你们不一样，你们能休假我不能。罗班长说，你不能光看好的也要看不好的，我们还要站哨要训练，要有很多临时任务，你要理解，要有自知之明。小黑说，我理解你们，谁理解我？小黑已经坚定了罢工的信念，罗班长无可奈何。

后来哨所就没有尝试让小黑再下山背物资，和一年前一样，一切都承载到了战士们的背上。小黑没日没夜躺在圈舍里，没有战友来看它，它也不搭理其他战友，只有一天三餐的时候罗班长会出现在圈舍里，仍旧端一碗肉菜，仍旧为它梳理毛发，小黑不干活了，饭量却不减，身上臃肿的脂肪把皮毛鼓鼓地撑开，动一下身子都很艰难。小黑和罗班长也少有交流，罗班长默默地干完一切，又默默地离开，小黑理所当然享受一日三餐，在没有想明白以后的道路往哪里走之前，它不想和任何人说多余的话。

在一次温暖幸福的睡梦里，刚刚和小奶牛告别，小黑竟然惊惧地见到了大白猪和大白鹅，它们大摇大摆地走到了小黑跟前，小黑不知所措，它知道它们已经成为刀下之鬼，却不知道它们为何又会扬扬得意地出现在眼前。大白猪说，你和我们一样了；大白鹅说，驴就要变成驴肉了。小黑据理力争，你们被杀与我无关，不要来诅咒我。大白猪说，我们不是诅咒你而是提醒你，以前我们只是吃饭长肉，理所当然要成为人类的盘中餐，它们要的就是我们的美味，你是因为每周驮运物资才躲过一劫，而现在你整天除了吃饭就是睡觉，和当初的我们还有什么区别，你觉得自己距离成为盘中餐的日子还会远吗？大白猪和大白鹅都发出了幸灾乐祸的笑声，小黑在笑声中惊醒，淋漓大汗中大口大口喘着粗气，战栗不止。

晚上的梦境在脑子里久久盘绕，小黑思来想去，觉得梦中的大白猪和大白鹅说得太有道理了，当初战友们对它好是因为它驮运物资，如今还管吃管住能图什么？它小黑除了身上日渐饱满的驴肉之外还能有什么？想到这里，小黑就惊出一身冷汗。两个战友在楼道里的闲聊也引起了它的警觉，它听到他们说最喜欢吃驴肉，听他们说驴肉火烧，听他们说驴肉汤，听他们说凉拌驴肉，小黑臆想着，自己果真要和大白猪大白鹅一样躺上案板了，一点风吹草动都让它觉得自己随时随地都有被杀戮的可能。

不能等待了，小黑昂昂大叫，它要见罗班长。罗班长看到小黑眼睛里的涟涟泪水，不知道发生了什么事，赶紧抚慰。小黑哀求说，它要下山，要为哨所驮运物资。罗班长笑着说，不急，养好伤再说，再说今天也不是周末。小黑呼啦站起来说，我已经没有伤了，全身都好好的，它跳跃着展示自己健全的肢体，身上的肥肉随之颤抖着。罗班长说，身体就算养好，以后也不用下山驮东西了。小黑绝望了，呆立圈舍，无言垂泪。

哨所并没有杀掉小黑的打算，而是从关中地区找了一头年轻健硕的关中驴替代小黑，哨所有驴的编制，却不独是小黑的编制，只要是一头驴就能取代小黑，取代小黑干活，也取代小黑享受编制带来的衣食住行等诸多待遇。哨所无权随便宰杀一头驴，但可以用其他驴取代，会有人关注驴在不在，却不会有人关注小黑在不在。上午关中驴到达哨所的时候，也是小黑离开的时候，小黑见到关中驴享受了它初到哨所时的掌声和欢笑，时过境迁，这一切的享有者曾经是它，此刻却变成了关中驴，它只能旁观，战友们对它已经视而不见了。小黑五味杂陈，心头沉重。

和初来时一样，哨所委派罗班长把小黑送回老家。临走，小黑有些不舍，回过头来，还能看到棚子边缘一张张泛黄的照片，上面有战友情深，也有它的英姿勃发，它知道，很快这些照片就要被撕掉了，会换上更加年轻更加英俊的关中驴的照片，很快大家就会把它忘得一干二净。哨长督促了，罗班长不得不拉紧了缰绳，哨长上去推一把小黑的屁股，意味深长地说，这驴和人一样，想法太多终归不是太好的事情。小黑听了若有所思，追着罗班长的脚步，踏上了走过几百次的山间小道，这一回它买的是单程票，此一去，将不再回来。小黑不舍，贪婪地回过头来，渴望把一切都装进眼睛，好在以后的日子里作为深沉的回忆。毕竟，将不再回来。

曾经享受军队编制的小黑就这样退役了，来也匆匆去也匆匆，开始和结束一样突然。和来时一样，小黑从巴南军营走向甘肃黄土塬上的心情也是复杂的，它想摆脱命运的羁绊，一番主动作为之后，却又陷入死亡的恐惧，解除了这个恐惧迎来它想要的结局，却无可奈何陷入更大的失落之中，一番左右腾挪、穷尽心思，竟仍是望洋兴叹、无能为力，小黑悲观地意识到它的生命是无解的。它尚未离开就开始怀念盘桓在山路上背送物资的欢乐，它一直以为那是焦灼的辛苦，现在才知那是纯粹的幸福。

罗班长也有些心情复杂，他以为他带到哨所里的小黑可以陪伴他十年八年，却不想，只有一年时光，小黑便给他出了一个又一个难题，最终以离开军旅生涯而终结。罗班长知道小黑在想些什么，就像当初考军校不中，组织让他去士官学校上学时的心情一样，他不甘心一辈子就做个士官，他的梦想是军官，是说一不二的将军，但每一个生机勃勃的生命都要服从现实的安排，罗班长最终屈服了，他扛着士官军衔在这个偏远冷清的哨所一待就是多年，可小黑不同，它有太多一头驴不该有的想法。

小黑热泪盈眶回到黄土塬上的时候，没有任何一个动物为它的到来表现出哪怕一丁点的喜悦或激动。那个曾经和它耳鬓厮磨的小奶牛拖着肥硕的乳房徜徉在太阳底下，每日里能产几十斤奶，一头小牛犊绕着它跑前跑后，小黑痴情凝望着它梦里出现过千百回的初恋，但小奶牛无动于衷，在它浑浊的眼睛里小黑并未看到惊喜和欢迎，它用尾巴扫着飞来飞去的苍蝇，偶尔张开嘴巴漫无目的地“哞”一声。那些猫猫狗狗仍旧活跃，它们欢乐地追逐在小黑后面，像在观赏一个外星来客。主人对小黑的到来亦是没有一丝动容，习以为常地，当天就驾着驴车给黄土塬上的庄稼拉粪。

时光穿梭，小黑又回到了一年前的生命轨道上。在哨所里胡思乱想的时候，小黑怎样都没有想到，它会回到黄土塬上重复日复一日的辛劳。从那一日起，它又成为黄土塬上一头平常的驴子，每一天都有沉重的负担，每一天都要经受皮鞭的折磨，每一天都以杂草果腹，每一天都在室外迎接暴风骤雨，一晃就是十多年的光阴。小黑浑浊的眼睛里已经泯灭了希望，它的皮毛失去了光泽，它的身体伤痕累累，它曾经矫健的四肢也蹒跚笨拙，小黑老了，跑一趟远路都会气喘吁吁，却在皮鞭的震慑下不敢停歇。多少回里，小黑想前想后，想要自由，想要待遇，想要辩驳，想要抗争，却未曾料定一番折腾后所有的希望都被一笔勾销，重新回到了蛮荒寂寞的生命旅途上。如果可以重来，它更愿意回到热火朝天的巴南军营里，可它自知时光流转，一切都不可能了，那些往事一旦错过就不再重来。那一年的军旅生涯是小黑生命里值得回味的财富的全部。在百无聊赖的痛苦生活的重复里，回忆巴南军营是它的快乐，亦是它的悲伤。就在这种循环往复的快乐和悲伤中，小黑驾着驴车，背负耕犁，消磨着卑微孱弱的生命。

在一个雨后初晴的上午，主人卸去了小黑身上束缚多年的笼套和缰绳，小黑长舒一口气，那种久违的自由让它无比欢快，可是很快，小黑就感觉不对劲，它看到了院子外面三三两两靠近的村人，看见了门口大铁锅里热水沸腾冒出的热气，还听到了木柴燃烧时噼啪作响的声音，它知道大限已近，想逃跑，却来不及了，几个村人已经牢牢抓住了它的脖子，一阵冰凉，小黑惊恐地看到自己的血液像流水一样倾洒出来，染红了皮毛，染红了大地，它有些眩晕，它慢慢地倒下了。在迷蒙中，它又回到了巴南军营，看到了层峦叠嶂的山峰，看到了棚子里精致并且五彩缤纷的合影照片。

原载于《人民文学》，2014年8期

非典型好人

一

站在我面前的这个上士个头不高，皮肤黝黑。从进门开始，他就没有正视过我，眼睛一会儿瞟向窗外，一会儿盯向墙角，偶尔在从窗外向墙角转移时与我的目光交会，但一刹那，他又急切地挪开了。凭着多年采访的经验，我认为眼前这个穿着破旧迷彩服的工兵并没有和我聊一聊的打算。

班长，先坐吧。我反客为主把营长的靠背椅往后挪了挪，示意上士坐下，我则坐到了对面教导员的位子上。他实际上不是班长，我把战士都叫班长，哪怕他只是列兵。这种谦虚的态度为我在基层赢得了好名声。

哦，不了，还在干活呢。他两只泥乎乎的手像起重机的吊臂一样垂在两腿外侧，泥巴已经风干，像铠甲般贴在手上，稍微一动，土末子就掉下，落在干净的地板上格外显眼。说完话，他就做出了要走的架势。

营里没跟你说？我的问题把他已经迈出去的步子又扯了回来。他转身非常不自然地看着我说，说了，说你找我有事。他的眼睛又一次看向别处，很短时间，又折了回来，为难地说，可这会儿正忙着呢。

他没有说谎，我一到工兵营最先去的就是工地。眼看着夏天就要来了，去年被洪水冲毁的十多公里堤坝正在紧张施工。营长说，必须在第一场洪水到来之前干完，否则洪水就会从去年水毁的地方撕开口子，要不了多长时间就全完蛋了，一个多月算是白干。营长以前在机关当参谋，下来才一年多时间，黑得我差点第一眼没有认出来。这会儿，他的一百多号人沿着弯弯曲曲的河道一字撒开，在灼热的大太阳底下戴着麦秸草帽，有的搬石头，有的抹石灰，个个都像泥人。营长说，任务太紧了，忙得连上厕所的时间都没有。听说我要找几个人采访，他为难地东张西望。我知道他眼里任务最紧，这会儿找人真是犯难。我赶紧提醒，可是旅里马政委让我来宣传你们的成绩，要找几个综合素质过硬又能说会道的人出来。

我就是想了解一些你的情况。我尽量言简意赅，在他急切想争取时间去干活的时候，我如果还长篇大论，真就是不合时宜了。见他仍是犹豫，我肯定地说，用不了多长时间，我们尽量快点。

他的到来本就是受领的任务，不可能说走就走，但这个外表憨厚的上士还是给了我他随时就会离开的错觉。好不容易说服他坐到了营长专属的那把椅子上，他仍是不自然，屁股只挨了小小的一个角，身子僵硬，手在半空僵着，眼睛的触角无处可去，就直直落在黑着屏的电脑上。从我坐着的角度望过去，他活脱脱就是一个穿越千年的现代版兵马俑。

我听你的战友讲了你的故事。我尽量想使我们的对话以轻松的方式开始。真心讲，他的局促让自以为见过大场面的我也有些不自然起来。

讲我什么？他猛地抬起头来望着我，僵在半空的双手或者酸累了，同时轻轻放在了膝盖上，若即若离，和屁股与凳子的关系一样疏远。

讲你的好事。我微笑地望着他，希望把这份轻松欢快传递过去。

可是和我的微笑相比，他显然更关心他的战友们讲了他生活里的哪一部分，他仍在问我，到底说了什么？从他的急切里，我判断出他是一个极度不自信的人。可我从一开始就以为，他已经知道我找他是为了什么。

就在一个多小时前，他的八个战友呼啦啦拥进了营部。没错，这就是左右为难的营长东拼西凑给我找的采访对象。一个上尉带队，他们自带马扎，虽然也是从工地上下来，但明显进行了简单的洗漱，干净利落。鱼贯而入后，他们自动站成两排。上尉下命令说，准备马扎。唰的一下，夹在胳膊里的马扎变戏法一样提在了手里，动作一致，整齐划一。上尉继续命令，放马扎。哐——马扎如列队士兵一样落地有声。坐。两队标准的中国军人高大上形象就这样肃立眼前。他们坐定，我倒一时半会儿没话说了。

大家好，我是基地宣传处的新闻干事，这次来主要是……

我话还没说完，就被上尉截住了，报告首长，我们知道，营长已经安排汇报分工，下面就先由我们一连中士班长郝大成汇报一下他在工兵精神引领下坚持工作标准，又好又快组织施工的先进事迹。上尉迅速起立又坐下，打机关枪一般说完，眼睛一扫，一个中士就会意起立，敬礼。

报告干事首长——

干事就是干事，不是什么手掌手背。我打断他纠正说，我姓莫，叫我莫干事就行，还有就是咱们坐下说，后面不管谁发言，就不用站起来了。坐着说，放松点，咱们畅所欲言，知无不言。

中士看看上尉，不知道坐还是不坐。

我说，坐吧。他仍下不了决心。

斜对面，上尉轻轻点了下头，中士迅疾落座。

报告莫干事首——长——他想把说出的首长二字收回去，可已经来不及，其他几人憋着笑，他有点难为情。我没有打断他，他停顿片刻，继续说，我叫郝大成，是一连一排一班长，自今年修复水毁堤坝工程以来，我组织全班同志积极学习工兵精神有关资料，通过互相帮助、互相学习、互相启发等方式巩固学习效果，把学习成果转化到施工任务中……

郝大成直直望着前方，目无他物，口若悬河，活脱脱一个初中课堂上背课文的学生。终于，我决定不再忍耐下去，打断他说，这个，说得很好，可是——那个——咱们能不能讲一些故事呢？我尽量想把话说得婉转一点，我知道郝大成背下这些内容也不容易，可那些都不是我需要的。

郝大成对于被我突然打断有点错愕，望一眼我，扫一眼上尉，又正襟危坐，上排牙齿不时探出来咬住下嘴唇。我问他，有没有新鲜一点的故事？他重复我的话，新鲜的故事？拧着眉，眼珠子一圈一圈转着，我弄不清楚他在理解我的话，还是绞尽脑汁在想故事。终于，郝大成失望地摇了摇头。上尉眼睛扫向其他人，目光所及，大家都眼睛看地，上尉有点无奈，看了看我，然后问，莫干事，这——说得有些仓促，我们得想想。

我说，没事，慢慢想，谁先想起来谁说。

闻此言，大家都做苦思冥想状。

怕他们没理解透，我又补充说，咱们是采访不是开会，不用措辞造句，不用工整排比，想起来张口就说，说多少是多少，就跟平时吹牛聊天一个样，这个说，那个还可以补充，灵活多样，不拘形式。

这样啊——上尉望着我，满脸的不理解。

我打个比方吧。这会儿我才意识到，我以上级机关干事的身份坐在这儿，让他们口无遮拦地随便说话，确实有点为难。我想得到，在来营部之前，日理万机的营长保准抽出宝贵时间给他们开了个小会，用脚后跟我都能想出来，营长让他们在汇报过程中突出成绩隐藏问题，而且像每一次突出强调那样警告他们，谁出了问题到时候收拾谁。我在基层待过三年，当年我只要参加类似活动，都会受到这样的威胁恫吓，所以这种场合，大家只能背稿子一样说些无比正确却又毫无实质内容的话。可现在，我想要的是鲜活的故事，要的是酸甜苦辣和柴米油盐，我必须做出及时的引导，让他们觉得既不违逆营长的要求又能应付我。我说，比如你们都在加固堤坝，谁的活最累，为什么最累，自己挑的还是营里分配的，为什么自己挑最累的活，营里为啥分给他，是因为他能力强还是营里信任他。你看，都是身边司空见惯的事，你们说出来，就是我需要的最鲜活的故事。

这个呀——很显然，郝大成的肚子里装着一箩筐这样的故事。我刚说完，他把大腿一拍就要开始讲，可突然像意识到什么，他热情张开的嘴巴又凝固住了，望一眼上尉，上尉也望他。我注意到这一细节时，二人的两两相望已经结束，不确定他们能眉目传话，但我保证，他们有一个信息的交流。更准确地说，上尉把他的意图通过眼神传达给了郝大成。

报告莫干事，那我讲一下。显然，上尉准许郝大成把肚子里的那一箩筐故事倒出来。我点点头，打开笔记本。看我准备记录，郝大成又紧张起来，莫干事，我怕讲的乱。他的手在腿面上摩擦着。

没事。我示意他讲下去。

手掌又使劲在腿面上摩擦两下，停住，郝大成挺直身子，开始讲起来。他说，我们班有个老兵不怕苦不怕累，只要参加施工，别人搬一块石头他搬两块，别人走着搬，他跑着搬，我劝他慢点来，他说他有的是力气。

这个——就别讲了。上尉打断了兴致勃勃的郝大成，强调说，人家莫干事是基地的宣传干事，是来帮我们发现典型宣传典型的，大家要把那些综合素质过硬，能代表工兵营的官兵推出来，不能想起谁讲谁。

郝大成有点尴尬，红着个脸，双手又在腿面上一前一后摩擦起来。

郝班长讲得挺好啊，我要的就是这样的故事。我停下手中的笔，对上尉说，我觉得应该让郝班长继续讲下去。而郝班长，连望一眼上尉寻求眼神支持的勇气都没有，半低着头，手仍落在大腿面上。

莫干事，这个老兵真不好说。上尉的为难写在脸上。

咋不好说？我为上尉贸然打断我的采访感到不爽，好不好说是你说了算还是我说了算，我采访还是你采访？人在气头上，有时说话就忽略了受众和场合，我是个急性子，常常犯这种让人下不来台的错误，这一次同样，说完了，我感觉有点过头，但说出去的话就是泼出去的水，收不回来了。看到上尉憋红着的脸，我意识到自己有些严厉了。

那——你就给莫干事说说吧。上尉心里明显不舒服，但又不想得罪了我这个上级机关的干事，只能把讲话的自主权给了郝大成。

哦——这个——郝大成有点猝不及防，挺直的身子僵在那儿，心里一大堆的矛盾在他脸上呈现出错综复杂的表情。他此时已经完全明白上尉的意思，也明白了我的意思，更清楚上尉跟我不是一个意思，说句实在话，我都替他左右为难，可我还是不露声色地等他继续讲下去。

营部里出现了短暂的宁静，没有人说话，只能听到急促的呼吸声。

莫干事，郝班长讲的那个老兵有优点也有缺点。一个中士说。

他的缺点比优点还要更多一些。一个下士说。

综合素质顶多排在中游，还要靠下一点。一个上士犹豫片刻，也说。

上尉抬头望了我两次，不动声色地伸出舌尖环绕一圈湿润嘴唇，想说，却欲说还休，终于忍不住，说道，工兵营是一个敢打必胜的优秀群体，有很多素质过硬的老兵，有的吃苦耐劳，有的舍己救人，有的默默无闻，都是工兵营的杰出代表，我们下面详细地给莫干事汇报一下。

不等我表明态度，几名士官就轮番发言。他们没有尊重我刚才提出的“讲故事”的要求，和一开始一样，稀里哗啦背了一遍所谓典型人物的事迹材料，一个接一个，流水作业。很快，一群典型就被他们侃侃而谈释放在了空气里，从我耳边徜徉片刻，消失了，我一丁点的收获都没有。

莫干事，我们已经汇报完了，你看还有什么指示？上尉站起来，一副要下达命令离开的架势。他们此来就是执行被采访任务，要说，却还不能乱说，就在刚才，上尉已经阻止了郝大成乱说，此刻，又组织大家实现了说，圆满顺利，理应走了。这种情况下，我还能说什么。我说，谢谢大家。

那个老兵叫什么名字？就在上尉下达收马扎命令前，我问郝大成。

嗯？郝大成本能停顿一下。我紧追着问，就是刚才你最先提到的那个老兵叫什么名字？郝大成也是本能，说，罗永鹏。

我转过身对上尉说，帮我把罗永鹏叫到营部来。

罗永鹏？上尉重复。

对，就现在，我在这里等他。我强调说。

上尉没有说行还是不行。两声慷慨激昂的口令之后，队伍就被他整齐有序地带出了营部。看着他们远去的背影，我不清楚能不能等来罗永鹏。

二

到工兵营采访完全是一次没有准备的行程安排。

那天和往常并无区别，早上六点钟起床，简单吃过早餐，我就背上腰包，对，就是生意人用的那种看起来鼓鼓囊囊装钱的腰包，就连坐在我办公室里学习新闻报道的年轻人都壮着胆子嘲讽说，我的腰包既俗气又老气，对此我并不生气，因为三年前我老婆就开始这么说，但我要把钥匙证件钱包手机一样不落带在身上，还要坚持每天早上徒步上班，腰包的好处就在于能容纳上述种种，而且便捷，每一次斜挎背后，我都能身轻如燕，健步如飞。三年多了，它就像一个小情人一样在春夏秋冬里陪着我走过从家到单位的十几里路，不管谁说，我可不会随便就舍弃它。

夏天到了，走上几步就会出汗，身子一热，我就会飞快地脱掉上衣，光着身子跑起来，我很享受那种无拘无束出汗的感觉。快到单位的时候，我会停下来，从腰包里拿出毛巾，揩一揩滴答答的汗水，穿好上衣，然后慢步向办公室走去。到了办公室换好军装，我并不急着打开电脑，那家伙我迟早要打开它的。我会先泡上一杯浓茶，然后坐在办公桌前，看外面几棵巨大的树木，快十年了，我到现在都不知道那几棵树叫什么名字，有几年的冬天，每日看到背阴处的那几棵树和树上从没有变过颜色的叶子，我有一种强烈想把他们砍掉的冲动，后来春天来了，也就忘了砍树的事。如此一年又一年，现在，这几棵树已经延伸为我办公室的一部分。

这会儿，夏天的朝阳走错了方向，竟有一束明亮的光线打在了无名树上，貌似麻雀却比麻雀漂亮鲜艳的几只小鸟在上面叽叽喳喳，受心情影响，有时我觉得它们在谈恋爱，有时又觉得它们在吵架。就像我每天会按时欣赏它们的表演一样，它们每天也会准时出现在枝头上，有时有太阳，有时没有太阳，一切外在不能影响它们，它们身子轻盈，叫声欢快。那天早上，一抹太阳就像舞台上的聚光灯一样，正好照耀着它们，我欣喜地感觉，它们今天早上真的在谈恋爱呢，舞步比往日婀娜，叫声比往日婉转。我目不斜视，试图寻找到哪一只是男主角，哪一只是女主角。就在这个时候，电话响了。“丁零零”的刺耳响声惊走了所有鸟儿，扑棱棱一只都不剩。

“你好，宣传处。”我清早的静谧欢快心情和刚才的鸟儿一起被惊走了，但我还是克制住懊恼的情绪，彬彬有礼地接起了电话。

猛虎旅马政委温文尔雅的声音从听筒里传来的时候，我的确有些小意外。就在半个月前，我和一个同年兵一起吃饭喝酒，两个人喝完一瓶五十三度白酒又打开第二瓶时，同年兵接了一个电话，那时候我已经迷迷糊糊了，隐约听见他说，对，还有基地宣传处的莫干事。又听他说，好，我带他一起来。我们俩还没喝尽兴，他就架着我往外走，边走边说，兄弟，马政委请咱吃饭呢。明知道就算请也是请他，可鬼迷心窍，我竟然就跟着去了。去了才发现桌上已是一圈人，留了俩空位子。一去马政委就抓着我的手说，给大家介绍一下，这可是我们基地有名的才子。任何场合，他们都习惯这样介绍我，我也习惯了不抵触不解释不拒绝。我和马政委谈不上多熟，因公接触过几次，给我感觉是个温文尔雅、知书达理的人。那天一去就有人说他们已经酒过三巡，让我和同年兵先喝个大的，一桌上我们年龄最小级别最低，加上本就喝多了，所以自然犯了豪爽主义的错误，那天的场面暂时记到这里，后面的一切都断了篇，一无所知。睁开眼睛的时候，老婆正在给我洗满身污秽的衣服，她说，是小区保安把我送回来的。我就开始后怕，不是怕自己回不了家，而是怕自己当时在酒桌上说了什么。我这个人平时还凑合，喝多酒后就容易停不下嘴巴，而且自吹自擂。我媳妇不喜欢跟我出去吃饭，他说看我喝点酒后自吹自擂的样子，她都觉得丢人。我知道自己这个臭毛病，所以一直克制，在外人面前不喝多，好兄弟面前喝多了吹一吹权当解压。可那天完全是个意外，和好兄弟喝多了，却到领导那里自吹自擂。我赶紧给同年兵打了个电话，铃响，却没人接。好不容易接了，却是他老婆，劈头盖脸先把我批评了一顿，说那小子进门就吐，吐完了又到厨房上厕所，到处污秽，臭气熏天。一天里，我都沉浸在诚惶诚恐的自责中。下午，终于等来同年兵的电话，我赶紧问之前在马政委的酒桌上我有没有说错话，同年兵说，你问我跟没问一样，我也喝得天马行空了，不过记得你一直拍着胸脯在给领导表态。我问，表啥态？他说，你见人就举着杯子说有啥事就找你。我说，我又吹大了。同年兵无所谓地说，没啥，你还真怕人家有啥事找你？你要真混那样，可就牛了。

那次之后，我对自己自责良久。为示警醒，我发誓再不喝酒，后来发现这个不太好实现，就退而求其次，改为不再喝多。即便这样，一旦想到那日酒桌上的所作所为，就面红耳赤、心神不宁。希望时间快点流逝，让我忘记那次的失言失态，大家也忘记，干干净净是最好不过。

出乎意料，马政委并没有提上次喝酒一事。我想着人家是大领导，每天的大事小事一大堆，才不会记住和一个小干事喝酒。这样最好，我心里坦然一些。马政委打来电话说他们工兵营是老先进，最近又加班加点施工，出了很多成绩，也出了很多典型，希望我去体验一下生活。要在以往，我会回复说，这个要先和处长沟通一下，我再等着处长下命令。但这回，我干脆利落地答应说，没问题。挂完电话十来分钟，猛虎旅的车就到了机关楼外。请完假，安顿好手头工作，才发现电脑还没来得及打开。陪我去的是旅里宣传科的王干事，他说顺道去工兵营搞一个主题教育的调查问卷。

莫干事，你这次可要好好宣传一下我们工兵营。车子刚驶出机关大院，坐在前排副驾驶的王干事就侧身扭过头来说，你可是基地的大笔杆子，我经常看你的文章，你写谁谁就能成典型。

顺序颠倒了，谁是典型我才去写谁。一驶出大院，车子就在空旷的马路上撒起欢来。就在几十分钟前，我步行经过的时候，这条马路上还塞满了汽车，每天早上都那样，车水马龙，喇叭声声。此刻竟是出乎意料的安静，看来正如某诗人说的那样，换个时间，世界就是另一个模样。

对对对，可是是不是典型还不是莫干事你说了算，要不然他再典型，你不写出来，谁又能知道？王干事说完，又把身子转了过去，看着车子风驰电掣朝前奔去，他轻声提醒司机，咱不赶时间，开慢点。

关键是要有突出的成绩，过硬的事迹。我强调说。

你说的这个呀，我们工兵营都有。王干事几乎把整个身子都转了过来，我在工兵营待了三年，感觉随便说个事说个人，都比报纸上报道的过硬，莫干事我给你说，你要去了，会发现那真是新闻报道的富矿。

白白净净的王干事说他在工兵营待了三年，我还真是有些意外。

我对工兵营的了解，更多是道听途说来的。曾经动过到那里采访的念头，但琐琐碎碎的工作一冲突，也就忘记了，所以至今，那是我少有的几个没去过的营级单位。工兵营官兵整天跟石头、水泥、砖块等建筑材料打交道，居无定所，哪个单位有了施工任务，他们就配属到哪个单位。整日施工，迷彩服就破破烂烂，临时的住宿区也是难以整齐划一，不管何时，但凡上级领导检查，形象不佳的工兵营官兵就要暂时躲起来，他们倒高兴，可以休息几日。工兵营官兵不高兴的是，每个单位官兵犯了问题，谎报单位都说是工兵营的，工兵营官兵作风坏，素质差，久而久之也就有了名声。领导体谅他们工作辛苦，也不计较，但工兵营官兵认死理，但凡通报工兵营，几点几分什么地方哪个人犯啥事都要较真到底。较真了几次，上级就发现冤枉了工兵营，把他们吃苦耐劳遵守纪律的好名声又还了回去。

工兵营现在正配属雄狮旅修筑水毁堤坝，走完一个多小时的山路，远远地就能看见雄狮旅门口那个硕大无比的狮子头。以前陪同首长视察时，首长对这个醒目的狮子头多有说法，有的说，这个东西好，显而易见，威风八面，一看就有我们雄狮旅的气势；有的说，好好的部队挂什么狮子头，乍一看就像土匪的山寨。说好也罢说坏也罢，狮子头一年又一年也就那么挂下去了。雄狮旅这几年发展势头不错，参加了多次导弹演习任务，获得荣誉一大堆，前来视察取经的领导也是一拨接一拨。王干事说，光上个星期，雄狮旅就来了两拨视察的领导。王干事说这，并不是羡慕雄狮旅在上级心目中的地位，而是因为这视察，又把穿着破烂的工兵们藏了起来，一藏就是四天。这耽搁的时间都要大家加班加点不眠不休地补回来。

过了威风八面的狮子头，再拐两个大弯，沿着碎石小路一直朝前，就到了工兵营的驻地。车子一开上碎石路，王干事紧抓住前面的防护杠，在颠簸中抱怨说，雄狮旅待在这山沟沟里，首长每次来了都大加赞扬，说这么艰苦的地方，就算睡觉也是奉献。可我们呢，哪有睡觉的工夫，整天不是搬石头就是搬石头，结果首长连看都看不到，真是不公平。

碎石路往深处延伸，大自然的美丽就赤裸裸地呈现在了眼前，一群有着美丽翅膀的野鸡正在路边上啄着草籽，车子经过，它们犹豫不决，不知道是不是应该舍下到嘴的食物，最后一刻，还是拍打着笨拙的翅膀扑棱棱飞走了。王干事说，这野鸡最笨，有时飞得慢就在汽车的前玻璃上撞晕了。随着飞走的野鸡，山的翠绿也分外鲜亮，那种养眼的滴翠之绿环绕四周，铺天盖地，有金黄的松鼠和灰色的兔子像情报员一样，在我们的车前窜来窜去。打开车窗，飘荡而来的除了山泉的潺潺流淌声就是啾啾的鸟儿歌唱。

要是可以，我宁愿在这里住些日子。望着窗外，我情不自禁感慨。

你可千万别在这儿住。王干事说，你知道上级首长来这里怎么评价吗？他回头看我一眼，又赶紧转过身去抓紧防护杠，道路实在颠簸。

怎么评价？我坐在后座的中央，两只手紧紧箍住前面两个座椅的两边，但是随着车子的起伏，我还是会被狠狠地颠起来，又落下。

王干事仍旧回一下头，又迅疾回转。他说，山清水秀，一住就够。

我盯着他的背影，没有说话，等待他有所解释。

果然，王干事如同后脑长了眼睛一样，知道我在看他，也知道我在等他继续讲下去，便说，这里也就是个风景好，城里人来了看见流水欣喜，看见树木欣喜，看见会飞的鸟儿更是欣喜，所以觉得美得不得了，觉得这里好得超凡脱俗，可山里也就这么些东西，一眼睛看过，也就没意思了。说了山里的不过如此，他转开话题，又说起他待过的工兵营。王干事说，工兵营待在山沟里干活更是辛苦，前年第一次到这里筑堤坝他也参加了，最辛苦的时候一天只有六小时睡觉，其他时间都在干活，就连吃饭也是炊事班送到工地上，草草两口扒完，又投入战斗。因为长期高强度的体力劳动，许多官兵都患了关节炎、腰肌劳损，更有一些人是习惯性脱臼，一抱石头，整齐划一的胳膊成了两部分，整齐划一的腿成了两部分，他们不叫人帮忙也不看医生，自己抓着一顶一拍，脱臼的部分就归了位，继续干活。

不疼吗？听着王干事有血有肉的描述，我先疼了一身鸡皮疙瘩。

都习惯了，跟我们平常人打个喷嚏一样。王干事说。

这怎么能一样？我脸上的痛苦表情暴露了内心的羸弱。

一切都没有逃得过回过头来的王干事的眼睛。他说，在工兵营像这样的事情司空见惯，不算是什么大事。稍停顿，他又说，工兵营这几年最亏的地方就是没请你早早过来采访报道一下，所以官兵们再苦再累也没有人知道，你看看，像野狼旅，宣传报道后又是在总部立功又是上中央媒体，一下子出了名，还有牦牛旅的张光斗，说什么为了工作六次面对生死，就算是真的，我们这里面对生死的人也多了去了，可人家又是立功又是提干，我们在这里当上几年民工，到时候啥也不是，复员时候照样打背包走人。

野狼旅和牦牛旅都是这两年我采访过的，事情并不像王干事说的那样简单，任何单位和个人都不可能因了我的一支笔就立功受奖名声远扬继而成为处处宣扬处处学习的典型。首先要各单位自己推荐，然后基地的组织部门再调查核实，给出组织意见，再之后上报总部宣传部门，上面有了批复，我们才能宣传报道。可王干事和官兵们一样，只看到了我写的那几篇新闻稿子，以为只要我写谁，谁就想当然成了典型英模。

太复杂，我也一句话两句话解释不清，只能说，我这次不是来了吗？到时候多向官兵们学习。王干事说，只要莫干事写了，我们工兵营就一定能成典型，我们猛虎旅也能成典型，我们旅长政委说不定也能顺势高升。

说话工夫，就到了搭满帐篷的一片山谷地带。王干事说，工兵营官兵居无定所，到哪里施工都是住帐篷。围着帐篷找了一圈，只有一个看家的文书在。文书说，营长在工地上，教导员一个小时前回了旅里开紧急会议。王干事嘀咕说，又有啥任务，咋没碰上？文书答不上话。

王干事招呼司机，咱直接去工地，说不准一会儿电话就招我们回去。卷着一阵尘土，勇士车继续往山里开去。喏。王干事说，站在河道边指挥干活的那个大个子就是营长。话音刚落，车子就停在了营长面前。

王干事简单介绍几句把我交接给营长，就带着厚厚一摞问卷挨着工点找官兵进行调查。营长问，你看这都忙成一锅粥了，晚上看新闻填不行吗？王干事火急火燎地说，说不定下午就得回，怕来不及。

营长没说话，这会儿，他又为找谁参加我的采访犯了难。

三

你力气特别大？我暂时弄不清楚，罗永鹏是在排斥我，还是他本就是这种沉默寡言的性格。作为一个记者，我喜欢做一个面带微笑频频点头的倾听者，前提是，要遇上一个肚子里装满故事的述说者。

眼前的工兵罗永鹏显然不是我希望的那种采访对象，他对我突然的问话反应迟钝，只是迟缓地从电脑屏幕上抬起头来望着我，似乎在问，你说什么？我也看他，可他没让我遂愿，慌乱的眼神很快又躲开了。

郝大成班长说，你的力气非常大。我尽量放缓语调，好让我说的每一个字都给他有一个思考的时间，别人搬石头的时候每次都是搬一块，你却要搬两块。我停住了，望着他，希望从他僵持的脸上读出内容。

听他说呢。罗永鹏身体活动了一下，出于习惯，想把两只手握在一起，可接触瞬间，风干的土末子扑簌簌下落，落在本就沾满泥土的迷彩裤上，他觉察出来，又迅疾将两只手分离，保持原来滞空的状态。他说，别人搬一块大的，我搬两块小的，其实也没多大区别。何况施工最紧张那段时间我回了趟家，耽搁了不少事，心里还过意不去呢。

咋了，回去是家里有事？我习惯顺着采访对象的思路走下去，不管说什么都接续往下，只言片语里总有我想撷取的精华部分。

郝班长没给你说？停顿了一下，罗永鹏继续说，施工那么紧，我本来不打算回去的，可营里说，那边信都写来了，不回去不合适，再说是好事，就命令我必须回去，结果一去一回就耽搁了好几天。

什么信？

表扬信。

你做了什么好事？

也谈不上什么好事。罗永鹏说，老家有两个孩子，是亲兄妹，家里经济不行，当时一个三年级一个四年级，虽说学校里减免这个费那个费，但孩子有自尊心，觉得处处不如人家，就三番五次不去学校。你想，那么小的孩子，不能家里没钱就不上学，将来咋办？人生的路那么长，以后两眼一墨黑在社会上肯定没法生活。正好让我碰上了，我的经济条件谈不上多好，但有固定工资，在我们那地方算是好的，我就想着帮一把。

从什么时候开始的？

前年吧？罗永鹏仰起脑袋想了想，接着说，应该是2012年秋季，对，就是入学的时候，现在一个五年级一个六年级，差不多两年。

你怎么资助他们？我开始在采访本上记录，就现在我掌握的这些零星的信息，就已经能写成一篇充满军民鱼水深情的稿件。

见我记录，他又有些紧张，手在空中太累，终究还是搭在了腿面上，抿了抿嘴唇，一连串地嘀咕说，这——咋说呢，这咋说呢？

不用紧张。我劝导问，你替他们缴学费？

也不是。罗永鹏说，现在上小学不要学费，伙食费住宿费也有补助。缓了缓，又说，可就算没有这些，杂七杂八花钱的地方也多着呢。我也没给他们帮上多大忙，尽点心，能力所及范围内帮把手罢了。可今年六一儿童节，他们学校搞了一个什么“最感恩的人”主题活动，人家小孩都感恩爸爸妈妈，这俩孩子倒是提起了我。

你对他们好，他们当然提起你。罗永鹏比刚才放松许多，眼睛也不再拴在电脑屏幕上，大部分时间看着我，偶尔我抬头看他，他又躲过。

也不是。罗永鹏接着说，主要是孩子可怜没爸爸，妈妈也是体弱多病干不了重活，一年三百多天有两百多天在床上躺着。你说这孩子提起了我，算是孩子的一片心意，倒也无可厚非，可学校却大动干戈，把情况汇报到镇上，镇上又汇报到县里。听他们说，县里的教育局长很激动，说这是个大好事，并且以县里教育局的名义和两个孩子的名义分别写了感谢信，寄给了营里，还让我回去做报告。你说，我一个搬石头的老工兵，能做什么报告，要是说学校的围墙塌了让我回去给重修一下，那没得说，我肯定不含糊，可让我做报告，还真是难为我。不瞒你说，我这个人从小就不爱上学，成绩也不行，实在念不下去才当的兵。当了兵，也是个傻大兵，每一次理论考核的时候，营里都让我上工地，把工地上能说会写的人请回来替我，每一回我的考核成绩都不及格，拖了营里的后腿。我也想努力来着，可榆木脑袋不开窍，就是不吃不睡，也记不住那些东西。

那最后回去做报告了吗？我把罗永鹏从渐行渐远的叙述里又拽了回来。他被我这一问给问停顿了，仰头睁大眼睛想了片刻，又接起了话头，真是不想去，可教导员说了，这是好事，县上的教育局都来信了，理当去。我说我啥都不会咋做报告？教导员说这好办，他让文书给我拟了一个草稿，大体说我帮孩子是每一个军人的分内事，是每一个公民的美德，也是为了祖国建设需要，我看写得挺好，后来就按着那个念了。

效果怎么样？

嗯？

就是说听的人说好不好？

都说好着呢。罗永鹏略显羞涩地说，局长握着我的手直说有水平，学校还给我发了聘书，让我给孩子们当校外辅导员。

这个事你回来给营里说没有？

没有，不好意思说。

这是好事，既是你的荣誉，也是营里旅里的荣誉。

哦，这样啊？

罗永鹏低头看地面，地面上除了他留下土末子的地方，其余都映衬着白花花的天花板。罗永鹏脸上涌出一抹绯红，不知为何。

俩兄妹是你一个县的？

嗯。

一个镇的？

不是。罗永鹏以脖子为轴心，迅速摇了几下脑袋。

那你怎么认识的他们？

罗永鹏这次没有犹豫，显然他早已猜到了我要问什么。他说，说来也巧，那天人家给我介绍了个对象，我是去相亲的，半路上，就见到一个盖在果园边的土坯房子浓烟滚滚，靠在土坯房子上的玉米秆也烧了起来，看着破破旧旧以为没人住，前几天刚献过血，人也少了精神头，就没准备救火。可没走两步，就听到一个匆忙跑出来的大嫂放声大哭，这才知道房子住着人，急忙跑过去救火，里面再没人，可大嫂舍不得里面的被子褥子，三番两次往里跑，怪危险的，劝也劝不住。我想着，能把这些东西看的比命重要，生活上肯定有难处，就帮着她一起搬，呛了几口烟，人也火烧火燎的，亏了屋里没有多少可燃物，就没再烧起来，倒是外面的玉米秆引燃了房上的椽子，多亏及时，要不然房子就保不住了。就这样，你说巧不巧？

我是说，你和资助的兄妹咋认识的？

哦。他恍然大悟说，那大嫂就是兄妹二人的妈妈。

你说的在外面哭的是他们的母亲？

对。罗永鹏有些伤感地说，灭了火，原本我要走的，却见那个大嫂一个劲地哭。我说火也灭了，人也没受伤，有啥哭的。不问不打紧，一问她哭得更凶了，一边哭一边学说起恓惶，我才知道她丈夫多年前因病去世，她也是一年到头生病，除了种两亩地，家里没其他收入，两个孩子念书，一家三口吃饭都是别人接济，日子过得可怜巴巴。我这人也容易动感情，正好赶上孩子放学，我一看，漂漂亮亮的两个学生娃，我就说，是这，我也没有多的钱，一人两百。身上就装了四百块，全掏给了他们。后来回了部队，想起他们的难处就不得劲，想着四百块现在也干不了个啥，既然帮了一回，不如就帮下去，后来每个月都给他们寄去四百块。

这么说你是救火在先，后来又资助被救的人？

嗯？——啊，算是吧。

对象怎么样？叙述完后，罗永鹏就像回答完问题的学生一样静坐着，他比三十岁出头的实际年龄看起来要苍老，青铜色的深深皱纹里隐藏着纯洁质朴，也隐藏着他在部队十几年风吹雨淋的青葱岁月。我问，是不是得知你见义勇为和热心助人的事情后，对象就义无反顾跟了你？

哪里呀？罗永鹏无奈地说，两人就见了一次面。

为啥？

都怪我。

咋怪你？

灰头土脸地去了，忘了买见面礼，也没请人家吃饭。罗永鹏说，之前这都是媒人交代好的，可我想起来的时候身上已经没钱了。想着谈得来下次再补上，没想到谈倒是谈了一会儿，却没有下次了。

那怎么办？

能怎么办？就那么办呗。听得出，罗永鹏很无奈。

想接着问罗永鹏现在有没有结婚或者谈了对象，这对山沟军营里的士官甚至部分军官来讲是绝对的老大难问题。驻区是军事化管理的禁区，没有谈情说爱的条件，官兵每年的假期也就个把月时间，就算节省许多程序，用一个月时间从头到尾谈场恋爱也会大打折扣。何况谈完之后军人又要回部队，想联系就剩下电话和书信。虽说两情若是长久时，又岂在朝朝暮暮，但时代不一样，不能朝朝暮暮的爱情，多半是要分道扬镳的，所以很多人耽搁了，很多人正在耽搁着。作为一个基地的新闻干事，这是我到部队采访时经常想回避但又不得不面对的问题，每个人有每个人的爱情故事，但无奈爱情故事的结尾都是一样的。我怕戳到罗永鹏的窘迫处，就把话压着，没有说出口，改问他，现在是不是仍坚持每个月寄去四百块。

不是，那什么——罗永鹏欲言又止。

不——寄了？

当然不是。罗永鹏有些三心二意，我注意到他在仔细地观察自己的手。他看看两手，看看裤子，迷彩裤子上大腿部位是两道沾满土末子的明显印记，此刻，他好像才意识到自己带这样两只手来不妥，他说，我去洗个手。说罢，快步走出营部，楼道里传来咚咚咚的跑步声。

和所有有礼貌的老班长一样，即使刚刚出门，再进来的时候他还是打了报告。从肋部的两道水印判断，他刚洗过的手已经在衣服上擦干。

不寄了？我又问。

不是不寄了，是不寄四百了。

那是多少？

八百。

你一个月工资多少？

不到四千。

看着眼前这个黝黑结实的班长，我实在想不通，他为什么能够把自己每月全部收入的差不多四分之一拿来资助两个毫不相干的孩子？这是我的疑惑，但我又不好意思问出口。你知道的，作为一个采访者，时不时地会把自己放在等同于受访者的道德高度，比如，我们要天然了解他们的杰出和伟大，就如同我们只要努力，也可以做到。是的，我们是公平的，公平地对话，公平地读懂对方的内心，但此刻，进入了另一种情境中，我若开口问，就说明我对罗永鹏的道德高点是一种仰望，不管他能不能看出来，我自己是不能接受的，潜意识里，我不愿意在歌颂别人的时候贬低自己。我沉默了，空洞的眼睛落在他的脸上。我真不能理解眼前的这个人内心的世界何等广阔，我的笔下活灵活现过很多优秀的军人，那些人的优秀我能读懂，他们有自己的追求有自己的目标，但并没有高大上到我不能理解。或许，我采访时他们成就的一切是追求个人目标时无意的收获，就像一个三流画匠坐在路边画肖像，仅仅是为了养家糊口，一年又一年，没想到却成了著名的一代宗师。这些伟大的人物值得歌颂，我也确实歌颂了他们，可我清楚，更多时候那只是他们不得已的选择，就如同铁轨要常年忍受火车的碾轧，我们理所应当地要歌颂铁轨，我甚至道听途说给他们编撰许多动人的故事，不算虚假但也牵强附会，这些人最后都收获了人们的敬仰，甚至各种各样的荣誉，有的提前调整职务，有的从战士提为干部，他们到现在见了我都无比亲切，彬彬有礼，我们成了很好的战友朋友。正因为这样，很多单位邀请我去他们那里采访，很多人主动给我介绍他的事迹，这些都无可厚非，就像我每天总是把脸面洗得干干净净出去见人一样，我希望大家知道我是一个热爱干净的人，一个随便可以抱起来亲吻的人。罗永鹏出离了我的生活常识，此刻，他羞怯的眼睛里有了光芒，他不再迷恋刚才令他目不转睛的电脑屏幕，他炯炯有神地望着我，试图洞穿我怯懦的窘迫。

是这样的——我给你解释一下。

我没反应过来，还在发着呆。

没有骗你，我寄八百块是有原因的。他急了。

天呐，他以为我在怀疑他。回过神来，我怕他的妄自揣测伤害了他，赶紧拨浪鼓一样摇着头说，没有没有。我表明我没有怀疑他。

似乎我的“没有”说得唐突，反而弄巧成拙了，让他更觉得我对他每月资助八百块的事情疑心，于是急切地说，那事我本来不想说的。

我望着他，不知道他的肚子里还装着什么故事。

罗永鹏的脸庞已经绯红，他觉得有必要解释清楚我的所有疑惑。他说，那都是去年这个时候的事了，那次是去外面拉沙子。本来是王俊华跟车，可他那天不知吃了什么坏东西，从早上就开始拉肚子，好不容易挨上出山一回，他不想放弃，可好几次一坐进驾驶室他就憋不住，班长就说，算了算了，别拉到驾驶室里。他就没去成，正好我在边上，郝班长就说让我跑一趟。待在山里出去不容易，挨到跟车出山，大家都高兴，能逛逛外面，买买东西，时间充裕还能在镇上吃个饭。可我不愿意出去，出去就要花钱，别看一个月三千多，只要出去两三回就不剩多少了，也没买个啥，反正钱就没了。班长说了让我去，我又不好说不去，班长比我兵龄短，人家说啥咱得听，要不然传出去会说我不支持工作，这个咱心里有数。出去一路上都顺顺当当，记得是刘开锁开的车，装完沙子，他好心问我要不要逛一会儿，我说不逛。其实能看出来，是他想逛，可一逛就要花钱，再说那个小镇也实在没啥逛的，他们有时去就是在商场里和卖东西的女孩子聊聊天，留个电话号码，山里没有信号，留了也是白留，可他们还是愿意去。去了就不能白聊天，多少得买些东西，他们都花钱大手大脚，我觉得没意思，都聊来聊去，可没有一个能跟人家处上对象的。一来二去，人家镇上的人都说了，别跟那些开车的兵打交道，都油嘴滑舌的。扯远了，反正那天我说不去，刘开锁嘴一噘说，那咱就回。一脚油门，车就往山里开了，刘开锁心里不高兴，卖我个人情我还没接住，一路上就不说话，他比我兵龄短两年，他不说话，我也没啥说的，就两不相干往回走。那个老汉是冷不丁出现在车子前面的，多亏了刘开锁眼疾手快，一脚刹车，汽车冒着黑烟停下，我一下车就吓住了，车子轮胎愣是在水泥马路上擦出一条好几米的黑线，老汉挨着车轱辘躺着，满脸是血，要是刘开锁晚踩刹车一秒钟，老汉可能就在车轱辘底下轧着了。我当时也有些腿软，上去问，大爷没事吧？老汉没说话，我也弄不清状况，就想喊刘开锁跟我一起先把人扶起来，一回头，刘开锁还在驾驶室里，白着个脸，瓷瓷地盯着我看。我说，看啥，赶快下来扶人。他这才回过神来，问我，没事吧？我说，不知道。我当时心里慌得不行，万一轧死人，那可不是闹着玩的。你说怪不怪，就在我跟刘开锁心慌意乱的时候，老汉自己站起来了，盯着我们恶狠狠地说，开的啥车嘛，咋不把我撞死呢。我心里就纳闷，老汉是不是神经有问题。刘开锁也是这么想的，他也骂老汉说，想死你也不能害我，我可不想摊上人命。老汉没事，我心就放下了，见刘开锁剑拔弩张，我赶紧把他劝住，说没出人命就好，不要再说了。刘开锁就没再说话，瞪着个眼睛回了驾驶室。老汉不解气，还在喊着说，还是部队的司机呢，连个人都撞不死，白当了几年兵了。我把老汉拉到一边问，好好的，为啥想着要被撞死？老汉说，三个儿子一个女子，我却活不起了，说起来都羞先人哩！细问，老汉也不避丑，一五一十说，四个孩子没人管他，一个月每人只给五十块钱，二百块从月初到月尾根本不够花，去找儿子儿子不管，找女儿女儿不管。养儿为防老，老了儿不管，你说还不就剩下个死？他还说，听说公家有钱，公家的车撞死了赔得多，我就想着找个公家的车撞。听这样说，刘开锁又把脑袋伸出车窗骂骂咧咧，老汉权当没听见。我问他，儿女都不管你，你要那么多赔偿钱干啥？老汉说，我写了遗嘱，钱不给他们，给我孙子。我想给老头留下一千块钱，身上没凑够，就找刘开锁借六百，刘开锁说没有，老汉听这样说，就站在车下喊，要没有这事就没完。刘开锁就借给我六百，讲清楚是借给我，连我的四百，我都给了老汉。我说，脸上的血擦一擦，上点药。老汉撩起衣襟擦擦脸说，上啥药，皮老肉糙，一点事没有。我上了车，老汉还笑眯眯地给我摇手，我说，以后可不敢这样了。老汉笑嘻嘻地说，人老了不好活，啥都说不准。他还说，我认你当儿子算了，你比我儿子亲。

在路上，刘开锁先是骂了老汉半天，说当年社会上那帮打砸抢的红卫兵，那些被严打关押过的黑社会都老了，以前是小混蛋，现在是老混蛋，这帮人活了一辈子祸害社会一辈子，应该都拉出去枪毙了。我说，你不要这样说，人在社会上张口吃饭都不容易，没有一个人生下来就愿意当坏人，各有各的难处。他说我，你太老实，社会上的许多事情根本不懂。他说的对，我高中毕业就来当兵，没接触过一天社会，外面的许多事情不懂。

刘开锁又强调了一遍，说六百块回去要还，他还有重要用处。

我说，还，一定还。

他又说了他碰到的许多坏人。他出车多，接触人的机会多，乍一听，好像他碰到的都是坏人。我和他不一样，难得出来，整天和沙子水泥石头打交道，没有那么多碰到坏人的机会，就听他说，也插不上话。

我一边听着就一边想，一个老人家，一个月两百块竟然活不下去？说句实在话，在部队十几年了，吃饭穿衣，就连理发洗澡都有人管，不用自己掏钱，在外面生活到底要多少花销我真是心里没数，就笨想，一个老汉两百块如果活不下去，我资助的一家三口凭着每月四百块肯定也不行，何况孩子还要买学习用品，买衣服，要吃喝拉撒。一想到这，我就放不下，回去我又找几个战友打听了一下，他们说一个幼儿园娃娃一个月光吃饭就得三百块，听这么说我心里就慌了，真弄不清他们这一年怎么过来的。我决定多给他们寄点钱，多少呢，我琢磨着多了也不现实，我的工资毕竟还要管家里，后来就翻一倍，从四百块变为八百块。我想着，应该差不多了。

应该够了吧？罗永鹏停住，问我。

基本生活应该没有问题。

哦，我也这样想的，那就好。他挺直的身子慢慢靠到了椅背上。

你明知道那个老人家骗你，你还给他一千块钱？

人老了，不容易。

刘开锁的钱后来还了吗？

当然还了。罗永鹏咧嘴挠挠头说，不过拖了两个月，那段时间正好我父亲住院，经济有点紧张，我就给他说晚点还。

你父亲怎么了，不严重吧？

不严重，是糖尿病，隔段时间就要住上一回院。

那你经济压力也挺大的。

还好。

你给那个老汉钱的事营里知道吗？

还能让营里知道？罗永鹏悄声说，这算是事故，如果营里知道了我和刘开锁就要受处分，肯定不能说。说完，他又凑过脑袋叮嘱我说，今天我说漏嘴了，你可千万不敢给营里说，要不然刘开锁就跟我没完。

我肯定不说。我给他保证。

……

这是一个什么样的人呢？望着眼前这个已经褪去了最开始抵触情绪的上士，我在心里给他有一个简笔的素描，他就是军营里的郭明义，没有惊天动地的事迹和慷慨激昂的语言，却溪流一样永远在默默地付出。

翻看采访本上密密麻麻的记录，我心中如同即将收割的稻穗一样因饱满而崩裂，一篇激情洋溢的新闻稿已经轮廓清晰，我为此而内心亢奋。

合上本子，我还是忍不住，小心问他，你现在成家了吗？哪有那么容易。罗永鹏咧了咧嘴，一片绯红飘上纹理分明的黝黑额头。

四

有失远迎，有失远迎。教导员风风火火进来的时候，罗永鹏离开还不到十分钟。教导员下来任职之前，是基地政治部的行管干事，和现在一样干脆利落。我毕业晚他一批，他进政治部早我一年，关系走近了，他经常叫我“莫大记者”，也经常调侃说，最近又编什么新闻了？他还在公众场合说部队的新闻都是假大空，他从来不看。我不跟他计较，干了多年这个行当，早已对各种误解和非议习以为常，别人照样说，我照样干，各行其是互不相干。可自从下到营里后，距离远了，语言却亲近了，教导员偶尔会给我打个电话，问些生活的近况，有时也问有什么可写的。他说作为一个教导员，感觉新闻报道工作还是很重要的，我给他出了几个题，时间不长，他就让下面一个指导员寄来几篇新闻稿，看了看，除了署他名字的作者姓名能用，其他无一可取，想抽时间改改，却总被其他事耽搁，再想起，就是他又一次打来电话时。他说，不知道行不行，不行就算了。我说行，回头改改。他说，要不然你到我们营采访采访，我说抽时间吧。终于，稿子没有发出来，我已经到了他们营。教导员握着我的手说，莫大记者好不容易来一次，我们慢待了。他又解释说，上午不得不参加一个总部的防汛工作电视会议。他还说，本来会议之后旅里安排统一在机关食堂就餐，但知道我在，就火急火燎赶了回来。教导员一直紧紧握着我的手。

实在不敢当。我说，我来采访本来就够麻烦你们的了，还折腾的你山上山下来回跑。我还说，你这么热情我都受不起了。

这话说的，都是老朋友了。教导员仍旧握着我的手，顺势拉着我往外走，并转头问文书，我让炊事班加两个菜加了没有？

文书嗯啊无措，吞吞吐吐说，我去看看。

算了，过去再说。教导员在工兵营长了力气，我的手痛感明显。

进饭堂的时候他腾出手来请我先进，我的手才有机会恢复自由。

现在改作风，小食堂不让进了，只能委屈大记者体验一下吃碰饭。进门左拐，在靠近里墙的地方有一张四座的制式饭桌，上面摆了五六个菜。饭堂大厅有二三十个官兵排队打饭。我扫了一眼，盆子里的菜和桌上盛在碟子里的相差无几，只是多了一盘凉拌黄瓜，一个炒鸡蛋。

营长他们呢？一落座，空荡荡的饭堂让人不好意思吃饭。

都在工地上呢。教导员说，最近施工任务紧得很，从上到下都在提防汛，任务全压在我们工兵营了，不加班加点不行啊。现在只有距离饭堂近的工点回来吃饭，远的就直接在工地上对付，就连旅里王干事今天跑得远也不回来了。知道的说我们废寝忘食干工作，不知道的还说我们慢待领导。他边说边扭头盯着一个戴白色炊事帽的士官，大声喊，王晓东，有酒没有？没等对方回应，他又喊，弄几瓶啤酒过来。话落音，他问我，咱中午也别喝白的了，喝几瓶啤的吧，权当给我们的大记者接风。

不喝不喝。我晃着脑袋说，下午还要采访呢。

采访怕啥，喝点酒才能文思泉涌。那个叫王晓东的班长把六瓶啤酒已经摆在了桌子上，教导员拿了开瓶器就要开，他说，你看人家李白喝了酒才有诗兴，不是说斗酒诗百篇么，你写文章没有酒怎么行？

真不喝。我一把抓住瓶子，竭力阻止。我常年行走部队，太清楚基层干部的无可奈何，但凡上面下来人，白天也好晚上也罢，若是在基层吃好几顿饭好说，白天不喝酒放到晚上喝，可若是只有一顿饭，那无论如何都要喝两杯的，以示对来人的重视，哪怕早餐也不例外。他们也不愿意喝，可不喝又怕落下慢待之名。此刻，我最清楚教导员心里就揣着这样的无奈，我要给他的无奈找一个理所应当的去处。我把酒瓶重新放到桌子上说，咱都是老熟人，要想喝我自会要酒，大中午的，喝了真难受。

教导员仍旧劝我，啤酒嘛，又不是白酒，来点没问题。

今天真不能喝。我坚决地说，老哥还要多多体谅。

哎呀。教导员长叹口气说，那既然你有实际情况，我也不强求了，咱们以汤代酒，多吃点菜，多吃点饭，别回了基地机关你说我舍不得酒。就这一点，回头政委主任都不放过我，你可是我们请来的贵客呢。

什么贵客，我就是你的小兄弟。

我那天虽已放快速度全神贯注吃饭，但放下碗筷时，官兵们早已走光，就剩下我和教导员。他等我的时候也没闲着，一直变换姿势掏牙缝，等我擦嘴结束战斗的时候，一眼扫去，他已经消费完四五根牙签。

怎么样啊？终于，吐出一丝牙签碎末，教导员算是掏完了牙，舌头在口腔里旋转一圈检验战果，满意，问我，我们这里有没有新闻？

当然有，我这次来可是学习了不少东西。

你看你谦虚的，学习啥啊，你来就是指导我们工作。你们从机关来啊，说大了是代表基地党委，说小了也是代表政治部党委，我们要多请示多汇报。不过咱说真的，今天第一拨参加座谈的那几个官兵都不错，是营里的骨干，思想好，工作好，带头作用发挥也好，哪个比哪个强我说不准，你肯定用新闻眼睛能看出来。这个你来评判，反正既然来了，你就一定要帮我们树一个硬邦邦的典型。人家说了，一个没有英雄的营队是创不了先进的营队，以前的工兵营是老先进，但这几年没落了，活也干了不少，可总是默默无闻，在基地挂不上号。要我说，归根结底就是没有一个叫得响的典型，这次你一来我们就有希望了，树个典型，工兵营也能一炮打响。教导员引领我走在山里的林荫小道上，夏天毒辣辣的太阳穿过层层叠叠的树冠，斑驳陆离地落在身上已经柔和许多，有小鸟在阳光里欢快地跳舞。

是啊，一个典型就是一面旗帜，大家盯着典型干工作，能形成比学赶帮超的浓厚氛围，部队也容易形成向心力，往先进行列发展。远处，官兵们已经叮叮当当地又干了起来，我问，你们中午不休息？

哪还有休息时间？除了吃喝拉撒，都在工地上，一直干到晚上十点，早上六点又得上工地。在我们这里，一日生活制度就是样子货，任务要紧，一切都要向防汛工作聚焦。教导员说，知道的说我们是光荣的工兵战士，不知道的以为我们就是背井离乡的民工，你说说，这样的部队比不上谁苦？可不管领导还是机关心里只有打仗的部队，我们这些保障部队被遗忘了。

也不能这么说，领导和机关心里都是有数的。

但愿吧。他扭过头来问，确定没有，我们工兵营哪一个能宣传出去，要不要指定出来我们再培养培养？我知道这就跟栽树一样，要剪枝修叶，这个工作我们来做，你只管大张旗鼓地给我们宣传就行。

我没来得及回应，他又说，郝大成怎样，那小子身体素质好，干活总是冲在最前面。还有杜海峰，两年没回过家了，一心扑在工作上，我也不知道这小子咋就这么敬业。还有蒋兵战，他父亲是老工兵，他是子承父业又钻到这山沟沟里受苦来了。你看看，一个个都硬邦邦。

除了郝大成，其他人我都对不上号，但他说的那些事迹我似有耳闻，大概在上午的座谈采访中，他们都讲了，我记得草草，说句实在话，这些故事也动人，但毫无新意，就像每一个营都有营长、教导员一样司空见惯。

你们那个罗永鹏不错。我说，他的事迹很感人。

哎呀，我就怕你提他。教导员一脸的无奈，摇了半天头。他说，要是我不去开会，今天绝不会安排采访罗永鹏。那个孩子怎么说呢，教导员和罗永鹏年龄相差无几，他却叫他孩子，揣测不出是居高临下还是爱之深切，他砸吧砸吧嘴唇讲道，罗永鹏是有他闪光的地方，我到营里后就收到好几封关于他的表扬信，有在水里救人的，有资助小孩上学的，有路见不平勇斗歹徒的。可怎么说呢，我讲的不负责任点，这就是他个人的事情，跟单位建设又有什么关系呢？顶多算个好人好事表扬一下，完全算不上典型。工兵营的典型我觉得就是那些五公里越野跑在最前面的，理论考核在基地拔尖的，专业比武能摘金夺银的，就算不能样样占全，但起码也得占住一样两样，这样官兵才心服口服，才认可你当这个典型。可罗永鹏呢，咱实话实说，是样样走不到前面，还有一点你可能不掌握，他现在还是个群众，知道吧，连党员都不是。你说，党指挥下的工兵营的典型怎么能连党员都不是呢？这不是开玩笑嘛，那么多党员的脸还能挂得住？

这一点我倒是没想到，一个光想着干活，又做了那么多好事的上士竟然没有入党。禁不住疑惑，我问教导员原因。他摇摇头说，你只看到了罗永鹏的优点，他缺点也有很多，就是这些缺点制约了他。

他有什么缺点啊，有那么严重？

他在学习上非常懒惰。教导员望我一眼，继续沿着蜿蜒的林荫小路朝山上走。你知道吧，我到营里的第一件事就是抓了主题教育，当时搞了“三个一工程”，就是把教材领学一遍，把要点背记一遍，把难点抽考一遍。旅里转发了我们“三个一工程”的经验，影响挺大，就连基地政委都点名说我们的做法好，走在了全基地乃至全二炮的前列。为了在基地部队推广，就派了考核组来测评效果到底怎么样，当时随机抽点五十个人参加应知应会考核。对此我是有信心的，因为我们之前搞过多次这样的测评，回回都是多少人参加多少人满分。那回坏就坏在抽到了罗永鹏，你猜怎么着，四十九个人都是满分，唯独他一百分的卷子答了四十二分，你说，一个要树为主题教育典型的单位里竟有百分之二的人不及格，就因为罗永鹏的这个四十二分，当典型的事就黄了，我们全营大半年也算白忙活。教导员扭过头来问，你说，这样的人损害了集体的荣誉，不是害群之马吗？

教导员说的事情我略知一二，当时我们宣传处的处长就是考核组成员，出发前他已经叮嘱我了，说猛虎旅的工兵营主题教育搞得不错，这次考核完了会有一个经验材料，让我到时根据经验材料写个新闻稿在报纸上宣传一下。这种工作性报道在我是小儿科，把材料改巴改巴就是一篇标准的新闻稿，我就等着处长回来把材料给我。可处长回来就没了音，我也忘了问，一来二去事情就黄了。今天提起，才弄清曲里拐弯的前因后果。

我不明白为什么每回都是全员满分，到了考核组测评就出现了罗永鹏的四十二分，那么以前罗永鹏考多少？难道是他故意捣乱？一连串问题提出来时，教导员连连叹气说，也怪我大意了，刚到营里，对罗永鹏的情况还不太了解。几回营里组织测评，他要么在工地上值班，要么就学雷锋去对口援建村看望孤寡老人，我想着，这么进取的一个老兵，肯定没问题，结果后悔莫及啊，没想到偏偏就是这个罗永鹏让我们的努力功亏一篑。

我清楚令人憋屈的四十二分事件只是个意外，前面罗永鹏红着脸说过的，念不进去书才来当兵，我理解他能够通过吃苦耐劳当一个搬石头的好兵，却对学习考试一类事情无能为力。如果提倡术业有专攻，就应该认可罗永鹏的吃苦耐劳，也认可他在学习上的无能为力，这是他所不能改变的客观存在。我能意识到，教导员觉得那次测评能不能考满分完全是态度问题，尊重教导员，珍惜集体荣誉，就一定能考满分，不考满分就是心怀叵测。结果罗永鹏不合时宜地只考了四十二分，他在叫板这个集体的荣誉。

虽然罗永鹏对此事的叙说只是只言片语，但我理解他的难处就和理解我当年许多勤勤恳恳的高中同学考不上大学一样。人不是工厂里的零件，不可能等量齐观整齐划一，要承认人与人之间的差异性，允许有的人优秀，有的人落后，正是因为有了落后才能彰显优秀，没有落后就没有优秀，鼓励落后变为优秀，却不能从生活中剔除落后的基因。以上饶舌半天，我只是想替罗永鹏说句公道话，可教导员一声叹息，把我所有努力都化为乌有。

教导员坚定地把罗永鹏当作他“三个一工程”破产的罪魁祸首，即使罗永鹏做了很多好事，赢得了许多赞誉甚至是寄到营里的感谢信，但这和教导员又有什么关系呢？他可以让罗永鹏请几天假去做报告，也可以默许他当校外辅导员，却决不允许他成为工兵营的典型，工兵营的典型必须把自己的贡献紧紧地与工兵营的荣誉绑在一起，一荣俱荣，一损俱损。

往回折返的时候，教导员刻意回避了罗永鹏的话题，他又说到前面提过的郝大成、杜海峰、蒋兵战，他说这些人肯定比雄狮旅的贾功晨优秀。贾功晨在探家的火车上把一个脑溢血病人背到了医院，家属没来，他就预先垫付医药费，后来又不留名离开，病人家属几经打听才找到部队。当时的基地政委认为贾功晨是新形势下弘扬雷锋精神的典型，就组织我们进行了宣传，后来贾功晨立了二等功，提了干。教导员说，贾功晨那个营的教导员和我一批毕业，就因为培养了贾功晨这个典型，竟然都调副团了。

我还想替罗永鹏辩驳几句，未及张口，却见王干事带着勇士车在尘土飞扬中颠簸而来，车子没停稳，他就蹦下来满头大汗地说，莫干事实在不好意思，本来想陪你在营里待上两天的，可旅里有事让赶紧回去，也不知道你采访的怎么样了。不行你再采访一天，我们明天来接你。

机关干事辛苦，说难听点就像关中平原上追兔子的细狗，领导思想的兔子窜到哪里，干事就得马不停蹄追到哪里，没有半点回旋和折中的余地。都当干事，我自然明白王干事的苦衷，虽然教导员接过王干事的话一再希望我留下来，说还有许多事情要向我当面汇报，并说不用旅里派车，明天上午他会亲自带车把我送到基地机关，还热情提议说，好久不见，晚上要好好喝两杯。我明白客走主人安的道理，谢绝好意，坚持上了勇士车。

一路上，王干事都在盘点他的调查问卷，分了三沓，一沓义务兵、一沓士官、一沓干部，数了好几遍，干部一沓和义务兵一沓都多了，只有士官一沓少了，这是一份分层次摸情况的问卷，数了好几遍都不对，王干事就一张一张核对，对了半小时，再数一次，这下他松口气，每沓都正好。

把问卷装进文件袋里，王干事这才有工夫扭过头来问我上午采访的情况。我流水说了一遍，又把罗永鹏的故事给他讲了讲。他说，罗永鹏我太熟了，他当时就在我们连。又问我，还有没有采访其他人？我如实相告。

王干事问我，那你想好没有，准备写什么？

我说，罗永鹏是一个有故事的人，写好了，不光在全基地全二炮，就算在全军全国也是有典型示范意义的。你想想，一个老兵没有任何原因，无私忘我地爱别人，在当下这个老人跌倒都没人敢扶的大的社会背景下，我们都在希望有这样的人站出来，呼唤一种品行的回归，彰显一种道德的力量。我如此讲述，也有这样的信心把罗永鹏的故事精彩绝伦地写出来。

可是。王干事说，罗永鹏其他方面怕不过硬。

你说的是他应知应会测试分数低吧？

不光是这。王干事说，工兵营有个不成文的规定，老士官都是技术工种，中士以下才干搬石头、扛沙子的重活，可罗永鹏是工兵营唯一一个整天搬石头的上士，你知道为什么吗？

还能为什么，他不计较，不怕吃苦。

我开始也这样认为。王干事说，其实不是，说句实在话，哪个兵不愿意干技术工种？就算说出共产主义来，大太阳底下搬石头也不算什么好差事，罗永鹏也不可能心甘情愿十几年就搬石头。你也看到了，罗永鹏这个老兵平时听招呼，朴素老实，营里也从不亏待老实人，据我所知，十年前就培养他开卡车，可他是扶不起的阿斗，握着方向盘左右都分不清，剐蹭了几次，撞了两次，营里怕出事故，又让他回去搬石头。搬了几年，换了营长，又让他去开翻斗车，他也学得认真，可就是榆木脑袋，只学不会，开着一翻斗石头愣是栽到了河道里，石头在车上面，车在他上面，差点没把命搭上，后来再没敢让他动过机械，只能老老实实搬石头。按理说，没有技术的兵把下士、中士干完就得复员，可就因为他人好老实，就留了下来，但现在这社会吧，好人顶啥用，要能干活才行，你说是吧。

这样啊。我真没想到罗永鹏在工兵营竟是一个大名鼎鼎的人物，每个人提起他都有一大串的故事，都知道他天上星星一样繁多的好人好事，却都对这种古道热肠持否定态度。在他们眼里，他是一个好人，却算不上一个好兵，工兵营竭力想让我报道的是一个好兵，不是罗永鹏。

可是。我说，世界本来就是丰富多彩的，我们不能在夸奖醋酸的同时去否定盐咸，他在其他方面的不足与他道德的高尚并不矛盾。我们现在想做的事情就是宣传他道德的高尚，我们没必要让他成为一个红旗车驾驶员，这样的驾驶员在基地比比皆是，甚至在工兵营都能抓出一大把，可是罗永鹏这样的典型却是仅此一个，因为稀缺所以珍贵。他是在工兵营和猛虎旅成长起来的，放大了说是在基地成长起来的，宣传了他的崇高境界，某种意义上就是宣传了旅里和营里，也是宣传了基地。如果这个典型的宣传能走出二炮走向全军甚至全国，其影响力远远超过去年的贾功晨。

从心底里讲，与其说我在说服王干事，不如说是我在尝试说服自己，我在找一个有力的辩论者，否定宣传罗永鹏的辩论者，如果我能说服对方，就证明我宣传罗永鹏具有不可辩驳的正确性。我问王干事，你说对不对?

首长，我插个话。很遗憾，没等王干事表态，一路上默默无闻开着车的司机班长开了口。他说，我以前和罗永鹏是一个排的，也算挺熟，说句掏心窝子话，罗永鹏就是那种社会上的老好人，好说话得很，也不得罪谁，但是工作能力确实不行，当了几天班长啥也管不了，谁也管不住，最后就撤了。要我说，他们那一批兵里哪个都比他强，尤其是2002年那批山东兵，个个都是早早入党早早当骨干，有的提了干，有的考了学，留下来的现在也都是绝对的工兵营骨干，像我们排以前的刘东海、姜小鹏，那没得说，都是大家服气的。你要是宣传典型，我觉得你真可以宣传一下刘东海和姜小鹏，当然了，如果只能宣传一个，我觉得刘东海更全面一些。首长，真的，不是说我是山东的就说山东兵好，你真的可以好好去考察一下。

司机班长的话我得接住，于是说，好，有时间去找他们聊聊。

王干事笑了笑，没说话。这么一岔，刚才的话题也不了了之。

猛虎旅旅部距离基地机关大院不到两里地，车子先到猛虎旅，旅里政治部李主任早在院子里等着了。李主任前年还是我们宣传处的副处长，后来到一个团级单位当主任，转了一圈又到猛虎旅当主任，解决了正团。一见面，我就向他提出宣传罗永鹏的事，李主任一听，未等我把前前后后讲上一遍，就委婉否决说，罗永鹏不错，但是当典型还是弱了点。

我太了解李主任，他这样一定调，后面的事情基本没法说。

李主任强留一起吃晚饭，我以处里有事为由推脱。

坐在办公室里，我一直在想，凭什么让一个新时代的雷锋既要在理论测试中考高分，又要当红旗车驾驶员，就算一无是处的人，也应该有道德高尚的权利，难道心无旁骛地做了一大串好事就不值得称道和宣扬吗?

我觉得罗永鹏是现阶段最可爱的人，我下定决心要把他的事迹写出来。

五

那天早上并没有什么特别之处，六点钟我准时起床，隔着双层玻璃看着外面雾蒙蒙的天，以为要下雨。洗漱完毕吃过早点，云开雾散，东方的鱼肚皮又慢悠悠地亮了出来。我精神抖擞，背上腰包穿上运动鞋就出发了。从我身边穿梭而过的是一辆接一辆的汽车，就像奔跑在铁轨上的火车车厢之间没有空隙，一辆又一辆，后面还有一辆。幸好，马路边上的步行道足够宽敞，我用不着和那些喝汽油排脏气的大家伙争地盘。徒步上班是一件趣味盎然的事情，唯一让我心有余悸的是到单位去必须穿过这条可恶的马路，每天早上都要在像火车车厢一样连接严密的车龙里找到一丝缝隙，提心吊胆地冲过去，那个瞬间，我经受着一辆辆极速而过的车辆横冲直撞而来的恐惧。我的恐惧不是无缘由的，今年才过去了六个月，这条路上已经出了十几次车祸，据我所知死了三个人。我曾经一遍又一遍拨通市长热线，调侃那个女接线员说，我又死里逃生了一回，她警告我，市长热线带录音的，每个人都要对自己的讲话负责任。我说，市政府首先要对人民群众的生命负责任。总是在这样的开始中，我言辞激烈地要求他们给市长建议在那条路上修个过街天桥，每一次她都会说，我们一定会把这个情况反映给市长。一年前这样，一年后仍这样，唯一不同的就是现在我只要一打过去电话，对方就会说，先生您好，天桥的事我们已经汇报市长，有关部门正在研究解决。可事实上，天桥连影子都没见，车祸却在隔三岔五地发生。后来我也懒得理他们了，腾出打电话时间，能写一篇四百字的消息稿件，若发表出来，就有二十元的稿费，够我吃一碗老孙家羊肉泡馍了。

没有天桥，日子还要继续，对于我来说，只是轻松欢快的清晨时光加入了一些惊心动魄的元素。我担心的是那些晨练的老人，他们热爱早晨的太阳就像热爱自己的子女一样不离不弃，可他们穿越车水马龙的公路比我更艰难，也更危险。之前的事故中，受害者百分之百都是老年人。

那天的意外的确让人心情沮丧。远远的，我就看到有人围观，走近，才发现一个银色头发的老奶奶倒在了马路上，红色福克斯轿车的前灯一闪一闪，三十多岁的女人貌似车主，焦急地打着电话，有的拨通了，有的没拨通，打完一个又打一个，路的对面，一条黄色皮毛的京巴狗落寞地眺望着。我猜测，狗和老奶奶一起过马路，狗过去了，老奶奶却留在了路中央。

快送医院吧。

已经打了一二〇。

人怕伤得挺重。

还得等医生来，要不然家属来了说不清。

不知道闯祸女人拨打的一连串电话里有没有一二〇，老太太痛苦地倒在马路上，脸部挨着地面的地方聚起一摊鲜血，偶尔，她轻微地抽搐一下。有人说，这么大年纪了咋受这罪？还有人说，但愿能挺过去。

走过马路再过一条街，就是我们部队的三甲医院，我当时就有抱起老人直接去医院的冲动，但只是冲动了一下，迅疾就退缩了，我害怕在这过程中老奶奶病情加重，我怕我垫付的医药费到时要不回来，我怕老奶奶的家属把撞伤老奶奶的账算到我的头上……一想就是一脑门子汗，我垂着双手在围观。英雄不是谁都能做的，要有迎接千军万马的担当，在此之前我以为我能成为一个断然出手的英雄，此刻才知道，我还差得很远。

哎呀，老太太不动了。

救护车再不来就危险了。

这个女的到底打没打一二〇。

接连有人摸出手机打电话，挂了就说，救护车马上到。

五分钟，十分钟，救护车还是没到。

为了不显得夸张，我一直避免这样描述，但为了更贴切地反映实际情况，我决定实话实说。真不可思议，正听他们讲话呢，有一个瞬间，突然的，我脑袋就像被高压电流击中一样，一阵眩晕，眩晕中罗永鹏出现了，一幕一幕的，脑中就浮现出那天他和我在营部对话的场景。他给我讲述他救火、资助孩子、给老汉钱，他每讲一段，那些场景就会莫名其妙地活跃在我的脑海里，放电影一样清晰真切。我问自己，如果此刻罗永鹏在场会怎样？他是那样的好，我当然知道他会怎样，所以不再犹豫，我感觉自己那一刻就是罗永鹏，我像结实的罗永鹏一样抱起老奶奶一路狂奔向医院。你不要以为我在复制经典英雄小说里的故事，这是千真万确的人生经历。

当一回好人其实并不像我预想的那样危机四伏，老奶奶多处骨折，卧床休养一段时间即可出院。他的子女通情达理，第一时间偿付了我垫付的医药费，并且说要登门道谢；闯祸的女司机也感激涕零说多亏了我。那一天，不，那一个星期，我的状态好极了，我一直处在幸福欢快的情绪中。

我突然顿悟般理解了罗永鹏为什么在坚持不懈地做好事。只是遗憾，那回采访完我并没有坚持到底把他的事迹写出来，而是写了一篇反映工兵营群体事迹的稿件，发在报纸头条，颇有影响，现摘录如下——

“钢铁尖兵”的传说

——探秘猛虎旅工兵营

日前，记者走进素有“钢铁尖兵”之称的猛虎旅工兵营，亲眼见到钢铁般的力量。

刚到的三十吨水泥，十余名官兵手抱肩扛，不到半小时，就在二十米外码放整齐；大雨中浇注混凝土，在没有大型器械的情况下，四十多名官兵徒手传递，连续施工十多个小时封顶竣工；被战友称为“铁牛”的上士蒋兵战，每天徒手加工两指粗的钢筋一百五十根、一指粗的钢筋几百根……

面对记者的褒扬，这些灰头土面的钢铁工兵几乎都是不好意思地摆手，又口吻一致地说，我这不算啥，战友比我更过硬。

官兵口中的“战友”有营领导，有各级骨干，还有当兵不满两年的义务兵，但全营官兵有着同样的标签——工作中忘我投入，永不知倦。

中士郝大成说，有一回我到靶场找连长张西虹，半天不见人，后来见一脸油污的他从吊车下面钻出来，想不到堂堂连长自己动手修吊车。

下士杜海峰说，那一年我们修建飞机场坪，班长张战兵腰上有伤，虽然疼得额头上汗珠子汇成小溪，却坚持带着大家忙活了一整晚，直到高标准把活干完。

上士罗永鹏说，上回拉沙，半路上堵车，车流一眼望不到头，我让当时还是副营长的刘建伟眯一会儿，他嘴上答应得好好的，却一会儿到前面探路况，一会儿下来看车况，通宵未眠……

记者接触到的官兵，每人口中都有故事，心中都有榜样。正是因为有了张西虹的敬业，郝大成才坚定了干一行爱一行的认识；正是因为有了刘建伟、张战兵的负责，杜海峰、罗永鹏才更加明白干工作要有担当；正是因为每名官兵心中都有一个榜样，他们在成长进步中才有镜子，有标杆，有目标，有追求。

营长郭家平的话最朴实，干好工作哪有什么秘诀？一个看着一个干，一个比着一个干。都是两个肩膀扛个脑袋，我就不能比你差！

几句话道出了工兵不畏艰辛、执着奉献的根源。一代代工兵营官兵身体力行营造了比学赶帮干事业的氛围，这种氛围又激励更多的工兵投身“强军梦”，引导他们心向往之，身践行之……

稿子写好后，翻来覆去不得劲，更觉得对不住感动了我的罗永鹏，最后虽然心有疑虑，但我还是在文章中点了罗永鹏的名字，算是对他有个交代。我明白，这个交代有自欺欺人的成分，只等待某个时候能够弥补。

一个偶然的机会，我在植物园里见到了和我办公室窗外一模一样的植物，不同在于，这里的植物挂有标志牌。我迫不及待地凑上前去，见上面写着名称：石兰；学科：乔木类；习性：易成活、抗旱、四季常青、八月开花、味香。一块白云挂在蓝蓝的天上，空气清新，天高气爽。

夏天的早晨总是充满了活力四射的希望。树冠肆意铺展的石兰上，又有鸟儿在追逐嬉戏，它们飞上飞下，飞前飞后，却飞不出石兰的树冠，也飞不出我的视野，我猜测，羽毛上有花斑的应是女鸟，另一个是男鸟。无法验证，我就权当这是事实，男鸟要主动一些，女鸟却更加欢乐。

丁零零的电话声响起时，今天的鸟儿竟没有一只逃跑，它们像听到号令一般整齐划一地停止了追逐嬉戏，静静站立在枝头上，伸出小巧精致的毛茸茸脑袋，似乎在全神贯注地关切着，电话从哪里来，到底要说什么。

出乎意料，竟然是马政委。

马政委又一次邀请我到工兵营，他说工兵营月初上报罗永鹏作为今年重点宣传的典型，旅里经过研究，肯定了罗永鹏是“强军路上的新时代雷锋”，已经批准工兵营请示，下一步要报基地政治部审批，如果乐观，下半年就要大张旗鼓地进行宣传，现在征询我的意见，请我再去一趟工兵营，帮助梳理和撰写《罗永鹏故事集》。他问我，不知道行还是不行？

我忘记了怎么答复，只记得瞬间照来一缕明晃晃的阳光，穿越千万里云层坚定地打在窗户上，我如坠聚光灯柱里一般梦幻恍惚。窗外，鸟儿们早已停止了聆听，又在石兰树冠上跳跃了起来，轻盈欢快，啾啾有声。

2014年6月6日于左岸斋

驶向禁区

一

过了分水岭，七月闷热的空气就像开闸的洪水涌进车厢，罗凯南下意识地松开了夏常服上衣短袖的第二个扣子，手尚未落下，一连串带着浓重困意的哈欠就侵袭而来，合上红口白牙的嘴巴，他顺势躺倒在椅背上，就在即将睡着的当口，老黄海汽车一个急转弯将他摇醒。抬起迷蒙的脑袋想了半天，罗凯南才记起这会儿正坐在出山的班车上。

看四周，战友们多半昏昏欲睡，少半在看窗外的风景，挨他坐着的干部股李干事这会儿也退却了起初的兴奋，手托下巴打起盹来。罗凯南已经睡意全无，想看风景，那个揪心的问题却又一次攀上心头，到底去还是不去呢？罗凯南砸吧着嘴唇，迟疑不决。窗外，风景如画，依次退去。

从下午两点到三点发车，团政治处的王主任就一直在给罗凯南叮嘱两件事：一是保证新学员的安全，二是保证李干事的安全。王主任说完一遍，罗凯南就承诺一遍说，主任放心，肯定没问题。主任接着叮嘱，安全工作抓不好，一切等于零。罗凯南继续承诺，主任放心，我们保证安全回来。主任又说，所以干什么都要想得周到做得仔细。罗凯南一个劲点头“嗯嗯嗯”，主任又说……说着说着就到了三点，主任说，好了，该说的我都说到了，你赶紧上车吧，又叮嘱李干事，一切都听罗营长的。

聆听王主任叮嘱之前，罗凯南有一件紧要的事情，就是到团部前面的河里给四岁大的儿子萝卜头抓一条小鲤鱼。萝卜头说过，养一条山里的小鲤鱼，就算经常看不见爸爸，看到小鲤鱼，也能想起爸爸。小萝卜头的一番童言让罗凯南很感动，当时最大的念想就是赶紧抓条能让萝卜头想起自己的小鲤鱼。这是去年秋天的事。回到团里，任务一个接一个，等罗凯南有时间出山回家的时候，河已经冰封。罗凯南想着，冬天来了，春天还会远吗？一等，就等到了春天，可春天他只出过一次山，还是到别处执行任务，小鲤鱼的事也就搁置了。这次的出山事发突然，正猫在阵地里进行线路改造，冷不丁就被政治处王主任招了去，中心就一件事，对罗凯南而言却是有喜有忧。喜的是提前半年晋升正营职，忧的是必须离开干了八年的老单位，从电力营副营长乾坤大挪移到一座大山相隔的警卫营当营长。此次主任召见不是征询意见，而是正式通知。就这样，组织程序尚未全套履行，罗凯南就以警卫营长的身份领受任务，带着干部股的李干事到皖水市接刚刚大学毕业特招到团里的新学员。一听能出山，罗凯南想到的第一件事就是萝卜头的小鲤鱼，简单收拾一下就往外走。已经看到团部门前那条欢快奔腾的小河了，他知道那里面有许多自由自在的小鲤鱼，只是不知道哪一条会成为萝卜头的新朋友，他觉得抓上两条或者三条更好一些，萝卜头高兴，小鲤鱼们也互相有个伴。可就在这时，王主任出现在了宿舍楼门口，罗凯南不确定王主任专门在等他，还是偶然碰到，这些其实都不重要，重要的是王主任一番谆谆教诲给他捉鱼的念头打了个死结。

周末班车是团里所在的深山禁区通往皖水市的重要交通工具，每周一班，周五下午出山，周日下午进山。符合请假条件的官兵都可以在周末坐班车出山，虽说团里符合外出条件的官兵不下两百人，但繁重的任务加上星罗棋布的值班要素，能够趁周末脱身出趟山的，满打满算也没超出过一车人。团里到皖水市的直线距离不足两百里，但每一回，班车都要走上三四个小时，不是司机技术不行，而是山路太难走，狭窄，陡峭。罗凯南印象最深的是冬天下过雪后，坐着班车出山，随处可见翻进山沟里的大卡车、小汽车、农用三轮车，有时候发生事故阻碍交通，一堵就是一天，最严重的一次是前年冬天，整整堵了两天，道路畅通后，归队时间也到了，车子未去皖水市，直接掉头又开回了团里。团里的司机让人放心，不管车子多颠簸，山路多险峻，都没出过事故，剐蹭都不曾有，更不要说翻车，所以纵是再艰险的路段，官兵们都不紧张，他们信得过司机班长手里的方向盘。

李干事晚罗凯南几年从政治学院毕业，在警卫营的哨所当了三个月排长，因为政工干部短缺，就提前到政治处帮助工作。禁区的团里有规定，家属或对象不在市区的不能出山享受周末双休，李干事二十郎当，可一没对象二没家属，除两次因执行任务与繁华的皖水擦肩而过外，没进过市里。主任对他此次执行任务一大堆的不放心，可又没有其他人可派，只能一个劲地把安全担子压到罗凯南身上。罗凯南和李干事虽认识但无深交，以前只是见面打个招呼，罗凯南知道他是政治处的干事，也知道外出请假都是将请假条交给他，他再逐级上报审批。罗凯南请假少，两人打交道自然不多。李干事却热情，每次老远见了罗凯南就亲切地喊一声“罗营长好”，罗凯南这个副营长对于如此大张声势地被叫成营长有些不自然，副营长就是副营长，去掉“副”字让他有一种行窃沾光的窘迫，但又不便为此事专门纠正李干事，每到这个时候，罗凯南习惯地微笑着点一下头，也就过去了。

这一次再叫罗营长，罗凯南就坦然许多，早前那种名不正言不顺的窘迫也荡然无存。车子启动后，李干事就主动和罗凯南热络地聊开了。李干事说，罗营长，我还是你的兵呢。罗凯南知道李干事是说曾经在警卫营哨所干过三个月的旧事。罗凯南说，现在你可是团里的大干事，以后还要多多指导我们警卫营的工作。李干事顺着罗凯南的话，谦虚地说，什么指导不指导的，按年龄你算是大哥，工作事小，兄弟感情事大，干部股有什么事你以后打个招呼就行。罗凯南应和着李干事“嗯”了一声，“啊”了一声，连他自己都弄不准表达出了什么意思，李干事却似意会，回以微笑。

看到望夫石的刹那，罗凯南突然有一种叫停汽车的冲动，但这种冲动只是在脑子里闪了一下，随即就被理智驱赶开。望夫石是不知哪一年从山上掉在路边的一块大石头，数年的风吹雨淋，愣是鬼斧神工雕凿出一个女性的轮廓。路经此地的官兵说，这就是一个想念丈夫的军嫂，不能相见只能日日在此守望，遂为其取名望夫石。团里所在大山是名副其实的军事禁区，从选点驻扎开始，外人概莫能入。一茬茬的军嫂只能是随军不随队，远远住在皖水市里，等待深山里的丈夫一月两月或者半年探家一次。时间能将所有的不能忍受慢慢雕琢成习惯，官兵们习惯了，军嫂们也习惯了。此刻，罗凯南关注的重点不是望夫石，而是望夫石隔路相望的那一潭碧水，还是八年前刚毕业的时候，戴着红牌学员肩章的罗凯南第一次进山，带队的干部看时间尚早，便在此停留，给新学员讲望夫石的典故。亢奋难耐的罗凯南却意外在溪水汇聚的池塘里发现一条条活泼的鲤鱼，甚是兴奋，却没敢声张，怕扰了带队干部讲解望夫石的兴致，只静静观望那一条条美丽鲤鱼摆动纱袖一样的尾巴，从深水到浅水，从此岸到彼岸。一晃八年，他竟再没有在此停留过，但小鲤鱼摆动尾巴的画面却深深印在了罗凯南的脑海里。一瞬间，摆动尾巴的小鲤鱼就和萝卜头的小鲤鱼相遇了，他想在这潭碧水里为萝卜头找一个新朋友。可一车人呢？罗凯南终究没有喊出口。

车子驶过弯急路窄的风雷谷就算是出了山，前面是一马平川的宽阔马路，老黄海也焕发出勃勃生机，展现出风驰电掣的强劲动力。傍晚六点钟不到，就抵达基地家属院门口。遵循王主任的命令，罗凯南准备先安全把第一次到皖水的李干事送到团里设在基地家属院的联合办事处，可李干事坚决不同意，说自己又不是三岁的小孩子，罗凯南坚持不过，就离开家属院，朝住在商品房小区的家里赶。明天开始，新学员就会陆续到联办报到，他和李干事要负责安排好食宿，并于周日带着学员乘大轿子返回团里。

赶快走吧，嫂子都等急了。看着频频回首的罗凯南，李干事催促说，明天早上你也不用急着赶来，这边有我呢。走得太远，罗凯南并没有听清李干事说什么，摆一摆手作别，李干事也摆手，注视着罗凯南离开。

坐到出租车里，罗凯南又想起了萝卜头的小鲤鱼，转头叮嘱司机说，到最近的花鸟市场。司机迟疑一下，嘟囔说，已经这个时候，早都关了门。罗凯南说，说不定呢，去看看再说。司机一脚油门，车子飞驰而去。

二

摁了两通门铃，里面却没有丝毫动静。罗凯南开始摸钥匙，左裤兜没有，右裤兜也没有，就把装鱼的塑料袋挂在门把手上，卸下背肩包，开始寻找装在里面的手包，家里的钥匙难得用上一回，若找不见，肯定是夹在手包里。就在罗凯南低头翻寻之际，门从里面“哐当”打开了。随着门把手扭转，装鱼的塑料袋应声掉落，流水兵分两路，一路朝外流向楼梯，一路贴着木地板缓缓向内。两条金鱼惊恐地躺在地上竭力摆动尾鳍。

妻子刘美丽的突然出现惊了罗凯南一跳，不过来不及多说，他背肩包都没来得及拿，就冲进卫生间取出拖把，刚把拖把头杵进水里，又被两条垂死挣扎的金鱼提醒，跑进厨房拿起一个塑料盆子接水。刘美丽喊叫说，你干吗？那是拌菜的盆子。罗凯南没理会，接上水，把两条金鱼小心翼翼放了进去。一进入盆子，金鱼刚才的窘迫相荡然无存，又恢复了龙腾虎跃。罗凯南放下金鱼，开始清理里面的木地板，接着是外面的瓷砖地面和楼梯。关门拎包进来的时候，刘美丽站在原地冷冷望着他。

咋了？倒像是没见过一样，这样直愣愣地看。罗凯南强作轻松，点一下刘美丽的鼻尖，刘美丽不耐烦地把头扭向一边，仍旧那样看着罗凯南。罗凯南视而不见，放下包，到卧室更衣，到卫生间擦洗。

再回到客厅的罗凯南四处环视，想寻个合适的地方把金鱼放起来，试了几次，茶几不行，饭桌不行，冰箱顶上也不行。他自言自语说，明天得买个鱼缸回来。又问刘美丽，你说说，鱼缸放哪里合适？

你到底去还是不去？刘美丽冷冷抛出这句话的时候，目光像探照灯一样逼视着罗凯南。从开门见到罗凯南那一刻起，她就把这句话像上膛的子弹一样放到了嘴边，忙活半天，罗凯南并没有给她发问的机会。

容我再想想。罗凯南暂时把装金鱼的盆子放在饭桌上，见金鱼浮在水上一动不动，便伸出指头搅动一下，受到惊吓的金鱼开始乱窜。

想想，想想，老是想想，你都想想多长时间了，难道还没想明白？刘美丽温文尔雅的女低音一遇到激动情绪干扰，就变频为男中音，夹杂着嗓子撕裂的聒噪。她尽量在克制自己的情绪和声音，显然，她清楚自己的弱点所在，即使此刻，她也不乐意任何人听见自己变频的声音。

这是个大事情，我的意思是——罗凯南温婉地望着刘美丽，尽量平复她的情绪。她对他激动，就说明她重视他，在乎他，这一切他懂得。

当然是大事情，要不是大事情我还用等待你的同意和批准吗？刘美丽压低了声音，但能听出来，她的愤怒和不满正从鼻腔里汩汩而出。

门铃响起的同时，外面也响起萝卜头喊刘美丽的声音。罗凯南打开门，邻居牛秀娟正一手牵着一个孩子站在门口，见罗凯南开门，惊讶地对萝卜头说，看这是谁回来了，还认识不？萝卜头羞怯地望着罗凯南，罗凯南做出抱他的姿势，萝卜头才高兴地投进罗凯南的怀里，得意扬扬地望着牛秀娟的女儿金豆豆。金豆豆却笑萝卜头说，小孩子才让爸爸抱呢。听这样说，萝卜头就挣扎着从罗凯南的身上下来，冲进门里找妈妈。

刘美丽和牛秀娟同住一楼，本不认识，直到给萝卜头和金豆豆在幼儿园报名时遇见闲聊，才知道两家竟是隔壁，几年时间进进出出竟然从未碰到过，真是天下神奇，世风拘谨。搭上线了，慢慢就熟络起来，每日接送孩子同去同回，后来牛秀娟提议，为了节省人力成本，索性两人轮流接俩孩子，一人一周。刘美丽当然没有异议，遂达成协议。

萝卜头人小，记性却不差，等罗凯南关门进来，他首先惦记的就是小鲤鱼。罗凯南指指桌上的盆子说，喏，你看看那里面。小家伙一把抓住盆沿就往怀里拉。罗凯南一边喊着慢点，一边凑上前去护住盆子，怕被萝卜头拉掉在地上。踮着脚看一眼，萝卜头就不高兴地说，咦，咋是金鱼？

鲤鱼金鱼都是鱼，差不了多少。罗凯南把盆子重新推到饭桌中央，半蹲下身子，眼睛对眼睛给萝卜头解释，金鱼还比鲤鱼更好看呢，你瞧，红色的脊背，红色的尾巴，多么漂亮啊。这样说着，他心里先过意不去，儿子说了，要看见山里的小鲤鱼才能想起他，而自己，却拿买来的小金鱼糊弄，满心的惭愧变成一坨绯红，飞快地印在了脸上。

不一样就是不一样。萝卜头较了真，气呼呼板起脸来，金鱼不是鲤鱼，我不要金鱼，就要鲤鱼，就要鲤鱼。委屈引出了一串眼泪。

罗凯南一时手足无措，望一眼刘美丽，刘美丽与他横眉冷对。怕萝卜头犯脾气打倒盆子，罗凯南站起身把盆子又往里面挪了挪。转身的时候，刘美丽已经抱起萝卜头去了卧室，砰的一声，把独独一个罗凯南甩在了门外。无可奈何望一眼赭红色的木门，罗凯南系上围裙进了厨房。

金鱼死了，金鱼死了。正在清洗碗筷的罗凯南跑出来时，两条金鱼已经齐刷刷翻着浅红色的肚皮，一动不动，任凭指点。望一眼视若无睹的刘美丽，她全没有关注儿子的喊叫，也没有关心两条金鱼为什么会突然死去。萝卜头好像很讨厌这两条鲜活生命的到来，金鱼的死去给他带来了明显的快乐。突然，罗凯南鼻子一酸，他仰起头，掩藏了心中的难受。

两个月没有回家，躺在床上，刘美丽却给了罗凯南一个穿着黑色睡衣的脊背，罗凯南按捺不住，扳了两次，却没有将刘美丽扳过身来。刘美丽还是那句话，到底去还是不去？罗凯南不知道怎样回答，也就没有应声，两个脊背在暗夜里就像两支对垒的军队，两相无言，浸于沉默。罗凯南胡思乱想睡不着，就欠起身子，打开台灯，拿起一本《人民文学》翻看。

刘美丽是罗凯南理工大学的同学，大一相识，大二相恋，从他们自由组合到一起开始，就被公认为是理工大学最郎才女貌的一对。刘美丽死心塌地跟了罗凯南就像一个忠实的股民选了一支自认为一枝独秀的股票，罗凯南很长一段时间也的确给了刘美丽这种积极向上的成就感。他是学生会主席，他得全额奖学金，他参加全省的英语口语竞赛，他的优秀常常令她折服。刘美丽经常面对墙壁联想，就算罗凯南是别人的男朋友，洞察了他的优秀，她也会使尽手段把罗凯南变为自己的男朋友，对优秀男生的渴望就像对高档化妆品的渴望一样，能够给女人带来美丽，也能给女人带来力量。没有人敢否认罗凯南是那一届乃至整个理工大学最优秀的人，至于他将来能成就为一个身价亿万的富翁还是一个卓有建树的科学家，都不是难事，只要他选择随便哪条路走下去，一切皆有可能，一切都能实现。

罗凯南能够给刘美丽带来无穷无尽的预期，作为一个女人，还有什么比这个更令人值得期待。那时候的刘美丽喜欢每一个阳光明媚的清晨，一觉醒来，她真不知道罗凯南又会为他们缤纷多彩的生活带来什么巨大的变化，即使暂时没有变化，他们也是幸福的。能力是世界上面额最大的支票，跟了罗凯南，她就能在那张支票上随心所欲填上一个数字。刘美丽没有经历过那种生活，却可以尽情想象那种生活，天堂怎样，那便是怎样。

大四毕业前夕，就在刘美丽艰难地为罗凯南在考研还是留学之间抉择的时候，罗凯南却自作主张选择了第三条道路——当军官。在遇到军队招生的干部之前，罗凯南从没有在脑中闪现过入伍从军的念头，可遇上了，那种强烈的意愿就不可遏制，像长在脑子里一样，他觉得自己此生必须去当一个兵，意志坚定，别无选择，不知道是不是因为当年戴过黄军帽或者看过《地雷战》的缘故。刘美丽坚决不同意，罗凯南说，当个将军不也一样很威风吗？一个将军的许诺绑架了刘美丽，她欣喜地憧憬说，那我就是将军夫人。

从中尉到将军是一段漫长的路程，八年，罗凯南在路上。之前刘美丽一直在耐心地等待，她懂得，一天建不成罗马，一天也干不成将军，已经是副营长了，离将军还会远吗？的确，罗凯南是同批入伍学员里进步最快的，转眼，副营长晋升为营长，距离将军又近了一步，可还没等用这个好消息鼓舞刘美丽的斗志，一场同学会就彻底摧毁了刘美丽的憧憬和希望。

陌生的电话号码显示是广东，刘美丽想当然觉得是诈骗电话，挂断，却又拨了过来，再挂断，再过来，不耐烦地接起来，却是一个自称黄财旺的人。想了半天，刘美丽记起是大一时死缠烂打追过她的一个男生，此人无事三分笑，刘美丽取笑他是“哈巴狗”，有了先入为主的成见，黄财旺追起刘美丽来自然困难重重，只能铩羽而归。后来刘美丽死心塌地跟了罗凯南，对其他男生一概视而不见，大学时候已对黄财旺印象模糊，何况毕业多年？黄财旺说了一番想念，然后通知同学聚会，刘美丽没来得及说去不去，黄财旺就倒黄豆一般说了时间地点，然后一声拜拜挂断电话。

刘美丽打电话给在禁区值班的罗凯南，看周末有没有时间一起参加。她想好了，罗凯南穿上制式的军装，自己穿上雪白的长裙，出现在同学会现场时，肯定能迎来一大片的称赞和羡慕，女人嘛，总是被这些表象的东西所绑架。可不凑巧，连续三周未休息的罗凯南这周仍然不能出山，刘美丽悻悻地挂了电话，就开始谋划参加同学会时的穿衣打扮。

虽是用心良苦，刘美丽在同学会上还是显露无遗的寒酸。一群青春时候认识的陌生人在别离多年后变成中年人，因为同学的名义又坐在一起，能来的，敢来的，多半是混得不错的。刘美丽原本以为作为一个营职军官的夫人，也当属在混得不错之列，可一落座，她就开始后悔了。这些珠光宝气的男人女人一开口就开始谈论车子、房子、投资、出国等高端大气上档次的话题，她一个每月拿三千块钱工资的小学教师根本插不上嘴，那种无可奈何的被遗忘感是十分令人沮丧的，尤其在一群曾经仰望她的人面前。时而，某一个人会突然从兴致勃勃的谈话中扭过头来对刘美丽说，美丽，你怎么看？刘美丽紧张地附和几句，别人要么哈哈一笑，要么全然不顾。刘美丽就被不尴不尬晾在一边，活像被丢在舞台上的小丑。事业有成的黄财旺倒是对刘美丽照顾有加，就像大一追求刘美丽时候一样，细微周到，笑意缠绵，这让当初嘲笑鄙视过黄财旺的刘美丽更加失落和沮丧。

人是不患寡而患不均的动物，刘美丽不能例外。同学会归来，她就开始极度的不平衡起来，别人有宝马有别墅，人生畅快活得潇洒，可她有什么？俩人一个月的工资加起来也就八千块，买不起房买不起车，虽说罗凯南的单位从理论上来讲能分上公寓房，但论资排辈连团职干部都在等着，一个营职干部更不知道要熬到猴年马月，就这样常年住在租来的房子里将就着。刘美丽悲戚地想着，已经过了而立之年，终日辛苦，却是无家无业，一无所有。分析来分析去，刘美丽觉得归根结底在于罗凯南入错了行，男怕入错行女怕嫁错郎，罗凯南错了，她就错了，他们的生活也就错了。看病找病根，此刻，刘美丽就抓住了病根，她急不可耐，半夜三更把电话打到罗凯南宿舍，迷迷糊糊的罗凯南一接起电话就听到那边冰冷急促的声音，我告诉你，必须年底脱军装走人。没头没脑地说完，刘美丽就挂了。罗凯南丈二和尚摸不到头，以为有事，急忙找到自己的二〇一卡用军线电话拨过去，刘美丽却说，没事，继续睡你的觉吧。弄了个罗凯南莫名其妙。

刘美丽想着改变生活改变现状，也觉得罗凯南离开部队是一切改变的肇始，罗凯南不换工作一切都是零，可真要让罗凯南脱下军装，她又不确定他到底能在这个社会上谋一个什么样的岗位。如果说时间前推到大学毕业那会儿，她是什么都不必担心的，可毕竟八年过去了，罗凯南在山里的禁区待了八年，这个社会却生龙活虎地没有停止运转。一边是想离开，一边又是不知道要落脚哪里，刘美丽心中十分焦灼。有意无意的，她也经常挂在论坛里，看转业军人的出路，看哪里招揽人才，在罗凯南完全不知情的情况下，她忙碌着为他设计人生，设计他们共同的美好生活。

之后但凡罗凯南回家，或者打电话的时候，刘美丽总是有意无意提出转业的话题。罗凯南起初认真考虑过，但综合分析有利的一二三和不利的一二三之后，告诉刘美丽，部队还是更适合他。

刘美丽当时是认可罗凯南所列举的一二三的，但时日一长，同学会上的场面历历在目，自己现实的生活惨不忍睹，于是又动了让罗凯南转业的念头。后来提得多了，罗凯南就充耳不闻，每次只是嗯嗯啊啊地敷衍，他知道刘美丽心里想什么，也知道生活的轨道不可能铺设到刘美丽心里去。没有明确的去处，刘美丽对于罗凯南的人生设计只能停留在口头上，也就是有事没事唠叨唠叨，可就在两个月前，刘美丽给罗凯南找到了出路，而且认为前景光明，是一家公司的主管，月薪两万，而且以后可能更高。

说出这个信息的时候，刘美丽不是与罗凯南商量是否可行，而是告诉他从现在开始就休假，先去试工作，然后接着向单位谎称不适休病假，到年底再办理转业手续。

听完刘美丽的安排，罗凯南把脑袋摇得像拨浪鼓一样说，不行不行，这样绝对不行。刘美丽好说歹说未能说服罗凯南，于是各持己见开始冷战。

刘美丽为了达到让罗凯南转业的目的用了各种办法，有一次在电话里甚至不惜亮出底牌，她威胁罗凯南说，到年底要是不转业就离婚。罗凯南愣怔了片刻，劝慰说，又不是小孩子了，整天乱说话。刘美丽竭力控制着已经破开的男中音说，谁乱说？你不转业咱年底就离婚，我说到做到。

那通电话之后，刘美丽就对罗凯南冷冰冰，她用她的冷暴力对抗罗凯南的坚持。罗凯南改变不了刘美丽的想法，就只得忍受她的冰冷。

三

手机铃声响了很长时间，全神贯注看小说的罗凯南才意识到有电话。山里的禁区没有手机信号，就算把手机带在身上，也只能当闹钟用，而且找不到信号的手机不断搜索信号，非常费电。长此以往，山里官兵就大多与这个山外人难舍难分的物件绝缘，只是外出时才带上。用得少，罗凯南就对手机铃声不敏感，起初以为闹钟，扫视一圈，才见手机在桌子上欢快地泛着蓝光。接听手机时，罗凯南下意识地看了一下表，已经过了十一点。哦，李干事啊。罗凯南半遮着嘴压低了声音。

算了吧，这都快十二点了。罗凯南再次抬起手腕看表，准确时间是十一点过五分。他用脸上的为难表达不妥，好像对话的人与他相向而立。

不是这意思，真太晚了。罗凯南又看表，边看边说，谁说的，早过十一点了，我正看表呢，十一点，哦，快十分了。事实上，表针的准确计时时间仍是十一点零五分。随后，罗凯南皱着眉头听对方讲话。

好好，我来，在哪里？罗凯南妥协了。挂完电话，他就蹑手蹑脚穿衣服，怕惊醒刘美丽。其实刘美丽压根没睡着，她仔细倾听了从手机铃声响起到罗凯南接电话的全过程。听罗凯南说什么，也猜对方讲什么。

出了小区，一排的出租车等着，罗凯南钻进打头一辆直奔胖子烧烤，一下车就见李干事在门口等着。李干事见他下车，兴奋地使劲摇手招呼，并小跑着上去抓住了罗凯南的手，两人不像下午刚刚分开的普通同事，倒像别离多年的亲密挚友。罗凯南仍说，太晚了。李干事热情地拉着罗凯南朝二楼走，一个劲说，不晚不晚，好不容易出来一次，要不然哪有跟罗营长一起坐坐的机会？明天学员一来就不方便了，我可要抓住今天的机会。

包间可容八到十人，却只坐罗李二位。虽然已近午夜，可大厅里的散座仍是熙熙攘攘，只有不多的几个空位。罗凯南说，要不就坐外面吧。李干事笑着起身呼喊完服务员，回头说，跟罗大营长吃饭，必须在包间里。见如此说，罗凯南也只能笑笑。李干事让罗凯南看菜单，罗凯南说，随便就行。李干事无奈地说，那我乱点了。凉菜烤串点了十几样，李干事还没有停下来的意思，罗凯南忙阻挡，说就咱俩人，够了够了。李干事说，吃不吃不要紧，好不容易出来一次，咱每样都尝尝。罗凯南坚决不允，李干事方作罢，回头对服务员说，那就先点这么多，不够再点。服务员刚要出门，又被李干事叫住，问有什么酒，服务员答了几样。李干事问，什么最贵？服务员说青岛纯生。李干事就说，好，青岛纯生先来一件。罗凯南建议说，普通啤酒就可以了。李干事笑说，好不容易出来一次，要喝就喝好的。

李干事对服务员的几波呼喊，让罗凯南突然想起山外战友对禁区官兵的一番调侃，说但凡出山后在外面上高档饭店、买高档商品、购物不还价的军人，必是禁区出来的。罗凯南对此番言语颇有感受，但正如方才李干事所说，官兵一年半载难得出来一回，既然出来，就有一种好好享受城市繁华的心理，所以辛辛苦苦在禁区攒下的钱，在皖水市里就像自来水一样哗哗地流走了。罗凯南是知道的，他当电力营副营长时的一个士官下山一次，用掉了两万块，为此，营里专门组织了一次端正消费观念的教育。可教育还是敌不过灯红酒绿的诱惑，尤其整日待在山里的官兵，对繁华没有免疫力，很容易迷醉在此，乐于享受沉浸其中的那种虚幻之感。

喝着酒，吃着烤肉，李干事就开始叙述对罗凯南的仰慕。李干事说，罗凯南是电力营技术最好的，军务股长出身的营长压根不懂技术，待在那个岗位上是尸位素餐。罗凯南赶紧制止说，营长善于管理，电力营官兵都佩服。李干事说，他也就光会个管理，但在电力营当营长，如果不懂电力，那就跟农民不懂种地、司令不懂打仗一样，是占着茅坑不拉屎，不符合能打仗打胜仗的强军目标。话锋一转，又评价罗凯南说，如果咱们团严格按照能力进行排序，你肯定排在前面，电力营的营长也早就干上了。罗凯南喝口酒说，老营长比我早三年呢，我肯定赶不上他。李干事端起杯子说，来，碰一下。一杯酒喝下，又说，所以说我们军队的选人制度不合理，典型的论资排辈，你知道挨着俄罗斯有个国家叫格鲁吉亚不？罗凯南说，当然知道，也属于苏联国家。李干事说，对，就是这个苏联国家，人家的国防部长才二十九岁，你看，多牛啊，这个年龄在咱这儿顶多也就是个营级干部，可人家都当上国防部长了，你说，谁的裤裆里还能比谁多出个牛牛不成？可人家在格鲁吉亚就能当上国防部长，要在我们这里也就是个营长。罗凯南说，年轻人担当重任不一定都好，就像这个二十九岁的国防部长，因为领土纠纷力主和俄罗斯开战，结果伤亡惨重只好草草收场。李干事显然不知道这个情况，准备喝酒的嘴唇抿了抿说，年轻就是资本，敢跟俄罗斯叫板本身就是胜利，来，咱为这个二杆子国防部长喝一杯。李干事夸完年轻部长，又开始调侃年轻部长，罗凯南笑笑，和他一饮而尽。

每人两瓶青岛纯生下肚，罗凯南明显感觉膨胀的脑袋眩晕起来。撇下开始的矜持，也一下一下主动碰杯，热络地和李干事称兄道弟起来。

老哥，我给你说句心里话。李干事捏起一串鱿鱼，用纸巾擦掉铁扦前面烟熏火燎的部分，递给罗凯南，又自己拿起一串，撕一块在嘴里边嚼边说，我现在都有些后悔穿上这身军装了，吃苦受累过着苦行僧的生活，反过头来却是和谁比不如谁。想想当初，咱也不比谁差啊，可看看现在，谁都不比咱差，真是想也想不通啊。

罗凯南迎着李干事举过来的酒杯碰了一下，仰起头，艰难喝完。他酒量有限，此时肚中已经饱和，却仍强行往里灌，能感觉到每灌下一杯，肚子就相应胀起来。他劝慰李干事，人一切的无能为力之感都来自对欲望的追求，一切的直抵心扉的苦痛都来自欲望的不能实现，你觉得自己比别人差是因为你选择了不利于自己的是非标准，比金钱，比享受，你当然比不过别人，比来比去比出来的只能是悲观失望和对当下生活的彻底厌倦。不妨扭转一下成功观，也就是你的世界观、价值观，什么是成功，什么是有价值，什么是差，什么是不差，先沉下心来把这些问题弄明白，这些本就没有唯一答案，每个人有自己不同的理解。这就是为什么世界上的六十亿人有截然不同的生活模式，有人激荡，有人恬淡；有人向往城市，有人迁居农村；有人竭尽全力想活下去，有人想尽办法要自戕。一切的一切都源于思想的差异，头脑里储存了什么样的思想就会导航出什么样的人生。罗凯南盯着李干事问，你确定自己脑子里装着什么样的思想吗？李干事木然地盯着罗凯南，罗凯南也琢磨不出李干事在思考还是发呆，继续说，如果你有刚才那种思想，我建议你校正一下自己的成功观，不要和别人比那些虚幻的外在的东西，跟他们比我们的奉献、我们的价值。你想想，我们镇守着国家独一无二的超级武器，这个国家十几亿人，偏偏选了我们这些人镇守国之重器，这说明国家信任我们，说明我们作用重要，说明我们一举一动都能关系到国家安危人民幸福，这种成就感岂是房子车子所能取代的？换种思维，你可以替代他们去享受那些别墅汽车，他们能替代你去镇守超级武器吗？用脚指头想想都能得出答案，肯定不行。这说明什么，说明他们那些享受外在成功的人是可以替代的，而我们，待在大山禁区里的我们是不可替代的，你想想，还有什么能比在这个世界上不可替代更有成就感吗？

罗凯南把自己说兴奋了，手舞足蹈，端起杯子和李干事碰了一下，李干事尚未反应过来，他就一饮而尽。甩起手背抹一把嘴，他仍要继续，话未出口，却被李干事大声呼喊服务员的声音打断，李干事让服务员把桌子上的烤肉再回炉热一下。烤肉热好，罗凯南却在片刻的宁静里丧失了激情。

李干事又拿起一串肉递给罗凯南，恭维说，见识了口才，才知道老哥是军政兼通，我看你干政工也保准能弄个全军的优秀四会政治教员。罗凯南接过烤串，嘿嘿笑着说，我可记住你这话了，回去就等着你这个干部股干事给我下个教导员的命令。李干事也情绪高昂地说，好，回去我就安排政委主任把这事办了。玩笑开到太空里去了，两人兴奋，拍着桌子哈哈大笑。

笑声拢住，李干事感慨说，老哥刚才一番教诲让我精神振奋啊，只是这价值观一时半会儿扭不过来，我以后可能还要到社会上去闯荡。

人各有志。罗凯南点点头说，没有对和错，条条大道都能通罗马。

李干事摇摇头感慨地说，有些人可能一辈子都走不到罗马。

罗马是一个意向。罗凯南说，你的罗马在社会上，我的罗马在禁区里。你走你的罗马之路，我走我的，每个人各不相同，也各不相干。

还是你好。李干事感慨道，脑子想的和脚站的地方一致，就不会有苦恼，何况你还干得这么好。

见李干事说到这里，罗凯南也不隐藏，就着啤酒也说出了自己的难场事。说到刘美丽一段时间来对他横眉冷对的细节，心中悲戚，眼睛里竟然挤出泪花来，擦一把，端起杯子又灌了满满一杯啤酒。

李干事给罗凯南把酒满上，小心地说，这个也不能全怪嫂子，虽然你的成功观没得说，但嫂子生活在这个物质世界上，生活在爱比富说阔的人群中，难免要和每天接触的人比较，比来比去，发现我们这些军官什么都给不了她们，原来那些虚幻的光环就顷刻间化为乌有，发脾气情有可原，逼迫你转业也情有可原。李干事问，那老哥你怎么决定的，肯定不走吧？

落寞地抬头望一眼墙角，罗凯南说，我也不知道，她说年底不转业就和我离婚。我不想走，可我也不知道她说的是真是假，如果在家庭和待在禁区之间做选择，我还真是为难了，我真的不知道怎么办。

其实也好办。李干事抬起头来看着罗凯南，从罗凯南忧愁的眉宇间，他能看到无奈，那种平素隐藏起来的无奈只有在啤酒的浸泡下才能现出原形。他之前怎么也不会想到，朝气蓬勃的罗凯南也要面对如此多的家庭矛盾和无可奈何。

李干事缓缓地问，你想想，嫂子让你转业并不是因为她在心底里抵触这个职业，而是因为这个职业不能带给她想要的生活。如果，咱们打个比方，如果你既穿着笔挺的军装，又能让嫂子过上令人羡慕的生活，那么她肯定不会再坚持让你转业。是不是这个道理？

正因为是这么个道理，所以我无法改变。罗凯南第一次有机会把内心的苦楚说出来，他憋了很久，愁苦而且委屈，也不知道能给谁说，就在心里藏着，此刻，望着对面虔诚的李干事，罗凯南有了强烈的倾诉愿望。他说，我也不知道刘美丽为什么和那些人一样，他们总在比这个比那个，比来比去永远没有尽头，为什么追寻的总是物质的东西而不是内心的充足？对于一个女人来说，有和谐的家庭，有稳定的工作，有偶尔能旅游的假期，还有什么不好呢，为什么不满足？如果今天像你说的，我转业另谋职位赚钱满足了她对物质的需求，那么，这个社会上还会有很多永远比我富足的人，她是不是又会逼迫我变成那些人？你知道吗，我现在总在想象，如果按着刘美丽给我指的路子走，永远走不到头，是没有目标的劳累。

李干事沉默片刻说，没有那么严重吧，嫂子只是想让生活更美好。

我可不能按照她说的做。罗凯南垂着头，弄不清楚是事装在心里难受还是酒冲到头上难受，猛然，他又仰起脸来说，可是，刘美丽要是真跟我离婚怎么办，她那脾气可真是说得出做得出。真要离了，就跟树叶离开树枝一样，他们会飘到不知道什么地方去，真是不可挽回了。

多往好处想，不会有那么一天的。李干事肯定的语气让罗凯南稍感宽慰，好兄弟，但愿你是无所不能的预言家。罗凯南笑着对李干事说。

罗凯南说完他和刘美丽的烦心事，又听李干事的故事。李干事说他最迟明年年底脱军装走人，已经谈妥了到一家全国五百强企业，最起码一去就能干个部门领导。见罗凯南没有重视“部门领导”这个关键词，李干事主动抖包袱问，你知道我为什么敢说能当那个大公司的部门领导吗？

不知道。罗凯南望着李干事，不知道这个年轻人做着怎样的盘算，但知道，他和自己是迥然不同的，或许他和刘美丽是一路人。想到这里，罗凯南有些难过，刘美丽是自己的亲老婆，可此刻他却臆断刘美丽和别人是一路的。和自己的老婆走不到一路，除了老婆的执迷不悟，自己肯定或多或少是有问题的。罗凯南走神了，眼睛盯在桌面上一动不动。

告诉你。李干事神秘地说，五百强企业是我们市里的，企业老总有个不成才的儿子，这个儿子是老总快五十岁时才生下的，娇惯坏了，本想送到牛津、哈佛这类学校留学的，没想到高中没念完就念不进去了，死活不去学校。社会上混了几年，进出派出所已成家常便饭，老总有钱，但他也担心，再有钱等他百年之后，也不够这个儿子败的，于是想方设法要给儿子找个铁饭碗。可你也知道，现在地方上编制卡的严，而且讲究阳光招聘，何况老总是市里的名人，有多少人就有多少双眼睛盯着，许多事情反而不好办，老总花钱不少，事情总办不成，结果这事就拖到我知道的时候。

李干事自己抿一口酒说，这世界上的事情也奇怪，这件本来八竿子打不着的事情偏不偏就被我碰上了，当时老家给我介绍的对象恰好在这家企业办公室，闲聊说起这事，我当下就去找老总，说这事我能办。

你咋就能办？罗凯南望着得意扬扬的李干事，来不及猜，紧忙着问，到底多大个事，老总办不成你就能办成？

李干事说，我选择了曲线救国，先把老总的儿子送到部队，然后待上两年再名正言顺回到地方安排工作。李干事的眉毛得意地朝上扬着，罗凯南这才意识到，社会的每一个角落里都有一些李干事这样的人，不管什么情况下遇到什么问题，他们总是有办法的，能够让困难的事情变得简单，能够把不可能的事情变得可能，即使没有大的权力，没有广阔的平台，但他们依旧能够发挥出自身蓬勃的热量，站在聚光灯下长袖善舞。

罗凯南充满了疑惑，想了想，没想通，就问李干事，你不是说那个老总的儿子进去过吗？有犯罪记录能当得了兵，档案查不出来？

李干事低着脑袋朝罗凯南凑了凑，得意之情没有丝毫减弱，他压着声音说，这都不算事，老总有的是钱，钱都能摆平。

弄成了？罗凯南盯着李干事关切地问。他的关切不是对老总儿子产生了跨阶层的同情，而是紧张于一条底线是否被轻而易举地越过。

那还用说。李干事嘿嘿笑着说，对象没谈成，却整成一件大事。老总说了，这两年我只要照看好他孩子，他孩子回地方上班之日就是我脱军装到他公司大展宏图之时。

这也太费心了吧。罗凯南的担忧在李干事的三言两语间就变成了现实，他茫然想着，是不是自己落伍了，陈腐了，总以为金规铁律的条框，在别人那里就是十厘米高的门槛，抬起脚来就能轻易越过。他又忧心忡忡地替李干事发愁说，这当上兵了，还要你照顾，天南海北的，照顾得过来吗？说完又紧接着补充问了一句，那孩子最后在什么地方当兵？

不远。李干事诡秘地说，就在山里的禁区。

你小子真有本事。罗凯南毕业第二年接过一次新兵，之前也听说过别人如何一番运筹把非征兵地的新兵曲里拐弯弄到了部队里，但真去接兵，他才发现事实和传说相差十万八千里，想通过非常规渠道办成一件事要经历九九八十一关，每一关都要求人看脸色，每一关都不好过。当年一个领导安排跨区域接一个亲戚家的孩子，他费九牛二虎之力还是没有办成，暂且不论主观原因客观原因，反正事后那领导对罗凯南言语激烈地表达了不满，得亏那个领导后来调往别处，否则他还真要后果自负。这回听说李干事不但办成老总孩子当兵一事，而且把孩子接到禁区里，自然不可思议。

可是，计划不如变化大啊。李干事无奈地摇摇头说，原本以为进了部队，那小子就能顺理成章干两年然后转业到市里上班，可上面的规定突然变了，当兵不满十二年只能复员而一律不予安排工作，一切防不胜防啊。

是啊，一切总在变来变去。听此一言，罗凯南深有感触，也跟着感慨起来，事在变，人也在变，谁知道都要变成什么样子呢。

李干事望一眼这边絮叨的罗凯南，又继续强调说，就算变了，这事也要干成。欲言又止间，他全神贯注地注视着罗凯南。絮叨完的罗凯南抬头与李干事目光遭遇瞬间，看到一股强劲的能量穿越烟雾缭绕的空气，电流一样传递而来，未及感受，就听李干事问他，你知道吗？

什么？罗凯南虔诚地望着李干事。

那个老总愿为他儿子安排工作拿出十万块。李干事把面前的酒杯、碗筷推向一边，双肘撑在桌沿上，左手摊开伸出五个指头，停顿片刻，右手再摊开，同样伸出五个指头，强调说，真金白银的十万块现金。

真是有钱人。罗凯南摇摇头说，可这十万块也不能改变政策。

政策变不了，可是思维能变，人能变。李干事收回双手，向后一靠，微笑地望着罗凯南，世上无难事，只怕有心人。

罗凯南觉得李干事的眉宇间深藏着与他年龄不相符的成熟，遂缓缓地说，有钱能使鬼推磨，但帮老总孩子安排工作的鬼可是不好找。

这事不一定鬼才能做，各路神仙都能。李干事说，现在能解决这一问题的就是让老总的孩子提干。我详细了解了一下，实现这个目标的条件有两个，一是当班长，二是两个三等功。

战士立功可不容易。

凭自己努力不容易，可要是上面有人关照就不一样。

看来你已经想好怎么做了？

我想好没用，关键得仰仗罗营长，罗老哥。

我？罗凯南皱起眉头，有点猝不及防。

老哥没想到吧？李干事咧嘴笑着说，我刚才给你讲的，就是鲁一光的事情。别看这小子不显山露水，他父亲可是亿万富翁。

鲁一光这个名字罗凯南并不熟，只是在电力营的时候总听战士提到警卫营有个富家子弟跟别人不一样，其他战士积极表现要往以训练艰苦闻名的钢刀一连调，可鲁一光三番五次要求当猪倌，也不是跟二师兄有多么深厚的感情，只是喂猪总比高强度训练轻省，没想到李干事所言的老总孩子就是这个大名鼎鼎的富二代猪倌。罗凯南的脑子里突然活跃出一群花白色皮囊的精壮猪崽，哼哼着奔向刚刚倒满的食槽，食槽太小，猪太多，供不应求。它们为了进食彼此冲撞挤压，后面的骑到了前面的身子上，前面的不满，哼哼着晃动；后面的掉下来，顺势将身体插在了前面；被挤到后面的又重复所有落在后面的猪们的惯常动作。如此往复，热闹非凡。

这事还要拜托你。李干事半张着嘴望着罗凯南，似乎在准备着，一旦罗凯南有推诿之词，他就立即启动嘴巴，去挡住他，说服他。

这个——罗凯南刚从一群猪的欢快争抢食物中摆脱出来，他在惋惜猪的命运，它们从一出生就在等待死亡，每一次进食都是一次肥胖壮硕的过程，都是距离死亡更进一步。它们肯定不知道，喂养它们的人类总在虎视眈眈盼望着，盼望着它们吃下廉价的饲料，长出滚滚肉膘。转念一想，或许聪明的不只是人，猪说不定有自己的想法，猪清楚不可更改的宿命，既然不可更改，为什么要讲究体态形状，为什么要在乎别人的嫌弃、咒骂？索性不管不顾，放开了吃喝，自由自在生长，死就死吧，反正欢快壮硕地活了一回。从猪的世界里回过神来，李干事正充满渴望地注视着罗凯南，罗凯南咂吧一下嘴唇说，鲁一光的情况我还不太熟悉，等我回去了解情况后再想想办法。罗凯南没法拒绝，却有一种抗拒的本能。

对于老总来说，十万块可真不算多。李干事把“十万块”三个字咬得梆梆响，抬起眼皮直勾勾望着罗凯南。

罗凯南捉着筷子夹一颗椭圆形碗里最小的老醋花生，夹住了，掉下去，再夹，又掉下去，戳来戳去，那颗小花生被戳到一碗花生的最下面，遁了形。罗凯南扒拉扒拉，寻找未遂，胡乱夹了一颗大的，放在嘴里，咀嚼起来。这个泡的时间太长，酸牙齿。罗凯南愤愤不平地评价说。

你想想，十万块买一个干部当，这可是天下最划算的买卖。李干事也夹起一颗花生米，放进去来不及咀嚼，又放进去一颗，抿嘴，又是一颗，七八颗甚至快十颗的时候，他一并动嘴，花生米的碎渣在李干事的嘴里就如同搅拌机里的水泥一样上下翻动，罗凯南把那片红白看得一清二楚。李干事说，我得说说，这个价钱可能还要往上抬一抬。

停顿片刻，见罗凯南没搭话，李干事问，你说呢，罗老哥，这个事要别人办你说多少钱？罗凯南抬头望着李干事，不知如何作答。一无所知显得不真诚，要是胡乱附和着说了，又像是就这个事情向李干事提要求，为难得不行，僵硬的脸上挤出几缕皱纹，嘿嘿干笑两声，算是附和。

我觉得二十万也不多。李干事说，关键问题在于这个事只有你能办，换其他人，就是三十万他也插不上手。

这个，这个——罗凯南闭上嘴，又开始夹花生米。

这个对你倒不难。李干事望着罗凯南频频不能得逞的筷头说，回去就把鲁一光放到云上哨所当班长，那可是个先进单位，两年立上两个三等功也说得过去，悄无声息，咱就把这事办了。又是班长，又立两个三等功，后面的事你不用管，都交给我。

云上哨所可是禁区的门户。罗凯南条件反射似的强调。

我知道。李干事乜斜着眼睛，似乎胸有成竹，正因为是门户才重要，重要才能立功，立功才能提干。云上哨所是钢刀一连的荣誉哨所，也是禁区的最高门户，一哨锁着三座大山，只有钢刀一连最优秀的士兵才有资格镇守云上哨所。这里也是出人才的地方，五十多年里出过六十多个干部，团以上十七人，军以上两人。荣誉和成绩的背后是常人难以想象的付出，因为地势险要，搜山任务繁重，这里也牺牲过九名战士，十多人致残。一名将军视察此地后说，云上哨所是禁区咽喉，重中之重。

那里的每一个兵都是比武比出来的。罗凯南继续强调。

那是以前，现在都变了，我还没听说过警卫营长决定不了一个战士能不能去自己管辖的哨所。李干事仰着头，似乎告诉罗凯南，这些都不是事，你行的。罗凯南读懂了李干事的表情，不再争辩云上哨所的重要性。

罗凯南为了找到那颗最小的花生米，再接再厉几乎把碗里的花生米吃光了，终于，最小的花生米露了出来，罗凯南夹起来并没有吃，而是解气似的，丢在了地上，然后用脚尖踩住，一旋一旋，直到捻得粉碎。

罗凯南和李干事都有些摇摇晃晃，两人却都说，我没事。

李干事拦下一辆出租车，强行把罗凯南塞了进去，他拿了一张钱给司机，回过头问清罗凯南家的地址，又给司机重复了一遍。罗凯南嘟嘟囔囔说，打的不用你给钱，我有，但只是嘴上说，他没有力气和李干事抢着付钱。叮嘱完司机，李干事把脑袋从摇下玻璃的车窗伸进来，塞给罗凯南一个信封，罗凯南还没弄清楚怎么回事，司机一脚油门，车子就从霓虹闪烁着的黑夜里窜了出去。干吗——这是什么？罗凯南语无伦次地嘟囔着，他的疑惑软弱无力，刚一出口就被呼呼的夜风带走，消散在喧闹的大街上。

四

信封里是一沓钱，罗凯南并不意外，他没数，估摸是一万块。一万块又让他想起李干事的良苦用心。他知道作为警卫营长，他的确能够轻而易举将鲁一光调到云上哨所当个班长，至于立功，虽然有难度，但也不是不可能。可他也知道云上哨所的重要性，他调上去一个鲁一光，如果教导员再走关系调上去一个张一光，团领导塞进去一个马一光，连里自作主张派个牛一光，每个人都觉得那是一个重要岗位，是能够成长进步的最好平台，也以为塞个关系，多一个少一个无关紧要，可塞来塞去，一个禁区咽喉的哨所最终会成为一群身无长技的关系户，遇上特情，可真不知道怎么办。

转念，那一沓灯光下红彤彤的钞票又吸引了他。脑子里过电影一样，闪过李干事嘴里的十万块，也闪过他信誓旦旦的二十万。

一切没有那么严重。

一切都没有想象的那样难。

可是——

客厅里，罗凯南左右焦灼地想了一会儿，实在没有定盘的主意。看墙上的挂钟，已经过了午夜两点，他困得打了个长长的哈欠，伸个懒腰，也不管那些纠缠不清的烦心事了，要伸展身子躺在床上，美美地睡上一觉。

怕惊扰刘美丽，罗凯南进卧室没有开灯，借着窗外碎银子一般明亮的月光，穿着黑纱睡衣的刘美丽热烘烘呈现在罗凯南的面前，几个月未见面，一瞬间，一股电流从身上掠过，罗凯南的呼吸急促起来。他局促地凑上前去，解下了刘美丽睡衣上仅有的三颗纽扣，指头的每一次腾挪都让罗凯南心跳加速，他无法做到理直气壮，觉得自己在做一件不光彩的亏心事。

终于，他把黑色纱衣从刘美丽的胸前剥开，月光下的胴体就赤裸裸呈现眼前。罗凯南侧身躺下，轻柔地抚摸刘美丽，他怕惊扰她，怕打破内心此时的亢奋，又想惊扰她，迎来她热烈的响应。以往，他们总是欢快而热烈的，刘美丽不提倡矜持就像不提倡罗凯南的保守一样大张旗鼓，她热烈渴望她想要的一切，她的渴望总能瞬间点燃罗凯南，熊熊燃烧，化为灰烬。

罗凯南还没有想好要不要惊扰刘美丽，刘美丽却醒了，她强烈地甩手把罗凯南豁向一边，随即把罗凯南好不容易解开的睡衣交叉合拢，双手抱胸，把身子转向一侧，自始至终，没有说话，或者连眼睛都没有睁开。看着刘美丽的黑色脊背，罗凯南的亢奋、热情瞬间被心底突生的冰冷凝固。

坐了一会儿，睡意全无，他又来到客厅。

打开电视，一场回放的不知道哪一年的足球赛踢得正酣畅，以为直播，紧盯着看了一会儿，镜头上出现马拉多纳稚气未脱的形象时，他才意识到这场比赛已经过去几十年了。这些年轻的镜头躲过了时间这把杀猪刀的屠杀，可人呢，在一场场悲欢离合的大戏中纷纷老去，奔流如河，不可阻挡。

罗凯南被一阵突如其来的伤感紧紧揪住了脑门，他难受地蹲下了身子，内心的悲伤如泉如涌，泪水顺着脸颊决堤而下，山崩海啸。

罗凯南想起以前——那时，他和刘美丽都很年轻。

为了毕业后的去向，他们彻夜未眠。刘美丽不答应罗凯南“当兵”，罗凯南解释说，不是当兵，是干部，将来能当将军。刘美丽将信将疑，她理想中的罗凯南可以当电力公司的老总，也可以当电力研究院的教授，却没有设想过当将军会是什么样子，太突然，她不能轻易滑向罗凯南思维的轨道。不容置疑的是，在罗凯南自始至终的解释里，将军的归宿是最有诱惑力的，虽抽象而遥远，却可以和刘美丽想象里的老总和教授一较高下。

刘美丽说，不论哪里，你要有一个可以无限放大自身价值的平台。

罗凯南说，我知道。

刘美丽说，你的一身本事有了施展的地方，才会获得认可。

罗凯南说，我知道。

坐着大黄海汽车一路奔波到山里，罗凯南的心凉了一半。接待的干部说是高科技部队，罗凯南没想到高科技部队能隐匿在这么深的山里。

罗凯南的第一份工作是检修为武器装备供电的电线线路，对于这个理工大学毕业的电力专业高才生来说，接手的工作与所学相比简直就是小儿科。本以为过渡一下，很快就会有更重要的任务，可不承想，线路一检查就是一年。憋不住闹情绪，可团里的政治处主任连思想工作都没做，罗凯南就通了，心服口服地继续扛起工具包走到了线路维护的路上。

主任给他一个名册，里面是团里各工种的责任分工明细。毕业院校一栏里，辉煌地记录着清华大学、北京大学、上海交通大学等国内顶级名校，有学士硕士，也有博士，而且不是一个两个，而是一批一批。的确，望一眼名册，你就会深信不疑这是一支高科技部队。可跟在显赫出身背后的那些具体工作实在太不起眼了，有空调维修，有计算机维护，甚至一个变压器维护检修都是清华的博士。你不信吗？白纸黑字清清楚楚记录在案。

罗凯南之前清楚这些，这一次的经历让他更加清楚。

来到禁区他刻骨铭心的就是关于价值观的教育。那是一场场报告会、一次次图片展，也是一个个真实的禁区人的故事，归根结底在于解释新来者心中的疑惑——大材小用有必要吗？在这里能实现价值吗？久居深山有意义吗？这是每一个初来乍到者迫切追问的，也是令他们苦恼的，既然罗凯南在山里一待就是八年，充分说明那些解释给了他想要的答案。

一丝一毫决定战争成败，寸喜寸忧关乎中央决策。

这是在禁区里随处可见的鲜亮标语，一条标语生动体现了与超级武器打交道的禁区在军队乃至整个国家不能动摇的重要地位。在这里，所有武器装备的操作都要做到精益求精万无一失，好钢要用在刀刃上，同样，最优秀的人躬身于此是最合适不过，“超豪华加强版”的人员配备就是要达到没有一丝一毫的闪失。在禁区，一个数学博士做错一加一等于几的概率就是武器装备出现故障的概率。前者为零，后者则为零。

禁区人引以为豪的是，这么大的国家，十几亿泱泱之众，却唯独选择了他们镇守国之重器，这是一种无可替代的信任和值得珍视的荣誉。

荣耀啊！这是曾经镌刻在罗凯南们红光满面脸庞上所有的内容，站在山风呼啸的隘口，他们坚信禁区就是世界的中央，他们的坚守祖国知道，他们的奉献人民知道。他们经常在这种莫名的感动中通宵达旦，有家不回。

时间过得真快，一转眼就是八年时间了，感觉昨天才坐着那辆大黄海进禁区似的。可一盘算，又确实经历了太多事情，六个同事因公牺牲，更多战友则复员转业去了别处。牺牲战友的骨灰就撒在禁区里，官兵们在山风呼啸里想起他们，在河水汹涌里也能想起他们，他们与禁区同在。

那年迎来一位首长，首长走遍哨所山隘，站在被云朵包裹的云上哨所动情地说，这里官兵要忍受成年累月的寂寞性艰苦，着实不容易。

首长问官兵们苦不苦，官兵异口同声气冲霄汉地说，不苦。首长问有没有什么要求，一个战士说，要是不复员一直在禁区干下去就好了。首长笑了，却伸手抹了一把眼角，战士的纯朴和山上的野桃花一样令人动容。

禁区是一个纯净的世界，这里的每一个人都在想着如何能做得更好，怎样才不辜负了肩膀上的责任，他们的心里装着国家，装着禁区赋予自己的那份信任。在禁区里，他们快乐而单纯，但一出禁区，世俗的阻力迎面而来，常常令人猝不及防，所以，很多人不愿出去，宁肯毕生守护禁区。

带罗凯南的师傅是20世纪60年代的大学生，纯正的天之骄子，可在大山里一待就是四十年，都扛上大校军衔了，却从没想过要离开电力营，每天雷打不动和他孩子辈的官兵一起训练执勤，一大半的时间都走在维护线路的山路上，渴了，一壶水；饿了，一个饼。一年如此，半生如此。

去年，年满六十的师傅要退休了，可他就是不走，三番两次找党委要留下，这是师傅当兵四十年唯一一次要求“走后门”，党委层层上报，最后批准师傅再干两年。消息传来的时候，师傅高兴得像个孩子，泪流满面。

师傅留下了，老兵却走了。

老兵是罗凯南刚到电力营时的班长，他对老兵的第一印象是凶。老兵整日板着个脸，尤其班里有人犯了错，大批特批，字字如钉，让人抬不起头。他总说罗凯南，大学生又怎样，工作干不好照样是窝囊废一个。

冲着这句话，罗凯南工作训练从来没有落到后面，一坚持就是八年。

同批退伍兵都在照相留念，罗凯南却到处找不到老兵，问哨兵，哨兵往营部后面的山脚一指说，好像往那边去了。罗凯南找到老兵的时候，老兵正屈膝跪在出山马路边上的石壁前，用一把小刀努力地刻着，罗凯南小心翼翼上前，字刻得歪歪扭扭，却令罗凯南震撼：

我无名，国有名；以无名，铸威名。

青黑色石头上的白字永远刻在了罗凯南的心里。老兵觉察后面有人，扭头看罗凯南时，憨憨地笑了。罗凯南第一次看见了老兵的笑，鼻子一酸，不能自已，一股泪水奔流而下，他把老兵紧紧地搂在了怀里。

罗凯南眼里又涌出泪水，他突然特别想念那个已经复员的老兵。

五

夏天的夜晚总是那么短暂，罗凯南刚迷糊过去，一缕火辣辣的阳光就刺破窗帘的缝隙，倔强地照射了进来。潜伏在黑暗里的尘埃此时纷纷现形，在那束明亮的光线里上下跳跃，如同悲惨地逃亡，也如同欢快地舞蹈。

惊醒罗凯南的罪魁祸首是电话铃声，他摸出手机，上面显示的是省城的号码——金明强。这个名字让罗凯南不觉心头一紧，还是接起了电话。

金明强是罗凯南失去音讯十多年的高中同学。高中三年，两人好得能穿一条裤子，没事就一个搂着一个说“苟富贵勿相忘”，可正应了那句话，时间是把杀猪刀。高中毕业考上了不同的大学，起初还写信打电话，不到两年，竟也就那样淡了，老家距离不远，却没有了休假时候彼此走动过问一下的心劲，尤其罗凯南分到禁区通联不便，朋友就此变成陌生人。

去年再相见，纯属巧合。罗凯南至今觉得不可思议。

也是这样一个热烘烘的日子，趁着休假的机会，罗凯南带着刘美丽和萝卜头回老家看父母。皖水到老家没有直达车，他们坐的是到邻县的长途，在老家的高速路口下。正是大中午，白花花的太阳在马路上晒出一层黑乎乎的柏油，前不着村后不着店，罗凯南念叨的正规出租和黑出租连个影都没见，小萝卜头甩着胳膊发脾气，就是不走，刘美丽也心情恶劣，一直嚷嚷着说，再也不回来了。罗凯南一手抱着萝卜头，一手拉着刘美丽，这边劝慰一番，又去劝慰那边，额头上的汗水像下雨一样，一股一股往下流。

萝卜头强力奋争着不去老家，他说农村太热，他要回皖水。

刘美丽也发脾气，工作这么多年，连个私家车都买不起，每回都是坐长途转公交回家。你脸上挂得住，我还挂不住呢。

罗凯南解释说，咱买车也没啥用，一年也回来不了几回。在皖水你上班近，萝卜头上学也近，用不上车，我就更不用说了。

没钱才这么说。刘美丽没好气地说，有钱人从来不想着有没有用，最起码，如果有车，今天就不用跟你在这里受这洋罪。

就在一家三口沉浸在毒辣辣太阳底下唇枪舌剑的时候，一辆黑色的奥迪汽车驶下高速缓缓地靠了过来。罗凯南最先注意到这一情况。

罗——凯南！车窗摇下来，里面探出一个留着板寸的胖脑袋。

金——明强？罗凯南有点不确定，张大嘴巴犹疑不决。

你小子，我老远看着就是你。金明强把车停下，接过罗凯南手里的大包小包，塞进了后备厢。罗凯南一家三口坐进了开着空调的奥迪。

回到老家，刘美丽就一直追问金明强的前世今生。前世罗凯南一清二楚，今生却还是听父母说了一二。原来金明强大学毕业后自己在省城开了家电器维修部，起初村里人都议论，说大学毕业不进政府部门也罢，倒还干上了修理匠。金明强精明，起先修理赚了点钱，然后做了某空调在省城的代理，越做越大，据说在省城已经开了好几家店，身家已经几百万甚至更多。罗凯南能从父母的叙述里觉察出他们对金明强的羡慕嫉妒恨。听完金明强的故事，刘美丽又开始一遍一遍数落罗凯南，刘美丽在发泄他对农村夏天炎热的厌恶，也在发泄罗凯南与老同学比较处处落于下风的厌恶。

刘美丽愤愤不平地说，你当年也是学校的高考状元，哪样比别人差，大学也很努力，不考第一都觉得对不起每天盛在盘子里的馒头米饭。可是呢，一失足成千古恨，别人都选择去企业，去创业，你可倒好，剑走偏锋去当兵，还说能当将军。这么多年过去了，高中同学也好，大学同学也罢，有当官的，有发财的，你呢，除了一年难得回几趟家外，你还能说说其他与众不同的地方吗？罗凯南不反驳不争辩，未等刘美丽说完，找了借口离开。刘美丽又把话锋转向萝卜头，有理有据地说，以后干啥都不能当兵。

次日，金明强就张罗同学聚会，说是同学聚会，其实也就是留在老家发展以及正好这日回到老家的几个人。罗凯南征询刘美丽是否同去，刘美丽白他一眼说，到大款同学跟前去显寒酸，我才不跟你去丢这个人。一句话噎得罗凯南无话，只能一个人前往。电话里坚持自己想办法过去的，可是金明强还是开车过来，带了几样礼品，说是好久没见罗叔罗姨，顺道看看。

聚会在县城一家高档酒店，去时，其他几人都已到齐。

未落座，握一圈手，罗凯南觉出曾经的亲密人，竟都已是多年未见。

白酒倒上，金明强先是恭维罗凯南一番，说昔日同学里，罗凯南算是官职最大的，已经是营长了，手底下有几百号人。昨天在奥迪车上，两人简单交流了近况。罗凯南强调说，副营长，还没到正营。金明强说，什么正营副营的，在我们眼里，你就是营长。其他人附和，对，就是营长。

一杯酒下肚，就有同学说，罗凯南你可要好好干，将来要是当个将军，我孩子想当兵就找你了。一提将军，罗凯南又想起了当年入伍时对刘美丽的承诺，又念及近几日刘美丽的责难，心中甚是惆怅，但众人看不出来。

金明强回应那人，这是多小的事，还用找罗将军，一声招呼下面人就一路小跑给办了。其他人也哈哈笑着说，那是那是，将军不管那些小事。

三杯酒之后，众人的焦点就从罗凯南营长的身上转移了。

说了一会儿金明强的生意，又说了直销传销的区别；有人打听橄榄油在省城有没有销路，金明强分析了省城的人员构成、消费理念和市场前景；还有人问低息贷款好不好办，金明强说，这要找人，要抽提成。

罗凯南睁大眼睛，盯着这个听一听，盯着那个听一听。云里雾里，听不出名堂。就记得说一个话题大家碰几杯酒，最后罗凯南就没有意识了。

再醒来，罗凯南已经躺在了家里的床上。他问刘美丽，我是咋回来的？刘美丽没好气地说，飞回来的。罗凯南摸摸脑袋自言自语，不知咋弄的，一喝还就多了。刘美丽讽刺说，穷当兵的没喝过好酒，放开喝呗。句句如刺，罗凯南心里很不舒服，倒一杯凉开水，仰起脖子咕咚咕咚灌了下去。

来而不往非礼也，父母一直提醒罗凯南也去看望金明强父母，罗凯南说给刘美丽，刘美丽说，人家带的东西一千多块，你要去总不能带几十块的东西吧？可你翻钱包数数，总共还有多少钱，够不够买一千多的东西。罗凯南不用数心中也是有数，回家取了五千块，回来路费加上萝卜头在超市非要买的一个玩具汽车花了几百块，回家带给父母的保健品、营养品又是几百块，孝敬父母三千块，加上杂七杂八，也就剩下了回去的路费，还真买不起一千多的礼品。就这样，拖了几日，临走，父母实在忍不住，又提了起来，罗凯南只能说，下次回来再去吧。没承想，心里装着金明强，金明强就来了，开着他的黑色奥迪，说是怕距离车站远不方便，专门送罗凯南一程。此事后，罗凯南更觉得欠了金明强一个非还不可的人情。

后来通过几次电话，无意间金明强听说罗凯南所在的电力营从外地采购空调，就详细打探什么样的空调。罗凯南回答说，部队用的是大型专业空调，跟你经销的家用空调不是一回事。金明强打断说，只要是空调，我都能搞到货。

后来又打电话强调，你们看好什么空调，将型号告知，我便能提供同样性能的东西，并暗示，老同学，其他都好说。怕罗凯南未听明白，又打了几次电话说明，可以按照最高的标准给罗凯南提成。电话那头，金明强又一次提到了“苟富贵勿相忘”。今夕何夕，罗凯南有些恍惚。

没有同意，没有拒绝，罗凯南含糊地说，到时候再说。金明强一直追问到时候是什么时候，罗凯南想了想说，部队需要采购的时候。金明强紧追不舍，那什么时候采购？罗凯南说，需要的时候。金明强又问，什么时候需要？罗凯南答，这个说不定。问到断头桥，金明强没能要到他想要的结果。

沉寂了一段时间，外出休假的时候再次接到金明强的电话，这次只字未提空调的事情，只说又是好久不见，省城的一帮同学都盼望着能有机会跟罗大营长好好坐坐，并说他有空，可以到皖水来接罗凯南。罗凯南非常果断，当即说，禁区有事，此刻正坐在进山的班车上。站在闹市的罗凯南看着街上车水马龙，喧闹的声音适时从电话里传向省城。金明强悻悻地说，哦，这样啊，那只能下次了。挂断电话，罗凯南质疑自己是不是不讲人情。

后来出禁区的机会少，好长一段时间，再没有金明强的电话。前段时间，禁区进行工程改造，一批功率不符合新要求的空调被淘汰，要采购新品，作为禁区电力电器专业的行家里手，罗凯南被指定为采购班子成员。领受任务后，罗凯南隐隐有一种预感，在这期间，会接到金明强的电话，但又想着，金明强又不是能掐会算，他应该不知道采购空调的事情。可就是这么巧，未过几天，金明强的电话就恰如其分地打了过来。

在倔强响亮的铃声里，“金明强”三个字让罗凯南有种如临大敌的紧迫感。接起电话前，罗凯南想当然觉得金明强又是张罗同学聚会的事情，他告诉自己，不能去的，坚决一点。可接起电话，那头却传来母亲的声音。原来金明强又回老家了，并且提了大包小包去罗凯南家，说知道罗凯南一年难得回来一次，他和罗凯南亲如兄弟，理当过来探望探望。听得出来，罗凯南父母很高兴很激动，一个劲说着金明强的好，并说以后两个人要好好处。这边，罗凯南内心被一股暖流覆盖，继而责备起自己的冷淡来。

挂了电话，罗凯南又想到采购空调的事情，理所应当觉得应该把消息透露给金明强，这样也算不上假公济私，只是给他一个参与竞标的机会，到底能不能成，还要通过正规的竞标和其他厂家竞争。罗凯南深舒一口气，再一次坚定地告诉自己，这是人之常情的决定，并不违反任何制度规定。

有时间回个电话，有事情和你说一下。

想着金明强已经离开，在路上或者回到了自己的家里，罗凯南拟好一条短信，可是左右揣摩总觉得不妥，索性删除键一按到底。

忙不忙，我给你电话?

换一种语气，罗凯南觉得更为妥帖，内心里，他觉得亏欠金明强一份情谊，一个信息过去，他是想偿还的，低调终归是合情合理顺理成章。

从窗帘缝隙里射进来的光柱不断游移，落在身上，即刻觉察出灼热。光柱里的尘埃仍在激烈地跳跃，看不出何去何从，觉不出喜怒哀乐。

拟好的短信没有发出去，罗凯南终是删得干干净净。

刘美丽洗漱完毕，就带着萝卜头出了门，没有说去哪里，也没有说什么时候回来。罗凯南原本想着在家里吃完早点去联办找李干事，见如此，无可奈何，洗把脸，先要找个地方填饱肚子。临出门，又瞥见扔在桌子上的信封，自然又想到昨晚的受托，不免心烦意乱。草草收起，才出门去。

在小区门口的饮食店里要了一碗豆浆四根油条，吃起来竟是久违的香甜。突然想起，已经几年没有这样在外面吃饭了，一年四季基本都在禁区，难得出来一趟，刘美丽总是欢喜得不行，又是拿手菜又是时令菜，每顿都让罗凯南吃得酒足饭饱。她一遍遍重复，管住男人的胃才能管住男人的心，而今，嚼着香甜的油条，想着刘美丽已经放弃自己的胃，或许距离放弃心和人也为时不远了，心中惆怅，嘴里的油条也就淡了味道，如同嚼蜡。

中午李干事又张罗着请罗凯南吃饭，并且坚定地说，一定要带上嫂子跟小侄子，难得下来一次，一定要坐坐，以后还指着嫂子给介绍媳妇呢。罗凯南推诿说，别了别了。他没法跟李干事讲清楚刘美丽和萝卜头一早就出去了，更没法说清楚他们在哪里何时回，彼此已经失联。李干事不知内情，一边坚持己见，一边打电话预订包间。就在罗凯南左右为难之际，电话铃声悠扬响起，一接起就听见蒋子涵嘹亮的声音，在哪里呢？

蒋子涵是惠德普电器公司的业务经理，半年多来，他使尽招数想说服罗凯南离开部队转投惠德普。能让蒋子涵如此大动干戈的唯一原因是罗凯南精深的电器知识。年初的时候，禁区外围购进一批特种变压器，上海的厂家用专车长途跋涉运到禁区，可试运行过程中，一台机器任凭如何摆弄就是不能运转，随行的厂家专家办法想遍仍是不起作用，一筹莫展的蒋子涵打电话给总部，总部的意见只有一个，就是把变压器拉回上海总部，在庞大的测试仪器中找病根。一听这蒋子涵就急了，一来一去几千公里，麻烦事小，关键到时候就过了和部队签订的启用时间，将要面临一大笔赔偿。大汗淋漓之际，听见罗凯南说，可能是机芯位置有异物。几个厂家专家拨浪鼓一样摆手说，不可能不可能，每一道工序都机器把关，怎么可能有异物？蒋子涵却宁可相信罗凯南说的在理，当即征询罗凯南意见。罗凯南说，拆开机芯检查，如无意外，取出异物就能正常运转。厂家专家急了，禁区的几个专家也急了，厂家的专家强调机芯内有大小数百个部件，拆完后装不上怎么办，别把小问题弄成大问题。禁区的专家担心罗凯南提出拆机芯，拆完后仍旧不能运转，责任谁来承担？蒋子涵力排众议，坚持让罗凯南试一试，罗凯南也信心十足，坚决认为问题百分之百出在机芯。机芯拆开，果真在线路连接处堵着一颗小拇指大小的螺钉，螺钉取出，变压器正常运转。蒋子涵满脸神奇表情，一连串喊着，神了神了，真是神了。前脚后脚不离罗凯南，追问他哪个学校毕业，工作多少年，和派出所查户口一样仔细。那次合作愉快，机器正常运转，军地双方也是相谈甚欢。临走，蒋子涵悄摸挨到罗凯南身边低声问，有没有想过到地方发展？罗凯南讶异地望一眼蒋子涵，摇了摇头。蒋子涵补充说，工资至少是你现在的十倍。罗凯南仍是笑着摇头。蒋子涵无可奈何，也在一声重重叹息中摇了摇头。

罗凯南以为此事了了，不想蒋子涵利用业务联系时知道的军线号码，隔三岔五打来电话，目的也是合情合理，跟踪变压器在禁区外围的运行情况，问完后，就和罗凯南讨论一些技术上的问题，一来二去，两个大男人竟然谈出了感情，从业务关系上升为朋友关系。人一熟，说话就随便，经常冷不丁的，蒋子涵会怂恿罗凯南说，兄弟，别在部队干了。罗凯南说，还没干够呢。蒋子涵就会说，你呀你呀。无可奈何，然后说别的话题。

大概一个多月前，蒋子涵又打来电话，这一次直截了当告诉罗凯南，现在有一个千载难逢的好机会，他的一个铁关系接了老总的位置，他向新老总全力介绍了罗凯南的技术了得，老总说了，可以让罗凯南到上海一试身手，如果真的可以，就给一个技术副总的位置，这个位置就是年薪百万的代名词。蒋子涵问罗凯南，你现在一个月多少钱？罗凯南说，加上各种补助五千多。蒋子涵替他盘算说，那一年下来满打满算也就六万块。这边吃苦受累挣六万，你如果能当上技术副总，那边的一年顶得上这里的十几年，那么好的技术留在山里维护几十年线路总不算是最好的出路。罗凯南无语，隔着电话尴尬地笑笑。蒋子涵趁热打铁说，就算不为自己考虑，也要想想老婆孩子，千万不要为了看不见摸不着的个人追求辜负了一家老小。打仗战斗力是王道，在社会上金钱则是无与伦比的好东西。

罗凯南没有给蒋子涵是或者否的答案。他说，我想想。蒋子涵觉得罗凯南的“想想”就是最积极的信号，之后电话更勤。他说自己不图啥，就是想把最优秀的人才举荐给公司。罗凯南为此事几个夜晚都没有睡踏实，他透彻地想过如果真选择离开会是怎样，没想透，天已经亮了。刘美丽因为经济问题大发责难的时候，他动摇了，真想到上海去试一试。可就是个念头而已，没有一个强大力量逼迫，他一时半会儿难以下定决心。

你今天可要请我好好吃一顿。在一间酒店的包间里一落座，蒋子涵一边脱下外套搭在椅背上，一边大笑着说，本来这几天我在上海总部开会呢，老总又追问你的事靠不靠谱，要是再不表态，这个位置就没了。我一打电话，说你出来到皖水了，我马不停蹄，赶紧飞了回来。蒋子涵把椅子拉着朝罗凯南靠近一点说，我想着，面对面好说一些，你说是不是？说完，蒋子涵又爆发出他招牌似的爽朗笑声。

罗凯南面露惊讶望着蒋子涵问，你从上海飞过来的？

那当然。蒋子涵后背一仰，睁大眼睛说，还不是为你的事情。

真是受不起。罗凯南从服务员手里接过刚刚泡好的茶水，给蒋子涵倒满一杯说，天热，喝点菊花茶降降火。

你要说到火我还真是有火。蒋子涵拉了罗凯南坐下问，你到底咋想的，你今天要是不给个准话，我可真就火冒三丈了。

低头笑笑，罗凯南并不马上回答蒋子涵，叫过服务员，点了几个家常菜，又把菜单交给蒋子涵问，我点的不一定合适，你看看，还想吃什么。

蒋子涵扬扬手，你定你定，我吃什么都一样。

吃饭的间隙，蒋子涵又给罗凯南讲了技术副总在这家百强企业不容忽视的重要作用，讲了百万年薪和六万年薪之间的巨大差别，讲了有钱人的生活和没钱人的活着之间的天壤之别。讲完了，他盯着罗凯南要答案。

罗凯南说，这是个大事。

蒋子涵仍旧盯着罗凯南，执着追问，去，还是不去？

罗凯南不能回避，委婉说，总得回去商量商量。

罗凯南没想着跟刘美丽商量，他用脚指头都能够猜得出，如果给刘美丽讲了惠德普有意聘他的事情，她肯定兴高采烈地给他一个丰满温热的拥抱，不断地用丰润的嘴唇奖励他；用她极尽所能的热烈补偿长时间以来对他的冷淡；她更少不了称赞他说，优秀的人总会有广阔的舞台。艳丽的女人啊，总是如此浅薄，其所思所想在男人的眼睛里常常一览无余。罗凯南不会去和刘美丽商量，他所言商量只是一个托词。他没有毅然决然放弃选择的权利，是因为他还没有想透，他暂时还决定不了去还是不去。年薪一百万的诱惑丝毫不亚于每次回到皖水看到刘美丽温热的胴体，他不能装作视而不见，他天然要按照本能的指引去贪婪地占有和享受。

老总可没有太多的时间等待。蒋子涵担忧地说。

很快。罗凯南斩钉截铁。

多快？蒋子涵不依不饶。

最迟明天晚上。

好，等你做出英明的决定。

罗凯南下午还要负责接待新学员，所以没有喝酒，两人简单吃过午饭，便在酒店门前别过。蒋子涵说下午就飞回上海，如果罗凯南想好了，随时给他打电话。临别，试探问，不行现在就跟我一起飞上海？罗凯南笑说，这样不辞而别算叛逃，我会被送上军事法庭的。蒋子涵扬起右手指着罗凯南说，你呀你呀，动不动就给我上纲上线。两人握手，蒋子涵离去。

罗凯南先婉转说了晚上有事，李干事就不好再强行安排一起吃饭。张罗好已经接到的六名新学员的食宿，罗凯南把琐事交代给李干事，就提前离开。开门回家，没有一点动静，罗凯南转了一圈，冰锅冷灶，刘美丽和萝卜头显然没有回来过。罗凯南也没心思自己开伙，洗了根黄瓜权当晚饭，打开电视一边看着球赛，一边等待刘美丽和萝卜头回家。太困了，罗凯南顺势就在沙发上倒下睡着了，球赛半场插播的广告将他惊醒，看墙上的挂钟，已经快十一点。怎么还没回来？罗凯南嘀咕着，他琢磨要不要打电话问一问，再等等吧。广告结束，下半场开踢，双方比分还是零比零。

六

钥匙撞击锁孔的声音把罗凯南惊醒，他一激灵从沙发上坐了起来。

进来的是刘美丽，她一转身就把门扣上，萝卜头没有跟在后面。

萝卜头呢？罗凯南揉一揉眼睛，从沙发上站了起来。

牛秀娟带着上亲子班去了。刘美丽把包放在橱柜上，换了拖鞋。

昨天晚上就在牛秀娟家？

大街上。

刘美丽扫一眼罗凯南，快步走向卧室，同时脱下上衣拎在手里，拐进卧室之前，她背手解开了粉红色乳罩的扣子，白皙娇小的后背一览无余。砰的一声，赭红色的木门覆盖了罗凯南的视野。回过头，他仔细收拾压皱了的沙发。再扭头，赤脚的刘美丽只穿了筒状睡衣在卫生间里试水温。卫生间的磨砂玻璃门再一次挡住罗凯南的视线，淋浴的水声随即传入耳孔。

在阳台上的水池里洗把手，罗凯南开始准备早餐。

早年在连队炊事班帮厨的经历把罗凯南历练成了业余厨师，就像女人喜欢化妆一样，罗凯南也深深迷恋上了厨房，或者更确切地说，他钟情于让自己所爱的人品尝自己的手艺。后来离开连队，进炊事班的机会少之又少，就算去了，人家也不可能让一个营级干部烧锅料灶，回到家里刘美丽也是把罗凯南当出师大捷的将军一样供着，不让洗衣不让做饭，享受着衣来伸手饭来张口的待遇。刘美丽说了，你回来就是休养，休养就要有休养的样子。罗凯南不知道什么是休养的样子，刘美丽言简意赅地说，就是好吃懒做。长此以往，罗凯南在皖水的家里就成了一个好吃懒做的人。

那是以前，现在刘美丽的态度变了，一切就都变了。虽然冷战在进行中，罗凯南还是想用丰盛的饮食滋养刘美丽气势汹汹的身心。打开冰箱，除了几个西红柿和鸡蛋，就是前一天吃剩的饭菜。在橱柜里翻寻半天，总算凑了几样上天馈赠的食材。熬了一锅红枣小米粥，炒了两个热菜。把炒锅洗干净重新架在灶头上走出厨房，刘美丽也披着湿漉漉的头发走了出来。

等刘美丽吹干头发，罗凯南已经将饭菜搬上了餐桌，摆好筷子，静静等待着刘美丽。刘美丽在卧室里喊叫罗凯南时，他正双手撑着脑袋专注地发呆。中午就要进禁区了，他可真不想冷战就这么持续下去。

推门进去，刘美丽美丽并且裸露着的身躯横陈在床上，一双热辣辣的眼睛笃定地望着他。罗凯南望一眼刘美丽的眼睛，内心局促，全身灼烧。

还不来？刘美丽冷冷的脸上挤出一丝温存的微笑。

罗凯南再没有看刘美丽的眼睛，低头脱完衣服，就扑到床上，把光滑冰凉的刘美丽重重压在了身下。听见刘美丽咿呀的喊声，他并不管，两天的憋闷瞬间找到一个发泄的出口，罗凯南如同操纵一个电器开关一样，把娇小的刘美丽紧紧地攥在了手里，他把高压电流传遍了她的每一寸肌肤。

……

并排躺在床上，罗凯南把左手和刘美丽的右手十指相连。

没睡着吧？刘美丽转过头来，望着闭目养神的罗凯南。

没有。罗凯南睁开眼睛，对面墙上挂着两人几年前的婚纱照。罗凯南穿着新发的〇七式春秋常服站在绿茵茵的草地中央，一缕阳光打在他年轻的脸上，喷薄出满满的正能量，刘美丽一袭洁白的婚纱，挽着罗凯南的胳膊，倚在罗凯南的肩膀上，脸庞上写满幸福。时间过得真快啊，罗凯南想着，如果可能，他真愿意再回到那个时候。

告诉你个事。刘美丽眼睛转向罗凯南的中途，也回味了那张婚纱照。她记得那时候和罗凯南约定过，结婚十周年纪念时在这地方再照一次。

你说。罗凯南觉得刘美丽肯定忘了那天的一个插曲，一天的拍摄让刘美丽又累又饿，可一时半会儿又完不了，只能咬牙坚持，不想罗凯南却变戏法一样从口袋里拿出几个饼干，刘美丽当时狼吞虎咽的样子逗得罗凯南放声大笑。照片上，罗凯南似乎还能看见刘美丽吃完饼干后留在嘴角的碎渣，那些碎渣是这张照片拍完后他才帮她清理掉的。

刘美丽悲伤地想到，罗凯南肯定忘记了有关结婚十周年纪念的约定，工作之外他总是没心没肺，可以忘记她和萝卜头的生日，可以忘记任何一项对家里的应承。犹豫片刻，刘美丽说，我把学校的工作辞了。

辞工作？为什么？罗凯南坐了起来，把半个身子扭向刘美丽。此刻，他的姿势最能代表他对刘美丽所言的关切态度。

我决定离开皖水。刘美丽仍旧躺着，眼睛望向被天花板遮挡了的天空。萝卜头的学校也说好了，这学期结束就转走。

要去哪里？罗凯南急切地询问。他悲伤地发现，在这些重大事件里，他竟然成了局外人，此刻，得到的仅仅是一个通知。

省城。刘美丽轻描淡写地说。

去省城干什么？罗凯南对生活里的突然变故猝不及防。

为了更好地生活，为了孩子更好地发展。刘美丽说，如果你想抛弃我们，就一心一意做你的将军梦吧，我可不想再和萝卜头这样没有希望地过下去了。我可以没有老公，萝卜头可以没有爸爸，但我们的生活不能没有希望。刘美丽的大眼睛里噙满了泪水，一眨眼，那一汪泪水就像决堤的江河，瞬间顺着脸颊倾泻而下。她没有擦拭，任凭泪水横流。

刘美丽费尽心思为罗凯南找到的那份新工作也在省城，很长时间了，她对这个幸福家庭的重建费尽了心思。她原本筹划着罗凯南先到省城上班，安定之后她和萝卜头再有步骤地转移，两年时间，他们就能从蜗居着的皖水发展到省城，新的生活，每天花枝招展地在她面前铺展开来。她向往省城的生活就像厌恶现在的生活一样强烈，可现实中，她迟迟做不通罗凯南的工作，开始她还是抱有很大希望的，她以自己的幸福观、成功观来度量罗凯南的所思所想，但时日一长，她发现她错了，罗凯南的世界观、价值观与她背道而驰。他关注的是事业，她关注的是生活；他在乎自己付出了什么，她则更愿意把心思用在付出后的得到上。什么样的大地孕育什么样的万物，一切都有因果，他们的幸福观、成功观注定云泥有别。一切的改变都不再只是时间的问题，而是思想的问题，刘美丽对转变罗凯南的思想无能为力，这种无能为力让她感到了对改变现状的绝望。改变不了罗凯南，她只能通过改变自己来达到改变一切的目的，朋友不能交心就恩断义绝，夫妻同样，没有天然的血亲，既然不能彼此融入，就可以像当初一步步走近那样，向着相反的方向，再一步步地走远。从刘美丽的决定里，罗凯南听明白，她已经做好了走远的准备，离开皖水，也是离开他。

能不能再给我一些时间？罗凯南不想得到太多，却也更不想丢掉老婆孩子。他的抉择是断掉左臂还是右臂的抉择，左臂和右臂都对他的犹豫不决感到伤心，但真正伤心的是抉择本身，他真的很想逃避。

一月又一月，一年又一年。刘美丽伤感地说，跟你过了这么多年，聚少离多，我一个人拉扯着孩子这么多年了，时间还不够吗？你要多少时间，难道要等到我黑发变白头，无能为力改变的时候吗？

一星期，一星期好吗？罗凯南强烈地恳求着。他需要找一个精确的天平，把山外的生活和山内的责任放在天平的两端，挂上世界上最精密的砝码，一点一点地增减，来衡量到底孰轻孰重。如果要他说，都是沉甸甸的，接近无穷无尽，已是无穷无尽。可眼前，他不得不做出抉择，在两个无穷无尽的沉重面前选出一个轻的。抉择就是放弃的前奏。

好吧。刘美丽说，一个星期没有你的消息，就不用再到处找我了，我肯定在省城有了新的生活，也说不定，我有了新的老公，萝卜头有了新的爸爸。你是你，我们是我们，大路朝天，各走一边。

刘美丽的决绝不可阻挡，听着寒冷的宣言，罗凯南伤心至极，他仿佛感到刘美丽用尖锐的指甲在他柔软的心脏上一下一下地抠掐，五脏六腑都沉浸在满是鲜血的疼痛里。可是刘美丽没有停止，一下甚过一下。

李干事打过来电话说接待新学员一切顺利，让罗凯南不必急着赶到联办，在中午十一点班车进山前到达集合地即可。罗凯南回复了一连串的“马上到”。通完电话，他匆忙下床穿了衣服，也顾不上吃饭就要出门。

慢点，每一次都是这么急匆匆的。刘美丽裹上睡衣，倚在卧室的门框上，这些年她记不清多少次这样匆匆与罗凯南相聚，又匆匆地分离。原本以为这种聚少离多的日子已经习惯了，可一觉醒来，发现根本没有习惯，而且永远不能习惯。女人的身边总要有个男人，可她，一年又一年，总是冷冰冰的一个人过日子，这是心底里克服不了的难处。看着罗凯南转身，她想着，这样的送别和这样的相聚都可能要结束了，要么是此种生活方式的结束，要么是和罗凯南夫妻情分的结束，她拿不准罗凯南的抉择就和拿不准明年的今天是否会下雨一样飘忽迷离。一切都说清了，她把心里的包袱交给罗凯南，从今天开始，她的生活都在罗凯南即将给出的答案里。

刘美丽一声叮嘱让罗凯南有些意外。以前她也总是这样说的，每一次即将踏出家门的时候都是难舍难分，他已经抓住门把手的手要很多次地缩回来，重复一次拥抱，重复一次亲吻，眼看赶不上班车时间了，刘美丽却还是说，慢点。此刻，罗凯南转过身来，又萌生了上前拥抱刘美丽的冲动，但是转身的瞬间，他又停住了，内心里少了一个拥抱的理由，他不爱她了吗？不是的，罗凯南心底里有清晰而又坚决的答案，他爱她，爱她的快乐，爱她的生气，爱她身上的每一寸肌肤还有不能触及的内心。可他却那样木然在原地，没有了走近她、拥抱她的能力。刘美丽主动遂了罗凯南拥抱的愿望，她紧紧地箍着他，好像怕一松手他就永远消失掉一样。她把她柔软的舌头塞进他的嘴巴里，游移并且缠绕，她想让他铭记住爱情的甜蜜味道，怕一出门，他把她完完全全地忘掉。长久的拥抱里，两人无言，泪雨长流。

终于，罗凯南还是走了。

她目送着他走下楼梯，想开口说话，却没有。

他回头看她，想和往常那样微笑着飞吻道别，也没有。

罗凯南消失在楼梯的拐角处，刘美丽倚在门框上久久凝视，好像在那片寂静的空气里，留下了罗凯南某种不能言说的秘密。

七

走过两条车水马龙的长街，心情差不多平复下来，罗凯南才赶往联办。已经进入基地家属院，看见院子里买菜归来的家属、奔跑嬉笑的孩子，他又想起和刘美丽、萝卜头一起拥有的那个家。以前，刘美丽就和那些家属一样无微不至，萝卜头就和那些孩子一样活泼可爱，可是，一想到生活里即将到来的转变，他心底浓重的悲伤瞬间上涌，再不能前行。拐进家属院中央的花园深处，找一个藏在高大冬青里的石凳，他弯下腰抱着头。

不能再回避了，生活里所有的问题都要给出答案。那些是当下面临的答案，也是漫长人生的答案，何去何从，罗凯南必须勇敢地去面对。

他想起了师傅。师傅为自己躬身于禁区自豪了一辈子。

前段时间几个岛国沸沸扬扬在中国远端叫嚣的时候，师傅总是气定神闲地说，看看，看看，这些都是跳梁小丑，再猖狂，咱给他用超级武器！师傅四十年的唯一任务就是给超级武器梳理导线，从一个年轻的名校高才生褪色成退休返聘的老高工，他从来没有说过后悔，导线就是他的事业，禁区就是他的自豪，他把自己的岗位看得和天上的星星月亮一样圣洁高大。他们那一批人，像守护自己的孩子一样守护着超级武器，在平凡的岗位上坚守多年；他们是一个螺丝，一颗钢钉，一枚垫片，可正是这千千万万的部组件合力成为所向披靡的超级武器，让国家有了运筹帷幄的撒手锏。少了一个螺丝、一颗钢钉或许并不能削弱超级武器的性能，可是成批的脱落将带来灾难性的后果。有了第一个的脱落就会有第二个第三个甚至更多，果真照此下去，接二连三的空位谁来替补？“超豪华加强版”的阵容一旦崩溃，决战决胜的誓言将渺茫羸弱如海市蜃楼。想到此，罗凯南心中一阵惊惧。

他想起了老兵。老兵总把不苟言笑定位为标准版的军人面庞。

老兵在全连的教育课堂上大声地说，有的人死了，他为共和国的超级武器事业做出了贡献，他还活着；有的人活着，尸位素餐碌碌无为，他已经死了。这就是老兵倔强霸道的价值观，哪怕为超级武器的发展做出了微小的贡献，也会在他心里享受民族英雄的待遇；相反，如果可以为超级武器做什么却没做，在他眼里就是民族的罪人。他为超级武器而生，只可惜因为文化低提干不成，干完上士就走了。

他想起了同时乘坐黄海进入禁区的那批学员，十有六七转业到了地方，十有三四离开禁区上调到了总部机关。禁区里，还剩下两个人，一个他，一个保障处的梁助理，梁助理三番五次找领导汇报思想，今年底，他也要离开禁区回地方了。那时，罗凯南就是独独的独苗。

师傅老了，老兵走了。他们不是一个人，而是一批人。师傅那一批人陆陆续续都老了，老兵那一批人陆陆续续都走了。接班人呢，原本理应是罗凯南这一批，可他们中的大多数竟然比师傅那一批走得更早，这是一个不断变得丰富多彩的多元社会，这代人的追求也远远比师傅那代人更五颜六色。师傅的目标是唯一的，所以他能久居禁区四十年心无旁骛；罗凯南这批人的目标是千丝万缕的，追不上这个，他们立即掉转方向追赶那个，所以，禁区的崇高神圣已经不能阻止他们离开的步伐。更何况，那跨越重山的诱惑就像粉色的蝴蝶一样，扇动翅膀，翩翩起舞，时时缭绕在禁区的上空，蛊惑着这些充满朝气的青春梦想。要生活还是要事业？在不间断的追问和生活的唆使面前，他们的信念逐日松动，更多人最终选择了前者。

罗凯南呢，他到底会选择哪一个？

或许已有了答案，罗凯南把深藏在双臂里的脑袋抬起来，伸出双手使劲地搓一搓脸，胸腔明显起伏的几次深呼吸，好像把百种植物的精华全都吐纳了一遍，神清气爽，整理一下衣装，他雄赳赳气昂昂朝联办走去。

远远的，他就被五颜六色的衣装吸引，罗凯南尚未走近，就听见李干事整理队伍，听清口令，向右看齐，向前看，报数。人不多，站成两排，第一排六个，第二排五个。红红绿绿像一群列队整齐的花蝴蝶。

李干事向罗凯南介绍了十一个人的姓名籍贯以及毕业于哪所学校，主攻什么专业。罗凯南惊诧于李干事的超强记忆力，竟一气呵成丝毫不差。向罗凯南介绍完学员，李干事又向学员介绍罗凯南，大家知道吧，这可是咱们禁区大名鼎鼎的电力专家，刚履新到警卫营当营长，以后就是大家的直接首长，有什么事要记得向罗营长多请示、多汇报。

什么首长不首长的。罗凯南打断李干事的话说，以后大家就是一个战壕里的战友，要为了禁区的事业互相帮助，共同进步。

十一点钟，团里派来的大轿子准时停到了联办前面。装上大包小包的行李，李干事清点完人数，大轿子驶离联办，向着禁区开去。

和往年一样，这批新学员毕业于中国最顶尖的理工学校，他们怀揣着一个邓稼先式的梦想，要凭借一身本事强大军队强大中国。一切的梦想都是因为热爱，正如多年前一位著名诗人写下的那般——为什么我的眼里常含泪水，因为我对这片土地爱得深沉。八年前的今天，罗凯南就坐在他们中间某个人的位子上，他也深深爱着这个频遭罹难却顽强复兴的国家。多少年了，他都不能改变自己，看到纪录片里北洋水师的覆灭他会哭泣，看到历史书上关于南京大屠杀的记录他会哭泣，看到新中国成立六十周年时天安门广场那场盛大的阅兵庆典他也会哭泣。他控制不住自己悲愤或者欢喜的眼泪就像控制不住对这个国家的热爱那般天然，有时想着，这或许就是当年毅然决然选择部队时潜藏在心底的原始密码。在这个国家强大复兴的漫漫征途上，他不愿意成为一个旁观者，参与其中、奉献其中已经成为一种本能的需求。八年前，坐着老黄海盘桓进入禁区的过程中他同样泪流满面，不知道去到哪里，不知道会干什么，但清晰无误的是，他的人生已经并入军队强大、国家复兴的轨道，他微不足道的奋斗和努力将成为支撑这个荣耀大国的一分子，哪怕小若微尘忽略不计，最起码，他参与了、见证了，这是多么令人振奋的价值认可，简直无与伦比。后来进山，在禁区里见识了超级武器，明白了“地位最重要、任务最艰巨、责任最重大”定位的重要意义，他更加坚定了坚守的信念，更加坚定了前行的步伐。不是吗？在泱泱十三亿人里选择了我镇守国之重器，责任谁能相比，荣耀谁能相比？转过头去，看那些青春洋溢的面庞，罗凯南羡慕他们的梦正开始，羡慕他们的路正开始，他不知道他们会在禁区演绎什么样的人生，哪一个会坚守到最后。

大轿子一绕上盘山路，江南七月的风景就像水彩画卷一样在眼前铺展开来，墨绿如黛，青绿滴翠，刚才还昏昏欲睡的新学员突然睁大了眼睛，专注地望着窗外，不知是谁情不自禁地喊了一句，啊，太美了。随即搅活了沉寂的车厢，有人指点层峦叠嶂的大山，有人猜测一株奇特植物的名字，还有的轻轻哼唱：年轻梦想插上五彩翅膀，不知要飞向何方……

罗凯南挨着李干事坐下的时候，李干事正专注地望着远处的树木和河流。罗凯南撞一下胳膊他才回过头来，正要说话，却见罗凯南将一个大信封递给他。大信封的右上角用中性笔标注了“喜报”两个字，这还是几年前罗凯南立了三等功，团里组织专人把象征荣誉的证章送到住在皖水的刘美丽手里时留下的旧物，几年过去，“喜报”两字的轮廓已经扩散开，显出低像素照片不断放大时那种模糊迹象，可荣誉已经刻在了罗凯南的心里。有了荣誉就要珍惜荣誉，这是一个军人生命一样珍贵的东西。看到里面是一沓钞票，李干事想说什么，罗凯南善意地点头一笑，离开了座位。那个歌唱的学员仍在唱着：去向无垠的天空，去向苍茫的大地，心的方向就是梦想的方向，迎着朝霞一般的希望，展开翅膀，飞向前方……

有学员提出停车下去走走，近距离感受一下大山的广袤和丰饶。罗凯南爽快答应，然后告诉司机班长在前面有块大石头的地方停下来。司机班长问，是不是望夫石？罗凯南说，对，就是那块大石头。

快看快看，这块石头是不是像个人？望夫石一下子就吸引了学员的注意。就是就是，像个大美女。众人围着石头各谈观感。

这个是——李干事凑上来，正要讲望夫石的故事，却被罗凯南截断了话头，这个叫仙女石，传说天上的仙女打探到山中的禁区里有一群精忠报国、无私奉献的官兵，于是动了凡心，想知道这些人为什么年复一年待在山里甘守寂寞，想知道在这个别人都追逐票子、位子、车子、房子的时代，他们为什么选择了对军队对国家的忠诚，她想守在这个路口拦住一个出山的官兵找到答案，可正好那段时间禁区里执行任务紧迫，三个月时间无一人外出。三个月也是仙女私自下凡的最长时间，过了这个期限，她就再也回不到天庭。眼看三个月到了，可仙女不甘心，她想着，再坚守一分钟或许就有了答案，但很遗憾，官兵们并没有出现在仙女等待的路上，于是，她失去了回到天庭的机会，化作一尊石像，仍在这里翘首张望，等待。

罗凯南的眼圈已经红了，他被自己臆想出来的仙女石故事深深感动，他厌恶望夫石故事里那种动摇军心的绝望寒心之感，宁愿相信那块石头是仙女的守望。学员们也是啧啧赞叹，感慨仙女的坚守，也感慨禁区官兵无私无悔的奉献精神，好像刚才罗凯南讲的不是一个神仙的传说，而是一个发生在这苍茫大山的真实故事，罗凯南也宁愿相信那就是真的。

听完仙女石的故事，学员都来了兴趣，纷纷和那块美女石头合影。罗凯南独自穿过山路，走向记忆中的那个池塘。在山里丰沛雨水的补充下，池塘变得越来越大，差不多有半个篮球场大。刚一走近，几条鲤鱼就摆动尾巴快速钻入水底，罗凯南静静坐在池边一块石头上，不到一分钟，不知道是不是刚才沉入水底的那几条鲤鱼，又探头探脑地浮了上来，东张西望，很快，就开始对一片落在池塘上的碎叶子展开集团进攻，几只圆滑灵巧的嘴巴一张一合都顶向叶子，四面八方此起彼伏的力量冲得叶子无规则移动，罗凯南捉摸不透它们只是游戏，还是要把叶子吞进肚子里。看到欢快的鲤鱼，罗凯南又想起了那几条已经死去的金鱼，如果当初真有机会在这里抓几条鲤鱼带给萝卜头，或者鲤鱼的结局就是金鱼的结局，也说不定正在嬉戏的这些鲤鱼里有哪条会遭此不幸。鲤鱼应当是无拘无束的大自然的宠物，进入任何一个鱼缸，它们注定时日无多。每一条鱼都有属于自己的池塘，配备氧气机的高档鱼缸或许只是华丽的坟墓。

再上车，学员们精神昂扬，坚定地认为罗凯南是个讲故事的高手，集体鼓掌欢迎罗凯南讲一讲禁区的故事。禁区对这些还没有脱下五彩便装的大学生来说，充满了神秘之感，进去之前，他们希望有一个窗口，能窥见禁区的一草一木，能知道禁区的规定制度。现在，他们就选定了新任警卫营的营长罗凯南，他故事里的禁区，应该涵盖着大家好奇的所有内容。

推脱不过，罗凯南说，那——我就讲一讲。

师傅身上的三件事情让罗凯南记忆犹深。结婚日子已经选定，可因为任务在身，他压根没有打请假报告。根据安徽老家的习俗，他妻子只得抱着一只大公鸡权当新郎，在敲锣打鼓中走进了洞房；媳妇临产，他请假已经回到了家里，可突然接到演习命令，团里打过去电话本来是想让他安心休假，他却火急火燎赶了回来，前脚到禁区，后脚家里捎信说孩子生了，母子平安，心里有了底的师傅猫在阵地上一干就是两个月，再回到家时，孩子已经满炕爬了；最后一件就是躬身禁区四十年仍不罢休，坚持说身体硬朗，要接着干下去。前两件是听来的，最后一件是亲眼所见。罗凯南说，四十多年前，我的师傅也和你们一样，是名牌大学毕业的天之骄子，他们那一批人，只有最优秀的，才有资格和机会进入禁区。一进到山里，他们就把任务当作一辈子的事业来干，几十年过去了，他昔日的同学有的当上了电力公司的老总，有的在国家部委位居要职，可他从来不羡慕他们，更不曾有过后悔，他以禁区为家，把超级武器当成他的儿子。每天不检查一遍导线，不进入一次阵地，他心里没底，会寝食不安，对军队和国家的责任已经沁入他的骨髓，成为他暮年生命不可或缺的一部分。

还有老兵。罗凯南问学员，是不是惊讶一个只有初中文凭的老兵能写出那么深刻的词句？罗凯南说的是“我无名，国有名；以无名，铸威名”。他说，那话不是华丽的辞藻，是老兵的心声，要走了，他舍不得这座承载国家荣耀的大山，就把自己的心掏出来，镌刻在山上。这是许多老兵共有的情愫，他们把人生最青春的年华留在了这里，也把最无私的爱留在了这里。

听着罗凯南的讲述，有学员眼角涌出泪水，悄悄拭掉。一幕幕崭新的人生伴随着大轿子向山顶冲去，都将徐徐展开。他们是早上八九点钟的太阳，穿过层层雾霭，越过重重大山，照进寂静的禁区。因为他们的到来，禁区也将演绎崭新的奉献和崭新的感动，一代人有一代人的追求，一代人有一代人的责任，这一代，他们成为担当责任的荣耀代表。路已经铺展在脚下，会有什么样的人生，谁能知道呢？最起码，每个人都有美好的憧憬。

罗凯南的故事让车厢有几分沉寂，甚至压抑。还是李干事在沉静中最先发声，他自告奋勇要教大家唱军歌，并询问学员想学老歌还是新歌，众学员异口同声说，当然是新歌。说了几首军歌的名字，一个学员说，《强军战歌》好，听着带劲。于是众学员都赞成学唱《强军战歌》。

好，我唱一句，大家跟一句。李干事站在过道的前面，正一正衣领，两手甩开，做出指挥前的双手滞空动作。

听吧，新征程号角吹响，强军目标召唤在前方。

国要强，我们就要担当，战旗上写满铁血荣光。

……车厢里飞扬着嘹亮的歌声，激昂，高亢。

看呐，有一行字。

是老兵的字。我看到了“我无名”。

还有后面，最后三个字是“铸威名”。

……

拐过一个急弯后，禁区的道路骤然开阔，大轿子碾碎午后的沉闷，在群山、森林的庇护下，裹挟着呼呼风声加大油门勇往直前。

原载于《西南军事文学》，2015年5期

天线

一

冬季昼短，晚饭号声一响，黑漆漆营院里的路灯就应声亮了起来。

唱过一首战斗歌曲，喊过两遍新普及的口号，警卫营的两百多号人就鱼贯着被带进饭堂。迷迷瞪瞪的李中士一望见热气腾腾的饺子眼睛就亮了。咦——饺子，他情不自禁喊出声来。前后左右望望，看领导注意力不在这儿，就冲出整齐有序的队伍，抄起一只不锈钢大碗，疾步奔向饺子。

老李，咋又不站队。排长喊他，戏谑大于批评。

嘿嘿，有饺子吃。李中士挤眉弄眼继续朝前。兵龄短的不敢表态，兵龄长的很多也像排长那样指手画脚议论说，这个老李，就是不讲规矩。

李中士吃了一碗，又吃一碗。第三次，稍犹豫，还是又盛了半碗。连汤带水呼啦啦倒进了肚子里，摸一摸，肋骨八字形分叉以下瓷瓷实实，心中也倍感踏实。李中士准备离开，却见坐在食堂中央显眼处位置的营长也刚刚吃完起身，刻意等了一下，见营长出了饭堂，他才起身往外走。

距离七点钟看新闻还有一段时间，李中士步履匆匆，原想着到俱乐部里戳两杆台球，可等走下饭堂的台阶，他又改变了主意，却也并不走向宿舍，就在饭堂对面光秃秃的白杨树下站定。出门时候，他见到张下士把碗里的饺子也吃得差不多了，如果不再盛一碗，此时也该出来。

走，小张，转转去。判断无误，刚站定，张下士就掀开挂在食堂四开门上的帆布门帘，东张西望地迈着八字步，悠悠晃了出来。

李中士说的转转就是散步，他晚饭后偶尔喜欢和张下士在操场上走走消食。倒不是说张下士散步散得好，而是肚子里有故事。从三国时候的桃园三结义到周边村子里的家长里短，走一路，他能说一路。当然，李中士最喜欢听的还是张下士嘴里那些关于营里官兵的故事，尤其李中士想听什么，张下士就能讲出什么，这一点常令李中士喜出望外。

比方上回，李中士虽然看见营区门口乱哄哄了一阵子，可到底不知道那个女的来干什么。听说是打了营部的电话找一连马指导员，自称是马指导员的女朋友。可马指导员休假回了老家，听说情况后一头雾水，并且一口咬定没有在驻地谈过女朋友。事情急迫，教导员亲自出马事情才摆平。有的说那个女的是原来的指导员蒋小兵的女朋友，蒋小兵后来找了个更漂亮的，就把人家给甩了。还有的说马指导员和人家谈过一段时间，却始乱终弃，结果女的不甘心，就来找组织讨要公理。李中士没有可靠消息渠道来弄清事情原委，却急切地想知道，就看似漫不经心地问张下士，哎，那天那个女的到底咋回事？张下士就开始讲，那女的是个妄想症患者，那天在小区里，有几个人热火朝天说闲话，她也不知道搭错了哪根神经，想成是恐怖分子在策划搞暴动，就急切到营里报信，可门卫不让进，她知道咱们有个姓马的指导员，就一口咬定是马指导员的女朋友，疯疯癫癫闹了一场。

哦，原来这样。一块石头落地，李中士的心里也坦然了。

好啊，转转。张下士过了马路，却转身回望。

走啊——李中士已经迫不及待。

不急，等支烟。张下士嬉笑着在路灯下做了个夹烟的动作。李中士不抽烟，身上也就不带烟。张下士抽烟，也不带烟。

小卢，回去干啥？三三两两的人群里，张下士喊住了卢上等兵。

没啥事张班长，就等着看新闻联播。卢上等兵跑步过来。

张下士不是班长，可兵龄短的兵都管他叫班长，他也欣然接受。

走，和李班长一起转转去。灯光下，李中士望着卢上等兵。

好，陪陪两个班长。

三个人朝没有路灯的黑漆漆的篮球场走去。

卢上等兵递烟给李中士，李中士摆手拒绝。

又递给张下士，接了，点上，张下士狠狠吸一口，烟头燃起的火星在暗夜里分外明亮。烟不错，蓝猫吧？张下士问卢上等兵。

红猫，凑合着吸呗。卢上等兵也给自己点了一支。

吴江南那个事到底咋弄？李中士的声音在黑黝黝的暗夜里穿梭。

谁知道呢，不是东风压倒西风就是西风压倒东风。卢上等兵说。

李中士不喜欢卢上等兵的没大没小。现在的兵真是没个样子，有的表面上虽还敬着老兵，但在心底里全不把老兵当回事，哪像他们刚入伍那会儿，老兵就是老兵，新兵说个话都得小心翼翼，哪有新兵和老兵平起平坐一起散步的机会，更别说新兵在老兵跟前吸烟。心里感叹着世道变化，李中士默默往前走，把对新兵的不满都记在了卢上等兵的身上。

听说为这事营长和教导员吵了起来。卢上等兵未看到李中士的不满。

谁说的？条件反射一般，李中士接了话，问道。

话出了口，又觉得失了体面，刚才还对卢上等兵满腔不满，现在却突兀地拐了弯。口随心动，他太想知道整个事情的来龙去脉了。

文书张光国，他和我老乡。

结果怎样?

谁知道呢。卢上等兵不屑地说，咱不操他那个心。

你看你看，新兵就是这样，稍微给点好脸色就蹬鼻子上脸了。李中士气愤不平，分明觉得卢上等兵在说他是咸吃萝卜淡操心。躁动的急促呼吸融解在冰冷空气里，和飘散的尼古丁一起消失得无影无踪。

要我说啊。谢天谢地，吸完一支烟的张下士总算开口了。

话说一半，卢上等兵又递了一支烟给他点上。

吴江南转下士肯定没戏。他续着说完了后半句。

话已至此，我们就得好好讲讲吴江南这个人和吴江南的事。

吴江南和卢上等兵一批兵，这会儿紧锣密鼓筹划着转下士。按说转下士在警卫营并不算难，写个申请，军人大会大家填个表，支部会议上表个决，推荐上去，十有八九也就成了。可这个吴江南和别人不一样，打入伍那天起就是个刺头兵，一训练就说这儿不舒服那儿不舒服，一干活就冲破重重阻力往厕所钻，班长一批评就直撅撅和班长干起来，甚至把排长都不放在眼里，扬言说，我就干两年，谁也别找我事，要不然我就找他事。这样一混两混，两年也就过去了。传言说，吴江南上面有天线——营里官兵把上面有关系叫天线，吴江南的这根天线据说是一个将军舅舅，他舅舅计划在两年内让他考军校或者提为军官。可事不凑巧，两年内事情未办成，吴江南扬言的只待两年也理所当然得延期。按理说，就算下士的指标再怎么富余，这样的兵也不能给转，可问题是吴江南有个将军舅舅。据说已经打过招呼，又不是直接让上军校或者提干，营里做个顺水人情也是理所当然。

程序走得顺理成章，吴江南的群众测评虽然毫无悬念地垫底，可这只是个参考因素，支委会上几个人一举手，该让吴江南转下士还得转。这种事听得多看得多，大家早已习以为常。给吴江南转个下士又算个多大的事？所以在营里并没有掀起什么大风大浪。可就在大家觉得吴江南转下士已经板上钉钉之际，传出插曲，营长拍着桌子搅黄了吴江南转下士一事。教导员思想工作做了一箩筐，营长理由只有一个，民主测评垫底就是不能转。

事情就那样搁着了。上面规定的上报推荐人员名单时间日益迫近。

怎么办呢？冷门话题变成了热门话题，警卫营两百多号人都关心着事情的进展，吴江南到底能不能转下士，李中士更为急切地想知道。

吴江南年底要是不复员回家，我就回家。张下士胸有成竹。

李中士就喜欢张下士这种说话的派头，结论斩钉截铁，过程有理有据，侃侃之声顺着高速公路疾驰而来，听得人疑惑全消、顿见天日，不光知道是什么而且清楚为什么。张下士一开口，他就全神贯注竖起耳朵。

还记得去年刘光亮的事不？

刘光亮？不是都调走了么？李中士疑惑回头，暗夜里，他看不清张下士的脸，只有火星闪闪的烟头在空中伴随张下士的动作手舞足蹈。

为啥调走的？

还能为啥？人家有天线，找到好单位了呗。李中士斩钉截铁。

还是我告诉你吧。张下士弹掉手里的烟头，一束红光在黑暗中划出优美的弧线，最后跌落在水泥地面上，很快灰飞烟灭。他说，去年团里让营里报参加军校苗子班考试的人选，给了三个指标，营里就把摸底考试的前三名报了上去，团里把名单退回来让重报，指明说，报两个就行了，另一个是戴帽指标，点名给刘光亮。教导员休假，营长当家，虽说这算是政治工作，但他一口顶了回去，营长说得条条在理，当初定几个指标是团里机关的事，但报几个人得由营里说了算。你想想看，摸底考试搞得像模像样，结果总成绩的第三名没去成，十几名开外的刘光亮却去了，这没法给参加考试的战士交代。话说回来，如果当初团里就给两个指标，那第三名去不了无怨无悔，可既然是三个指标，那没得说，只能是前三名，不能有刘光亮。怎么办呢？营长顶着，团机关也没有办法。可你知道刘光亮的天线是谁吗——军里一个副部长是他亲姑父。眼看苗子班开训，副部长亲自动手操作，紧急把刘光亮调到了电力营，等于占用了电力营一个指标。

那营长可把这个副部长得罪大发了。卢上等兵嘟囔说。

他怕个啥。张下士说，一年过去了，他的营长还不是当得好好的。

那是为啥？李中士更疑惑。上回好像也是听张下士讲的，通信营一个连长得罪了营长，没过几天就被下放到指控室当了助理工程师。胆敢给直接领导滴眼药，迟早要付出惨重代价，他不相信营长能有例外。

为啥——只能说明营长也有天线，而且比刘光亮的天线长。

都这么说，可营长的天线到底是谁啊？

李中士和卢上等兵几乎异口同声问。

嗖嗖嗖——俱乐部集合看新闻。未等张下士开口解疑，清脆刺耳的哨声已经从远处传来。三个人不敢耽搁，在黑暗里小跑着朝俱乐部奔去。

二

张光国——张光国——

二楼营部传来声嘶力竭的呼喊时，警卫营文书张光国正带着两个列兵在策划营里迎接上级军事训练达标考核的黑板报。一听声音，不敢耽搁，大踏着步子就奔到楼上。到——张光国的声音比人更早到达。

干啥去了，磨磨蹭蹭。教导员怒火中烧，张光国心里清楚不是冲他，而是另有原因。

在下面出黑板报。张光国如实回答。

关上门，有人来找就说我不在。下达完命令，教导员哐的一声把张光国甩在了门外。营部共有三间，中间大的是营长教导员的共用办公区域，面向门左边的小屋是营长宿舍，右边是教导员宿舍。此时，教导员甩的是自己宿舍门，他让张光国把守的是开在办公区域中间的营部门。

大上午的，营长已经带着队伍出去训练，整个营里除了门外出黑板报的张光国和两个新兵，就剩教导员，被谁打扰的概率微乎其微。张光国悄悄拉上营部的门，静站片刻，听到教导员开始在宿舍压着声音打电话，少顷，声音高起来，见此，张光国就下楼去继续策划黑板报。昨天下午教导员下的死命令，今天出不出来，肯定又要挨收拾。但他又有些魂不守舍，在下面待上一会儿，就又蹑手蹑脚跑一趟二楼，见无别事，再折返到楼下。

就在半个小时前，教导员和营长进行了一场火星撞地球的较量。

老话重提，还是为吴江南转下士。

景林啊，这个事咱们还得商量一下。教导员走进营长的小宿舍之前，示意张光国关上了营部的门。把门虚掩上后，张光国没有走远，他知道教导员和营长有重要的事情讲，怕人搅扰，就和往常一样充当门神。

哪个事？营长一身训练行头穿戴完毕，正给作战靴上鞋油。

还能啥事，就是吴江南转士官的事。

老周啊，这个事，我觉得咱得从大局考虑。

啥是大局，给吴江南转个下士还真能影响了大局？

你也知道。营长说，今年咱们在基地的警卫专业比武中拿了六个单项第一和团体总评第一，基地首长说了，明年可能要进行二炮系统的警卫专业比武，咱们肯定要提前做好准备，既然把警卫营这个金字招牌给到咱手里，咱就要齐心协力把这支队伍带得呱呱叫。要在明年二炮的比武里拿到好名次，现在就要选好人。转士官是个关键，我的意思，必须把那些军事素质过硬又有管理能力的人留下，确保咱们警卫营个个都是精兵强将。

可是，教导员说，一个吴江南也影响不了大局。

可不能这么说。营长有理有据，吴江南转了下士，就占用一个下士指标，可能就挤走了一个专业尖子，考核就要丢分，警卫营就要丢人。

没那么严重吧，再说，二炮比武的事不是还没定吗？

定不定都要做好准备啊，不能到时候通知一来才仓促应战。咱们当主官的丢人事小，砸了警卫营的金字招牌咱可担不起责任。再说了，吴江南的情况咱都清楚，给他转下士，别人怎么想，这要坏了警卫营的风气。

可是——可是姜副参谋长那儿没法交代啊。

咱只对工作交代，不为哪个具体人交代。营长坚持。

早在一个多月前，吴江南的将军舅舅就把吴江南转下士一事委托给基地的一个副参谋长，副参谋长拍着胸脯保证没问题。正巧那回他到警卫营检查工作，就顺带给教导员七七八八说了一通。副参谋长如此亲近地交代让教导员始料未及，教导员激动紧张得语无伦次，说啥记啥，当场拍着胸脯给副参谋长保证没问题。知道营长难说话，但想着手握尚方宝剑应该能做通营长的工作。送走副参谋长，他就把副参谋长的意思一五一十说给营长。

不表态，不反驳。营长说，这事到时候再说。

到了时候，却先在营长这里卡住了。

咱得讲政治啊。教导员说，你说的在二炮比武拿到好名次当然重要，可也不能因为小事得罪了基地的首长。你想啊，单位建设搞得再好，得罪首长，首长不叫好，咱也就白干了。我的意思呢，咱不能意气用事，还得通盘考虑，你的公平公正是为营里建设添砖加瓦，但是遵照首长的意思给吴江南转士官同样是给营里做贡献。出发点不同，落脚点都是一样的。

警卫营不需要吴江南这样的贡献。营长初衷不改，警卫营的训练水平怎么样，建设成果怎么样都是有目共睹，咱们用成绩说话，不需要哪个首长特别关照，也不害怕哪个首长因这个对咱有意见。作为一个带兵人，咱最起码自己要讲求公平正义，要一碗水端平，要有一个起码的是非标准。

景林啊，咱不能意气用事。

这不是意气用事，咱们要有自己的原则和底线。

景林——

老周啊，我看咱就不要争执了，为了一个吴江南犯不着。

可是副参谋长那里——

咱是照章办事光明正大，不犯错误不犯纪律，谁能怎么样？

静默片刻，教导员酝酿话语，也酝酿情绪，一时两人都缄默，几十秒钟里，宿舍里的空气凝滞了，张光国也在外面屏住了呼吸。

预料之中的，教导员发作了，只是没有想到会这么强烈。他一屁股落在椅子上，哀怨地说，景林啊，你替我考虑一下行不行？你觉得我不讲政治不讲原则，据理力争要把一个不符合要求的兵转成士官甚至是不讲道理，可是我也不藏着掖着，咱把话都说到亮处。我是一个农村娃，当年考上军校不容易，在我们那里也算是光宗耀祖，我本也觉得上了军校肯定前途一帆风顺，可是军校毕业到部队十几年了，当年一批毕业的那拨人，要么转业了，要么都跑到我前面去了。你也知道，通信团那个王团长，我们一批的，可人家干上正团都两年了，我才是个正营，怎么比？要说能力吧，我刚毕业的时候是第一批挑进团机关的，不敢说没人比得上我，但起码我也不比谁差。可是你看看，人家在奉献我也在奉献，也不知道问题出在哪里，走着走着，人家都跑到我前面去了。这还不算，人家一步领先步步领先，现在副团的在奋斗正团，正团的瞄着副师的位子，可我呢，一不小心就变成了年龄偏大职务偏低的一批人，莫说晋升无望，还要时时提防着被安排转业，你想想，加上军校的四年，我在部队差不多待了快二十年，不说对部队有多么深厚的感情吧，可是就我现在这情况，到地方上又能干什么？家里没人当大官，自己也没有天线，只有转业找个闲差在地方上等老，也就把这辈子等完了。现在我算是醒悟过来了。

教导员望着天花板，深深叹了一口气。

不管在哪里，没天线就没出路。你看看王晓文，一个学什么车辆制造的中专生，摇身一变却干上了政工，啥也不会，一写材料就瞌睡，开会也瞌睡。也真是怪事，按道理，这样的人早都应该安排转业了，可是呢，人家领导说了，既然晓文弄不了材料，也不愿意开会，那就专门负责接待。什么狗屁搞接待，就是整天吃吃喝喝。就这样一个干部，竟然被领导吹到天上去了，说什么晓文同志吃苦耐劳顾全大局，大家都要向他学习，竟然就干上了政治处的副主任。我呸！堂堂的一个政治处副主任，你倒是去问问他，什么是强军目标，我敢跟你赌一个月的工资，他但凡要是能说的沾上一丁点的边，这个月我告诉财务把工资打到你的卡上。神奇吧，啥也不会的当上了政治处副主任，而我们这些人呢，天天加班熬夜又能怎样？人家领导会说，哎呀，这个周江鹏能力是有，但一直在基层，缺乏机关工作经验。你听听，你领导不把我调机关，我哪里来的机关经验，总不能没事在机关门口坐一坐来积累经验吧。结果呢，我们是到头了，人家却等着入团。先前我还真以为王晓文有什么我孤陋寡闻不知道的长处，有我目光短浅看不到的能力，后来才知道底细，原来基地的副政委是他亲舅舅。你看看，还是戏文上的话，朝里有人好当官，上面有人，饭桶也能加官晋爵。

咱是农村娃，命里没有那根天线，着急也是没有办法。说来也是自己不会混，你看看于立生，也是农村娃，可人家自力更生，凭着聪明伶俐，自己给自己架上了一根天线，结果这辈子坐上了顺风车，算是改头换面了。

于立生以前干什么的，你知道吗？

营长抿着嘴，摇摇头。

公务员，以前那个张司令的公务员。教导员斩钉截铁地说，他算是在部队里投胎投对地方了。你知道吧，于立生家里也是一穷二白，兄弟姐妹三四个，就靠着父母种几亩地养活，念书自然是连学费都交不起的。作为老大，于立生念到初中就自动退学回家，帮着家里养活兄弟姐妹，砖瓦窑搬过砖，工厂里站过流水线，走街串巷卖过冰棍，可是都不行，心一横，就来部队当兵。可是他们那个乡上卡得严，没钱没关系想当兵，门都没有。怎么办呢？于立生的父亲也算有魄力，家里最值钱的一头猪，拉到交易市场换了钱，一股脑给了乡里的武装部长，说，家底就这么多。算是幸运，于立生穿上军装参了军。临走，他父亲说，去了就别想着回来的事，弄不成军官，回来就是家里那几亩地，一辈子慢慢折腾吧。其实不用父亲说，于立生就知道自己想要啥样的生活。那小子，虽然说文化不高，可是聪明着呢。你看看他那光脑袋，真是聪明的脑袋不长毛啊。

于立生一到新兵连就显出了和其他新兵的与众不同，刘道江给我讲，两个月新训里，没见他苦过脸，但凡见到，总是乐呵呵，特喜兴。刘道江知道吧？就是以前那个后勤处的协理员，前年转业的，他和于立生一批兵，是正儿八经的高中毕业入伍，可又怎么样，混得还不如初中没毕业的于立生。别说刘道江，就是他们那一批人，也没有一个比于立生混得好。排长见于立生乖巧，就选了他同住，按理说排长没有公务员，但和排长一个屋就算是排长的公务员，可除了于立生，同住的还有两个新兵，那两个就没有于立生会来事，挤牙膏、倒洗脚水、叠被子、洗衣服这些琐碎的事情，开始的时候那两个新兵也抢着干，但是抢不过于立生，时间一长，习惯了，也就是于立生一个人包办。有时排长晚上和其他班长排长在仓库里吃个小火锅，于立生也不知道怎么弄到外面小卖部的电话，拨过去，什么豆腐干、竹笋、大地猫锅巴，甚至凉菜都从门外递了进来，排长吃到紧要处，于立生就把这些东西提了进去。排长嘴上说，你这是干啥，心里却高兴。于立生俘获了排长的认同，新训结束，上级机关来挑公务员，排长和营长关系好，就推荐了于立生，营长和机关的处长关系好，也推荐了于立生，顺风顺水，于立生就到了基地机关的公勤队，才有机会给司令当上公务员。

司令的公务员年年换，可就是于立生混得好，不是于立生和司令混得好，而是和司令的父亲母亲，还有司令的老婆混得好。一年干完，司令老婆就让司令给于立生提干，司令瞪大眼睛说，没啥文化，就一个公务员，提什么干？这话没刺痛于立生，倒是刺痛了司令老婆，她说已把于立生当儿子待，如果司令不给于立生提干，司令也就别回家了。别看司令在外面叱咤风云，在家里也是做不了主，但提干的诸多条件白纸黑字清清楚楚，于立生一个也不符合，也不能明目张胆违反规定。后来曲线救国，于立生先出去上了两年学，回来后直接成了副连干部，鸟枪换炮，一步登天，光宗耀祖。你看看，这才多长时间，人家顺风顺水，都干上基地政治部的秘群处长了，听说他当年那个新训排长也才调的副团，真是人比人气死人。

谁也不是三头六臂，但成长进步没法比啊！教导员长叹一口气。

咱们干好自己的，不用跟他们比。

不跟他们比？教导员冷笑说，一起进的部队，甚至人家比你晚，你正营，人家副团了，你急不急？人家副团准备冲正团，你因为正营年龄超限，时刻面临转业，你急不急？谁要说不急，反正我是不相信的，除非上面有天线。人家一举一动都是安排好的，心里有数，否则像我们这样自生自灭的农家子弟，心里是一点谱都没有的，过了今年，还不知道明年在哪里。

我也直说了吧，我也看不上吴江南，也压根没打算给他转下士，你说说，营里有这么一个兵最忙的是谁？还不是我教导员，得做让他安心服役的思想工作，还得做让其他人接受他的思想工作，想着都头大，可是就算不愿意，咱们也得给他转，谁让他有个将军舅舅呢，谁让副参谋长给咱说了这个事呢？要是没人说，咱们公事公办，没啥说的，可既然副参谋长说了，如果咱们没转，那就是得罪了副参谋长。知道的，说我们秉公办事，不知道的，以为我们后面有另一个人撑腰，成心和副参谋长对着干。尤其是副参谋长那边没法交代，好歹人家也是基地的首长，我就像一只小蚂蚁一样，只要人家不高兴，随便给团里打个招呼就能让我年底转业走人。景林啊，秉公办事是工作，办好首长交代的事也是工作，后者是更能检验一个人政治觉悟和党性的工作，我可不能成为副参谋长的敌人。

咱们问心无愧，不用怕谁。

咱们？你是你，我是我。我知道你想拿吴江南转士官的事情在营里立威风，树名声，你当然也不怕得罪副参谋长。可是我呢，我只是一个老百姓的孩子，没有后台，没有天线，辛辛苦苦一步步走到今天，我也不指望着副参谋长能许诺给我一个什么位子，我只是希望不要得罪他。景林啊，都到这份上了，你还让我怎么说，你不怕副参谋长，我怕，他决定不了你的前途，可能够决定我的，我明年还能不能在部队继续干，可能并不取决于我这十几年干得怎么样，而只是首长的一句话，你能不能也替我想想？

你想得过于复杂了。

一点都不复杂，你是站着说话不腰疼。我要是当兵期间就能立二等功，能从正连直接干到正营，有一个副司令的侄女当老婆，有一个在基地当首长的舅舅，我当然谁也不怕，天天秉公办事，谁求到我头上，只要是和制度规定不相符合，我就喊着让他滚出去，大张旗鼓地让每一个官兵都知道我是一个刚正不阿的人，是一个不为五斗米折腰的大英雄。

不是你说的那样。

不说这个了，千言万语还是转到吴江南转士官这个事情上，就算我们不报，副参谋长肯定会再把电话打到团里，团长政委肯定要给吴江南转，这样一来，吴江南的士官转了，我也把人得罪了，里里外外，我是唯一一个受害者。你卖我个人情，高抬贵手，全票通过让我把吴江南报上去。

沉默良久，营长还是说了不行。

王八蛋，自私自利，不为别人着想……教导员分外激动。

张光国站在门外，迟迟不敢进去。

三

初冬的训练场，虽有薄薄的阳光照下来，却抵不住寒冷。青草已经失去了夏秋季节的油光，稀疏干枯，冷风一扫，便贴着地皮瑟瑟地发抖。

警卫营官兵比青草坚强，一大早就生龙活虎出现在训练场上。他们下身穿着迷彩长裤，却没有像驻地的老百姓那样，里面套着秋裤，再套上毛裤，层层叠叠把微弱的温暖裹在身上，而是光着腿。上身更清凉，有的穿一件T恤短袖，有的干脆就只是背心，任胳膊裸在风里。即便这样，寒风的冷似乎对官兵们毫无威力，他们亢奋的身体汹涌着淋漓的汗水。

加油啊，警卫营里个个都是英雄。

环形跑道上，三面旗帜迎风招展。第一面是尖刀一连，第二面是猛虎二连，第三面是大功三连。每一面旗帜后面都跟着几十号官兵，他们背着背囊，扛着钢枪，挎着水壶，队形虽不整齐，却大体分得清谁是哪个连的兵，只有少数威武的，早早跑到了队伍前面，辨不清谁属于哪个队伍。在罗景林眼里，他认识每一个兵，尤其那些冒尖的，他看背影就能叫出名字。

毛德旺，再快一些，看你小子今天能不能破纪录。

他喊一声，那兵扭过头来憨憨一笑，并未说话，紧几下，把脚步迈得更欢了。刘海成，快点，追上毛德旺，超过他。对着紧后面的一个兵，罗景林又扯开了嗓子喊。没问题。那个叫刘海成的兵腮帮子憋得鼓鼓的，脚下却灵活，过了营长没多久，真就赶上了毛德旺。看着要超了，一圈下来，却始终没有超过去。罗景林跑在队伍的内侧，一会儿给大部队加油，一会儿放眼寻找毛德旺和刘海成，关注着谁到底能跑到今天五公里武装越野的第一名。毛德旺回回拿第一，他这回倒希望刘海成把毛德旺超过去。

快点，跑到最后要挨枪子了。他又声嘶力竭地喊着。

话音甫落，训练场就响起此起彼伏的口号声。“尖刀一连，奋勇争先”“猛虎二连，威风八面”“大功三连，能征善战”，起起伏伏的口号就像一针强心剂，官兵个个都昂起头来，步子加快，在地上踩出铿锵的节奏。

接手警卫营当营长后，罗景林别出心裁制定了一套成绩核算标准。任何一个训练课目，哪个连的兵跑到前五名，分别记五四三二一分，跑到后五名，分别减去五四三二一分，这样一来，就算成绩合格，只要跑到后五名就是不合格。要想不落后，每个连既要想方设法夺到前五名，又要苦练精兵不落到后五名。

也就几个月，还真见了效，官兵个个都是为荣誉而战，为了不给集体丢份子，强者愈强，弱者也在想方设法不断提高成绩。如此一来，个个都是奋勇争先，各课目的成绩也是水涨船高节节攀升。

这才像警卫营的样子嘛。

团长在去年年底的考核现场伸着大拇指评价这支“罗家军”的时候，罗景林内心由衷的高兴，说起来，他陪着这支警卫营也走了一段起起伏伏的路。

刚当兵那阵，营里有一群生龙活虎的陕西兵，身体素质好，训练标准高，都是班长副班长，有的还是代理排长，把警卫营带得井井有条。打篮球，回回拿第一；走队列，经常是标杆；各种比武考核，争金夺银也是家常便饭。虽然罗景林那时身体弱，但跟着班长们冬练三九夏练三伏，他的成长进步也是突飞猛进。作为一个新兵蛋子，他那时候最喜欢听的话就是“别跟他比，他可是警卫营的”，你听听这话，大有会当凌绝顶的优越感，在罗景林看来，当个警卫营的兵就是与生俱来的荣誉感，倍儿爽倍儿自豪。

天下没有不散的宴席，也就在他上学提干的前后一两年，那批陕西兵陆陆续续都退伍离队，顶上来的那些班长、副班长虽然兵龄跟上了，但是能力素质跟不上。一个班长，如果自己能力素质不能呱呱叫，就说话没分量，也带不起一支队伍，结果也就一两年时间，当年鼎鼎大名的警卫营就散了架子，精气神丢了，就像败退之军迅速丢盔弃甲。

第一回篮球比赛丢了冠军，官兵中有的落下眼泪。

第一回队列示范班换了其他营，官兵颇有微词。

第一回体能比武未进前三甲，官兵已经麻木。

扛着中尉军衔的罗景林一腔热血，准备在光荣的警卫营大展身手，结果冷冰冰碰到了这种现实。说实话，在警卫营练出了好底子，加上罗景林刻苦努力，军校里从班长、区队长一直干到代理队长，样样领先，门门过硬，可是进了如今的警卫营真是英雄无用武之地，哀兵满营，万不是一个罗景林就能改变面貌的，何况他只是一个小小的副连长。

有那么几年吧，具体多长时间罗景林已经记不清了，或者说他压根就不愿意想起那段光景。营里不行，那就把连里的兵练得强一些吧，可就算罗景林费了十八分气力，成绩起色一些，好不容易碰到出彩的机会，团里压根就不会想起警卫营，他们总是说，警卫营啊——还是算了吧。

就这样，警卫营蛰伏了好几年，从一个叱咤风云的金牌营到了无人问津的烂摊子单位。当年的威猛之师在外人眼里只剩下站站岗，出出公差。其他人怎样想不知道，反正罗景林一口气堵在心里，他连做梦都在想着，迟早有一天要重振警卫营的虎气和霸气，成为团里名副其实的第一营。

打造第一营可不是说着玩的，必须有实实在在的动作。

罗景林坚持一点：想干事，必须有能干事的人。

为这，他一个副连长竟然和连长指导员顶着干了一回。

话头扯回去，还得提到武装越野回回拿第一的毛德旺。

好几年前的事了。又到年底立功受奖，连里只有一个三等功指标，连长、指导员已经商量好了，给下士干满即将退伍的文书小刘。想着也是人之常情，文书满满当当在连部跑腿五年，没有功劳也有苦劳，可就是这板上钉钉的事情，在原本只是走形式的支委会上，却遭遇罗景林坚决抵制。文书端茶倒水完毕尚在边上站着，心潮澎湃不知这平时温文尔雅的副连长到底要唱哪一出。不能把三等功当成人情。罗景林拍案而起、惊动四座。

你说给谁合适？

毛德旺。

又是毛德旺。指导员眨巴眨巴眼睛，喝一口水，望一眼连长，又望一眼文书，最后把目光落在罗景林身上。景林同志啊，大家都知道毛德旺各方面素质都不错，你也和毛德旺走得近，可是九月份骨干调整的时候不是已经让毛德旺当班长了吗？虽说他只是个上等兵，怕不服众，可是连里坚决让过硬的同志走上关键的岗位。事实证明他也干得不错，可九月份当班长，年底又立三等功，全连百十号人，怕是不好交代，好处不能都让一个人得了，这对毛德旺本人也不好，树大招风，会影响他和战友们的团结。

我不同意。罗景林已经坐了下来，从上到下都在讲，部队建设要向战斗力聚焦，什么是战斗力，今年团里参加军里的体能比武，毛德旺是全连唯一一个代表团里参赛的战士，也是全团唯一一个在基地拿到名次的，他是连里的光荣、营里的光荣，也是团里的光荣，当班长是实至名归，立三等功也是理所当然。依我看，别说三等功，给他立个二等功也不为过。停息片刻，罗景林又说，立功受奖不是按需分配，想给谁给谁，必须把实实在在的成绩和贡献摆在桌面上，让有贡献的人得荣誉，真正树立起见贤思齐学榜样的氛围，只有这样，官兵们才都能愿意练本领长本事，部队才能带起来。

小刘整天忙前忙后，就没有贡献了？连长反问罗景林。

营里的每一个人都有贡献，但要看是怎样的贡献，对连队建设的促进作用有多大。有人的工作是可替代性的，换了谁都能干，干成怎样从根本上不会影响全局，有人却是不可替代，就像毛德旺，你换了别人就是没有他体能好，就是没有他跑得快，就是不能代表团里在基地拿到名次。

小刘的工作也不是说谁都能干，要是像你说的那样，那么文书还用选吗？随便找个人不就得了。肯定不是这样，最起码要学历高，写字好，人勤快，麻利周全，一百号人里面还真是挑不出几个来。

可是将来打仗用的是毛德旺这样的人还是小刘这样的人？罗景林憋红了脸坐不住，又站了起来，给谁荣誉是导向问题，一定要服众。

连长和指导员讲了一堆道理，硬是没有说服罗景林投下小刘立三等功的赞成票，那次的支委会开了个不欢而散。小刘快退伍，也不管那些，会后就跟进罗景林的宿舍质问为啥跟他过不去。罗景林说，你退伍回地方要三等功有什么用？可要是给了毛德旺，他既是班长又立三等功，就有了提干的机会。你想想，要是毛德旺这样综合素质过硬的兵提成干部留在连里，是不是对连里建设的贡献会很大，是不是我们应该把三等功给毛德旺。

小刘怒目圆睁，能把罗景林瞪进眼睛里去。

胳膊拧不过大腿，那次的三等功还是给了文书小刘。连长、指导员为了安抚罗景林，打包票说，明年如果毛德旺仍旧能在基地比武中拿奖，肯定给他立三等功。他们也知道罗景林并无私心，就是想把综合素质过硬的毛德旺弄成干部，留在连里。指导员说，毛德旺这才上等兵，明年立功、后年提干一点不迟，晚上一年未必不是好事。可人算不如天算，第二年连里果真给毛德旺立了三等功，可是提干政策有变，以前的硬件是当班长和立三等功，可等毛德旺具备条件时又加了一条，须是大专以上学历，这一下子就把高中毕业的毛德旺挡在了门外。干部苗子一天天熬成了老兵。

已经中士了，毛德旺已然是营里无人能及的兵王。五公里武装越野是他的强项，上到基地下到团里，都知道警卫营有个“跑不死的毛德旺”，荣誉得了一大堆，证书获了一大摞，可是今年底，毛德旺也得走了。

警卫营不像电力营、通信营，技术岗位多，转个上士轻而易举，在这里，能干到中士已经是封了顶。毛德旺虽然优秀，可是兵路走到尽头，前面已经无路可走。想起这个，罗景林就心痛，如果当时三等功早立一年，改变的岂止是毛德旺的命运，可是，一切都不可逆转了。

那回，副团长带队到警卫营组织军事训练达标考核。两年前，副团长是警卫营的营长，罗景林还是连长，他们经常一起站在这块训练场。和今天的场景如出一辙，整个营都在训练场上散开了，挽着裤脚，赤着胳膊，都拼尽了力气朝前冲刺，毛德旺仍然跑在最前面。

毛德旺来之前，那个位置一直是你的。副团长指着遥遥领先的毛德旺。

就现在，我也可以和他一拼。罗景林信心满满。

是啊，都是当警卫兵的好苗子。副团长一声叹息，真是可惜了。

罗景林心里清楚，副团长说的可惜是不愿意把毛德旺这样一个好苗子从警卫营放走，可是警卫营就是这么个情况，并不能解决上士问题，可以解决的办法似乎只有当年的提干，那条路堵死了，注定再无选择。

是啊，以他的本事当个标兵连长没问题。罗景林感慨。

啥都好，就是缺根天线。副团长说，上面没人还真是不行。

当年副团长也当面这样说过罗景林，可是罗景林的成长轨迹远远超出了副团长的预料，高兴归高兴，却有点猝不及防。就是现在，见了罗景林，他突然会点着手指说，你小子藏得深啊，永远都是不显山不露水。罗景林赶忙摆手，哪里哪里，都是副团长栽培。副团长立马打断，我可没有栽培你，也不敢栽培你，以后我还指望着你栽培呢！两个警卫兵出身的人在一起，没有那么明显的上下级约束，拍拍打打亲如兄弟。可到底里，罗景林在副团长心里都是一个谜，你想想，副团长都已经副营长了，罗景林才是个上等兵，几年工夫，副营长也就登了两个台阶，他却是跑步前进。

你不要告诉我你没有天线。副团长直肠子。

真没有。罗景林说，你还信不过我。

信得过信得过，你小子。

副团长哈哈哈，罗景林也哈哈哈。罗景林能读懂副团长的哈哈哈，副团长却读不懂罗景林的哈哈哈，当警卫营长时读不懂，现在依然读不懂。正如那些见惯各种奇人异事的老江湖一样，副团长坚信总有一天罗景林的天线会浮出水面，或者和他猜测的一样，或者不一样。谁知道呢，保留一点神秘感，慢慢等着吧。他也预感，总有一天罗景林在仕途上会超越他。

考核中毛德旺还是第一，整个考核组都对他伸出大拇指。

可又有什么用呢？就算毛德旺跑出世界纪录的水平，在警卫营里也不会有出路，当兵，到中士已经到头，正如在警卫营当干部，干完营长，转业或者挪窝，必须得走了，警卫营已经没有容身之地，再优秀也无例外。

这都是命，得认啊。

本来有机会的。

终究没有抓住，就是没机会。

唉。

唉。

立冬不久，气温就骤然降了下来。天气预报上一天天说要下雪了，憋了一周，雪未下，却飘起蒙蒙的细雨，落在地上，湿漉漉铺展开，冬天就这样冷冰冰接管了生活。终于，在一个潮湿漆黑的夜里，玉米粒大小的雪花飘飘洒洒落了下来，一夜时间，整个大地都套上了白色的罩子。

漫天飞雪里，老兵走了。一行行眼泪，一次次拥抱，任凭怎样的惋惜也没留住那些老兵。毛德旺走了，永远的回到家乡。吴江南也走了，调往另一个营，从警卫营的上等兵变成了其他营的下士。正如教导员声嘶力竭控诉的那样，吴江南转下士根本不可逆转。只是他担忧的事情也不见得会变成现实，基地的副参谋长丝毫没有做出要难为他的迹象性动作。

四

接到去新兵营做报告的命令，教导员心里顿时一片明亮。

最近几天他正纠结着呢。前段时间团机关传出风声，说是今年年底正营职要转业四个。坐在那儿从前往后捋一遍，再从后往前算一遍，要走四个正营，肯定是从年龄大的、任正营时间长的开始排队，不偏不倚，他正好排在第四个，要是不出意外，年底转业就是板上钉钉。他不免伤感起来，加上四年军校，在部队干了已经快二十年，虽然知道转业迟早都要到来，可还是有些接受不了。一方面是离不开这战斗了十几年的火热军营，另一方面是对地方有一种天然的畏惧感，听已经转业到地方上的战友说，像他这样快四十岁的人，地方上稍微好点的单位基本不会要，就算花钱找人托关系勉强进去了，也是给个闲职，进去啥样，将来退休也就啥样。三十多岁的时候就能看到六十岁的结果，想到这里，他不禁感到头皮发凉。

又后悔起来，当时同一个学校毕业了四个人，其他三个都在副营之前排着队打报告走人了。当时他们也动员过他，说在部队迟早得走，既然走，不如趁年轻有资本的时候早走。他犹犹豫豫了好几年，想过要走，又下不了决心。同时也想着，其他三人要走是因为在单位都混得不如意，相比较来说，他能写一笔好材料，和当时的军政主官也相处融洽，还万没有到必须转业的地步。再说了，从上到下都看好他，他还真想弄个主官干干再说。有了念想，坚守的意志就分外坚决。回头再看，当时确实是失策了，就像战友说的那样，没关系没后台没天线，在部队干个正营以下倒不成问题，可再要往上走，几乎难于上青天，这时候再走，到地方也是废人一个。快四十岁的人了，人家要你干什么？可教导员当时不是这样想的，都正营了，距离入团还会远吗？万一命好运气好，干个副团甚至正团也不一定呢。

现在来看，当时有点想多了。

军营是养小不养老的地方，年轻时候，极力要转业，申诉了一级又一级，就是批不下来。可是正营之后，整日通宵达旦加班加点，企图以优异的表现博得领导同情，多留一年，可组织决定坚若磐石，绝对不可动摇，说走就得走。对于教导员这样半生戎马的人来说，的确是晴天霹雳的打击。

走就走吧。教导员悲伤地想着。

和战友喝酒的时候也豪言壮语，没啥怕的，哪里的黄土不埋人。可是喝着酒又开始打听，谁认识二炮首长，团长政委有什么个人爱好。那种急切想留下的心情镌刻在言行举止里，骗得了自己骗不了别人。

就在这种苦难深重的焦灼和纠结中，吹来一缕春风。

团里司令部的副参谋长和团长干了一架。一听此事，教导员内心天然产生了一种温暖的痉挛。他隐约觉得，这两个人之间的摩擦会决定他的命运。细打听，果真如此。团长性格急躁，有时会骂人，一般人遇到此种情况，红着脸自认倒霉。可年轻的副参谋长也是意气风发，听了两回就不爽了，横眉冷对说，你批评我可以，但不能骂人。团长不依不饶，不想挨骂就给我滚蛋。副参谋长咽不下这口气，转身就回办公室打了转业报告。

有人说，团长当下就批准了。

有人说，这个团长批了不算数，要等开会决定。

不管怎么说，在教导员已经封闭的军旅生涯里打开了一个小口，投进了一缕阳光，让他泯灭的希望又滋养甘霖，开始倔强地成长。

如果——教导员想着，如果副参谋长占去一个转业指标，那么他就从原来的第四位排到了第五位，转业就和他没有一丁点关系了。思想到了这里，他也就更加坚定了一条，要好好干啊，不能悲观失望坐等命运的安排，要动起来，越在这个时候，越要把营里的政治工作开展得生龙活虎，让团领导也看看自己是多么优秀的一个政工干部。别说正营职教导员，就是给个副政委，也照样干得风生水起。思想一转化，精神状态立马就换了样。

恰在这个时候，机关下了命令，让教导员到新兵营做报告。

这更是一个积极的信号，你想想，年底让谁留、让谁转业团领导都是心中有数的，如果确定划在转业名单里，这会儿哪里还会安排干这干那，只想着怎么稳住，好好地做做思想工作呢。干了十几年革命，这个套路教导员还是懂的。再说了，这给新兵做报告看似不是重大任务，却事关讲政治、讲党性的问题，要是确定教导员转业了，再让他去给新兵做报告，你想想，万一要是他思想一抛锚，嘴上一拐弯，讲出什么莫名其妙的弯弯道道来，可真不是闹着玩的。都说新兵的可塑性很强，这要两方面看——遇到坏人，他就变坏人；遇到好人，他就变好人。如果在这场合，教导员心情不畅，说出反对这个反对那个的话来，也是会极大左右新兵们的军旅和选择。所以说，哈哈哈，教导员会心一笑，内容全藏在悄悄上扬的嘴角里。

革命战士一块砖，哪里需要哪里搬。

军营是一所大学校，历练精神，锤炼品质。

军人的第一天职就是服从命令。

多少年了，教导员口若悬河的优势丝毫没有减弱，说谁好，恨不得扑上去在他脸上绣朵四季常开的鲜花；说谁坏，那一定是在咀嚼饭菜的时候也常常腾出舌头来骂人。他精心准备了讲稿，一句一句都背过了，在讲台上信手拈来，新兵们都伸长了脖子，接受精神和灵魂双重洗礼。

吃完中午饭，午休完毕，教导员还沉浸在自己精彩的报告中。直到电话响起，他的脸上还带着温暖的笑容，可只几秒钟，贴着电话的脸就僵硬了。

电力营的营长借调到基地军务处当正营职参谋去了。

乍一听是八竿子打不着，可实际上是教导员继续留队道路上的节外生枝。从开始他盘算的转业名单里的前四名到后来的第五名，这个电力营的营长都占据着重要的一席之地，可突然就传来其借调到基地机关的消息，这严重打乱了教导员心中的转业排序表，这于教导员不啻晴天霹雳。

没听说电力营长有天线啊，谁给调过去的?

转念一想到吴江南是到电力营转的下士，心中一下子就明白过来。想都不用想他就知道那是一笔默契的交易，电力营长把吴江南转成下士，吴江南的将军舅舅投桃报李，让副参谋长把电力营长调到机关。别看这一调，不光避免了年底的转业命运，而且在机关调个副团轻而易举。看看吧，就是一个小兵吴江南，不光可以策划自己的命运，还能决定别人的命运。教导员简直悔到肠子青了。吴江南是他的兵啊，为什么拐来拐去倒是让电力营长沾了吴江南的光。一转念，就恨起营长罗景林来。

可是恨罗景林又能解决什么问题呢？他有一根长长伸到天上去的天线，能够策划自己一帆风顺的军旅人生，却管不了教导员的进退走留。说破了天，罗景林不给吴江南转士官也是秉持公道，能说人家什么呢？只能说自己私心太重，想凭借吴江南的关系解决自己的进步问题。

问题的关键在于，他没有用上这把上升的梯子，倒是被电力营长捡了便宜。要是没有吴江南这回事，谁也不用吴江南的关系，顺理成章的，该走的是电力营长而不是他，可就因为横生出个吴江南，让他被动起来。

不能坐以待毙。教导员默默地念叨着。

他要给二炮的首长信箱写信，把电力营长从基地的机关拉回来，再回到团里的转业干部预选名单中重新站队。他想好了，必须实名举报，这样有鼻子有眼，二炮首长才会相信，才会重视，才会派人下来调查，才能把被电力营长打乱的转业秩序重新整饬合理。反正要转业的人了，舍不得孩子套不住狼，再说他也不是乱告状，每一条每一桩都是实实在在证据确凿。大不了转业走人，反正不告状也是这么个结果，索性斗胆一回，万一上级首长要树立个反面典型，说不定真会一查到底，不光把电力营长重新拉回到转业队列里来，还会因为自己的英勇举报对口调整到基地的纪检处什么地方工作。教导员也意识到自己想多了，却固执地觉得有成为现实的无限可能，越这样想，越坚定了给首长信箱写告状信的决心。

有天线要进步，没天线也想进步。教导员已经铁了心。

警卫营官兵是在筹备冬季野营拉练时得知西部山区地震的消息。有官兵说我也感觉到震了，灯管都在晃动，有的却说压根没感觉。电视上播报的震级不高，但是西部山区全是泥土垒的房子，电视画面上倒塌一片。

和大家预想的一样，奔赴西部山区抢险救灾的命令很快下来。

按理说，这种行动一般是一名主官带队执行任务，另一名主官留守。可这回团里明确了，由于老兵复退后人员不齐整，要求双主官都去，加强领导和力量统筹。留下几个伤病号，一百多号人就机械化赶往灾区。

灾区的人口密度不大，一户一户的人家散落在山区稍微平坦的地方，这里一家，那里一家，有时看着很近，想抵达却要走过一个深深的山谷，没有半个小时四十分钟根本到不了。那些泥土房子大多倾坍，没有坍掉的也裂出很大缝隙，摇摇欲坠，不知道什么时候就会轰然坍塌下来。

警卫营官兵的任务就是劝那些留守在危房里的百姓搬出来，但是天太冷，民政搭在山谷里的帐篷隔风不隔冷，百姓还是愿意待在自家烧了土炕的屋子里。他们就一家一家劝，把人劝出来，又帮着他们把家里的值钱家当一件一件搬出来。有的百姓不配合，教导员就得像做战士思想工作一样，动之以情晓之以理。有一回，把百姓刚劝出来，身后的土房子就轰然塌掉，惊出在场的人一身冷汗。罗景林说，教导员的一张嘴救了一家人的命。

一个月后，部队归建。

转业工作已经结束。教导员既惊讶也庆幸，竟然没有人找自己谈话。猛然想到部队开进前写的告状信草稿还在电脑上，赶紧开机删除。不放心，关键词再搜索一遍，确定不留痕迹，才释然，额头上早惊出一层冷汗。

五

小林子，是不是干得不行不敢回家啊，你舅舅当年可是只身挺进敌后执行任务的战斗英雄，你小子在部队绝对不能给我丢人——

晚点名结束，接起电话，那边传来舅舅独有的爽朗笑声。罗景林习惯性先挂断电话，关上宿舍门，再重新拨过去。

算起来，已经三年多没有回家了，也三年多没有见过舅舅了。

舅舅在罗景林心中是偶像级别的英雄。他小时候就喜欢听舅舅讲打仗的故事，和别人讲不一样，那些都是舅舅亲身经历的，听起来更加印象深刻。舅舅说，有一回他们刚刚从阵地上撤下来，准备第二个波次进攻的时候，总感觉有两个人不对劲，开始以为是友邻部队的打散了找不到队伍，一问才发现是越南鬼子，还搜出来一大堆挂在腰里的炸药。原来是越南鬼子穿了我军的衣服趁乱摸过来想要炸掉弹药库，得亏发现及时，否则后果不堪设想。舅舅还说，他们经常执行阵地前沿的排雷任务，当时越南鬼子贼精灵，把各种雷交叉铺设，有挂在树上的，有埋在地下的，有绑在树枝上的，而且颜色也花花绿绿，很难分辨出来，所以每回出去排雷都是从鬼门关上走一回。遗书早就写好了，活着回来算是幸运。有一回一个班的人正走着，一颗雷就炸了，十几个战友就活了他一个，脸上红红白白涂了一层脑浆，根本都不知道是哪个战友的。那场战争结束，舅舅九死一生荣立二等功。

有一个打过仗的舅舅，罗景林就铁了心要考军校。

那回到省城给父母说的是买复习资料，其实他真正意图是去看看心仪已久的那所大名鼎鼎的军校。军校门口有荷枪的警卫站岗，他没敢靠近，就在远处张望。他看见高大的教学楼，看见下课后佩戴红肩章的学员迈着整齐的步子，还看见他们齐声喊着震耳欲聋的口号，真是潇洒得不行。罗景林想着，回去可要用些工夫，再开学就要成为这亮丽队列里的一员。

罗景林早已经打听好了，想考上军校不光要体检过关、分数高，而且要有关系。尤其这所号称中国西点的军校，如果不能三个要素齐全，想考上还真不容易。可是，既然已经有了进入军校的强烈渴望，就罗景林有限的人生经验而言，之前从来是心想事成，这回又有什么不行呢?

罗景林憧憬着，畅想着，心情无限美好。

刚一坐上从省城返回的大巴车，他就看见一个流里流气的小个子贼眉鼠眼，左顾右盼地从前面一直走过来，在靠后位置的罗景林身边坐定，仍是东张西望，三分钟不到，又站起来，坐到了一个中年男子的身边。中年男子倚着窗看车外，他就盯着中年男子上下打量。中年男子可能从窗户的反射影像里看到小个子的鬼鬼祟祟，感觉出不对劲，回过头来，虽没有直面小个子，却双手抱肩，警惕起来。小个子见无机可乘，又返回，仍旧坐在罗景林的边上。车子启动前，上来一个妇女，怀里抱着孩子，左手提一个布口袋，右手拎一塑料袋零食，手忙脚乱，大汗淋漓。她靠窗坐定了，就把随身物品放在过道一侧的座位上，车子跑起来一颠一颠，布口袋就斜了，口子张开，一个红色的长方形钱包惊艳地露了出来。罗景林看见，就在钱包现形瞬间，小个子被电击似的伸长了脖子，几秒钟，脖子收回来，又开始四处观望，坐立不安。几分钟之后，有人招手，大巴停车，前后门同时打开的瞬间，小个子蹿到前面去，一把抢到钱包，便冲下大巴。吃零食的小孩眨巴着眼睛看见了小个子的举动，无声无息，女人压根没有丝毫觉察。可一切都在罗景林的眼里，说时迟那时快，他也是一个箭步蹿了下去。罗景林大喊一声站住。小个子回头一看，是个瘦弱的学生，并不在意，仍然自己走自己的。站住，把钱包还回来。罗景林坚持。小个子仍不理会。罗景林跑两步冲上去就和小个子扭在了一处。别看小个子个头小，劲头却大，三两下就把罗景林扔了出去。罗景林当然不罢手，仍然冲上来，死死地抱紧小个子。两人都摔倒，滚来滚去，小个子用拳头砸，用脚踢，把罗景林弄得鲜血淋漓，可他就是不松手。围观的人越来越多，没有人劝解，他的余光看到有男人，有女人，有老人，有小孩。没有人帮助他。

警察将两人分开的时候，罗景林已经失去了知觉。清醒过来是在派出所的办公室，他就躺在地上，不见了小个子。警察见他醒来，踢一脚说，你小子，总算没死过去。罗景林四处张望，不见小个子。怎么把他放走了？罗景林说，他是个小偷，偷了钱包。他还说你是小偷呢。警察说，你们这帮小混混，一进了这里都摇身一变成了见义勇为的英雄，要是都那样，他妈的还要我们干什么？上面三番五次强调说要开国际会议，治安一定要维护好，但是你看你们这帮小混混，没有一个替我们考虑，打架就打架吧，非要在闹市区；打一打就散了吧，非要整出人命来，这他妈的分明不是要给我们找麻烦吗？说吧，警察又踢了罗景林一脚，交罚款和拘留你选择哪一个。罗景林不懂，木然地望着警察。又装着不知道，好吧，我再重复一遍，要么扰乱治安拘留十五日，要么罚款三千元。看你是交钱还是蹲号子。可是，可是我是抓小偷的。行了行了，就别在我这里演了，我又不是导演，演得再好也不管用。刚才那个也说他是抓你这个小偷，还不是交了三千块钱。告诉你吧，我也没有那么多闲时间听你讲这讲那，麻溜的给句话，别死乞白赖装出一副委屈的样子。像你这样的小痞子我见得多了，老想着他妈的当什么大哥，呸，就是社会的寄生虫，就是一堆垃圾，现在是小垃圾，将来到社会上就是大垃圾，迟早要被铲除干净的。好了好了不说了，赶紧的，要哪样，给句话。我是学生，我刚才是抓小偷的。罗景林蜷缩在地上，血迹已经干成痂。都他妈的以前是学生，我还是学生呢，那帮狗娘养的老师就知道挣钱，不好好教书，你看把你们这帮学生都教成啥样子了？警察不耐烦了，狗日的，不配合工作，关上你半个月。

派出所最后还是通知了罗景林的家里，罗爸爸罗妈妈万没想到儿子去省城买复习资料，最后却蹲进了派出所，以为犯了什么不可饶恕的错误，吓得不轻。后来弄清原委当然不敢耽搁，交钱赎人，当天，罗景林就出来了。省城初夏的太阳浓烈刺眼，罗景林却周身寒冷。

出来了，一直等着你呢。小个子出现在派出所门口，罗景林猝不及防。

小个子带了三四个人，说罗景林让他破了财，要赔偿五千块。罗爸爸罗妈妈又陷入恐慌，弄不清这是哪一出。小个子就说了罗景林打他，害他蹲了号子又破财的经过。罗景林激动，没容父母拉住，就要扑上去拼命。来啊来啊，老子还怕了你不成？二老当然知道省城的混混不好惹，好说歹说把罗景林拉住，也没带那么多现金，押了身份证答应一周之内把钱还上，这才平安离开。小个子一伙嬉笑着在身后打口哨的场景罗景林毕生难忘。

没有不透风的墙，除非从来没有风刮过。

也不知道第一丝风声是怎么走漏的，一传十十传百，街坊四邻都知道了罗景林在省城被关进派出所的事。农村人热情，知道了就总要慰问，一说两说就令罗景林生烦。他伤口未痊愈就去学校，不想学校里也是一石激起千层浪，都知道三好学生罗景林进了派出所，都在打听着，到底是犯了什么事。最先是平时待他如父兄的班主任将他叫到办公室，气氛凝重，如对敌特，罗景林同学，你讲一讲，到底是怎么回事。如鲠在喉，罗景林竟然一句两句说不出来。你要正确认识自己的问题，学校也会给你一个正确的评价，在即将高考的这个关键时刻，你也不要想着蒙蔽什么。班主任的语气突然就严肃了，冷冰冰，令罗景林窒息。走在校园里，他也感到四面八方的指指点点。

那之后，罗景林变了个人。

话少了，整日发呆。好像从派出所出来后中了魔咒。

罗爸爸罗妈妈不知道情况，只在周末将伙食搞好，拜天拜地希望罗景林熬过这几个月，考出好成绩，上个名声显赫的好学校，以后的人生也就一马平川了。他们是过来人，知道人生的紧要处是哪几步。

可是罗景林回不来了，他的生活掉进了黑暗的冰窟里。

和父母担心的一样，罗景林高考成绩惨不忍睹，名落孙山。

罗爸爸罗妈妈从失望和沮丧中抬起头来劝慰儿子说，这一次发挥失常不要紧，大不了咱们从头再来。罗景林却是铁了心不上学，可是不上学也不知道要干啥。低落的情绪揪住了他，什么都不想说，什么都不想做。

你这算个多大的事？当年我们那帮子年轻人死都不怕，你倒是为这么点事就绊住了。出现在舅舅面前的时候，罗景林并不能确定能够得到答案。他弱不禁风的世界观在小个子和派出所的警察面前彻底被揉碎了，好的不再好，坏的也不再坏，以他的既有人生经验，已经不能辨别什么是好的，什么是坏的。好坏不分，是非颠倒。在战场上，小子，你知道吗？就算知道前面有地雷，也是班长第一个冲上去，知道是死，也要义不容辞，那是班长的职责，那是班长的荣誉。班长要是不冲上去，而是让别人上，那就是班长的耻辱，也是整个战斗班的耻辱。可就是这送死的差事却是最大的荣誉，当将军不敢说，但当班长绝对是每一个普通士兵最大的心愿。每一个人都心甘情愿带着自己的弟兄去冲锋陷阵。稀松平常的生活也是一场战斗，要攻山头，拔据点，一次次地往前冲，什么时候都不能退下来，战场上是一溃千里，生活中但凡退缩一次就会养成习惯，一旦养成习惯，这辈子也就没有什么指望了。舅舅永远像灯塔一样照亮着罗景林前进的道路，他一直不明白，为什么舅舅什么都知道，什么都能说的那样合情合理。

我知道你的小脑瓜子里想些什么。是不是给你一把刀，都敢杀人？可是又能怎么样呢？杀了人，你同样要坐牢。杀了一个小个子，还有一批小个子；杀了一个无良的警察，还有一群无良的警察。正如老家广袤的大地上有农作物也有杂草，有益虫也有害虫一样，在社会上，好人和坏人都是不可或缺的一个部分，失去坏人，也就无所谓好人，没有好人，同样无所谓坏人。不管你遇到不遇到，他们都在那里，这个无可改变。你痛苦的根源在于碰巧遇到了他们，被他们的有害性侵犯了，如果不遇到他们，一切都不会发生。你现在紧要的不是否定自己，而是认识这个世界。小林啊，一切跟你都没有关系的，只是你碰巧掉进了他们的陷阱里。要我说，这不一定是坏事，说不定还是人生的一笔财富，这时候遇到了，有了免疫力，就像出水痘，一生一次，这次吃了亏，以后就一路太平了。

小林啊，没有过不去的坎，人一辈子总要经历各种各样的磨难，每一种磨难都是一本书，不是让你陷到里面，而是要学到东西，吸收到营养，以此让自己慢慢地强大起来。你的理想不是改变这个不合理改变那个不合理吗？这个都无可厚非，但是想要改变，你必须先让自己强大起来。

就算这次对你伤害很大，但你终归还是要明白是非标准，好的就是好的，坏的就是坏的。这一次那个小个子和坏警察得逞了，看似他们得胜，其实是向更黑暗的深渊里滑得更远了，更大的恶果在后面等着他们。看似你吃亏了，你却看到了真实的人生，只要不被击倒，你就会变得越来越强大。你要记住，不管在什么样的社会，正义总是被弘扬和褒奖的。你看我那些血洒疆场的战友们，他们是死了，有的被子弹打穿了头颅，有的被弹片削去了面庞，有的甚至被地雷炸得粉身碎骨，可是只要提起那场战争，就会提起他们，他们是这个国家公认的令人敬仰的英雄。

人人都想成为英雄，可首先得战胜自己。

这个世界上没有天生能够而且愿意慷慨赴死的人，我的那些战友也非完人，都有这样那样的毛病，走上战场之前，没有人能看出来他们能够成为英雄。你知道我们指导员怎么说的吗？每次冲锋的时候他都大声喊着，小伙子们，精神点，可不要给我们突击连的招牌抹黑啊。你看看，指导员都对我们信心不足，可是只要上了战场，那轰隆隆的炮声就像催征的鞭炮，大家都没有畏惧，都没有胆怯，个个都像英雄那样冲了上去。有人倒下了，另一个以最快的速度就补了上去。枪林弹雨算什么，告诉你吧，这个世界上最为强大的是人的意志，永远不要小瞧了自己。

小林啊，不能就这么颓丧下去，是男人，就要经得住风吹雨打，就算摔倒了，也要再站起来，而且要站得更稳当。当兵的在战场上死都不怕，缺胳膊少腿更是家常便饭。你这点打击算什么？如果传出去，一个男人因为这么点鸡毛蒜皮的事情而失去了生活的斗志，那是要被别人笑掉大牙的。

行了，收起那副沮丧的面孔，笑起来。

罗景林抬头望舅舅。五味杂陈。

以前的都翻篇了，振作起来，重新开始。

可是，军校不招收复读生。罗景林又陷入焦灼。

人还能在一棵树上吊死？上不了军校，咱就当兵去。条条大道通罗马，当兵照样能成为军官，能成为将军。只要你足够优秀，没有干不成的事。

年底报名参军，因为打架一事，也费了一些周折，还好，并没有被武装部一口否决，做些工作，磕磕绊绊总算过关。穿上军装那一刻，罗爸爸罗妈妈激动得泪流满面，前后转着圈打量儿子，喜悦都在绷不住的泪水里。

舅舅也来送别，摆手说，好好干，不要给我丢人。

六

团里参谋长调走的消息刚传来，教导员在一次开会间隙就神秘地说，看着吧，咱们营就要有好事了。看大家无知无觉，他又补充说，不对，不算是营里的好事，是某人的好事。真的，好事将近，等着瞧吧。

教导员的确是料事如神。话出口不到一星期，基地的干部处就来考察干部。当然不是考察教导员，而是考察罗景林。罗景林正营已经干满两年，不论部队建设还是个人成绩，都是有目共睹，早就列在了候选之列。

干部处的干事到营里活动一天，日程很紧。

找罗景林谈话，找教导员谈话，又开了一个干部的座谈会和一个战士的座谈会。和罗景林以及教导员的谈话内容大家不得而知，座谈会上人多，大家发扬一贯你好我好大家好的发言原则。大体上说了罗景林军事素质好，在各种训练和任务中都是率先垂范一马当先；罗景林政治觉悟高，好几次立功受奖的机会都让给了别人；罗景林廉洁自律，从来没有收过干部战士的一盒烟一瓶酒。针对上述三点，大家努力回忆，说了数十个可以佐证上述观点的生动事例，并且不拘一格尽情陈述，互相补充互相引导。

座谈会结束，大家翘首以待。

一是等着罗景林履新团参谋长；二是猜测着谁会来接替罗景林当营长。

日子在新鲜的等待中一天天潮水般涌向前方。

迟迟不见结果，却突然传来一个匪夷所思的消息。有人揭了罗景林的老底，说他有天线，从当兵到当营长只干了短短的九年时间。天呐，你看看，这确实是一个令人抓狂的数字。你想想，一个普通人家的孩子，九年时间只能从列兵干到上士，可是罗景林已经干到营长了。一个上士最多能当个班长，班长顶多管上十来个人，可营长的手下有几百号人马。敢比吗？这对一个没有钱没有关系的战士来讲公平吗？正是因为有了一大批像罗景林这样的关系户，才助长了部队的不正之风，才让许多官兵认识到凭借自己的努力无论如何都是混不出名堂的，所以一大批干部在晋升正连之后就纷纷提出转业，上等兵和下士更不用说，急不可耐要回地方。

更可恶的是，只干了十一年的罗景林，眼看着就要晋升副团了。

十一年，别人仍只是上士。简直无法无天，罪大恶极。

罗景林的天线是谁呢？

一石激起千层浪，各种小道消息迅速传播开来。他有个舅舅，知道吧？对越自卫反击战战场上下来的，你知道的，北京最著名的某某某首长，还有某某某首长，都是从那个战场上下来的，听说他们当年都是同生死共患难的战友。怪不得呢，那可都是通天的关系。可不是嘛，这个世界上没有无缘无故的爱，也没有无缘无故的恨，没有通天的关系，一个小兵能爬得这么快，就算军校毕业的高才生也赶不上他。知道吧，只要有啥事搞不定，罗景林都是单线联系他的舅舅，他舅舅一句话，所有的事情都是迎刃而解。你想想，基地的司令大不大？听说司令都得听他舅舅的。

罗景林的老婆知道吧，把副司令叫亲叔，这么算下来，罗景林也把副司令叫亲叔。能有这层关系，在团里混还不是如鱼得水，团长再厉害，也不可能跟副司令叫板，所以你怎么跟别人比，根本不是同一个重量级。

还说了，利用这层层叠叠的天线，罗景林不光打着这些天线的幌子收受过别人请托办事的钱物，而且也给上层某某领导送过礼。罗景林还在营里私设小金库，截留伙食费，购买的公共设施也是以次充好。罗景林极大损害了集体的利益，极大败坏了营里乃至团里团结向上奋发有为的良好氛围。

揭发罗景林的据说是一封匿名信，也据说是一通没有来电显示的电话。

这个不重要，更多人关心的是谁在关键时刻摆了罗景林一刀。

有人私下里推测，谁跟罗景林有利益竞争，谁的嫌疑就最大。

这样说就有两个人，一个是团里的保障处长，一个是工兵营营长。

说起来也有道理，他们三个人都有可能坐上团参谋长的位子，罗景林被搞下去了，三选一就变成了二选一。可是写告状信历来都是部队首长最为反感的，就算举报的情况属实，在处理完涉事人之后，举报人也同样会不被待见，会被组织和同事所排斥。更严重的是如果只是道听途说编撰举报材料，查出来后，举报者更是得不偿失。就在去年，一个二级军士长因为对主官有意见，编撰了所谓的“十条罪状”向上举报，没想到不查不要紧，一查反而查出个清官。不但没有影响主官的仕途，那个原本可以干到退休的二级军士长反而自毁前程，因为不实举报，被做复员处理。

举报的风险性都知道。除非想鱼死网破，否则一般人不会干。

谁呢？都在猜，没有结果。

直到教导员在一次会上有意无意地说，我这个人对于同志的进步向来是抱着欢迎和祝贺的态度，不会吃不着葡萄就说葡萄酸，虽然我进步慢，这说明我还有很多短板和需要改进的地方。我们营里出了人，从另一方面说明我们营的建设是被上级肯定的，这也是好事，是值得高兴的，不像有些小肚鸡肠的人，因为嫉妒，经常抱怨和拆台，这是很不好的。

有人评价说，教导员的说辞是此地无银三百两。

也有人恍然大悟：写举报信的不一定是直接利益相关人，也有可能仅仅是对罗景林看不顺眼，就以众所不知的阴暗心理给罗景林使个绊子。

某些人是谁？猜测的目光逐渐聚焦。

有人传言说，教导员专门到营长小宿舍里推心置腹地解释过，虽然对罗景林平常的一些做法有意见，但只是同志之间内部的小争论，都是为了干好工作，不存在不可调和的根本性矛盾，更不会在这个时候使坏。

会不会是教导员，只有鬼知道。

这个时候，是谁举报已经无关紧要。对于基地纪检部门和干部部门的人来说，既然有人举报，就要查一查，尤其是在干部即将任用的节骨眼上。只要费些力气，就一定能查出混进党内的思想品行不端分子，这个人要么是罗景林，若举报情况属实，那就要对他的任用另加考虑；要么是举报者，若举报内容都是子虚乌有，那么查到这个人，他就要对此次事件负全部责任。

此次工作组下来之前，从团里到营里各种声音已经沸沸扬扬。

罗景林泡在训练场，不是冲刺跑就是武装越野，把一群警卫兵训练成了豺狼虎豹，对工作组来查不闻不问，好像压根跟他没有关系。

罗景林的天线到底伸到了哪里，暂且不论，既然有人提到他的成长进步有诸多疑点，那就从他十一年军龄缘何进步这么快开始查起。

找到罗景林当义务兵时候的老连长，是在熙熙攘攘的大街上。

老连长晋升副营后就转了业，本想着到地级市的行政中心上班，却事与愿违，到了风口浪尖的执法局，老百姓统一口径叫城管。老连长一见到部队上的人，就大倒苦水，这他妈的干了十几年革命都没站过岗，一到执法局报到不是去办公室，竟然是站岗。你知道吧，大冬天的连个岗亭都没有，就站在执法局冷风飕飕的门口，从寒冬腊月一直站到第二年春暖花开。你说在部队吧，我们连队主官大年夜还要替战士站班岗，体现温暖友爱，可是这执法局的领导王八蛋，连个人影都没见，就把我们几个转业干部丢在寒风里。其实一个执法局又不是军事禁区，你说站哪门子的岗？以前也没有站岗这一说，可后来转业干部多了，一个执法局的领导对转业干部有意见，就出了这么一个馊主意，说但凡转业干部报到后，都先站岗锻炼三个月。你说说，这不是身份歧视嘛，部队就应该跟他们说说。我们奉献部队半辈子，你们可是我们的娘家人，你们不给我们做主，我们还能找谁去？

这当城管可真不是人干的，早知道这样，当年就是赖也要赖在部队，何苦稀里糊涂受这份洋罪。都说城管坏，都说城管霸道，我告诉你，我可是最人性化的城管，别说打人罚钱，就是重话都没说过，就这，整天也是过得提心吊胆。你知道吗？刚上路执勤那会儿，一个老太太在路中央卖红薯，我准备过去劝说，人还没到，她就一骨碌躺在了地上。我的娘啊，见这场景，我撒脚丫子就跑。那场面要是被谁拍了照片放到网上，可是跳进黄河也说不清。现在城管队的人也学精了，上街就带着录像机，边执法边拍摄，我们不跟谁胡说，谁也别想赖上我们。你说是不是？

我也想开了，人这一辈子就这么回事，就像钱锺书写的那个什么《围城》一样，不管干什么，都是里面的人想出来，外面的人想进去。当年在部队，就是想不通，那么多人削尖了脑袋要把孩子送到部队，我还巴不得走呢。现在同样想不明白，那些本科生、研究生到执法局来做什么，据说还要走后门托关系，要是有其他选择，我巴不得脱下这身衣服。唉，没得选了。

谁，你们说谁?

罗景林啊。别急，我想想。有印象，绝对有印象。这应该是我们连的。你看，这回来快十年了，部队的事老是模模糊糊对不上号。但是别急，这个名字绝对有印象。对了，想起来了。陕西兵，对不对?瘦高个，对不对?军事素质过硬，还有一笔好写，能出黑板报。对，就是罗景林。

这小子开始我看不上，后来就喜欢上了。

你知道吗?他是唯一一个周末外出回来不给我带东西的。你也知道，那时候部队管得严，周末外出一趟不容易，我们连只有三个，不对，五个指标。刚到周四就跟打仗一样，排长之间争，班长之间也争，工作上倒不操心，就是他妈的每周末为谁出去让我操碎了心。那时候指导员又不在，去南京政治学院上什么强化班，我是既当爹又当妈，让这个出去那个不服气，让那个出去这个有意见。后来我灵机一动，想了个招，你知道是什么吗?就是最原始也最服众的办法，抓阄。全连一百多号人逐一编号，每周五晚上看完新闻，在俱乐部里现场由值日员抓出五个号码，对应谁，谁就周末出去。当然了，抽到的人要是不想出去，完全可以把指标转让别人。你们也是知道的，下面连队的兵，个个都想跟领导搞好关系，出去了，就有了理由。这个说，连长啊，正好见到卖花生的，尝了尝，不错，就给你称了二斤。那个说，连长啊，老苗家的牛肉都说好，就顺便给你带了些。其实咱也不缺那些东西，但都是战士们的一片心意，你也不能拒之门外。老话怎么说?有理不打上门客。这个来了，那个来了，我也记不住，但是罗景林没来过，我倒是印象深刻。开始我想啊，一个连自己的直接领导都不放在眼里的兵，肯定不行，但这小子，后来让我刮目相看。

武装越野我们开始是跑三公里的，当然了，以前也跑五公里，但后来的新兵不是越来越娇嫩嘛，上面就下了通知，从五公里减到了三公里。可那小子回回自己跑完五公里，而且在全连大会上说，警卫兵都不跑五公里，还算什么警卫兵？这话说得硬邦邦，说到了我的心坎里。史无前例啊，因为一个上等兵，我们层层上报后修订了训练大纲，你说，他牛不牛？

要说那个二等功啊，还真跟这个没有关系。

咱们都是部队的同志，我也不隐瞒，警卫营当时守卫的那片阵地事关重大。据说好几个资本主义国家的卫星一天二十四小时都在上面来回转，这个我们倒不怕，制定了严格的规避措施。但是有段时间，经常能看到巨大的热气球从禁区上面飞过，上面还有亮光闪闪的东西。大家都猜测是间谍在偷拍，但只是猜测，没法把热气球搞下来。层层上报后，上面派人来看，可后来热气球再没来过，也就不了了之。过了几个月，热气球又来了，当时是罗景林负责高空执勤，这小子也是胆大，没请示没汇报，连一起跟哨的班长都没说一声，自己扣动扳机，叭叭叭，一梭子高射机枪子弹打完后，热气球穿了孔，晃悠着下来了。还真抓到一个拿摄像机照相机的家伙，倒不是传说的外国人，但交给基地的保卫部门和地方国安部门一审查，还真是个间谍。神奇吧，是不是跟写小说一样？这就是罗景林干的事。

对，就为这事，基地首长亲自批示，说要给罗景林立功，并且根据实际情况重点培养。这不，立二等功和提干都是顺理成章。要说他有什么天线，我还真是说不准，但你想想，他的天线不可能策划一个热气球放到刚好他执勤的时候飞过来吧？再说了，热气球上还装着一个大活人呢。

他是个好苗子，可要调查清楚了，放在部队能够大显身手，打仗就得要这样豁得出去的，到了地方，唉，说不定就变成我们这个样子了。

驻地的春汛很少见，可是一场三天三夜的大雪之后，三十里外的石川河就汹涌起来。接到命令，警卫营迅速整装完毕，随时准备出发。

教导员去团里领受任务的途中被罗景林赶上。团长和政委一致要求教导员带队，但罗景林坚持说，就算考验我，也不应该是在流言蜚语中，而应该让我在炮火连天的战场上，现在无仗可打，我就请愿到抗洪的第一线去，我愿意在最艰难最危险的战场上接受组织的考验。

团长看政委，政委看团长。

我向团党委保证，绝对完成任务。

团长点头，算是默许。罗景林得到了领兵出征的机会。

副团长目送罗景林带队离开营区，转身就去了团里的会议室。基地干部部门和纪检部门的人都在等着呢。罗景林直接从正连晋升正营，正好接的他。在这件事情上罗景林的天线到底发挥了多大作用，副团长最有发言权。站在门口，副团长把半根烟猛吸几口，扔地上，脚尖捻一捻，进门。

罗景林政治素养过硬，军事素质好，团结同志，我保证他是一名好同志。

你先别着急保证，咱就说说他直接正连调正营的事。

要说这个事，还真不好弄。我给你算算，当时全团正连职的干部有位子的加上储备的少说也有二三十个，赶在晋升节点上的也有十多个，这些短的干满了三年，长的有五年多的，可景林才干了两年正连，就鹤立鸡群凸显出来，任上了正营职，而且是营长，这可是我知道的头一份。

这么说，罗景林真有天线？

不不不，不是这意思，你看我这又有些词不达意。天线的事我也听说过，可我觉得以景林的性格，就算真有，他也不会用的，他靠真本事吃饭。能直接从正连到正营主要是他当年被评为全军的优秀指挥军官，好像干部政策上有个规定，获了这个荣誉就能提前晋职晋衔，就都赶上了。

全团那么多连长，为什么就报他？

我们警卫营一连当年是标兵连队，全团独一份，他是连长。

咱们基地那次评了几个优秀指挥军官？

好像就他一个。你们别误会，他一个不一定代表他有天线，不代表他的优秀指挥军官是托关系走后门弄来的。怕你们真这么想，我有必要说个事。景林评优秀指挥军官的前一年，隔壁六团发生个影响挺大的事，不知道你们还记得不，基地当时下来好几个工作组进行调查。

没印象，你说。

就是一个山西的男上等兵溜进女兵生活区，偷了一大堆女孩子用的内衣、袜子什么的，被六团的保卫股抓住，关了禁闭。那个男兵的班长嫌男兵给他们丢了人，就私自进到禁闭室打了男兵，结果男兵晚上就翻窗户逃跑了。也不知道咋整的，第二天早上竟然死在了鱼塘里。事情弄大后，基地就层层追查责任，发现上等兵身上伤痕累累，连夜问讯，查出打人一事，再一查，关禁闭也是没有履行手续，从头到尾都是胡来。基地首长震怒了，说，班长把兵打了，最后死了，这就是我们现在麻木不仁的内部关系。

这跟罗景林有什么关系？

当然有关系。你听我说，这事没几个月，景林就带着我们警卫营的十几个棒小伙子参加基地的五公里全副武装对抗越野。你知道的，这种比武不看第一名的成绩，而是看最后一名的成绩。我们警卫营的训练在全团乃至基地都是出了名的高强度，选出去的人当然也都是个顶个，可人算不如天算，原本稳拿第一却出了情况。湖北兵赵建国跑到一半的时候扭了脚，你说这是比武呢又不是训练，就算缺条腿也得跑下来，这时候就不是自己的事情了，而是事关集体荣誉。赵建国当然是拼了，可脚扭了就跟车轮子跑了气一样，拼命也不顶用。这时候景林的组织能力就体现出来了，他让一个体力好的背上赵建国的装备，自己搀着赵建国跑，说是搀着，其实就是背着。毕竟出了伤员，那次的比武我们没有拿上名次。

第几名？

第几名不重要，重要的是那次基地的常委都在主席台上观战。在对抗比武结束后，基地的高政委即兴讲话，说刚才我看到了感人的一幕，一个战友受伤了，大家你争我抢帮助他，不抛弃不放弃，这一幕又让我想起了官兵情战友爱，又让我看到了我们这支部队的温暖和力量。后来还有很多，不太记得了，问了我们是哪个团，还问了景林的名字。

后来就热闹了，你们肯定也知道一些。哦，也不一定，毕竟好几年之前的事了，反正我记得清清楚楚，我们整个警卫营那段时间都无限光荣。

基地的新闻干事来团里，说要把我们警卫营的一连树立成建设和谐军营的典范。又是采访我又是采访教导员，当然了，重点是景林。还搞了调查问卷，开了座谈会，不到半个月时间，二炮报纸上就连着出了三篇新闻稿，题目我还都记得，第一篇叫《好连长名叫罗景林》，第二篇叫《好连长是怎样炼成的》，第三篇叫《探寻一个标兵连队长盛不衰的秘诀》。题目取得好，文章也写得好，一下子就让我们警卫营出了名。又过了半个月，《解放军报》也登了景林的事迹，篇幅短一些，好像是叫《好连长罗景林尊兵敬兵爱兵受赞誉》，毕竟是大报，一下子就把我们捧上天了。那一年景林还是优秀基层带兵人、学习型干部十佳标兵、感动营区十大人物，反正荣誉一箩筐，顺着这个走势，成为年底的全军优秀指挥军官也就顺理成章。

工作组把陈年的文件全部调出来，将罗景林的立功受奖情况一一对照，甚至早几年的军事考核成绩表都要了过来。嘴上不明说，但团里的干部部门清清楚楚，上级如此大动干戈，就是要彻彻底底查清这个有着大官舅舅、媳妇和副司令是亲戚的营长到底是不是一个水货，而且据说这段时间新上任的司令拍着桌子说要杀一杀部队的不正之风，这是在找反面典型。

真不凑巧，档案也翻了，成绩也看了，种种证据表明，罗景林就是一个全面过硬样样突出的优秀带兵人，真没找出他不优秀的丝毫破绽。就算有天线，也没有靠着天线不学无术为非作歹，而是一心为公钻研打拼。

一番大动干戈，调查之事就算了结，接着要继续进入任用程序。

罗景林能不能干上参谋长，没人知道。大家拭目以待。

七

找了一天一夜，没有任何结果。

副营长手里提着的罗景林的那只作战靴刚从河边找回来，此刻抓在他的手里，硬邦邦挺立，鞋帮以下涂满了同样冻硬的污泥，像断掉的残肢。

副营长说，一看到那棵横在河中央的白桦树，我就感觉不对劲，到处找营长，可是天太黑，河面上的人又乱，我就一边找一边大声喊。你知道吗？那棵白桦树横在中间，河面上的杂草树枝就都堵着不走了，最容易决堤，再加上还有冰碴子，一层一层就像等红绿灯的汽车，都攒到了一起，真是火烧眉毛，不定什么时候就要涌出来。越是这个时候我越是着急，越是着急也越没有办法，我知道这个时候营长肯定要第一个跳下去，我找他就是要阻止他跳下去。那水有几米深倒不是问题，营长的水性众所周知，就是掉进大海里也没事，可问题是那水太冷，挨着身子就会结冰，分分钟就会把一个人冻在河面上，我可不能让他去送死。可我也着急，就算把他拉住了，黑天半夜的，这问题也没法解决，总得有人要跳下去疏通河道防止决堤，要不然这一河滩的战友和百姓就都性命不保。我当时真想了，不行就我下水，先把白桦树挡着的树枝杂草清除掉，再和岸上的战友一起拖起整个树干，再难也得这样干啊，不能坐以待毙。可是来不及了，我看见营长的时候，他已经在河中央了。我喊他，他根本听不见，光着上身在清理杂物。他动作算快的，十几分钟弄完杂物，我们就开始一起挪动那棵白桦树，也是运气好，树干很长，却不粗，很快就排除了险情。正当大家庆幸的时候，突然有人说营长不见了。你看，我当时也是光顾着忙了，竟然完全忘记了河中央的营长。天呐，真的不见营长了，刚才还堵成一锅粥的河中央，没了那棵白桦树之后，泛着冰凌子的河水呼啦啦朝下游奔去，月光下，都是水面上泛起的寒光，根本就看不见营长的影子。我当时想着把全营都动员起来去找营长，可是也不现实，毕竟还要加固堤坝，就带了一个排顺着石川河往下找。河面太宽了，真是没法找，真希望营长发挥特长，能自己游到岸上来，可是又不现实，那么冷的天，是谁都得冻僵了。我真是替营长捏了一把汗。真是急死人，现在都不知道他在哪里。

那只作战靴就在副营长手里，那个脚后跟最为显眼，都快磨秃了。警卫营的人都知道，这就是营长的靴子。靴子找到了，营长不见了。

事不宜迟，团里又组织了几百人沿着石川河两岸寻找，还协调地方弄了两条电动轮船，突突突顺流而下，又突突突逆流而上，宽阔的石川河逐渐平静下来，可是连罗景林的影子都看不见，上下弥漫着悲伤绝望。

三天之后，营长罗景林成了烈士罗景林。

灵堂设在团里的礼堂。礼堂宏伟壮阔，建成也就两三年时间，罗景林在这里领过奖，做过报告。今天，就一张英俊的照片贴在幕布中央。

团长政委以为副司令会参加追悼会，毕竟是亲戚。

副司令没来。团长政委惶惑不解，开始调查。

一通明察暗访，脉络浮出水面。

以为是亲戚的理由仅仅因为罗景林的媳妇姓端木，叫端木云燕。

可以理解，副司令也姓端木。

这个比欧阳还要稀罕的复姓很多人以前根本闻所未闻，到了基地当兵，才知道端和木抱团还可以是一个姓氏。再后来，罗景林打结婚报告，他媳妇那个端木又引起政治处干事的重视，一传十十传百，虽屡次求证都得到罗景林的矢口否认，可罗景林媳妇是副司令侄女的谣言却讹传成真。

一个信了，两个信了，大家都信了。

也难怪，那整整齐齐的两个端木一块提，可不就是一家人嘛。

但问题是一个山西运城，一个陕西渭南，隔了黄河的九曲十八弯。就算五百年前确是一家，现在也早已经风马牛不相及了。这么一考证，真相大白。可知道真相的就局限于那么几个人，谣言则刻在了更多人的脑子里。

端木云燕没有任何要求，哭干了眼泪就发呆，突然的，又会放声大哭。她想不通一个人好好的，怎么会说没就没了。她过不了那个坎，他说过要和她执子之手与子偕老的，可漫长的人生才刚刚起步，他却撒手人寰。

罗景林抽走了端木云燕的骨骼，她悲伤成了一摊柔软的水。

官兵们能怎么办呢？就算身体里蓄积着能够打死一头牛的力气，也是无济于事。他们只能垂泪肃立，目睹嫂子经受惨痛的内心折磨。

送他回渭南老家吧，端木云燕说。他常说会想起春天里老家漫山遍野怒放的野花，姹紫嫣红，芬芳扑鼻；他常说会想起夏天里老家层层叠叠的麦浪，一片金黄，恣肆壮阔；他常说会想起秋天里老家星辰一样繁密的酸枣，密密麻麻，惹人垂涎；他还说会想起冬天里老家千里冰封的荒凉，万物屏息，令人着迷。送他回去吧，那理应是他梦中所想的宿营地。

一个赭红色的衣冠盒抱在端木云燕的怀中。就像无数次拥抱自己的爱人罗景林一样，紧紧地，紧紧地，她宁愿把盒子贴近自己的心脏。以为永远相守，却失去了，她多么后悔，后悔当初就不应该让他去抗洪。

又有什么用。悲伤已经那样无情地定格了。

火车上，每个人都有自己的方向。罗景林的衣冠也是。

就在那年，办完随军手续的端木云燕和罗景林一起回部队，在同一条线路上，只是朝着相反的方向。罗景林惆怅地望着窗外，良久，他说，此一走，养育我们的渭南可能就从家变成了客栈，再不会长久回去了。

会的。端木云燕说，我们要回来养老。

天地悲戚，一语成谶。她此刻多么希望，跨越千万里的时空，再回到那趟开往部队驻地的火车上，收回那句无缘无故的话。不回去，永远不回去，哪怕在外面孤零飘摇，也不回去。可此刻，什么都阻挡不了他们。叶落归根，只是罗景林这棵树刚刚沐浴雨露阳光，即将繁茂，却过早飘零。

下了火车，县里武装部的车子已经等着。

从县城一直往北，过了一个多小时开始进山。渭南的山不像南方的山那样秀美，远远地就呈现出裸露黄土的本色。刺进黄土的，是一株株密密匝匝的花椒树。此刻，它们同样裸露，青灰色的枝干冰冷而坚硬。

暮色四合的窗外，正呈现着罗景林向往的那种冬天的景象。麦苗蛰伏在地上，已经被沁入骨髓的寒冷催眠了，和黄土融为一色，彰显着苍凉的本色。这一幕，罗景林是再也看不到了。

一到村里，悲伤的气氛就迎面而来。

白色的花圈从村口一直延伸，将车子引到一座农家小院。红色的大门，两边已经贴上了白色的悼语：居安思危，热血男儿精忠报国谁可见；鞠躬尽瘁，铁胆忠心醉卧沙场万古传。门里门外，一片披麻戴孝的白色。

车一停，就是止不住的哭声。绝望哽咽，催人泪下。

不哭了，哭什么？景林这是为国捐躯，立了二等功，是英雄，是我们这些人的骄傲，我们应该为他感到光荣和自豪。轮椅上，一个干瘦的老人尽量掩饰自己的伤心，他擦拭掉的泪水很快又从眼角里溢了出来，扭一下头，旋即抹在耸起的肩膀上。他自己转动轮椅，一直到政委面前，首长同志，谢谢你把景林送回来，他和战斗英雄一样，这是荣归故里。

老人是罗景林的舅舅。唯一的舅舅。

老人1979年参加对越自卫反击战，一次突击任务中踩上地雷，被炸断了一条腿，立二等功，光荣复员回乡。原本安排了工作，但老人直言，我一个残疾人，啥也干不了，不给组织添麻烦，就打报告回乡种地。

罗景林舅舅是北京首长的消息从哪里来？已经无从考证。

一个道听途说的版本，不知道能不能经得起推敲。

罗景林给舅舅打电话，总要大着嗓门开玩笑喊一声“首长好”。

舅舅是老兵。入伍后，罗景林就这样称呼舅舅，是亲爱，也是敬重。喊首长后的通话里，又暴露出甥舅关系，一来二去就被耳闻者复杂化。通过对参加对越自卫反击战、功臣、老战友、首长等关键词进行任意组合，就演绎成了广泛流传的版本。于是所有人都坚信，罗景林的天线是大首长舅舅。

一层层剥落，曾经谣言加身的罗景林在另一个世界里赤裸孤单。

他的媳妇并不是副司令的侄女。

他的舅舅也并不是北京的大首长。

那么问题又回到了更多人的脑子里。既然没有天线，罗景林怎么用了十一年就从一个战士成为正营职主官？而且眼看着就要成为副团职参谋长。

不切实际，不可思议。

更想不明白的是，罗景林敢于因为战士转士官、上学、入党这些事情和基地、团里首长顶着干，胆子从哪里来？想干什么？

想不通，就更要打听。另一个世界的罗景林比曾经的罗景林更受关注。他俨然成了一个课题，被认为有天线的时候，关于他的任何流言蜚语都是理所当然，当天线的预设结论被推翻之后，一切都成了谜。

好像一个普通人家的孩子通过自身的努力根本不可能实现从战士到干部的跨越，更不要说用十一年就神奇般从小兵成长到副团；好像一个营长不可能对自己士兵的转士官、上学、入党等涉及切身利益之事做主，而必须听从于那些掌握他们仕途命运的更高一级首长；好像所有通过努力奋斗而获得成功的故事都不是那样单纯励志，而是背后有着深不可测的阴谋；好像那些杰出人物所有令人振奋的报告都是天底下最大的笑话，结果光鲜亮丽，过程龌龊不堪。不能理解的疑惑潮水般汹涌泛滥，淹没军营。

灵堂撤了。副营长接替罗景林当了营长。

一个新的周期开始。口号声依旧，训练场上的生龙活虎依旧。

听说没，副营长不是一般人。

咋了，能有三头六臂？

三头六臂是妖怪，人家上面有天线，是天庭里留了名的神仙。

哪路神仙？

听说是以前基地政委的公务员，基地上下都好使。

怪不得呢，才干上副营长没多久就能当营长，真是没看出来。

所以说啊——

口口相传里，又是一个关于天线的冗长传说。

风来了。从夜里十二点起，西伯利亚绕道过来的白毛风就贴着地皮呜呜咽咽地怒吼着，摇下一地的枯枝败叶。雪花也随风而来。早上推开门，外面已经是厚厚的一层雪，漫天的雾霾被大风吹散了，微弱的阳光从亿万公里外穿透而来，金黄，温暖。阳光打在雪上，亮晶晶一片，逼得人睁不开眼睛。

在一色的雪白里，万物都被覆盖或者压倒，那是一整晚摧枯拉朽的征服。可是，在明亮的阳光里，却分明有一株绿色的枝干倔强地挺立着，带了叶子，带了饱满的蓓蕾，成为漫天雪地里最为突兀的一株。真不可思议，那纤细的绿株如此顽强，抵御了强风侵袭，也不被大雪所征服。

《植物大典》里有记载，这种特别的植物叫逆强草，大多时候隐匿在杂草丛生间并不显眼，随风枯荣，越是在艰难恶劣的环境中，它越是生长迅速，极寒天开花孕籽，花期无定，看天随风，生长于中国北方。

明明是花，为什么叫草？书中并没有更详细的解释。

原载于《前卫文学》，2016年2期

远去的情人

一

夜幕尚没有完全降临，外面的街灯就明亮起来，疲惫不堪的世界又开始新一轮的欢腾。空气里喧嚣着汽车的喇叭声和姑娘们兴奋的尖叫声。

罗涅夫放任他空旷的创作室在嘈杂的包裹中黑暗下来，没有开灯，罗涅夫躺在卧室的床上静静地等待一个声音。“咚——咚——咚”，三下轻柔的敲门声是最让他兴奋的音符，即使很轻很轻，轻到夜空里的尘埃都没有被惊动，罗涅夫也听得见。那声音连接着罗涅夫的心房，每一次，他都同时听到自己心脏“咚咚咚”三下急跳，飞奔去拉开铁门，那里就有他女神一般圣洁美丽的情人。罗涅夫总是不能把持，一瞬间就会融化在情人含情脉脉的笑容里，罗涅夫毫不隐藏他爱她，而且爱得神魂颠倒不能自拔。

起风了，老式铁质窗扇“吱扭吱扭”的声音将罗涅夫从梦中惊醒，他慵懒起身，关好窗户，借着从外面闯进的微弱灯光看表，已经过了十一点，罗涅夫确信“咚咚咚”的声音并没有响起，但又怀疑，是不是自己睡过了头没有听到。罗涅夫抱着侥幸打开铁门，夜深人静，什么也没有，一阵接着一阵的大风吹起街道上的塑料、纸屑、尘埃，起起落落，四处奔跑。

"哐当"一声关上铁门，罗涅夫走到日历前再确认了一遍，他嘀咕着，没错，六月十三日，星期五。罗涅夫热爱星期五，只因为伊秀儿在星期五的晚上会准时出现。哦，那是以前，以前的星期五晚上，她会准时出现在创作室的铁门前，罗涅夫并不知道是几点，反正他的心脏发出"咚咚咚"的声音时，就跑去开门，而她肯定就笑盈盈地在门口望着他。

看来真是不会来了。罗涅夫怅惘自语，返回卧室，把疲惫的身子像沙袋一样扔到床上。外面的风声更紧了，后半夜或者就有一场大雨。

上一次她来是什么时候呢？罗涅夫毫无睡意，睁着炯炯有神的大眼睛开始回忆。有一个月了吧，哦，可不止一个月，那时候他正在加班加点准备参加省里的青年艺术家联展，那次联展的组织者说是把他作为重点扶持对象，六组参展雕塑呢，可真够忙的。半年前他就拧紧发条开始高速运转，一个年轻的雕塑家有机会推介自己的作品，不玩命才怪呢。最紧张的就是参展前的一段时间，组织者对他的作品提出修改意见，要在以前，罗涅夫根本不可能听，但这回不一样，不听就会被撤展，他硬着头皮按照组织者的要求动刀子，把大力士手中饱满的女人乳房变成精巧的红苹果，给爱因斯坦导线一样抽象的脑袋下面加上了细长的脖子，每一刀下去，他都心疼，疼到手脚痉挛，可为了参展，他必须忍受那种疼。也记不清是在疼到哪一件雕塑的时候，伊秀儿敲门的声音响起，这一次是例外，他没有感受到心脏"咚咚咚"的跳动，而是听到了"咚—咚—咚"的敲门声。

你来了？罗涅夫脸上涂上了石膏粉，像戏中的人物。

我来好久了。伊秀儿的笑容里并没有责备。她知道他不是故意的，伊秀儿帮罗涅夫擦掉了脸上的石膏粉，他清癯的脸庞重新泛出光彩。

罗涅夫手上太忙了，脑子太乱了，他把伊秀儿引进创作室，就又一刀一斧叮叮咚咚地忙了起来，伊秀儿坐在边上，看他"篡改"艺术。

把大力士手中饱满的女人乳房凿掉，罗涅夫心中已经没了底，这是一组以力与美为主题的作品，把象征美的乳房拿走了，放一个红苹果又算怎么回事呢？他想不明白，但他必须这么干。伊秀儿见证了乳房的消失，也见证了红苹果的诞生，明晃晃的灯光下，罗涅夫满头大汗，现场一片狼藉。

不知道过了多少个小时，红苹果就惟妙惟肖地握在了大力士的手中。

你休息一下吧。伊秀儿倒了一杯水放在桌子上。

哪有时间休息？罗涅夫在艺术上追求完美，一个苹果他可以打磨一个晚上，正因为此，年纪轻轻他就成了全省小有名气的艺术家。

伊秀儿就又看他雕了一会儿苹果。沉浸在工作中，罗涅夫会忘了整个世界，不知道白天黑夜，也不知道疲乏困顿，他的心中只有饱满的艺术。

我——我有话要对你讲。伊秀儿不忍打断罗涅夫的创作，但明显的，她心里藏着紧要的话，斟酌许久，还是不得不打断他。

意料之中，也在意料之外，罗涅夫置若罔闻。伊秀儿弄不清楚是罗涅夫压根没有听到，还是不想走神。刻刀落在苹果上，他并没有回应伊秀儿。

我——伊秀儿再未说出，止住了，看罗涅夫创作。

终于，一颗立体饱满的苹果完成，罗涅夫长舒一口气，回过头来，却早已不见了伊秀儿的身影。在空荡的创作室里环视一周，仍旧没有。

罗涅夫并没有放在心上，伊秀儿下周五还会来。看着修改完成的雕塑，他心中充满憧憬，年轻的艺术家，新的人生画卷即将在脚下铺展开来。

二

雨越下越大，借着风势一波一波扑打在窗户上，空气中凝结着湿漉漉的惊惧。罗涅夫在暗夜里睁开眼睛，未完成的女神塑像在墙角孤独挺立。

再有九个星期，他就可以完成所有女神雕塑的创作。是的，就差那么一点，虽在浓重的黑夜，却已经隐隐约约看到了胜利的曙光，再坚持一段时间，尘埃落定，女神有了自由，他有了爱人，一切都欢快流淌在水到渠成的幸福里。曾经，日思夜想的拥有是那般可望可即，可是——他自己都有些恍惚了，反正昏了头脑，倔强地停止了一切。幸福的畅想戛然而止。

罗涅夫再也睡不着，他在暗夜里穿上衣服，在创作室里巡视一圈，确保所有的窗户都关得严严实实。打开大灯，坐在凳子上，扳正未完成的女神塑像，又开始叮叮咚咚地雕刻，只几分钟，他就停下了，脑子里伊秀儿的形象模糊不清，他真不知道刻刀下一次将要划向哪里，他想要赶紧完成这一尊塑像，可又怕刻坏了功亏一篑，罗涅夫举刀无着，他的心情坏到了极点。他爆粗口咒骂了那个骗他的经纪人，又滋生出对伊秀儿的愧疚来。

每个星期五的晚上，伊秀儿都会站在朦胧的聚光灯下，做一个固定的动作，让罗涅夫在石膏上尽情地雕刻。罗涅夫说，下巴抬一点。伊秀儿就顺从地抬起下巴。罗涅夫说，好，就这样。伊秀儿就把那个姿势保持一个晚上。就和罗涅夫喜欢看她静静地站在灯光下一样，她也喜欢罗涅夫投入雕刻时那种专注和笃定。他们互相吸引着，爱恋着。

罗涅夫是个天才的雕塑家，他只要一个晚上，就能把亭亭玉立的伊秀儿定格在他的石膏上，伊秀儿离开，他就开始了精心打磨和修正的程序。天才加上细心，用不了多久，他就能成为一个雕塑界的大师。他用星期五之外的时间把伊秀儿的塑像修饰得美若天仙。伊秀儿总在下个周五出现在创作室时惊讶地感叹，太漂亮了，我要变成它。罗涅夫嘿嘿笑着说，傻丫头，它就是你，你就是它，还要变它做什么。伊秀儿就不再争辩，做一个鬼脸，嬉笑着又站在聚光灯下，开始又一次的被雕塑。

快两年了，他们美好的日子在雕塑中开始，又在雕塑中结束。罗涅夫等待着自己“咚咚咚”三声心跳，拉开门，伊秀儿出现，彼此微笑，心有灵犀。活泼的伊秀儿会搂着罗涅夫的脖子亲上一口说，我想死你了，也会蹦蹦跳跳到创作室放置成品的角落里数一数以她为原型的女神雕塑数量。她指点着说，一二三四五……又说，快了快了，马上就凑够四十九了。说完，她急切地挣脱罗涅夫温暖的怀抱，要求快点开始雕刻。

照那样下去，今年年初就能雕完四十九尊。雕刻生活结束了，他们就可以开始另一种生活。可是雕完四十尊的时候，那个开着宝马轿车的经纪人找到罗涅夫，问他有没有做好一夜成名天下皆知的准备。罗涅夫被惊到了，经纪人就开始讲解青年艺术家联展对一个青年人的重要意义。说了俩小时关于联展的诸多细节，他说的情况一半罗涅夫知道，一半不知道，不知道的那一半对罗涅夫充满了吸引力。入行十几年，雕刻了上百件作品，他以为他要强过任何人，却仍然寂寂无名默默奋斗。罗涅夫在等待一个时机，就像烧开水一样，持续不断地升温，总有一刻，那壶水会惊天动地地沸腾起来，每一个奋斗着的人都在等待人生沸腾的机会，有人加温即沸腾，有人要长久一些，更多的则是奋斗一生都静若止水，在默默无闻中悄然死去。罗涅夫预感，自己人生沸腾的时机就要到来了，他要奋力拼搏上一回。

那个周五，伊秀儿在罗涅夫心脏的“咚咚咚”声中如约而来。她亲吻了他，又数了一遍女神雕塑的数量，她心里藏着一千个一万个的着急，想催促罗涅夫快点开始。她想早一点获得无拘无束的自由，他却不想失去那个千载难逢的机会。伊秀儿什么都没说，罗涅夫也丝毫没有拿起刻刀的意思。恋人间的矜持总不是好事，真不应该各自藏着各自的心思。

罗涅夫欲言又止。他决定参加青年艺术家联展。伊秀儿紧绷的面庞瞬间又活泼起来，她搂着他的脖子说，这是好事，你应该有这样一个平台的，我支持你。罗涅夫没有想到伊秀儿会站在他这一边。他吻了伊秀儿，呢喃说，我会证明我是最优秀的。伊秀儿含情脉脉望着他说，不用证明，你在我心中一直是最优秀最伟大的。那晚，罗涅夫开始了他参加青年艺术家联展雕塑作品的创作。整整一晚上，伊秀儿都坐在旁边陪着他，看着他。

那六组雕塑是罗涅夫雕刻生涯中最精细的作品，在经纪人的描述里，这些作品承载着他一朝成名的所有希望。记得那个后来被篡改的乳房吗？它的饱满和奔放曾经整整耗费了罗涅夫好几个日日夜夜。就是在这样的精细中，罗涅夫不眠不休赶着进度。周五晚上，伊秀儿如约而来，天亮之前，她又飘然而去。一周又一周，沉浸在雕刻中的罗涅夫已经有些麻木了。

三

两年多前，罗涅夫接到一个订单，要塑造一尊女性塑像，要求只有一个，清纯、圣洁、高雅。定制方已经为塑像取好了名字：女神。未及谈到价钱，罗涅夫就欣喜地答应了，他说，放心吧，我给你们雕刻最美的女神。

罗涅夫是一个自诩为艺术家的青年雕塑家，艺术家嘛，身上总是有一些酸溜溜的味道，罗涅夫也不例外。打心眼里，他希望他的雕塑作品得到上至皇亲国戚下到黎民百姓的认可，高在庙堂之上，低到草野之间，处处都有罗涅夫的作品最好不过。可另一方面，罗涅夫又把自己标榜为一个不食人间烟火的纯粹艺术家，只要有人找上门来和他谈雕塑的生意，他就非常不舒服，我们的青年艺术家罗涅夫不为其他，而是感觉自己被侮辱了。可他是知道其中道理的，没有这一次次的洽谈，他的作品怎能摆到四面八方？他不是一个胡搅蛮缠的人，就算不喜欢，也接活，只是接的时候心情沉重，郁郁寡欢。他总是对李苑秀说，我又一次玷污了艺术的崇高伟大。

李苑秀是罗涅夫追了三年的女朋友，追到什么程度两人各执一词，罗涅夫见人就说李苑秀是他女朋友，李苑秀却回回纠正说是普通朋友。大家只当李苑秀害羞，就把李苑秀当了罗涅夫的女朋友。别人这么想，罗涅夫却心中有数，苦功夫是下到了，可是李苑秀并没有清清脆脆答应一声。三年了，也就这么处着，罗涅夫继续追，李苑秀继续拒绝。就连罗涅夫都不能理解，李苑秀怎么就不识货，他可是前途无量的青年雕塑家啊。可人家李苑秀说了，人一生就一次选择，选择了一个，就错失了所有，她要慎之又慎。

李苑秀怎么说是李苑秀的事，追李苑秀却是罗涅夫在雕塑之外最大的事业。没有无缘无故的爱，罗涅夫看上李苑秀却没有理由，算是王八看绿豆，对上眼了。李苑秀不是那种普罗大众推崇的白富美，若是放在眼前仔细端详，她瘦削，冷峻，幽怨的眼神里掩藏着一本书的故事。只是一次偶遇，罗涅夫就被吸引了，三年未能挣脱，爱情有时真没什么道理。

想把李苑秀作为雕塑模特是罗涅夫长久存在心中的想法，说过几回，李苑秀都不冷不热地拒绝了。鼓几次气泄几次气，罗涅夫只好暂不提及。这一次等来人讲清楚“女神”的主题，罗涅夫一口应下，皆因这件作品符合他对李苑秀的雕塑心愿。女神，就是李苑秀在他心中独一无二的形象。

死缠烂打了三天，李苑秀终是答应坐在罗涅夫的工作台前。修长身材、一袭纱裙，相处三年，罗涅夫第一次如此长时间注视李苑秀。作为一个雕塑家，他承认，李苑秀是世间绝美的雕塑作品，那么一站，就是无与伦比的女神。只是，李苑秀阴郁的表情减了分数。罗涅夫总在引导她，开心一些，笑起来，收起嘴巴。李苑秀却不理会，兀自站立，依然如故。

要不是李苑秀一直催促，罗涅夫倒是希望在这件雕塑作品上耗费上一年半载，他要精心地雕刻出李苑秀的分明轮廓、修长手指、高挺鼻梁，甚至一根一根的头发。可李苑秀总有不得不离开的理由，有时来上一小时，有时来上两小时，如此断断续续，而且种种迹象表明，李苑秀有可能某个时候会找一个理由永远不来。已经来不及为此担忧，罗涅夫要抓紧时间把李苑秀留在他的雕塑里。他要创造独一无二的女神。

终于有一天李苑秀不再来了，罗涅夫没有等到理由，不来就是不来了。罗涅夫庆幸，多亏刻刀走得快，基本模子已经出来。一番端详，总觉得差点什么。思前想后，还是表情，伟大的雕塑作品首先应该是传递快乐的，必须阳光、活泼、温暖。一番斟酌，他决定给女神做一次面部整容手术。对于一个没有模特站在眼前的雕塑家而言，这是一次冒险的尝试，一刀动错，女神或许就成了女巫。罗涅夫还是决定，要冒这个风险。如有神助，那段时间，李苑秀阴郁的面庞突然在他脑海里阳光明媚起来。不敢耽搁，罗涅夫把脑子里李苑秀的一颦一笑传递到刻刀上，如同3D打印机一样，出尘脱俗地呈现了出来。罗涅夫自言自语说，笑起来。面前，仿佛就是李苑秀明眸善睐，巧笑倩兮。叫一声秀，却无回声。罗涅夫才恍然明白此李苑秀非彼李苑秀，却也惊喜地意识到，伟大的女神雕塑已经诞生了。

欣喜中拨通李苑秀的电话，他想约李苑秀到他的创作室，欣赏这尊无与伦比的作品，也是欣赏她自己。他还想告诉李苑秀，要和这尊明媚的塑像一样，每天阳光一点、快乐一点，会更加美丽。是的，罗涅夫的成就感有很大一部分来自于他可以让他的梦中情人变得美丽，这不就是每一个女人想要的吗？罗涅夫偾张的血液里有欢快的荷尔蒙在跳跃，他幻想着这尊女神雕塑是一个里程碑，成为他三年爱情的一个终点，不，应该说是归宿。

拨了三遍，每次在一声电话铃声之后，就变为占线的提醒。罗涅夫想着李苑秀不便接电话，想着李苑秀有紧要事情。这都无所谓的，他接着打，罗涅夫一直觉得他能传递给她惊喜。李苑秀肯定会迫不及待地到来。

过了大半天时间，李苑秀打来电话，不耐烦地说，以后不要联系了。如同五雷轰顶，罗涅夫不知道发生了什么。他跑遍了大半个城市，终于找到了李苑秀，他追问为什么分手？李苑秀仍是不耐烦地说，从来就没有牵过手，谈何分手。罗涅夫怔住，伤心，又问，为什么突然不和我联系？李苑秀已经很不耐烦了，如果不是看到罗涅夫挣扎在眼眶里的泪水，她早已经甩胳膊走人了。他毕竟爱她，她至少顾及了我们年轻艺术家的尊严。

李苑秀把罗涅夫领进一个咖啡厅，他们心平气和地讲话。李苑秀一直暗恋一个男人，终于等到那个男人离婚了，所以她很快就会名正言顺走进婚礼的殿堂，这个时候，她不想和任何男人有节外生枝的联系，罗涅夫同在此列。罗涅夫问，那个男人是个有钱人吧？李苑秀说，是的。罗涅夫信心满满地说，和金钱纠缠在一起的婚姻迟早经受不住考验。他抓住李苑秀的手说，跟我回去看女神塑像吧，我把你变得和女神一样漂亮，和我在一起，你会越来越美丽。出乎罗涅夫的意外，提及女神，李苑秀的表情没有丝毫的惊奇或喜悦，她一切的努力都聚焦在说服罗涅夫离开她，越远越好。李苑秀冷冷地说，女为悦己者容，我已经找到了我的归宿，不需要越来越美丽。罗涅夫绝望地望着李苑秀，一切都在他的泪眼里迷离和疏远起来。

酩酊大醉的罗涅夫不想再多看女神塑像一眼，挥一挥手，那尊曾让他神魂颠倒的女神塑像就被五花大绑带走了。看着远去的军绿色汽车，他挥手咒骂着——走，走，走得远远的，永远不要让我见到你。罗涅夫心里清楚，女神塑像只是在替毅然决然离去的李苑秀受过，罗涅夫完全忽视了女神塑像眼角沁出的泪水。他不管那些，心中愤懑的情绪已经掌管了他的身体。他要怒吼，他要发泄，他宁愿把艺术家的斯文扔在地上踩来踩去。

罗涅夫还记得，一个穿军装的人给他付了钱。他含糊不清地问，女神要去参军吗？他忘了军人有没有回答他。罗涅夫醉了，一会儿哭，一会儿笑。他拿起手机拨打李苑秀的电话，那边却永远是“正在通话中”。

四

女神塑像走了，并不影响罗涅夫试图挽回那段感情的努力。罗涅夫坚定地认为李苑秀爱着他，她的绝情而去肯定是因为某种不便言说的苦衷。他想，不管李苑秀面临的是什么样的问题，他都能帮她解决的，男人嘛，总要主动承担起生活里的风吹雨打。罗涅夫坚信，凭着自己一把锐利的刻刀，他不光能够带给李苑秀楚楚动人的美丽，还有她想要的一切。

我们的艺术家把残酷的生活彻底地艺术化了，当走遍城市的大街小巷却怎么也找不到李苑秀，当把手机打到没了电也怎么都联系不上李苑秀，罗涅夫突然惊惧起来，也清醒意识到，那个他爱过的人已经杳无音信。

艺术遭遇现实，难免受到伤害。罗涅夫把创作室的大铁门紧紧地关上，他涕泪横流号啕大哭，昏昏沉沉大声呼喊着，为什么要离开我。越喊越伤心，越伤心越喊。声音哑了，就剩下温热的眼泪缓缓地不停流淌。在泪雨奔流中罗涅夫睡着了，又在伤心的梦境里惊醒，折磨得他身心俱疲。

罗涅夫突然想起那尊李苑秀的塑像，于是擦干泪眼打起精神，满创作室奔跑着寻找，一圈没有，两圈没有，就连床下和卫生间也找了，直到满面尘土满手污垢才想起来，唯一留下有关李苑秀念想的那尊雕塑已经跟着那辆军绿色的汽车走了。去了哪里，罗涅夫丝毫不知。燃起的星火希望瞬间又被粗暴地掐灭，罗涅夫瘫坐地上又焦灼绝望地哭泣起来。

就在这时候，创作室的大铁门“咚——咚——咚”响了起来，罗涅夫听见了，却不想动，这个时候他不想理会任何人，只愿意一个人就这么在创作室里瘫坐着、伤心着、流泪着。他给自己营造了一个思念李苑秀的场，就这样，李苑秀以一种奇妙的状态存在他的脑海里，虽然她走了，可她的影子在。罗涅夫实在不想打乱这种在痛苦中思念的平衡，可是，“咚咚咚”的声音固执而激烈。

看来门外那个人是不会轻易善罢甘休的。

谁啊？罗涅夫提起袖子在脸上来回抹了几下，气冲冲走向门口。外面没有人应声，仍是“咚咚咚”敲着。坚持不懈，理直气壮。

谁啊！罗涅夫又喊一声，透过门缝，愤怒传递了出去。

外面的人什么都没有回应。传递进来的仍只是钝响的敲门声。

拉开门闩，罗涅夫哐当拉开大铁门的时候，眼睛几乎发直了。

你——我——罗涅夫就像一尊塑像，立在门前，呆若木鸡。

怎么了，不认识我了？罗涅夫看到李苑秀一袭纱裙，阳光灿烂地站在他的面前，平时凝重的面庞舒展的像花儿一样饱满鲜艳。

秀，你回来了。罗涅夫激动亢奋，泪水又环绕在眼眶里打转转。

光知道秀，我才不是你的秀呢。罗涅夫看到她费力地推开一扇铁门，绕过他，进到了创作室里。身后，他迷茫，恍惚。

熟悉的地方啊，真好。罗涅夫看到她欢快地四处欣赏。

秀，你知道我多想你吗？罗涅夫深情地望着她，泪水终究是没忍住，扑簌簌地落了下来。

你怎么想你的秀我可不愿意听。对方仍在四处地张望，回过头见罗涅夫落泪，惊讶地说，哎呀呀，你的秀都不要你了，你还这么动情。

罗涅夫擦一把眼泪，仔细端详对面的女子，幽怨地说，你分明就站在我的眼前，你怎能说自己不是秀呢？你一声不吭就不见了，你知道我为了找你走了多少路，打了多少电话，流了多少泪水，你难道一点都不想我吗？今天你就站在我的眼前，让我感觉是在梦里，你是要告诉我一个天大的喜讯吗？是想让我知道从此我们就可以牵起手来走完一生一世吗？

我真不是你的秀。女子跺起脚，甩起了胳膊。

我们相处了三年，难道我能认错你吗？罗涅夫走近一步，望着女子说，我曾经挽着你修长的胳膊走过清晨的河流，也走过夜晚的街市，还有你丰润的嘴唇，我曾经试图深情吻过，虽然由于你的一再阻挡没有吻到，但它对我的诱惑丝毫没有减少，秀，只有你拥有这样迷人的嘴唇。

可是。女子说，你没有看到吗？你口口不离的秀三年里一直都是一副低垂着的眼睑，低垂着的面庞，她的凝重和忧郁已经深深刻进了你的心脏里，你曾经以为正是这些负面的特质吸引了你，后来你明白如果没有这些，你的秀会更加阳光灿烂，更加美丽，你说过，那是她完美形象里微不足道的缺点。可是现在，你睁大你一个挑剔的艺术家的眼睛，看到我的眼睑了吗，看到我的脸庞了吗，看我有没有那些微不足道的缺点？

罗涅夫上前一步，睁大眼睛望着女子，吃惊地张大了嘴巴，他说，神奇的世界啊，究竟是什么力量能够在这么短时间内让一个人的缺点悄然遁形，就因为这小小的变化，你让我的内心已经充盈着力量充满了希望。告诉我，你怎么做到的？难道短暂的消失是去整容了吗？是为了给深深爱你的这个悲伤的人儿一个天大的惊喜吗？其实你任何事情都可以告诉我的，我不是说过了嘛，我爱你，我愿意陪你走过青春的欢乐，也愿意陪你走过暮年的衰老，不管你是美丽还是更加美丽，我都愿意毫无条件地爱你。

我无所不能的艺术家啊。女子焦急地说，你到底要让我夸赞你是前途无量的雕刻家，还是讽刺你是无知无觉的低能儿。李苑秀已经抛下你选择了有钱人生活，可你却左一个秀右一个秀，你难道陷在李苑秀的世界里不能自拔了吗？你爱了一个不该爱的人，却挣扎在错误里不愿意醒来。

是的，我爱错了人。罗涅夫洋溢的笑容瞬间紧缩起来，他说，我也不知道我为什么像着了魔一样，控制不了对你的爱慕，控制不了对你的思念。你知道吗，我现在就像一辆走在下坡路上但刹车失灵的车子，我明明知道即将万劫不复，可改变不了为了爱恋你走向危险沟壑，我又能怎么办呢？

我不是李苑秀。女子说，可我还是要劝你，忘记吧，虽然内心痛苦，但你会迎来崭新的开始，总比你这样欲爱不能要强很多。

你说得太对了，可我怎么能说服自己做到呢？罗涅夫哀叹一声，摇摇头，疑惑地望着眼前的女子问，可是，你不是秀又是谁呢？

我是你的女神。

女神？罗涅夫说，秀是我心里唯一的女神。

女神塑像，记得吗？比李苑秀更漂亮的那尊塑像。

哦，天呐。罗涅夫抱着脑袋，你是在跟我开一个玩笑吧？我听说过鱼儿能够化身为人，白蛇能够化身为人，今天我的塑像也能够化身为人了吗？纵使你怎么说，我也不会相信你是那尊已经远我而去的女神塑像。

你必须相信。睁大你艺术家的眼睛吧，你看我的身材，你看我的额头，你看我的眼睛，你看我的嘴唇，难道有和女神塑像不一样的地方吗？女子摆出了塑像的造型，一动不动。罗涅夫惊呆了，眼前的一切浑然天成地和那尊塑像吻合了。造型、神态，包括发髻的轮廓都丝毫不差，一模一样。

我相信你，我相信你。罗涅夫由于惊讶而不知所措。他惊恐地喊着，这个疯狂的世界真是无所不能，他能把我心爱的女人弄得无影无踪，又能把一尊塑像变成俊美的仙女，你到底要干什么呢？难道仅仅是为了让我惊叹你无穷无尽的能量吗？若是这样，我已经跪拜在你魔力无边的脚下了。

你不用跪拜任何人。女子舒展身子恢复常态，走近罗涅夫说，这一切都是你拥有无穷力量的刻刀所赐，正是你精妙的塑造，才让我从混沌无知的石膏变身为众人仰慕的女神，你让我美丽，你让我有了生命。

我刻刀下的男人女人成百上千，为什么偏偏是你站在了我的眼前？

因为我是你最爱的人，我身上不光有你镌刻下的一丝一缕，还流淌着你的绵绵爱意和心血汗水。我是你的艺术品，更是你的爱人，你的女儿。

这到底是上天对我的捉弄还是对我的恩赐？罗涅夫仰头问天，不管你心中暗藏着什么样的阴谋和目的，我宁愿相信这一切都是真的，我抱着虔诚的态度接受你随心所欲的安排，也愿意承受因此带来的一切。他又望向女子问，那么，那辆绿色的军车到底把你拉到了什么地方，矗立在山的顶峰还是奔腾的河流的尽头？此时此刻你来到我的面前又是为了什么？

女子深情凝望。她说，你一连串这么多问题，要容我一件件慢慢说来。

五

女子眼里装满了罗涅夫，她说，虽然我是一尊高傲的女神塑像，可是如果你愿意，我更乐于成为你日思夜想的秀儿，叫我伊秀儿吧。她又说，我不会嫉妒李苑秀，我原本就是她的复制品，没有她，也就不会有我。

伊秀儿。罗涅夫喃喃说，真是一个悦耳动听的好名字。

好名字又有什么用呢？伊秀儿灿烂的笑容骤然凋落。她说，你创造了我，给了一堆石膏鲜活的生命，可是又绝情地抛弃了我，你因为李苑秀的离开情绪低落，你在烂醉如泥中将我驱逐出你的创作室。这怎么会是一个父亲对待孩子的态度？这怎么会是一个仰慕者对女神的态度？你知道吗，我是流着河水一样丰沛的泪水离开的，我想不通为什么世界上有这么绝情的艺术家，你甚至连看都没有看我一眼，可我一直以为我就是你的女神。

这是多么久远的事情了。罗涅夫愧疚地望着伊秀儿说，如果这世界上有允许时光倒流的后悔药，我宁愿买上一包来一股脑地喝下，哪怕有一大堆的副作用也无所谓，我要向你证明，我当时真的是发昏了。你知道吗，一个男人被拒绝的滋味是多么的令人肝肠寸断，我以为秀儿会像我深爱着她一样深爱着我，可突然有那么一天，我此种认识的根基坍塌了，一只蚂蚁在她心中的位置恰恰是我在她心中的位置。我是多么不可理喻的人啊，为此耿耿于怀，请原谅我吧，我把内心对她的惩罚全都发泄在了你的身上。她依附了有钱的人去过纸醉金迷的生活，我却把这一切的罪与罚都附加在了你的身上，这是多么的不公平啊。请允许我向你诚挚地道歉。

快不要这么说了，我怎么会怪罪你呢？伊秀儿走近两步，深情地望着忏悔的罗涅夫说，你给了我珍贵的生命，你把一堆毫无用处的石膏塑造成了无与伦比的女神，你是我的父亲，你是我的母亲，你是为我开天辟地的盘古，你是为我补出五色天空的女娲。你原本是想塑造一个披着女神外衣的李苑秀，所以我来到了这个世界上，就算为她承担惩罚也无所谓。就在这阳光灿烂的春天里，你爱的人已经远走高飞，可是我伟大的雕塑家啊，你并不要为此而感到悲哀和伤心，既然我代替她来到了这个世界上，就允许我重回你的世界，允许我成为毫无条件爱着你依恋你的情人。

我们年轻的雕塑家有点害怕了。他可以大胆地承认一个塑像拥有生命，却暂时还没有勇气承担起来自塑像的爱。我们暂且宽容一个普通人的畏惧和怯懦。旁观者永远不能洞察当局者心中的迷茫和恐惧。罗涅夫转移话题说，我的女神啊，你快告诉我，那辆军绿色汽车把你拉到了哪里。

这是多么令人伤心的往事啊，这是多么令人肝肠寸断的离别啊。伊秀儿泪流满面地说，可是既然我爱的人儿问起，我还是要毫不保留地告诉你我颠沛流离的经历，不想让你同情我，只是想告诉你我多么地爱恋着你。

那是耸入云端的高山啊，那是永无尽头的长路啊。伊秀儿双眼迷茫，沉浸在对往事的回忆里。那辆汽车走过白天走过黑夜，走过车水马龙的街道，走过坑坑洼洼的山路，就像跋涉在不归的长途上。终于，在曙光初现的黎明，我们到达了目的地。那是森林遍布的大山，那是壁垒森严的军营。他们把我抬出车厢，给我解开束缚的绳索。我看见耸立在山顶的岗哨，我看见河谷里巡逻的士兵，我看见层峦叠嶂的山峰，我看见逶迤出山的河水。我以为他们要将我竖立在公路通向山里的那个贫瘠的岔口。在一个平缓的坡地上，他们放下我，开着汽车远去了。他们和我一样整夜赶路，疲惫不堪，甚至没有将我扶正就消失在黎明前的黑夜里。我想，这真是一群不懂艺术的人啊，难道我的一生就要不端不正如此矗立？

我睡着了，却被他们的欢笑声吵醒。穿越重重高山，太阳打在一群年轻战士的脸上，他们的笑容是那样的灿烂，干净。他们撸起袖子，轻轻地使一使劲，就将我扛在了肩上。我惺忪着眼睛望他们，他们都穿着一模一样的衣服，都长着相似的面庞，唯一不同的是肩膀上的标识，后来才知道那是军衔。第一次，我就是通过军衔分清楚他们，不至于弄混他们姓甚名谁。扛起我，他们就欢快地上路了，我这才知道汽车为什么把我放在岔路口，那是多么陡峭狭窄的山路啊，有的时候只能一个人倚着山壁小心翼翼往上走。危险的山路上，他们把我抓得紧紧的，我闭着眼睛，甚至不敢往下张望。你知道吗，就算一块石头落下，都要好久好久才能听到回响。他们一句话不说，抓紧山壁，脚挨着脚朝前走。走过狭窄地带，道路宽敞一些，他们才轻松起来。一直努着嘴的上等兵好像发现新大陆一般，盯着我说，看呐，这还是个女的呢。下士说，政委不是说了嘛，要给我们男儿沟哨所竖立一尊女神，当然是女的。中士热了，敞开怀，嘿嘿笑着说，这下男儿沟哨所要改名字了，有了这尊女神塑像，我看应该叫女神哨所，听着多美气。上士不搭腔，他们怕他，他不说话，他们也就不再说话了。

走了两个小时或者更长时间，拐了不知道多少个弯，最后爬过从石壁上凿出来的十几级台阶，总算到了目的地。一块两百多米见方的开阔地上，两间瓦房并排立在角上，斜对面的另一个角上，是一间木头搭起的岗亭。一个胖胖的下士，有枪，还有一条吐着粉红色长舌头的军犬，虎视眈眈。他们的衣服湿透了，上气不接下气，一上到开阔地就累得横七竖八地躺在地上大口大口喘气。胖下士好奇，跑过来对我左右打量，上士瞥他一眼说，回去，不能擅离哨位。胖下士吐吐舌头，就恢复了刚才持枪肃立的样子，真像一尊雕塑。他们经常那样一站就是两个小时，一动不动。

那个男儿沟哨所就这五个兵。时间最长的上士哨长已经在这里待了十一年，最短的上等兵也已两年。上士三年前结了婚，听说妻子忍受不了长久分离，让上士选择转业或者离婚，上士说和哨所有了感情，妻子意会是和她没有感情，就散了。如此，上士更是无牵无挂，以哨所为家。其他几人里，据说只有下士谈过恋爱，那是大学里的浪漫事，参军到部队后，感情无疾而终，那个据说整天阳光灿烂的女孩子也不知道去了哪里。山里没有手机信号，五个光棍兵就白天你看我我看你，晚上对着夜空数星星。你知道吗，那个哨所的海拔有三千多米，每到夜里，感觉星星就在眼前，一串一串像珍珠做成的项链，好像一伸手就能拿到。很多年前一个采风的记者给起了个天上星哨所的名字，就一直用了下来。可私底下，光棍兵们自我调侃那里是男儿沟哨所。前段时间，一个将军到哨所视察，你要知道，哨所是不通汽车的，将军和其他人一样，要走上两个多小时。将军去了，大家激动得不行。将军看了厨房，看了铺盖，也扛着枪帮哨兵站了一班哨。他说，好多年没来过这么偏远的单位了，没想到战士们这么苦，又说，你们的哨所虽小，但祖国和人民离不开你们，没有你们这个哨所，我们祖国的军事安全在这里就有一个盲点，就可能要出事。正是因为有了全中国无数个星罗棋布的哨所和无数个你们这样兢兢业业守卫隘口的卫士，我们的国家才能永保和平，繁荣富强才有了基础和保证。将军又问，大家有没有什么要求？胖下士心直口快，说这里连觅食的动物和满山的花草都是雄性，我们忍受得了这雨雪封山的艰苦，却扛不住日复一日的寂寞，实在太难熬了。上士一个劲瞪胖下士，可口无遮拦的胖下士话已经说出去了。将军没有责怪，反而湿了眼角，说，都是从年轻的时候过来的，没有异性的世界是没有色彩的，我理解你们的苦闷和要求，可是这暂时的确是没法解决的问题。是啊，纵使一个将军，他也不可能派几个女兵补充到这个偏远哨所。将军走后，哨所单调枯燥的生活周而复始。五个士兵在山峦的包围里送走一轮轮太阳，迎来一弯弯月亮。直到有一天，山里和煦的沟道风吹来消息，说是要增编一名女兵，他们虽说不大相信，却也欢欣鼓舞地期盼着。

让他们到山下接女兵，五个兵手舞足蹈都要去，上士一番思量，决定把胖下士留下值哨。上次就是他在将军面前口无遮拦，这一次，女兵新来乍到，他还真怕胖下士口里蹦出什么来把女兵吓走了。对于这个决定，除了胖下士，没有人提出异议，于是大家带着干粮朝山下走。

开始都还绷着，没有人对即将到来的女兵发表意见，心里却都波涛起伏。望着山，山上的野月季红了，他们的脸也都红了，心若止水是不会红脸的。他们都在想着女兵眼睛大不大，皮肤白不白，个子高不高，男兵女兵不许谈恋爱，可人人心里都装着一个恋爱的念想。上士额头上的皱纹已经成明显的三条杠，他同样的想法也藏在那些沉淀了岁月的皱纹里。

他们下山后在岔路口找来找去，却连女兵的影子都没有看到。中士最是焦灼，他往前走了五里，往后走了五里，甚至钻到河道里搜寻一圈，最终垂头丧气地对上士说，女兵会不会是迷路了？你说这团里的干事也是不靠谱，一个远道而来的女兵，他怎么能让人独自在这里等着呢？你说，要是碰到失恋的野猪怎么办？遇上心情沮丧的熊瞎子怎么办？我们大男人可以撒脚丫子逃跑，女兵能跑得过吗？简直居心叵测，不负责任。

下士从山上下来，也说没找到，上等兵捂着大嘴巴朝着四面八方呼喊，女兵，你在哪里？女兵，你能听见吗？喊了半个小时，藏匿在山林里的野鸡扑棱棱拍着翅膀飞走了，松鼠和野兔探头探脑也走了，林木深处还传来其他声音，黄羊在奔跑或者野猪剐蹭大树，却没有一丁点女兵的回应。上士焦灼地站在岔路口抽了一支又一支烟，抽到第五支或者第六支的时候，他突然用麦哲伦一样炯炯有神的大眼睛望着塑像问中士，这个雕像以前有吗？中士也注意到了，有些犹豫说，好像没有吧，我也是半年没下山了。上等兵果断回答，没有，绝对没有，除了山林和树木，这里连一根鸟的羽毛都没有。掐灭烟头，上士说，抬着走吧，这就是上级派给我们的女兵。几人面面相觑，神态复杂，却没有任何反对的声音，他们知道上级不可能真为他们派一个女兵，却又接到了到山脚接女兵的任务，谜语此刻有了谜底，没有失望，他们默默抬着塑像上山。

为了确定把我放在哪里，他们开了一个会，会上讨论甚是激烈。上士要求放在俱乐部，不怕风吹雨淋；中士说放在哨亭旁边最好，大家值哨好歹有个伴；上等兵说，让它跟莉莉在一起吧，他们肯定合得来。莉莉是圈在笼子里的那条彪悍强壮的军犬，从我上山开始，它就虎视眈眈望着我，眼睛里充满了不友好的挑衅，我才不愿意和一条莽撞的狗在一起呢。可不管我愿不愿意又能如何，我被你卖了，我决定不了自己何去何从，只能听从发落，我等待着他们开完会，然后按照他们的旨意矗立深山一生孤独。

不知道胖下士怎么说服大家的，他兴高采烈地冲出会议室时，大声喊着，放这里绝对好，这是国际惯例，听我的准没错。他拉来上等兵和中士一番忙活，将我矗立在广场的中央。已经立起，他左看看右看看，却不满意，嘀咕说，要有个底座的，要不然不上档次。几个人又把我挪开。胖下士好像很懂一样，迈着步子丈量几个来回，在地上画出几条线，就找来砖头水泥，煞有介事地干起来。干了一个下午，借着皎洁的月光又干了半个晚上，太阳露头的时候，一座方方正正的台子就砌好了。上士第一个夸奖胖下士说，你倒还是多才多艺。胖下士嘿嘿笑说，随便弄弄，这也没啥技术含量。下士比胖下士早当一年兵，调侃说，你干这事倒是奋勇当先主动作为。胖下士说，爱美之心人皆有之，我可要把咱们哨所这尊美女塑像立得端庄秀美艳冠群山。那个早上，我就被他们七手八脚抬到了台子上，从此开始了凝眸远望一览群山的生活。大山一日又一日一成不变，我的生活也一成不变。

你知道吗，几十个日日夜夜里，我真的成为哨所的第六个兵，白天和他们一起守望一草一木，晚上则仰望夜空里数也数不清的星星。我的腿麻了，胳膊酸痛了，没有人知道，他们依然热烈地凝视我，悄悄地观望我，却没有一个人问我要不要坐下来休息，没有一个人问我愿不愿意这么长久地矗立。尤其是那条叫莉莉的可恶军犬，它好像看出了端倪，每天一大早就冲着我凶狠地吠叫，多亏有笼子关着，要不然真不知道这条凶神恶煞的门神要怎样对我。我每天都以最虔诚的姿态跪拜大山，希望它让我走出这绵延千里的绝境，跪拜天空，希望它给我一双翅膀，如果说我是为了争取从来不曾有过的自由，莫若说我煎熬于对你不可遏制的思念。你给了我生命，给了我美丽，又给了我牢笼一样不能挣脱的生活。你束缚了我的躯体，用绵延的群山阻隔；你束缚了我的灵魂，让我无时无刻不在想着你；你塑造了我的躯体，却侵占了我的灵魂。为了你，我每日不停地祈祷，跪拜苍天和大地，祈求每一位神明的可怜，等待奇迹的发生。

我真的相信了极致的虔诚可以感动苍天和大地。你知道吗，他们都同情我的经历。苍天说，去吧，我给你最华丽的翅膀，让你飞越关山万里。大山说，去吧，带走你的灵魂，我替你守护这无与伦比的美丽躯壳。我不敢相信这是真的，我尝试抖动双臂，就那样飞了起来。我盘绕在哨所的上空，看着这群山中唯一的一块平地宛若莲花宝座，看到哨亭里岿然不动的胖下士，看到巡逻在山道上的上士、中士以及上等兵。还有那条军犬。天呐，它也看见了我，它仰起头来向天空狂吠，上士和中士呵斥它，它并不理会。我想着，多亏它没有翅膀，要不然那一刻非要追上来把我撕扯得血肉模糊。我抖动着翅膀，告别大山，告别哨所，告别那朴实无华的每一个士兵。就在我以为要一去不回的时候，大山说，我以为我能给你所有的自由，却忘记了你原本就是一尊没有自由的雕像，如果你自由了，矗立在大千世界里那万万千千的雕像就都有了自由的理由，那样，世间就再无美丽的艺术品，而是四面八方游走着无依无靠的灵魂。我向它哭诉，我已经拥有了能远走高飞的翅膀，你怎能忍心我高高地飞起又重重地落下？再说这绵绵群山里有奔跑的羚牛，有飞翔的雄鹰，有高山流水，有夕阳晚照，实在不需要我这么一尊格格不入的雕塑。大山在思索，大山在犹豫，我多么渴望它改变挽留我的主意，挥一挥手说，去吧，去你想去的地方。一切都是那么焦灼，你能想象等待别人定夺你命运时的那种急迫和无奈吗？大山说，你不是格格不入的雕像，你不是可有可无的存在，你是大山的女神，你是士兵的骄傲，你让他们荒芜的生活变得多彩，你让他们干涸的精神世界涌出清泉。可是，你听见了吗？大山说可是了，这就意味着命运的转折，这就意味着我梦寐以求的重生。大山说，可是你已经把灵魂托付在翅膀上，准备飞向繁华的城市，这荒蛮的大山怎能留住你？大山留住的都是这些无私奉献的士兵，他们正值青春年华，却待在这里一年又一年，和大山一起迎接风吹雨打，一起矗立和成长。你去吧，但这只是暂时的离去，你要出现在士兵们每周一的升旗仪式上，他们升起红旗就是升起新一轮的希望，他们的希望里有国泰民安，也有对美丽异性的向往。希望你值守自己的岗位，不要带给他们失望伤心和沮丧。大山的抖动是它无奈的叹息，它不希望我离去。

可是大山已经给了我许诺，我扇起轻盈的翅膀，冲向高空，俯向低谷，我要奔向城市，见到你，我年轻的艺术家，我不知道你是不是还在为失去心爱的人悲伤，我不知道我的出现会不会惊吓你。我已经义无反顾，我要见到你，哪怕你会拿起刻刀再把我划成一堆毫无用处的石膏。我宁愿把灵魂依附在你的心里，我宁愿把身体融化于你温热的怀抱。

六

果真是你吗，我无与伦比的女神？果真是你吗，我日思夜想的爱人？罗涅夫捧起伊秀儿白皙的脸庞仔细端详。他看见她痴情笃定的凝望，他看见两行泪水顺着脸庞断续滑落。恍若梦里，他又看见了往日的时光，他又记起了和李苑秀在一起的点点滴滴。他拥她入怀，号啕大哭。

我亲爱的人儿，告诉我你为何哭泣，是因为我勾引出了你的伤心，还是激荡出了你的欢乐？伊秀儿从罗涅夫的怀抱里挣脱，望着他在激烈情绪带动下已经形状改变的面庞，万分怜悯。她紧紧地拥抱着他，吃下他的泪水，亲吻他的面庞。她说，我宁愿一生一世与你这样相守。罗涅夫仍旧哭泣，没有作答。他沉浸在肌肤相亲的欢快里，他沉浸在失而复得的兴奋里。

就算罗涅夫什么也不说，伊秀儿也是知道的。他拥抱她，他亲吻她，心里满满当当装着的却是早已杳无音信的李苑秀。伊秀儿并不嫉妒，正如她曾经是另一个李苑秀一样，此刻，她同样是李苑秀在罗涅夫世界里的替代品。伊秀儿只是为这场感人的重逢提供了身体作为道具，余者与她毫无关系。爱也是李苑秀，恨也是李苑秀。伊秀儿想着，又有什么关系呢？只要罗涅夫愿意，她情愿自己变来变去，直到成为他喜欢的那一个。

猝不及防的重逢为罗涅夫提供了幸福生活的蓝本。曾经穷尽心思想得到而未得到的，瞬间得到了；曾经苦苦追求想实现而未实现的，瞬间实现了；曾经百般努力想做到而未做到的，瞬间做到了。一个男人所有的快乐和成就都洋溢在罗涅夫的脸上，而他的脸总是与伊秀儿的身体紧紧依偎在一起。创作室里荡漾着久违的欢快的笑声，所有的雕像都焕发出勃勃生机。

大山没有给伊秀儿完全的自由，每当鲜艳的五星红旗在哨所升起的时候，伊秀儿就要不知疲倦地抖动翅膀，翻越一座座大山，跨过一条条河流，回到那个四四方方的基座上。正如大山所言，士兵们像瞩目红旗那般肃穆地瞩目雕像。伊秀儿身心疲惫，她闭目养神，顾不上去看士兵们。士兵们并不介意，他们拿出最干净的毛巾，为女神雕像擦拭身体，大山里空气温润，没有尘埃，即便如此，他们打理她仍旧一丝不苟。从头到脚，甚至指头之间狭窄的缝隙里，士兵们都仔细擦拭。雾气散去，从山头上射来明灿灿的光芒打在雕像上，洁白的伊秀儿成为山中最瞩目的明星。

一觉醒来，伊秀儿又抖动着翅膀出发了。那是多么遥远的距离啊，每周伊秀儿都疲惫地前进在路上，只有周五一个晚上时间可以驻留在罗涅夫的创作室，其他要么是在奔向城市的路上，要么是在奔向哨所的路上。她无怨无悔，乐此不疲，每周五晚上，准时出现在罗涅夫的创作室门外。

“咚——咚——咚”，门在响。“咚咚咚”，罗涅夫的心在响。他打开门，伊秀儿果真就在那里，亭亭玉立，美若天仙。他们一起逛商店，一起看电影，一起享受烛光晚宴，一起拥抱亲吻。罗涅夫感受了曾经和李苑秀在一起时从来没有过的幸福体验。他经常会热烈地凝望伊秀儿说，我真幸福。伊秀儿也回以热烈的凝望，我更幸福。幸福就像烈火遭遇荒原的野草，在他们彼此心中熊熊燃烧。伊秀儿或许比罗涅夫燃烧得更猛烈一些。

怪不得罗涅夫，生活的惯性总让他闹出不愉快来。

电影院里，罗涅夫说，记得不，上次看电影，全影院的男男女女都配合屏幕上的情景抱在一起亲吻，可你却没有给我哪怕一丁点的机会。

不记得了，那是你和李苑秀在一起吧。伊秀儿回答。

随即，她会给他一个热吻，代替李苑秀弥补罗涅夫曾经的遗憾。

餐厅里，罗涅夫说，记得不，以前我们每周都来，第一次就是坐在墙角那个位子上，我说要一份我们共餐，你却坚持一人一份。

哦，那不是我。伊秀儿望向墙角的位子。

随即她就会招呼服务员，要一份食物并且两套餐具。他们低头聚在一处，欢快地抢食物，就像永远都饿着肚子的小猪崽，快乐荡漾在整个餐厅。

罗涅夫总在自责，自己冒冒失失的错乱扰乱了幸福的相守，可伊秀儿并不介意，永远像初恋的情人那般迁就他，依从他。罗涅夫也在悄悄地努力，试图从李苑秀的影子里抽身出来，重新去爱伊秀儿。

爱情终归是幸福的。不一定非要和谁在一起。

曾经以为和李苑秀在一起幸福，可李苑秀带给他的只有不断的追逐和接二连三的失望，直到她的悄然遁形和他的失望至极。实践如果是检验真理的唯一标准，那么对于罗涅夫，幸福就是检验爱情的唯一标准。

伊秀儿出现了，他幸福了。

简单的公式套用，证明他爱她，爱情轰然降临。

慢慢地，罗涅夫世界里少了李苑秀，多了伊秀儿。直到那一刻，一切遥远的记忆删除干净，罗涅夫的关注点从很久前的那一堆石膏开始。

修长的身材，灿烂的眉眼。直到伊秀儿从一堆石膏里水灵剔透地脱胎而出。罗涅夫宁愿彻底地忘却李苑秀，他相信自己对伊秀儿的着迷是从那一刻开始的，他对伊秀儿热烈激荡的爱恋也是从那一刻开始的。

罗涅夫拉着伊秀儿的手说，我爱你。

伊秀儿回以幸福甜蜜的微笑说，我也爱你。

他们手牵着手，在黑夜的公园里留下足迹。

他们臂弯缠绕，在黑夜里的马路上留下欢声笑语。

有几回，周五的黑夜已经散尽，黎明的曙光喷薄而来。伊秀儿不想走，罗涅夫依依不舍地挽留，可伊秀儿不敢耽搁，深情拥吻之后，她必须离开了，等待她的还有一重又一重遥远的大山和河流。她不敢违逆命运的安排，既然矗立在了山顶的哨所，她就要按照大山所说，在红旗升起的时候准时站立在基座上，迎接朝阳，也迎接士兵的仰望和无微不至的擦拭。没有尘埃，士兵的擦拭变成了抚摸，他们抚摸她棱角分明的发髻，抚摸她修长白皙的臂膀，以及丰润饱满的乳房和脸庞。伊秀儿想拒绝，可她是岿然矗立在基座上动弹不得的雕像。还好，他们并不粗鲁，他们在抚摸一尊美丽的雕像。

七

怎么可以这样？这是亵渎艺术，这是亵渎至高无上的美丽。罗涅夫听完伊秀儿带着委屈泪水的倾诉怒不可遏。他后悔醉酒后那个卖掉伊秀儿的草率举动。他要冲向遥远的重山中的军营，将美丽的女神赎回身边。罗涅夫说，哪怕花上百倍千倍的价钱我也愿意，只要能带回我日思夜想的爱人。

我不怪罪你曾经的草率，我能读懂你对我大海一样深沉的爱恋。伊秀儿说，可是我崇拜并且爱恋的艺术家啊，你可知道我所在的是千里之遥的大山深处。罗涅夫说，我从来不惧怕路途的遥远，即使远在天涯海角，只要能将我心爱的女神带回，我现在就会踏上茫茫的征途，没有半点的犹豫。

我崇拜并且爱恋的艺术家啊。伊秀儿仍旧伤心地说，你可知道，那遥远的大山里是壁垒森严的军营，门口站立着荷枪实弹的士兵，哪怕一只鬼鬼祟祟的乌鸦也不能飞过，他们会把它当作窃取机密的间谍射死。那些战士都是百发百中的神枪手，他们不会问你是谁去向哪里为了什么，只要有人胆敢没有通行证强行闯过，他们就会举起乌黑的铁枪，将那致命的子弹射入对方的胸膛。子弹可不长眼睛，它能瞬间结束一个鲜活的生命。

那又能怎样？与你分分离离不能长相厮守，让我的内心焦灼并且痛苦，我宁愿失去这龌龊的生命，只要能将你从那千万重的大山中带回。罗涅夫收拾行装。他真的打算出发了，熊熊的烈焰在痴情人的腹腔里燃烧着，他不能容忍自己的情人受到欺凌而自己却无动于衷。他是一个自由而高傲的艺术家，艺术家都会为爱情抛却包括生命在内的一切东西。

我的爱人啊，求求你了，不要这样鲁莽，一切都会改变的，我一遍又一遍的祈求不是已经感动苍天和大地了吗？它们给了我飞翔的翅膀，它们给了我短暂却弥足珍贵的自由。相信吧，这仅仅只是个开始，总有一天，我会永远离开那寂寞的大山，回到你的身边，与你相拥相抱长相厮守。你要珍惜自己的生命像珍惜我们的爱情一样，我希望在我完全自由的那一天，能看到你幸福灿烂的面庞，能得到你热烈甜蜜的拥抱。

我的女神啊，你如何让我平复内心的波澜，你如何让我纾解叠加的惭愧，是我将你送去寂寞的山峦，是我剥夺了你弥足珍贵的自由。罗涅夫跪倒，仰面，他清澈的泪水在眼睛里打转，溢出，缓缓流淌。

我一切的拥有，都是你的给予，你拿走什么都不为过。伊秀儿也是泪流满面。此时此刻只要你爱我就足够了，相信我所说的吧，一切都会好起来的。

不可阻挡，又一个黎明悄悄爬上了窗户。

我深深爱着的人啊，伊秀儿说，我又要踏上漫漫征程了，不管跨越重山，还是河流，我都会想你。我会把对你的思念变成美妙的歌声，唱给山峦里隐藏的松鼠，唱给河水里嬉戏的鲤鱼，还有那钻入地下的蟒蛇，冲向云霄的雄鹰。它们一定会羡慕我们的爱情，羡慕我们金石般牢固的厮守。

你歇一歇吧，我的爱人。罗涅夫拉上窗帘，他想阻止黎明，虽然知道是自欺欺人，他却愿意做最大的努力。你从崇山峻岭上飞来，又跨越崇山峻岭飞去，你的翅膀劳累了，你的身体疲惫了，一周又一周，你就这样耗费着自己的体力。我看到了，我美丽的女神，你越来越沧桑了，你越来越消瘦了。如果我们的相爱换来这样的结果，我宁愿紧闭心门忍受寂寞。你省点力气飞行，不要歌唱，我们的爱情藏在心里，不需要广而告之。

亲爱的人啊，你的每一句话里都饱含着甜蜜和温暖，你时时刻刻都把我放在你的心中，你让我怎能不听从你的忠告。我不会开口歌唱，我只会默默地飞翔。我把对你的爱藏在心田里，写在微笑里，你知，我知。

明晃晃的太阳打在窗户上。伊秀儿惊慌了。我要走了，不能有片刻的停留，误了升旗的时间，或许，我们将永不能再相见。罗涅夫还想与伊秀儿拥吻告别，可她已经转身离去，一个优美的背影让他久久不能忘怀。

灵魂归入躯壳，伊秀儿享受着士兵对她身体细致入微的擦拭，百无聊赖，她接通与躯壳的感应，检索一周里她本应看到却错过了的故事。

上士家里来信了，说孩子他妈又回来了，问上士，是重归于好还是义断情绝，信很厚，洋洋万言。什么时代了，手机短信都已经过时，竟然还有人写信。上士心神不宁，一页一页翻看，把他的故事也留在了伊秀儿的眼睛里。原来上士的婚姻是个无人知晓的秘密。结婚三年，回家三趟，上士媳妇忍受不了孤零零一人的寂寞，生完孩子就出去打工，也不远，就在距离老家不到十公里的县城，在一个制衣厂还是床单厂，她恋上了一个油嘴滑舌的男人。鬼迷了心窍，她义无反顾要跟人家。她撇下了孩子，要挟上士说彼此已经没有情分，上士知道心走了，留人又有何用？虽然军婚有法律保护，他还是放她远走高飞。可怜的女人啊，当她一心想着和那个油嘴滑舌的男人走进洞房的时候，才发现他有一个结婚多年的媳妇，生养了一堆邋里邋遢的孩子，还有一个常年入不敷出的家。怎么办呢？想了一个白昼，又想了一个黑夜，她打算再回到生养了上士，如今又生养着上士孩子的那个家里。她回来了，你还要不要？家里人把话说得简单明了。又说，毕竟是孩子他妈，咋说都是一家人。家里人也知道，上士过了三十，还带着个孩子，常年远在深山，离了这个，重找媳妇也确实不易。上士不知道怎么办。他有一个男人与生俱来的尊严，也有一个嗷嗷待哺呼唤妈妈的孩子。他望着群山，默默站立。伊秀儿不知道他想什么，只觉得他可怜。

上士发呆的时候，中士出现在他的身后。中士说，家里给介绍了个媳妇。上士说，那就请假回去看看。中士不知道上士刚才经历了什么，以为他只是眺望远处的山桃花。那桃花可真是怪呢，三月四月开，七月八月开，临近下雪的十月份还要开上一回，倒像是变种的月季了。哨所的人都知道上士喜欢眺望那些山桃花，这个习惯从他是新兵的时候就开始了。他说那时候看到桃花就想起了门前栽着桃树的老家，看一看，就不想家了，能够安心待在哨所里。春秋轮回，一看就看了十几年，青年成了中年。

照片寄来了，都好，就是脸大。中士嬉笑，好像评论一个不相干的人。

脸大有福。上士说，赶紧写请假条，我给你送到连部。

我不想回去。中士阴郁着脸。

咋了，想当和尚？

保准成不了。

见都没见，你咋知道？

中士拉着脸，不用见都能知道，现在的女孩子不管农村的还是城市的，大体差不多，见了面先问你存款多少，有没有房，有没有车。人家问十句，憋得我一句都答不上来，每一回见面都是这样黄了。

那是你心理素质不过硬，问啥答啥就行了。

答啥？我倒是得有才能答啊，啥都没有，答和不答一个样。

上士沉默，中士也沉默。

伊秀儿并不想和这些大山里的士兵进行交流，她觉得他们不可理解，不可理喻。如果她愿意开口，她会站出来告诉这些士兵，离开这里，离开这荒蛮偏僻的大山禁地，婚姻就有了答案，人生就有了答案。

她高傲地保持了沉默，并没有将想法告诉上士或者中士。

伊秀儿又一次叫醒了沉睡的大山。她扭动着水蛇一样柔软的腰肢，把原本就很轻柔的声音又压低三度。她说，英明的慈善的令人敬仰的大山啊，一年时间已经过去，我在这几百个日日夜夜里承受孤独寂寞，承受风霜雨雪，要日夜不停地奔驰在崇山峻岭、大江大河之间，你仔细地看看我已经退却了光彩的容颜，消瘦了丰润的肌肤。如果同情我，你就让我离去吧。我爱着的艺术家会为你雕塑一尊令人敬仰的塑像，耸立在城市的中央，耸立在万人瞩目的黄金地段，让你坐卧群山却享受人们对你帝王般的景仰，你将是荒原的主宰，你将是众生的神灵。伊秀儿说，你知道的，我爱上了一个伟大的艺术家，他是一个雕塑的高手，他能够给予我生命，同样能将你伟岸挺拔的威仪塑立在高高的殿堂。只是请你给予我无拘无束的自由。

美丽的女神啊。大山颤抖着身体，树木开始左右摇摆，万种生物竞相奔跑，就连奔涌的河流也不再咆哮。你是这万山环绕里最美丽的女神，你身着云彩的霓裳，你沁出花朵的芬芳。那无所不能的太阳啊，为了瞻仰你的美丽，早早地跃出山顶，那皎洁透明的月亮啊，因为留恋你的美丽，迟迟不愿离去。你是大山的骄傲，你是万物的恩宠，因为你的存在，大山才有了色彩，哨所才有了欢乐。那些寂寞的士兵也笑颜绽放。你为什么要离开呢，一个艺术家的垂恋难道比不上这千种万种的挽留？艺术家给了你美丽的容颜，给了你想入非非的灵魂，但你却是为了这大山里的哨所和士兵而生。你知道吗，你人生的第一站就是远离了喧嚣城市来到这高山哨所。

高高在上令人敬仰的大山啊，你说的一点都不假，因为大山里的一纸订单才有了我，我生而应当久久矗立大山，与孤独寂寞还有那些没有色彩的士兵相伴。可你知道吗，我不是随意创造出来的女神，我是艺术家的爱人，他把自己深深迷恋的人当成模特，雕刻出的岂止是一尊雕像，更是他的挚爱他的心血。他因为伤心而放任了我离开城市走过一个白天一个黑夜进入这亘古荒蛮的大山。可是我无所不知的大山啊，你应当知道我们是相爱的，我们彼此守望彼此思念，他宁愿冒着被士兵的子弹打死的危险，也要重重涉险赎我出山。你已经看见了，难道不是吗，我无所不能的大山，你怎能忍心这熊熊燃烧的爱情之火熄灭，你怎能忍心有情人不能终成眷属？你是仁慈的神灵宽容的长者，如果允许，我宁愿在你的身前长跪七七四十九个白昼加上七七四十九个黑夜，希望你敞开慈悲的胸怀，给我自由，给我自由，让我与相爱的人彼此去爱永不分离。

大河开始咆哮，树木开始摇摆。那是大山的泪流，那是大山的叹息。巍峨的大山啊，它徒有壁立千仞的外表，却是柔软的菩萨心肠，不忍直视动物相残，不忍看一片黄叶孤独离开树干飘扬而去。美丽的女神啊，你拥有了这绵延大山里的万千恩宠，却苦苦哀求想要离去。你可知道万物的哀伤，你可知道士兵的不舍？可你去意已决，我又能说什么呢？你是大山的女儿，却要离开大山，你有远方日思夜想的情人，我不想让你难过，我不想让你失望，我也不想让你在我的身前长跪四十九个白昼和黑夜。如果心意已决你就去吧，去找你的爱人，只是希望你在离去之前，让你的爱人雕刻四十九尊同样美丽的女神，竖立在漫漫山道，竖立在孤独哨所。让你的爱人用刻刀赎回你长跪的苦痛和失去自由的忧愁。山道上立下四十九尊无与伦比的女神塑像之日就是你彻底自由的时刻。我感谢你，令人敬仰的大山，我答应你的所有条件，我会让这亘古的荒山被美丽的塑像装扮，我会让自己的姐妹守望哨所，给那些寒夜里瑟瑟发抖的士兵带去微笑和温暖。

八

罗涅夫紧紧拥着伊秀儿说，你的一席话给了我希望和力量。我要给你自由，让你离开那遍布着森林和河流的群山。我要用锋利的刻刀雕出你的幸福你的微笑以及你的忧伤你的烦恼，让它们替你回到大山去守候漫长的黑夜濡湿的黎明。而你，真真切切就要永远和我相守，这是多么令人热血沸腾的幸福，这是多么激荡人心的快乐。我等待着，我盼望着，永世不变。

伊秀儿泪流满面，她挣脱开来，捧起罗涅夫的脸庞痴情凝望，又把头深深扎进他的胸膛。她说，我实在不敢相信，即将结束那奔波在大山河流之间的生活，而要长久地在此停留。我亲爱的艺术家啊，我们的相逢不再是每周五的晚上，而是一个个漫长的白昼，一个个温煦的黑夜，我们长相厮守，日日为伴。我为你唱歌，为你跳舞，我要用欢笑记录你每一日的幸福。

在幸福的畅想中，他们又一次分离了。这一次没有惯常的沮丧和悲伤。伊秀儿说，我很快就会回来。罗涅夫说，我急切等待着为你塑下七七四十九尊里的第一尊雕像。我等待。含着微笑的伊秀儿在无比灿烂中奔向征途。

罗涅夫买下四十九把最锋利的刻刀。他把每一把刻刀浸泡在水里，泡够四十九个小时，就在磨刀石上精心打磨，直到每一把都吹可断发，他逐一用油纸包好。刻刀是他实现希望的翅膀，每一把都是一尊美丽的女神雕像，他可不想中途耽搁时间。他要集中精力塑造七七四十九尊雕像。

罗涅夫买下两大卡车的石膏，堆在仓库，堆在创作室，那小山一样丰沛的石膏啊，可以雕刻出苍穹的底座，可以雕刻出太阳的光芒，如果要雕刻女神的塑像，一百个两百个也绰绰有余，可罗涅夫总是说，多些吧，再多些吧。如果空间允许，他会买下这座城市里所有的石膏，他宁愿得罪所有的雕刻家，他为了雕刻自己的女神，让他们无事可做整日哀叹。心中满载着憧憬的人啊，他看到的已经不是面目混沌的一堆石膏，而是一尊尊亭亭玉立的女神。凝眉、嬉笑、凝目、张望。那是多么栩栩如生的一个个伊秀儿啊，她站在山巅，她站在河边，她含着微笑站在自己的呼吸里。

清理工作平台，储备一日三餐。罗涅夫迫不及待了。他急切等待周五的到来，等待开始一个激动人心的梦想。焦灼的人啊，他总在抱怨，时光过得为何这么缓慢。他一遍遍地翻看日历，总在怀疑着，是否记混了时间，或者就是日月走错了轮回。抱怨着，抱怨着，终于，在夜幕降临的傍晚，大铁门“咚——咚——咚”响起，几乎同一时间，他的心脏也“咚咚咚”跳动。多么令人欢快啊，他跳跃着，歌唱着，打开了那厚重的铁门。

伊秀儿几乎没有说话的机会，任凭心情舒畅的罗涅夫摆布。

你站到这儿。

抬起下巴。

脸庞向左侧一点，再侧，好。

累不累，你可以自由活动一下。

柔和的聚光灯下，伊秀儿优雅站立，一只手抬起，托着下巴，远望。望向罗涅夫的方向，却不是罗涅夫，是更远的远方。墙壁挡不住，夜空挡不住。能挡住的只有遥不可及的梦想。此刻，她沉浸在幸福里。

罗涅夫有条不紊地运筹一堆比他更庞大的石膏。在伊秀儿到来之前，他已经在石膏上打磨出人形轮廓。这会儿他正望一眼伊秀儿刻一刀洁白的石膏。他曲着身子，全神贯注；他蹲下来，汗流浃背；他静立思考，庄严肃穆。伊秀儿多想跑过去替他擦一把汗，拉他坐下，像以前那样给他诉说大山里树木的故事、动物的故事，还有那五个光棍兵的故事。可是她克制了，她要用短暂的克制换取弥足珍贵的自由，换取日夜相守的爱情。

整整一个夜晚，一堆面目混沌的石膏脱胎换骨成了另一个伊秀儿。真是我呢，怎么这么像。伊秀儿围绕着雕像走了一圈又一圈。她打量她的鼻子，她打量她的眼睛，她摸她的头，她摸她的肩。两个美丽的胚子在一起，就连创造者罗涅夫都有点分不清谁是谁了。他说，此刻我倒是真有点不忍心把这尊塑像放到大山里去了。如此一说，伊秀儿流露出伤感来。我亲爱的艺术家，我知道你又塑造了一个绝世的美人，难道你已经垂涎她的美色了吗，就像当初爱恋我那样爱恋上她了吗？你为什么要说这伤心的话，让我感觉刺骨冰冷没有依靠。罗涅夫知道伊秀儿多想了，连忙改口说，我怎么会喜欢上一尊塑像，再说这塑像也是脱胎于你依附于你。伊秀儿更加伤感。脱胎于我如何，依附于我又如何？曾经我也是一尊死气沉沉的雕像，同样脱胎依附于李苑秀，可我夺了她的爱人，心心相印地和你走到了一起，那怎么能一样呢？那时候我是一个心死的人，可此刻，我憧憬着幸福的生活，我有无与伦比的绝美恋人。你是我的唯一，谁都不能替代。

不再多看一眼，罗涅夫把雕像放进了仓库，并给她挂上了一块“女神一号”的牌子。就在伊秀儿周五之前奔向城市的途中，她已经看到了矗立在山脚的那尊女神一号。她以为看到了自己的影子，可她在动，影子却一动不动。她呼唤她，她毫无反应。伊秀儿的内心是温暖的，她深深爱着的天才艺术家给了她生命，却没有给女神一号生命，表明了他是毫无保留地爱上了她，自始至终都是，而女神一号并不能享有这份无上的恩宠。

如果累了，你就说说话吧，我亲爱的伊秀儿，给我讲讲你在大山里的所见所闻，讲讲天空与河流的故事，还有那些不苟言笑的傻大兵，他们的故事肯定乏味无聊吧。可是如果作为消遣，我倒是愿意听你给我讲讲他们的故事，你知道的，说不准哪一天我会雕塑一个挺拔的士兵。不管现实中的他们是怎样的，我作品中的大兵一定是伟岸、挺拔、刚毅、果敢，青筋暴出的胳臂有着钢枪一样的乌青颜色。他会高达十米或者更高，我会把他安置在大海之滨、高山之巅、远海小岛，守望门户，抵御强敌。你知道吗，虽然手里握着纤细的刻刀，但我时时刻刻忧心我们这个富强了的国家，列强们曾经尝到了甜头，说不定哪一天，他们商量好了，带着舰船枪炮再一次演绎强盗的行径。抢走金钱、珠宝，还有我们丰富的艺术宝藏。

我多愁善感的艺术家啊。伊秀儿站在柔和的聚光灯下，尽量保持着一动不动的固定姿势。你艺术的思维触角为什么会伸得那么远，你应该把所有的心思放在刻刀上，那里有你的世界，有你人生即将开启的华章。

你说得实在太对了，那些忧虑距离我遥不可及，但我不能克制自己。那些忧虑整晚整晚让我辗转反侧不能入眠。我深深地忧虑着，如果哪一天那些敌人蝗虫一般地涌入，我们何处去，国将何处去。所以你就讲讲那些兵的故事吧。他们守卫国家的门户，或许可以消除我的忧虑。

如果可以选择沉默，我宁愿将那些兵永远隔离在我的记忆之外。伊秀儿抖一抖发酸的腿，立即又恢复了原有的姿势。可是我亲爱的人啊，既然你那么愿意倾听苍白世界里的故事，我也不妨说一说，可是我敢保证你会失望，我可不想加重你的忧虑，让你在无限美好的黑夜里不能入眠。

你说说上士的故事吧，他有没有答应前妻的复婚要求。还有那个中士，到底有没有走出大山，见一见别人介绍的对象。他们真是清苦，平常人生活里的幸福元素在他们那里怎么都变成了不可逾越的障碍？真是想不清楚。你快讲讲吧，我真想知道你是和什么样的一群人生活在一起。

我真不知道上士的决定和中士的行程，可我知道上等兵的烦恼。

挨批了吗？失恋了吗？上等兵到底为了什么而烦恼？

家里来信了。村里的恶霸和他们家做了邻居，恶霸家盖房子，把上等兵家的庄基地占去一米。上等兵苍老的父亲除了一尺子一尺子量出的证据，什么都没有，恶霸欺负上等兵家孤老妇孺，明抢明占毫不讲理。他威胁上等兵父亲说，有种咱们就干一架，你赢了，我把围墙推倒还你一米。

上等兵的父亲已经快六十岁的人了，虽然憋了一肚子的气，可早已没有了比勇斗狠的心劲和臂力，他用牙齿咬着嘴唇，把一腔的愤怒和委屈化作泪水，流进心田，流进肚里。低声说，你等着，你等着。

当兵的鲁莽冲动，那个恶霸可要吃苦头了吧？罗涅夫用刻刀为伊秀儿雕刻出一枚整洁漂亮的鼻梁。望一眼伊秀儿，回看石膏做成的鼻梁，如出同胎。他很满意，露出陶醉的笑容。上等兵是不是攥着铁锤一般的拳头离开军营的？他们整日里风吹雨打千锤百炼，定是有使不完的劲用不完的力。快说说，上等兵是一个人回家的，还是找了帮手？他那些哨所里的战友这时候肯定个个义愤填膺要为他打抱不平。你想想吧，这都是什么社会了，一个恶霸流氓怎么能够明目张胆去欺负一个儿子在外当兵的老人？他的利令智昏要让他付出惨痛的代价。让我们一起为这个作恶多端的人祈祷吧，但愿他只是受些皮肉之苦，而不要留下一生不能痊愈的重伤和疤痕。

你错了，从头到尾都错了。上等兵默默看完信，流了两行眼泪，努着嘴，把满腔的愤怒和报复心理都变成温热的气体呼出胸腔。他没有告诉战友，没有请假离开。往后的日子并没有什么区别，上等兵照常训练、站岗，只是平日欢喜的眉头蹙成一团，紧锁的皱纹里掩藏了淡淡的烦恼。

为什么会是这样，军人的阳刚去了哪里？男子汉的气魄去了何方？庄基地被人占去一米，老父亲被人欺侮，他为什么能够无动于衷？他害怕吗？他怯懦吗？还是知道自己就算回去也不是那个无耻恶霸的对手？怎么可以有如此懦弱不堪的军人，我们怎么指望他们守住国门，我们怎么指望他们抗拒蝗虫般汹涌而来的敌人？这是一个谜团啊，我怎么才能想得明白。

上等兵的怯懦又与你何干呢？我亲爱的艺术家啊，你把所有的热情都倾注到你的刻刀上吧。它能雕刻出七七四十九尊带着我的烙印的女神塑像，它能雕刻出我无拘无束的自由，还有我们相拥相抱永不分离的爱情。

我想，如果换成是那个胖下士，或者一切都会变样。他最起码有一个健壮瓷实的身体，这样的体格里肯定藏着无所畏惧的胆量。他伸出力大无比的臂膀，能够打倒紧握钢枪的敌人，能够雄踞隘口威震八方。

快不要说那个胖下士了，他如果有你希望的一半甚至是三分之一的英武，那倒是整个大山的庆幸了。可惜他辜负了健硕的身体，成年累月生活在孤寂的山巅，让他成了离群索居的野马，成了被无情流放的蜂王。

他怎么了？我记得他就是最勤勉为你擦拭尘埃的胖下士啊？

为什么要提起他呢？在这幸福到令人陶醉的夜晚，我只想与你共享黑夜的宁静，以及迎接希望的欣喜。哪怕提快一点速度，让我们腾出时间可以有片刻的拥抱，我更愿意倾诉对你一周的思念和越加浓烈的爱恋。

不会耽搁的，亲爱的，请允许我强烈的好奇心。我还是忍不住对胖下士的好奇，我不会耽搁雕刻的速度，我保证腾出时间倾听你沉淀在时间河流里那对我浓烈的爱恋。我真诚地希望，一切都从那个胖下士开始吧。

好吧。我会告诉你。一提起胖下士我就会有不能遏制的厌恶。

你讨厌他吗？我倒希望在你的心底雕刻下温柔贤惠、宽宏大量。

我何尝不想那样。亲爱的你要明白，有些事情是迫不得已。

哦，那我真是有必要听你细细讲来。

多亏了那天晚上皎洁明亮的月光，要不然我永远发现不了胖下士紧贴在暗夜里玻璃上那张五官模糊的脸庞。第一次发现后，我就开始刻意地观察。十一点钟或者更晚，除了值哨的士兵其他人都酣然睡去，这个时候，胖下士就会潜入卫生间，并不开灯，在黑夜里隔着透明的玻璃窗向我张望。

他会不会是爱上你了？罗涅夫有些嫉妒，灿烂的脸庞瞬间变冷。

我宁愿让山里的虎豹豺狼爱上我，也不愿让这个令我厌恶的胖下士爱上我。你且听我说，每一天晚上，他都在卫生间里注视着我，看我一会儿，又低下头，再抬起头，又低下头。他的反反复复几乎让我崩溃了。

他在干什么呢？他的脑袋硕大无比，是脖子有些酸痛了吗？

要是那样就好了，我怀疑他在做一件龌龊的事情。他和所有单身而又贮存了喷薄欲望的男人一样，不顾一切，恬不知耻，要在美丽的臆想中释放火山一样累积的烈焰。他们和动物一样不能自制。

天呐，我不敢相信我的耳朵，你是说他在手淫在自慰吗？

我能阻止得了自己的胡思乱想，却无法改变他龌龊的一举一动。

太让我不能忍受了，你可是矗立山巅的女神，那个肥胖的家伙为什么胆敢对你如此亵渎，难道他在污水横流里长大从不知礼义廉耻？罗涅夫的腮帮子被牙槽垫得鼓鼓的，手上的刻刀也加了力道，叮叮当当，叮叮咣咣。

我纯洁无瑕的爱人啊，希望我刚才的讲述没有伤害到你。

我要加快速度，早点让你离开那充满了邪恶与危险的大山。我一刻都不能等待。看吧，这小山一样高耸的石膏很快就会成为一尊尊女神的塑像。

九

罗涅夫徘徊着，张望着，这半个月对他来说实在太难熬。

从周五一大早，他就心神不宁了。上周五不知出了什么变故，苦等一个晚上，伊秀儿竟然没有出现。罗涅夫脑子里滋生出无数的猜想，他真弄不清楚是大山禁锢了伊秀儿还是那些士兵将他心爱的人儿绑架了。

罗涅夫想着，这个周五如果还不来，他就要找到大山里去。哪怕门口有荷枪实弹的士兵，哪怕他们会朝那些没有通行证的人射击，他也不会惧怕。罗涅夫有这个勇气，为了爱情，他可以把自己不管不顾地豁出去。

白天的时光实在漫长，看一眼时间，再看一眼时间，但时间却像步履蹒跚的老人一样见动不见远。外面白杨树上的知了叫得毫无章法撕心裂肺。

迟缓或者迅捷，夜晚还是到来了。

这一次心有灵犀的感觉更加强烈，竟然早于“咚——咚——咚”的敲门声，罗涅夫的心脏率先“咚咚咚”跳动。他来不及辨别清楚，一个箭步就冲向厚重的大铁门。太令人欣慰了，日思夜想的伊秀儿毫发无损地就在门口站着。罗涅夫只是忧心，为何爱人的脸上写满了疲惫还有淡淡的忧伤。

我的伊秀儿，我日思夜想的爱人啊，你可知道你长久的消失令我多么担心，请快快告诉我，究竟发生了什么，我牵挂着你的心都快要碎了。

什么事情都没有发生，我只是累了，突然就越不过那高耸入云的山巅，跨不过那奔流湍急的河水。我只能停住脚步恢复体力。如果我的消失给你带来了忧愁和烦恼，那就请原谅我吧，这只是一次小小的误会。

我不会怪你的？爱你都来不及怎么会怪你呢。亲爱的情人，在跨越一座座大山一条条河流的征途上你都看到了吗？那些挺立在山脚、河边的塑像，她们昂起骄傲的头颅，她们守望日出日落，守望满天星辰。

我看到了，那些女神塑像是大山里最美丽的景色，是墨绿群山中最壮观的雪白。我从前面数到后面，又从后面数到前面，真是赞叹你灵巧神奇不知疲倦的双手啊，竟然整整塑造了二十九个。那是你二十九周的辛苦，那是你二十九周的付出。我真不知道要怎样来感谢和回报你呢。

我亲爱的情人啊，你怎么那么傻。我不需要你的回报，我只是在赎自己的过错，我不应该在那个醉酒的日子将你送进那亘古荒蛮的大山，与那些凶猛的野兽为伍，与那些粗陋胆怯的士兵做伴。我让你受尽了孤独，我让你饱受心灵的屈辱。我要快些再快些，为你塑下七七四十九尊女神塑像，换取你的自由，换你离开那令人懊恼和不快的深山哨所。

哦，亲爱的，不要这么说，快不要这么说。也许我们对大山存有太多的误会，也许我们的心距离那些可爱的士兵太远太远。

我说的都是真心话，如果上周五你不缺席，挺立在漫漫山道上的塑像不是二十九尊而是三十尊。你知道吗，我已经堆好了人形的石膏，我已经取出了锋利的刻刀。我一直都在等待，可你却没有来。我想凭着想象勾画你的轮廓，又害怕记忆有偏差损毁了你美丽的容颜，玷污了你圣洁的形象。我什么都不能做，我只能焦灼地等待。你知道吗，大山让我刻画无与伦比的女神，我不敢大意不敢含糊，我怕激怒了那无所不能的神明而让他收回还你自由的承诺。我只能精雕细琢，请理解我的缓慢。如果允许，我倒是情愿一晚上就将那山包一样的石膏变成神态各异的七七四十九尊女神。我心情急迫地想让你走出哨所，与那些令人厌恶的士兵分离。

我亲爱的恋人啊，我真的感谢你为争取我的自由而做出的不可替代的艰苦努力。我亲爱的恋人啊，我多么希望你快快停下，不要再抵触那绵延千百里的大山，不要再诋毁和批判那些最可爱的士兵。

我的情人，能不能告诉我到底发生了什么？罗涅夫惊讶地望着伊秀儿，他知道她的脑袋里装下了新鲜的故事，关于大山，关于那些士兵。

有太多太多的事情，我真不知道从哪里说起。还没有开始叙述我就已经有了深深的惭愧，我们鄙薄了山林的英雄，我们玷污了一群伟大的人。

我不知道你要说什么，但我知道你曾经独独属于我的爱恋已经出现了偏移。我独一无二的情人啊，请你告诉我，这一切到底为了什么，你难道不爱我了吗？还是在那荒蛮偏僻的大山里燃起了崭新的爱情火焰。

我深深爱着的天才艺术家啊，你可千万不要胡思乱想，我从来没有移情别恋，也没有在大山里燃起爱情的火焰。大山里发生了惊心动魄的大变故，云彩散去，河水停流，那个士兵也把青春永远驻留在了大山里。

到底发生了什么，我的爱人，你是在不由自主地伤心，还是触景生情地感动？为什么你的泪水长流？你的悲伤让我悲伤，你的痛苦让我痛苦。

那个年龄最小的上等兵牺牲了。我曾经以为他是个胆小鬼，见了闯进哨所的松鼠他也不敢驱赶，他躲着那些幼小的精灵，直到它们偷走坚果，偷走食物，把厨房弄得乱七八糟。我在想啊，世界上哪有如此胆小如鼠的士兵。我误解了他啊，上等兵才是这世界上最值得钦佩的英雄。

到底怎么回事呢？没有灾难没有战争，一个士兵怎么会突然牺牲？他是被大山惩罚了吗，还是忍受不了清冷的孤寂？那是一个多么凶险的地方啊，年轻的生命毫无缘由就被画上了句号，尘世终结，一了百了。

那是个倾盆大雨的中午，上士让上等兵值哨，上等兵却说中士腿上有伤更应留下，坚持走进了四个人的巡山队伍。他们带着干粮，带着钢枪，还带着那条凶神恶煞的军犬。他们豁开矮小的灌木丛，走进山谷，走上山巅，在方圆一百多里的密林里撒网一样地侦察，允许通过的只有飞禽、走兽，以及一阵一阵夹杂着雨水的大风。哨所立在大山里五十多年了，哨兵们每一天都如此度过。周末如此，春节如此，晴天如此，天上下冰雹也是如此。哨所是禁区的门户，一旦疏忽，就会门庭洞开，一切尽失。

那天的大雨从早上就开始倾盆如注，树木冲倒了，河道汹涌了，上士忧心忡忡地嘱咐大家注意安全。可是就在通过一条河道的时候，一股洪水就如刚刚脱闸般疯狂地涌来。上士喊一句快跑，大家就都往高处跑去。胖下士动作迟缓了一些，他在呼唤惊慌失措的军犬，军犬顺着河道往下游跑了。他怕它迷路，更怕它被汹涌的河水带走，声嘶力竭地大喊，在雨水的哗哗声中分外惨烈。他惦记着军犬忘记了洪水，等到水扑打在他身上的时候，胖下士才醒悟过来，在混浊的浪涛里他拼命挣扎，离河岸近了近了，眼看就要够着上等兵伸出的手，却又被一个激流带进混浊里。他浮起来，沉下去，又浮起来，再沉下去。他们呼喊，却再不见胖下士露出水面的脑袋。上等兵急了，上士拉都没拉住，他扑进洪水里，四处摸索，即使是南方长大的熟悉水性的小伙子，在这滔天的混浊里也是回天无力。但谁说没有奇迹呢，他竟然摸住了胖下士已经停止挣扎的手。他拉他，他托他。众人合力将绵软无力变成泥人的胖下士拉上岸来，却清清楚楚看见一个浪头将上等兵打入水底。他们等待上等兵浮上来，却再也没有等到，他们喊他，叫他，丝毫没有回应。救活了胖下士，他们带着逃到岸上的军犬沿着汹涌的河道寻找上等兵。雨水里，他们的泪水也止不住地流。他们祈求神仙让上等兵活着，他们祈求滔天的洪水只是和他们开了一个恶意的玩笑。

一片云朵被风带向了远方，雨也停住了。洪水流向下游，渗进河道，平缓了，温顺了，终于载不动上等兵疲惫的身子，在一处平缓的山谷里，他不规则地躺着。口鼻里全是沙土，衣服被撕出好多口子。上士不甘心，抠出泥土，使出了全身力气给上等兵做人工呼吸。只有吹进去的气，没有呼出来的气。就连军犬也蹲在上等兵的面前红了眼圈。他们不相信上等兵就这样死了。下士换过上士，也是使尽了浑身力气，希望能给上等兵的体内送进去一丝气息。醒来吧，我的战友，醒来吧，我的兄弟。如果允许，他们宁愿每人匀出自己一半的生命，让上等兵醒来，扛上枪，怎么来的，再怎么一起回去。可是此刻，上等兵就静静躺在那里，没有忧愁，没有哀伤，就像一个刚刚睡着的孩子。是啊，他的确只是个孩子。他才十九岁呢，就在前一年，他还只是一个坐在高中教室里认真听讲的高三学生。他说过，他羡慕那些高中的同学能坐在窗明几净的大学教室里，学习知识，畅想未来，偶尔还能谈谈恋爱。他年轻的心灵当然有无拘无束的时刻，甚至因为羡慕那大学的生活，偶尔会流露出淡淡的怅惘。但上等兵对自己入伍参军从不后悔，他说生命里的每一次选择都是成长中难能可贵的履历，他热爱大山，热爱钢枪，热爱这里的每一个战友，热爱肩膀上沉甸甸的责任。他说或许此生没有机会当上一个将军，但一定要当顶呱呱的好兵。

好兄弟，我的好战友，我们回吧。三个战友轮流背着上等兵，走在雨后天晴的山林里，军犬莉莉默默地跟在身后。和来的时候一样，他们翻上山顶，下到山谷。怕尖锐的灌木枝条划到上等兵，他们佑护左右，让酣眠的上等兵不被惊醒。上等兵回到哨所的时候，我不知道我的眼泪为什么总是止不住地流。流了三天三夜，淌湿了石膏脚面，淌湿了红砖基座，也淌湿了承载基座的土地。我实在没有力气回到城市，我要缅怀令人敬仰的上等兵。他是一个多么谨小慎微的人啊，却在那一刻把自己交给了激荡汹涌的洪水，我实在想不明白一个胆小的人为何能做出如此决然的壮举?!

我擦干泪水，在前往天堂的路口等待着上等兵。等了两天两夜，终于看到了那个军容严整的青年。我问他说，别人一步登上天堂，你为何让我在这里等了漫长的两天两夜？上等兵羞赧地笑笑说，与亲爱的战友们在仪式上告别之后，我背上钢枪又巡了一趟山，站了一班哨，擦拭了被雨水淋湿的你，我还走错了门，我在地狱里推开了每一个房间却找不到我的床铺，他们说，尊贵的士兵啊，你怎么能来这黑暗无边的地狱，你的归属在天堂，那里有真善美，有洁白的云朵，有动听的歌谣。我闻言又动身前往天堂，没想到在这里遇上你，我们爱戴的、敬仰的、美丽的女神。

我告诉脸上洒满阳光的上等兵，我们不是偶然的相遇，我在这里就是为了等你。我想知道平时胆小怯懦的你为什么会在那一瞬间跳进洪水，你知道那会失去生命却不管不顾，难道仅仅就是为了能够升上天堂？上等兵尴尬地咬咬嘴唇。我们美丽的女神啊，你为什么会给我贴上胆小怯懦的标签。你可知道，我十三岁那年就在夏天的河水里救过人，我十五岁那年英勇地和一个持刀的歹徒搏斗，我咬破了他的手腕，和众人一起将他制服。他们都叫我勇敢的孩子，你为何却和别人的认识截然不同？我或许错怪了这个英勇救人的上等兵，但我还是要问，你在哨所的时候躲开了松鼠，躲开了刺猬，你怕这些柔弱的动物伤害你吗，为什么要远远地躲开？他收敛的笑容又绽放开。我们爱戴的女神啊，你要是以这个作为我胆小怯懦的证据，我倒是要心平气和地为自己辩解。那些弱小的生命生活在这广阔的大山里是多么的不易，它们要躲避天敌的吞噬，要护佑自己弱小的生命，它们把人类当成朋友，所以警觉地走进哨所，只是为了在厨房里拿一点粮食，或者满足对于哨所的好奇心，我们为什么要惊吓它们要伤害它们，让它们自由地来自由地去，不好吗？我们平等相处，总有一天会成为亲密的朋友。

上等兵的解释让我无地自容了。如果他的胸怀是广阔的大海，那我连这小小的哨所都大不过。我误读他，误读哨所，我为此深深地惭愧。

过去的就让它过去吧。罗涅夫急切想开始第三十尊女神塑像的雕刻，他把伊秀儿引上聚光灯下的平台，自己取出刻刀，一次新的创作随即开始。上等兵已经用实际行动证明他是一个伟大的人，他是一个令人尊敬的军人，等到用七七四十九尊女神塑像为你换来自由的那一天，我倒情愿花上一些精力雕刻这个见义勇为的军人。你到时候可要好好给我讲讲，我要刻画他刚毅的外表，高尚的灵魂，还有走在天堂路上的步履从容、器宇轩昂。

你真是一个品行伟大的艺术家，我亲爱的人啊，我为你感到自豪，我为你感到骄傲。此时此刻，就让我们为上等兵立下约定吧，用你无与伦比的高超技艺为他雕刻一尊雄伟的塑像，立在哨所对面那高高的山顶，让他终日与他的战友为伴，每日俯瞰哨所的日月轮回，每刻守护禁区的安全。他应当获得这样的礼遇，他是大山的儿子，他是军营出类拔萃的英雄。

我们不用立下约定，我已经把你的叮嘱牢牢地记在心间。让我们加快雕刻女神的进度吧。当一尊尊美丽的女神塑像站满了进山的大道，守望在河水的源头，你就有了无拘无束的自由。那时候我再邀请你，驾着七彩的祥云，飞越关山河流，去矗立我崇拜英雄的作品，那尊挺拔伟岸的上等兵塑像，他将站在大山的顶峰，成为让军营官兵肃然起敬的英雄。

我接受你的建议，为大山军营竖起一尊英雄的雕像，树起属于他们那个光荣群体的荣光和信仰。亲爱的艺术家啊，让你的刻刀飞舞得再快速一些吧，赶紧雕下四十九尊女神塑像，还有那令人敬仰的上等兵，你一定要用最优质的石膏，拿出你最锋利的刻刀，给我们的英雄崇高无上的礼遇。

十

罗涅夫雕刻第三十一尊女神塑像的计划又被推迟了。打开铁门，他收敛起半月未见的急迫欣喜，沉着脸，无语。看起来是生气了。

伊秀儿关上铁门，胳膊环在罗涅夫的脖子上，楚楚可怜地说，我日思夜想的艺术家啊，我真不知道怎样说出我迟迟不来的缘由。我不能说洪水冲毁了山路，我不能说大山阻隔了我的脚步。我可以说走就走，在升完国旗后我可以像天空的鸟儿展翅高飞，可以像水底的鱼儿一样游向前方，可我的心被拴住了，我在哨所有着太多的牵挂，想走却怎么也走不开。

你为什么要说出一个这样的理由？罗涅夫转过身来，抱住伊秀儿，双眼盯在她的脸上，真诚哀怨。这样的理由令我多么地伤心，那个孤寂冷清的哨所为何拴住了你的心，难道你被上等兵的故事所感动而爱屋及乌？难道你在那些卑怯的士兵里重新找到了爱情的归属？这么快，你就不爱我了吗？不爱我可以，难道你已经不需要自由？这是青春生命的基础，这是无拘无束的前提。告诉我你是怎么想的，怎么突然让我如此地伤心。

如果我说错了话，请你千万不要放在心上。我的爱情没有新的归属，我仍旧炽烈火热地爱着你。拴住我心的不是爱情，而是一桩桩令人牵挂的琐事，那些都是士兵的事情啊，我怎么忍心不管不顾袖手旁观。

你与那些士兵只是偶然相遇，他们守护他们的哨所，你等待你的自由，可你为什么要为他们操心？我真想不通你为此竟然推迟了我的雕塑进展，你为此宁愿推迟获得自由。看见了吗，我塑好的人形石膏已经蒙上灰尘，我备好的锋利刻刀已经有了铁锈，你让它们等待了太长时间，它们执着地为你争取自由，而你却像无事的人在该到来的时间却没有到来。

伊秀儿望着罗涅夫哀伤的眼睛立下誓言，我向你保证下不为例，我亲爱的人，希望你不要伤心不要失望，不要因为这小小的插曲而减弱了对我爱恋的热情。我要告诉你，我深深爱着你，以后我不会再无故地耽误时间，每个周五的晚上我都要坐在你的面前，看你为我雕刻塑像，为我雕刻自由。亲爱的，请快点告诉我，你是不是已经化解怨怒将我原谅。

你是我不能选择的情人，你是我无可挑剔的爱恋。我对你本来就没有愤怒，我只是想让你知道，我是多么地在乎你，我是多么地爱着你。

亲爱的，你的面部要放松一些，不要绷得太紧。

罗涅夫开始了第三十一尊女神塑像的创作。已进入工作的状态，他就严肃起来，远处看，是一尊塑像在创作另一尊塑像。

上士还是决定复婚。伊秀儿抬起下巴，放松的面庞又紧绷起来。

哦。罗涅夫轻声回应。他对这个话题并没有多大兴趣。

我劝了他的，他却不听我，真是一个匪夷所思的哨长。伊秀儿并不在乎工作着的罗涅夫的回应。家里人一再追问上士态度的时候，他那已经离了婚的妻子竟然带着不会走路的孩子到了哨所所在部队的那个城市，她让部队办事处的人给上士捎信，就说媳妇孩子来看他。上士明白女人是个内心野蛮的人，她有着无穷无尽的欲望，并且为了实现这些欲望不择手段。当初谈恋爱，他没感觉，她却看上他，于是非要确定关系，他躲避，她就带着礼品去他家，态度谦卑，温良恭顺。上士回到家里，家里人就责备他对她的冷淡，要求他们尽快领证结婚。上士蒙在鼓里，不知道发生了什么事情，只想是父母中意这样的女孩。婚后自己在部队，娶了媳妇也是留在家里，父母中意，他就不再坚持己见，唢呐声声中把她迎进家门。后来才知，她是告诉他的父母他们已经在初次见面的时候情难自抑行了周公之礼，上士父母都是老实本分的人，既然这样，只能责成上士速速成婚。洞房夜真正行周公之礼时，上士才发现此礼她已与别人行过，羞愧之事难以启齿，也就不提。婚后不到八个月，男童呱呱坠地，父母喜笑颜开，只有闷不作声的上士清楚日子不对，他是打掉牙齿往肚子里咽，已然这样，又能怎样？心里苦闷着，日子还要继续。还好，一年难得回去一次，与她也谈不上什么感情。看看父母，抱抱孩子，两人热热乎乎钻一个被窝里的时间都少。上士家里经济条件一般，属小康家庭，她原本听说他工资高，有说一个月一万块，有说八千块，结了婚才知道也就四千来块。他的工资不交给她，她就不高兴，争夺了几回财政大权，未遂。他是回家休假与朋友喝酒的时候拐弯抹角听说她在外面勾三搭四，毕竟是丑事，他只闷在心里，不说。说了关系就彻底破裂了，一揽子的事情没法收拾。他有意无意暗示她，要收敛，不要到处鬼混。她不乐意，借了话题和他大闹一场。她是存了心要找事情的，她在外面已经有了固定的相好，她不知道相好是骗子，只知道他中年丧妻，家资千万，关键是他喜欢她，喜欢得无法无天，恣意妄为。如此，她就觉得自己找到了真爱，把上士和家庭抛到了九霄云外。她带着不可遏制的喜悦和兴奋想和他私奔，她知道上士拦不住她，家庭拦不住她，她等一个机会，让自己名正言顺地私奔。机会来了，她走了，上士挽留，自然毫无用处。难得休假一次，却不得不面对伤心欲绝的父母、涕泪交加的幼儿，他心都伤透了。上士是流着眼泪离家归队的。山里寂静，也就没那么多心事，可家里是个烂摊子，总不得劲。他不知道怎么办，也不愿给别人说，总望着山，山里的飞禽走兽没有这么多的忧愁，他真羡慕它们，他倒希望能够成为它们，无忧无虑。

上士向我倾诉的时候，我有些怒其不争。多么相貌堂堂的一个人啊，腰板笔直，声若洪钟，他是哨所的绝对权威，尽职，敬业，就是在全团的警卫专业比武中也常常摘金夺银，可他被一个女人打败了。他问我怎么办，我让他不要理会那个女人，让她在山下面那个城市里等着吧，等得没有希望了，她自然会带着那个跟上士没有半毛钱关系的孩子离开。他们原本就应该没有关系，甲乙丙丁，各行其道。上士显然不愿意听我的，他一直强调他们原本就是一家人。我尖酸地斥责他，谁跟谁是一家啊，那个孩子不知道是哪个男人的骨血，那个女人跟你结了又离了，你们就是不相干的人。她想过浪漫的生活，可是她愚蠢的头脑根本驾驭不了幸福，理所当然遇到了骗子，去无去处，居无定所，所以她又回来找你了。你给她的应该是一个大大的嘴巴还有毫不留情的拒绝。你猜上士说什么，简直要把我气爆炸了。他说家里就是要有个女人，孩子就是要有个妈。天呐，世界上的女人多年前一茬一茬地生下来，现在都在疯狂地生长，她们长大了，她们丰满了，她们都在寻找优秀的男人嫁出去，你为什么不去试一试？你是一个多么优秀的哨长啊，那些女孩子会尖叫着聚拢在你的身边，她们愿意与你共结连理一起生活。他是何等的木讷啊。他说一切哪有那么简单，再说我也没有时间和女孩子谈天说地，我没空闲再去经历一次恋爱，就那样吧。你听见没有，他说就那样吧。他放弃了追求爱情和尊严的机会。他下山见了女人，同意了复婚的要求，又把离婚证变成了结婚证。女人遂了愿，带着孩子兴高采烈地回去了。他也高兴，不再被家庭烦恼的琐事牵绊。他可以心无旁骛地巡山站哨，可以一心一意和他的兵们守护禁区的安全。

我已经沉浸在你的叙述里了我的爱人。我倒相信这只是你信口拈来的一个虚幻故事。我真不相信世界上还有这样的人，他把所有的心思用在赖以谋生的工作上，对于自己的生活却随波逐流。他掂量不清工作的目的是为了生活。他竟然为了工作彻底放弃了本应拥有的幸福。那是怎样的人啊，大山密林里的人为什么有迥然不同的思想？大山密林里的人为什么有截然不同的奇怪选择。他们是不是被无所不能的大山施了魔法，不能远去，不能背叛？他们已经成了大山的囚徒，成了哨所游走的肉身雕像。

亲爱的艺术家啊，你的目光总是如此的锐利，能看透重重迷雾下的真相，能洞察茫茫黑暗里的光芒，我和你有着同样的疑惑，我和你有着一样的焦虑，我和你一样不能理解一群生龙活虎的人为何甘愿与大山为伍，年年初衷不改，月月重复着琐碎而又一成不变没有色彩的生活。他们是一群兵，今生已不可能提升为干部，干完几年或十几年无一例外要回到曾经穿上新军装离开的地方，重新从一个普通老百姓做起。那时候他们曾经的同学和玩伴已经在那片土地上奋斗了十几年，有的有了各种社会身份，有的积累了数目可观的物质财富，而他们作为一个退伍老兵，一切都是从零开始。他们没有人生经验的积累，没有人生财富的积累，有的只是和大山一样不善言谈的木讷性格和淳朴到格格不入的军旅本色。

他们不知道这样的结局吗，他们没有前车之鉴的战友吗？为何还要笃定地坚持？如果是我，我宁愿早早回到梦开始的地方，踏踏实实去积累人生的财富，迟早都要走的，在一个失去了梦想和希望的地方，坚持的意义何在？如果前进已经失去了目标，那么前进本身又有什么必要值得坚持？

中士的决定不知道算不算答案。伊秀儿蹙起眉头望着罗涅夫。可我不懂他的答案，他们仿佛特殊材料制成的，令人匪夷所思。

就在上士刚刚决定与前妻复婚不久，中士也面临人生的一次抉择。

那真是一个大胆直接的女生。伊秀儿问罗涅夫，你还记得有老家亲戚给中士介绍过一个对象吗？罗涅夫抬起头。不是说中士压根就没有回去和那个姑娘见面吗？是的，他们没有见面，但这却不妨碍故事的发生。

女孩见了中士的照片以及亲戚讲述的中士制服小偷、资助老家失学儿童等一干或神勇或温暖的故事，激动得不行，当下就要给中士打电话进行单线联系。怎奈哨所手机无信号，地方长途也打不进来，亲戚只有婉转将女孩手机号码给中士。抱着试一试的心态，中士拨通号码，本来就有好感，电话一通，姑娘直抒胸臆，说中士说话好好听，她被电着了。姑娘的话也把中士电着了。一来二去，虽未见面，爱情的火花已经从星星之火变为燎原之势，中士每日都在默默的欢喜中心神不宁躁动不安。战友们看不见，伊秀儿却能看见，中士已经迷醉在爱情的甜美里了。她多么希望这个年轻的中士能够提出休假的要求，到千里之外与那个热情的姑娘见上一面。将心比心，如果让他与罗涅夫就这样火烧火燎地等待着，她是要崩溃的。去啊，找领导请假啊。伊秀儿怂恿着中士。中士只管独自燃烧，并没有休假的打算。伊秀儿心里恨恨的，真不知道他是怎么想的。

姑娘最先忍耐不住，要来。中士坚决地阻挡了。

我们有纪律。

我去看你，又不让你回来。

那也不行，你进不来山。

我到山脚下，你下来，咱们见上一面就行。

那也不行，我们有纪律。

那怎么办?

等我休假。

你几时休假?

明年，快的话前半年就行。

姑娘在那边掰着手指头算算，默默挂断了电话。

一人一边，仍然在炽烈孤独地燃烧着。

不同之处在于，中士一边燃烧一边站岗执勤，生活的清苦被爱情的火焰烘烤得温暖幸福。姑娘则在燃烧中理性地思考。从前到后从头到尾，想得明明白白，姑娘给中士出了一道选择题。

爱我，或者不爱我?

当然爱。中士的回答急切利索。

爱我就明年结婚。

没问题，我也是这样想的。

结婚之前脱下军装，我们过正常人的日子。

中士不说话。

我爱你，但我忍受不了一年相聚一次。

可是——

就算你有一万条理由，我只有这一个条件。

可是——

你不用现在回答我，我给你时间，想好了告诉我。末了，姑娘补充一句说，我已经做好了明年嫁给你的准备。

挂了电话，中士内心的火苗子就开始慢慢熄灭。

彻底冷却下来的时候，中士默默地流下了眼泪。

我知道他要做出什么样的决定，我本来不想干预中士的生活，每个人都有每个人的选择，可以选择幸福，也可以选择不幸福。什么样的付出就有什么样的回报，社会的幸福法则总是公平的，可在这里，一切都失去了平衡。敬业恪职的哨长没有得到应有的幸福，不是被谁剥夺，而是他自己选择了放弃，这一次，同样的命运难道又要发生在中士身上？我不甘心，虽然只是一个旁观者，但我觉得有必要让他清醒过来。

你是不是被幸福冲昏了头脑？我对他一点都不客气。

我的幸福已经远去了，我的头脑异常清醒。

那你告诉我，为什么你不好好想想，要做出一个如此武断愚蠢的决定。

事情就是这样覆水难收，我的女神啊，你说我又能怎样？

你可以有更好的选择，选择爱她，跟她结婚。

可是这场幸福要剥夺我守护哨所的权利。

哨所就你一个人吗？

当然不是。

离了你地球就不转了吗？

当然不是。

那你为什么不能离开？

因为在这里有我五分之一的责任，有我五分之一的担子。我不能说走就走，说离开就离开。责任是士兵的第二条生命。

可你终有一天会离开。

令人敬仰的女神啊，你快不要怂恿我做出错误的选择，你知道我此刻内心有多么焦灼和彷徨，我知道你一切都是为了我好，可是快不要再说那些动摇我决定的言语。是的，我迟早有一天会离开，可我实在不愿意那一天就这样到来。这是一个多么荣耀的哨所啊，守护哨所又是多么荣耀的责任，全中国有着十三亿人，可只有我们获得了这份至高无上的荣光，这是一个兵的骄傲，这是一个战士的荣光。是的，总有一天我要离开，可正因为要离开，所以仅有的日子我要全身心地投入，全身心地坚守，就如同每一个人迟早有一天会死去，所以活着的时候就应该让生命更加精彩。

我承认，我已经没有任何可以说服他的理由。

中士怎么做的？罗涅夫停下了手中的刻刀。

他给了拒绝的答案。他们之间已经一刀两断彻底结束了。

罗涅夫叹息一声，继续叮叮咚咚地雕刻起来。

伊秀儿同样无语，在聚光灯下肃穆站立。

黎明到来之前，第三十一尊女神的轮廓已经初现。

剩下的几天时间，罗涅夫会将女神三十一号精心地打磨，让她有神采奕奕的面容和栩栩如生的形态。下周伊秀儿在奔来城市的路上，就会看见这尊塑像立在她的必经之地。她是她的第三十一份欢喜和希望。

伊秀儿曾经担心地询问罗涅夫，当初一把刻刀就让她从李苑秀的肉身里脱胎而出，有了思维，有了生命，有了获取自由的愿望。会不会，七七四十九尊塑像终有一天都会拥有她同样的拥有，替代她成为罗涅夫的情人，依恋他，爱上他？每尊塑像都会有重获自由的愿望，她们也要让罗涅夫为她们立下七七四十九尊同样的塑像，那该怎么办呢？伊秀儿不得不为这突如其来的烦恼分神。罗涅夫笑着说，放心吧，我的美人，你永远是我唯一的情人，不可能有谁能够取代你，你是现在的唯一，始终的唯一。

可是——为什么呢？

罗涅夫没有给她答案，只是充满爱恋地微笑。

伊秀儿心旌荡漾，可仍旧没底，忐忑不安，心神不宁。

十一

下士考上军校要离开的那个晚上，上士破例让大家可以喝酒。

胖下士喝了两杯啤酒，就开始哭。他的眼泪是那样汹涌啊，流进了酒杯，滴落在地上。上士说，分分离离是人生常事，也不要太伤心。下士受到感染，也哭了。他和胖下士还是义务兵的时候就前后脚来到哨所，一晃几年，哨所还是那个哨所，人还是那些人，只是少了上等兵。他更难过的是等他四年军校毕业，这些人真不知道还剩几个。人生最痛苦的经历莫过于生离和死别，后者已经经历，前者，将要经历，怎能不悲从心来？

上士不胜酒力，却在频频举杯，找各种各样的理由要和大家干杯。他在笑，笑容里的泪水却止不住，簌簌下落，润湿了暗夜里奔跑的尘埃。

你小子去了好好学习，我们等你回来当排长。

一定的，不给哨长丢人，不给大家丢人。

你已经给我们天上星哨所争得了荣耀。

我永远是天上星哨所的一员。

必须的，不管你走得多远，这里都是你的根。

不用掰着指头算。下士军校毕业的时候，上士肯定已经解甲归田了。但此刻，他还在一遍遍强调着等待下士归来的话。上士知道是不可能了。大山里警卫专业最优秀的士兵只能干到上士，晋升四级军士长没有任何的可能性。上士心里清楚，大家也知道，可都不说破，把团聚的希望留住。

哨所的士兵敲锣打鼓列队送走下士的第二天，胖下士也神情沮丧地告假还家。那天晚上他哭得太凶了，超出了战友情谊的范畴。上士虽然喝多了，仍旧坐在他的床边等他哭完。掺杂在胖下士的哭声里，上士一个劲说，你小子不够意思，有事不给我说。胖下士就不再隐瞒，一五一十说了家里老母亲车祸住院的事。上士跺着脚埋怨说，你呀你呀，咋说你好。

胖下士的母亲在南方打工，从早到晚骑着一辆卖煎饼馃子的三轮车穿梭在大街小巷，梗着脖子喊——煎饼馃子，卖煎饼馃子喽。前些年一份卖一块钱，现在已经涨到了三块钱。当兵后，胖下士屡次劝母亲歇业回家。

母亲当然不答应。胖下士早年丧父，他母亲正是靠着这辆三轮车供养他和姐姐一日三餐以及求学的。母亲曾经在早亡父亲的灵前许下誓言，要用这辆三轮车把两个孩子都供成大学生。无奈俩孩子学业一般，上到高中就先后辍学在家。母亲叹一口气，蹬着三轮车又上路了，在风霜雨雪里给女儿攒够了嫁妆，又开始给胖下士攒买婚房和娶媳妇的钱。转眼，三十岁的母亲就成了五十岁的母亲。人老了，沉甸甸的责任却一天也没有卸下来。

那天也邪了门，胖下士刚给母亲打完电话，母亲说最近太累，想歇一歇。胖下士就说，早都应该歇了，快把你那套家伙什扔了去。

胖下士是气话，只想让母亲无事一身轻。

说的容易，扔了媳妇从哪里来？

你一言我一语说得不痛快，胖下士先挂断了电话。

后来的事情是听姐姐在电话里说的。

母亲遇到城管，急速躲避，在十字路口与一辆拉土车相撞。

人和车子都飞出去老远，母亲奄奄一息进了重症监护室。

接到电话的时候，上士正在团里集训。

哨所人员不齐，任务却琐碎繁杂。胖下士咬着牙，等上士回来。

上士刚回来，上等兵就殉职了，而且是为了救他。

怎么请假？胖下士根本没法张口，憋得眼泪总是扑簌簌下落。

姐姐说，母亲眼看着不行了，你赶紧回去见最后一面。

胖下士在电话里不说话，就是个哭。

胖下士对母亲的思念就像河道里的洪水一样滔滔不绝，可是他承担了一份守护哨所的责任，不可能说走就走。一天繁忙结束，洗漱完毕，他就会找出母亲的照片。那是一张母亲年轻时候的黑白照片。多少年了，母亲风里来雨里去，养活一双儿女，怕他们吃不好睡不好，替他们操所有的心，自己却连一张照片都没机会照。当兵要走的时候，胖下士要带母亲照片，找来找去，却只有母亲年轻时候照的那一张黑白照。照片上，母亲的青春驻留在上世纪80年代。她侧着身，粉红的脸蛋，黝黑的长辫子，笑容是那样甜美。那是青春生命绽放前夜对幸福美好最恣意的憧憬与畅想。时间掩盖了所有的美丽，胖下士一直怀疑这到底是不是母亲的照片。他实在不能把花白头发、皮肤黝黑、皱纹横生的母亲与这张照片联系起来。

胖下士摩挲着照片，一幕幕往事过电影一般掠过脑际。在往事的交替重叠里，他看到了女神塑像。哦，几乎和照片上的母亲是一个模子刻出来的。他仔细端详着，矗立在哨所的，分明就是年轻时候的母亲。他没有声张，只在夜幕降临的时候，捧着母亲的照片，躲在卫生间里，默默地注视着矗立着的女神，再低头望一眼照片上的母亲。他也望向那重重云雾遮挡里的夜空，祈求找到最权威的神明，希望他护佑母亲，让母亲早日康复。胖下士的苦痛是一个秘密，他默默地承受，默默地哭泣。

这么说你误会了胖下士？罗涅夫想起了伊秀儿关于胖下士在卫生间做猥亵动作的猜测。因为这种猜测，他本能地对胖下士产生厌恶。此刻，他除了惊愕，更有一种难以言表的愧疚。虽然自始至终都是伊秀儿在叙述，但他内疚于在心里侮辱了胖下士。胖下士是一个值得尊敬的人。

当我知道事情真相的时候，已经无地自容了。高尚者的心中全是高尚，龌龊者的心中则装满龌龊。我甚至怀疑，自己是不是一个品位低下的小人，为什么我的思想如此幼稚，把一个善良淳朴的人想象成那样。我有时觉得，对他的评价正好映射出我内心粗鄙。跟他相比，我简直低到了尘埃里。

可是——那些都是真的吗？

亲爱的，你对什么产生了怀疑，就直言不讳地说出来吧。大山上的哨所的确是一个令人费解的地方，我理解你的怀疑你的不解。这也是谜团一样缠绕我的地方。你且说出来，允许我试着给出合理的答案。

我是说，罗涅夫顿一顿，我是说那个胖下士的母亲已经进了重症监护室，而他却抹不下面子去向领导请个假，实在太不可思议了。

我岂是没有这样的疑惑。我问过他了。我以为他要讲宏大的理想，讲奉献社会的人生，讲那些令我毛骨悚然的乏味说教。可是，他并没有讲这些。胖下士告诉我说，这里是五个人的岗位。前面哨长集训，后面上等兵牺牲。缺位一个人还不至于影响哨所安全，一个人执勤四个人巡山变为一个人执勤三个人巡山。可如果在缺位一人的情况下我再请假，就会变成一个人执勤两个人巡山。

四个人和三个人的差别或许不大，四个人和两个人之间差别就大了。可能因为少了这一个人，安全了几十年的哨所就会出事。不怕一万就怕万一。和哨所的安全比起来，我个人的喜怒哀乐是微乎其微的。我不能因为自己想见母亲最后一面而把责任抛到脑后。最起码我是一个士兵，最起码我是一个男人，我要担当起自己应有的担当。

他倒是说的一点没错。

是啊，这样的话我们听了一百遍一千遍。在商人的嘴里，在官员的嘴里，在慷慨激昂的大学生的嘴里。但更多时候，这只是一种空洞的表态，在现实的利益和取舍面前，有几个人是能够担当的？有多少人以冠冕堂皇的理由退缩了逃跑了，整个世界都在他们的怯懦面前显得无耻和卑怯。

胖下士真是一个不简单的人。

他只是这个高山哨所的一分子，普普通通的一分子。

他是他们中的优秀代表，他值得表彰和称赞。

每一个人都很优秀，每一个人都值得表彰和称赞。

大山里的兵都那样吗？我是说，除了主观上的误会之外，他们都是生活在真空里的完美之人，舍弃了生活本应的一切馈赠，孤寂地守望着一无所有的高山哨所，忍受了所有的背叛、死亡、分离和疼痛，初衷不改，坚持依旧。如果说塑一组群雕，他们是再合适不过的题材，他们是这个喧嚣世界的稀有元素，他们让灰霾漫天的空气变得纯净。他们会成为一剂良药，为社会医好疼痛，抚平伤疤。我们理应向他们致以崇高的敬意。

何尝不是呢。我以为我走遍千山万水，早已洞察了世间的唯利是图和自私自利，没想到我最后身处一片令人心旷神怡的净土。他们净化我的心灵，重塑我的信仰，让我再一次登高望远，看到高山的高，看到蓝天的蓝。

我心爱的情人啊，你说的一点不错，你说的一点不假，他们理应受到尊重和推崇，可所有高山仰止的品行都要付出不幸的代价。他们放弃了人生本有的幸福才获取了我们的仰望和憧憬。那是一片高尚的土地，那也是一片危险的土地，我倒希望你快快地远离。我倒希望你是一个保持着低级趣味的人，你应该有自己的好恶，你应该有自己的逃避，你应该有自己自私却不至于过分邪恶的内心。你应该平凡，而不是去追求士兵的伟大。

我伟大的艺术家啊，我不知道你在说些什么。士兵的身姿正如蓝天一样空旷高远，正如高山一样伟岸挺拔。在蓝天的覆盖下，在高山的庇护里，我只能仰望，不能比高。我为是哨所的一员而无比荣耀。

我的爱人啊。请你保持肃穆的姿态，我要挥舞起锋利的刻刀，快点刻下你美丽的轮廓，快点塑造你完美的身躯。七七四十九尊塑像是那样的繁多啊，但我丝毫都不气馁，我有信心让四十九尊女神遍布大山的角角落落，我有信心用我无比锋利的刻刀换回你无拘无束的自由。请保留一些耐心，请挺立你的身姿，看呐，又一尊优雅的女神即将脱胎而出，焕发勃勃生机。

我等待你，我信心满怀。你也不要急迫啊，我心心相印的恋人。我不希望每一次都看到你大汗淋淋，我不希望那游走的刻刀划伤你的肌肤。我渴望那一天的来临，全身心投入你的怀抱，用漫漫一生拥你爱你。

罗涅夫在伊秀儿的注视里刀走龙蛇，石膏的碎屑唰唰地掉落下来，落在手臂上，打在脸上，他全然不顾。罗涅夫没有说出口，但他有一种淡淡的隐忧藏在心中，他畏惧，他害怕。他根本没时间畏惧和害怕，他告诉自己说，快些吧，再快些吧。在一段自由发展的故事里，他希望所有的脉络情节都按照他预想的那样朝前发展，他愿意为此做出所有的努力。

十二

伊秀儿的欢乐里带着情难自抑的激动。她环着罗涅夫的脖子说，亲爱的艺术家啊，你知道吗，今天我在矗立着女神塑像的山路上盘桓了两个来回。我逐一清点塑像数量，从头数到尾是四十尊，从尾数到头还是四十尊。你知道吗，你不懈的努力已经距离我们的希望越来越近，我们已经走进四十尊的行列，距离四十九尊还会远吗？我好向往那即将到来的自由啊。

罗涅夫有些走神，眼睛停留在墙角，不知想什么。伊秀儿再三呼唤，才将罗涅夫从想入非非中惊醒。一愣神，刻刀就哐啷啷掉到了地上。伊秀儿抢先一步捡起刻刀。哎呀，卷刃了。伊秀儿惋惜地咂着舌头。这可是一把崭新的刻刀呢，原本可以雕刻一尊女神，现在却早早地不能用了。

没关系，这里备用的还有好多呢。罗涅夫重新取出一把刻刀，待伊秀儿站好，开始了第四十一尊塑像的创作。刻刀在石膏上飞快地走了起来。

哨所里新分来了两个上等兵。伊秀儿打破了暗夜里的宁静。一个高个一个矮个。高个有差不多一米九，矮个也有一米七。他们一到哨所就先向我报到。高个说，哎呀，终于见到传说中的女神塑像了。矮个说，真是名不虚传，算是山里最美的美女了。你说说，现在的年轻士兵多会说话啊，我在哨所矗立了将近一年，也没有谁说我漂亮，他们一来倒是带给我欢乐。

他们是实话实说。罗涅夫回应。

当然是实话实说，大山里就我一个女性。不管长成啥样，都保准是最美的。不过我倒是奇怪于自己在大山里竟然早已声名远扬。

是啊，看来大山里到处都流传着你的传说啊。

真不知道他们怎么说我的。

还能怎么说，肯定是无穷无尽的赞美之词，我能想到，他们夸赞你无与伦比的美丽，笃定忠诚的坚持，还有一大堆道听途说的唯美联想。

但愿是吧。我可不愿意听到有人说我的坏话。

怎么可能呢？士兵的语言里没有咒骂，他们在水深火热中锤炼筋骨，在痛苦卓绝中砥砺意志，他们爱别人爱自己更爱生活，他们无邪的眼睛里贮存着面朝大海春暖花开的美丽景象和劈柴喂马周游世界的幸福诉求。

你说得可真没错，兵营哨所是一个充盈着正能量的地方。

我倒真想去当个兵，那对我来说是一个完全陌生的未知世界。

那就去哨所吧，我不用跨越万水千山也能和你相聚。

我就是太老了，估计人家已经不会征召。

这倒是真话。你知道那两个上等兵多么年轻吗？都是十八九岁的年龄，青春的朝气如同阳光一样镌刻在脸上，看到他们就看到了勃勃生机，看到了无穷无尽的力量，虽然还不老，但我仍旧对青春产生了羡慕嫉妒恨。

如果允许，每个人都巴望着河水倒流，时光逆转。

你我都不许，我们要手牵着手一起走过时光，一起在时光里老去。

那是我的荣幸，我甘愿与你在摇椅里遥望夕阳在天的西边慢慢隐去。

伊秀儿擦一把眼泪。亲爱的，与你在一起我总是被浓厚的幸福感包裹，请你不要介意，我想说我得到了李苑秀失去的，我不知道她此刻过着怎样的生活，只是替她感到惋惜，她让一堆石膏有了生命，有了喜怒哀乐多愁善感的机会，而这些正是她不可挽回的失去。

为什么要这么说，我亲爱的爱人。一切都是命中注定，你的生命不是谁无缘无故想给就给，如果你要感恩，就感恩大地的给予，感恩蓝天的恩赐，感谢阳光普照，感谢雨水丰沛。只是再不要提及那个已经在我生活里消失的名字。我们的生活以前、现在还是以后，都跟她没有半点关系。

不要怪我，我的爱人，请你理解我只是情难自抑。伊秀儿端正姿态。那我转移话题，还是继续讲讲那两个上等兵吧，他们可真有趣。

大山士兵的故事我已经听了很多很多，他们纯洁质朴无私无畏，他们的每一个故事都令人感动甚至潸然泪下，可怎么又能变得令你感到有趣？

这是两个不一样的兵啊，他们一来，就搅起了一拨又一拨的故事。寂静的大山开始喧嚣，冷清的哨所开始热闹，就连那只整日沉默寡言的军犬莉莉也伸出了热气腾腾的粉红色舌头，聚精会神目光炯炯，我才知道这是一个好看热闹的家伙，它倒是希望生活里每天都惊心动魄天翻地覆。两个上等兵的到来正遂了它的心愿，它很快表现出活泼友好的一面，摇着米黄色毛茸茸的尾巴，和他们成了无话不说的亲密朋友。高个上等兵一放下背包就迫不及待地走进山林，他在本子上记下每一棵大树、每一株小草，他告诉上士，每一个生命都有被尊重的需要，他要为每一棵花花草草取上一个悦耳动听的名字，他要在本子上记录它们的枯荣。上士就像观察外星人一样盯着高个上等兵说，这里的花草有几百万几千万，你如何为它们取下一个个名字？它们自由并且野蛮地生长了几千年几万年，从来都是默默地生，默默地死，默默地更替，默默地轮回。高个上等兵平缓地说，十几亿的人尚且有与众不同的名姓，花花草草肯定也行，热爱阳光雨露热爱世间万物，从抚摸一棵大树开始，从亲吻一只蚂蚁开始，你要相信它们在那一刹那有温暖，有感动，这份温暖和感动它们会生生不息地接力传递下去，让每一朵花儿笑逐颜开，让每一棵小草欢呼雀跃。可是你是一个士兵，士兵的职责就是执勤站岗，在森林密布的山巅洞察风吹草动；士兵的职责就是武装巡逻，在山涧河谷寻觅异常的蛛丝马迹。我令人尊敬的老班长啊，我当然知道自己肩上沉甸甸的责任，我当然明白自己心中重若磐石的使命，我是一个士兵，所以我更要热爱遥望着的这座大山，更要精心呵护我们守护着的这个哨所。上士遥望着高个上等兵正在遥望的大山，语重心长地感叹说，你是一个与众不同的士兵，希望你热爱这座大山热爱这个哨所，把自己的聪明才智浇注进忠诚的钢枪，与你的战友们一起守护禁区的静谧与安全。我令人敬仰的哨长啊，这是一个士兵与生俱来的责任，不需要你一遍遍地强调，我所做的一切努力都是为了力保禁区万无一失。我与大树交友，我与山石相亲，它们都会成为我无话不说的好朋友，它们都是我安全网络里不可或缺的一环；它们张开灵敏的耳朵，它们依靠锐利的嗅觉，把这层峦叠嶂的大山里的每一个秘密都告诉我。听见了吗，它们在倾诉呢，那个走出很远的棕熊舍不下挂在树洞里的蜂蜜，又扭着笨重的身子回来了；还有那几只在山外受到惊吓的黄羊，它们交头接耳，准备派一个身强力壮的信使回去，把它们的兄弟姐妹都叫到这里，它们觉得这里是最安全的住所，它们要在这里安家、生养，繁衍一个家族的希望。你不要误会，它们都是清白的，没有一个想破坏禁区的安全。是的，我们可以和这些上帝创造的精灵成为朋友，平等相待，心灵相通。我的战友啊，能力超凡的上等兵，我虽然不知道你在说些什么，但我相信你的智慧，我相信你的忠诚，在没有任务的时候，我鼓励你走近这千千万万的大山精灵，你不需要告诉我你们之间的秘密，我知道你们已经成为亲密无间的朋友，我的兵现在只有四个，而你的兵千千万万，散落在漫山遍野。这不是我的兵，我们都是平等相待的战友，我们手拉着手，守望哨所，保卫禁区安全。

有趣好玩的不光是这个高个上等兵，矮个上等兵到了哨所也没闲着。第一次巡山，他跟着走完所有既定的路线，还要求走上高高的山巅，下到深深的河谷。上士忧心忡忡地说，上等兵啊，我忠诚的战士，我们有一条安全稳妥的巡逻路线，你为什么不走，偏偏由着你强烈的好奇心不走寻常路。你可知道，在这尚未探明的道路上有无底的黑洞，有蟒蛇的巢穴，我们每一步都面临着不可预知的危险。矮个上等兵有着充足的理由。令人敬仰的老班长啊，巡逻是为了确保禁区的安全，洞察有没有敌人的身影，寻找有没有危险的信号，可这些蛛丝马迹都是隐藏在阴暗的角落，出现在人迹未至的地方，我们一遍遍走过那些老路，又能有什么有意义的发现？我们应当走得更深，望得更远。我听出了你高屋建瓴的意见，我洞察了你高瞻远瞩的忧患，或许我们应当听取你这负责任的箴言，但是我们还需要小心翼翼，这里到处横行着凶猛的野兽，这里到处流窜着吐着信子的毒蛇。我明白你的苦心，我们一定会保护自己，并且保护禁区的安全。

两个上等兵一来，就在寂静的哨所掀起波澜。大家都说这是两个不一样的兵啊，大家都感叹自己的思想已经跟不上时代的潮流。看着吧，随着两个上等兵的到来，哨所的故事肯定会越来越有趣精彩。亲爱的艺术家啊，你觉得这样的上等兵是不是也可以成为你创作的素材？他们变成雕像也一定有丰富的表情和不安生的肢体语言。罗涅夫没有回应。伊秀儿扭头细看，罗涅夫走神了，刻刀攥在手里，眼睛却呆滞地望向别处。

我亲爱的艺术家啊，你的思想究竟跑去了哪里，你有没有听到我给你讲述的上等兵的故事？如果你认真听了，那就告诉我，给花花草草取名字的上等兵个子是高是低，不走寻常路的上等兵又是高是低？我在耐心等待你的答案，我能判断你到底听了还是没听，这个你丝毫都不能欺骗了我。

我怎能欺骗你呢，我无与伦比的女神。罗涅夫放下刻刀，走到肃立的伊秀儿跟前。亲爱的，我只能抱歉地说我没有听到你讲的精彩的故事。我的人还在，可我的心思却控制不住，它飞出了躯壳，飞出了创作室，飞到了我不能掌控的地方，如果允许，我宁愿抓他回来听你再讲一遍。

这倒没有必要。伊秀儿深情地望着罗涅夫。只是我在担心，我亲爱的艺术家啊，你的脸色为什么如此苍白，你的声音为什么如此低沉，你生病了吗，还是心中装着什么沉重的烦恼？你的状况让我是如此地担心。

聪慧美丽的女神啊，你简直拥有无所不能的力量，哪怕微不足道的变化也逃不出你犀利的眼睛。是的，我在烦恼着，我在迷茫着，生命里有了突如其来的选择，我真不知道应该往右还是往左。

你不妨说出来吧，说不定我能帮你出谋划策，也说不定能帮你做出正确的选择。伊秀儿的眼神里有爱恋有疼惜。她把他忧郁的神情满满地装在眼里，也满满地装在心里。他的烦恼和迷茫此刻也是她的烦恼和迷茫。

还是不说了吧，我已经说服自己选择放弃，那看似美丽的馅饼啊，说不定上面涂满了毒药；那看似前程似锦的未来啊，说不定密布着数不胜数的陷阱。谁能说得来呢，这个世界就这样迷惑着一代又一代的人。

你不要欺骗自己，既然痛苦，就说明你没有放下。既然心神不宁，就说明你不满意自己做出的那个放弃的选择。说说吧，让我倾听你到底遇到了什么样的挫折，面临着什么样的诱惑。我真希望能够帮上你。

罗涅夫欲言又止。他不想说。

伊秀儿睁大眼睛等待。她不知道他将说什么。

不说了吧？

说吧。

我——

说吧。

语言上的拉锯正好契合了内心的纠结。罗涅夫真心想把一切独自捂在心里，自己知道，又自己忘却，可哪有那么简单。那种诱惑是一只雄壮的成年麋鹿，它要踢踏，它要碰撞，它要与罗涅夫的沉默做殊死的抗争。

他们是看了我的作品找到我的。罗涅夫轻声细语，说一句，望一眼伊秀儿，然后低下头，像一个做错了事急于表明无辜的孩子。他们说省里即将组织一个青年艺术家联展，决定给我一席之地，让我在这个光彩熠熠的舞台上展现我的作品，展现我特立独行的雕塑才华。他们说我是一块埋在大漠黄沙里的金子，埋藏了太久太久，雨水在浸泡，骄阳在炙烤，总有一天会在默默无闻中融化掉，变成沙子，变成尘埃，最终没人理会。他们在我的作品里看到了我闪光的锋芒，他们要让我走出大漠黄沙的掩埋，重新走进富丽堂皇的金子的行列，重新焕发出刺眼迷人的光芒。

这是天大的喜讯啊，我的爱人，我聪明智慧的艺术家。你看，幸运之神已经开始垂青于你，金光大道已经在你的脚下铺展开来。你还有什么犹豫，你还有什么烦恼，你应该为此欢欣鼓舞，你应该为此放声大笑。这美丽的机遇如同光芒万丈的朝阳，张开双臂，去尽情地奔跑，去热烈地拥抱。

可是，可是。罗涅夫急促的声音含糊不清。

可是什么？难道你信心不足，难道你心有疑虑？

全不是啊。罗涅夫忧心忡忡。可是这看似千载难逢的机会却要占用我大量的时间。六组雕塑呢，与其相伴的肯定是一个个白天加上一个个黑夜。半年时间里我将不能自由支配我的每一分钟，全部都要顺从地交给六组作品，交给那次展览。这是我无能为力的选择，这是我最大的忧愁和烦恼。

亲爱的艺术家啊，你实在不必为此烦恼，世界上从来没有轻而易举的成功。为此有人付出金钱，有人付出青春，甚至有人付出生命。你应该懂得这个道理啊，可你为什么还要在机会面前垂头丧气愁眉不展？

你此刻怎么不懂我的心啊，我聪明智慧的女神。罗涅夫盯着伊秀儿，焦灼，苦闷。我现在最为宝贵的就是时间，我倒是希望日月轮转得慢些再慢些，多给我一些与你相处的时间，我要紧紧盯着你的眉，你的眼，飞舞着刻刀把它们留在石膏上，留在我的心间。九周时间，仅仅只是六十三天，我有信心塑完七七四十九尊雕像，让它们互相守望站立在河谷或者山巅，让这奇特的女神风景感动无所不能的大山，好还你弥足珍贵的自由，好让你走过重山走过河流，永远栖息在这霓虹闪烁的城市，不再回去，不再与寂寞孤独为伴。为此，我很情愿对那次展览不管不顾。

你的真诚让我感动，你的多情让我心暖。伊秀儿滴下泪水，楚楚动人。可是我伟大的艺术家啊，我宁愿晚些得到自由，也要让你紧握这千载难逢的机会，我爱你，不仅因为你给了我生命和自由的希望，更因为你无与伦比的优秀。如果你还爱着我，请听我说，暂时放下女神四十一号的雕塑，用刻刀去塑造崭新的六组作品，为你自己雕刻出辉煌成就、金光大道。

这怎么可以，这怎么可以。我的女神啊，你的每一句话都让我心碎，你看见了，第四十一尊女神塑像已经有了清晰的轮廓，再有两个月你就可以获得无拘无束的自由，我实在不愿意停下，所有的诱惑我都能拒之门外。

再不要傻了，我的艺术家。鱼与熊掌不可兼得。快停下来吧，去塑造崭新的六组作品，为了你的成长，为了你的事业，我心甘情愿多忍受半年的孤独。四十九尊女神塑像迟早可以完成，而参加展览的机会却并不多有。听从我的建议，听从内心的召唤，快把你的刻刀掉转方向。

非要这样吗？你在逼迫我做出一个痛苦的决定。

一定要这样。暂时的痛苦或许让你心碎，可总有一天你会明白，饱满的生命就是要跨越一个又一个的痛苦。痛苦是希望，痛苦更是成长。

你会等着我吗？

只要爱着你，就会等着你。

伊秀儿走出朦胧聚光灯的投影。

罗涅夫停止雕刻，放下了沾满白色粉末的刻刀。

亲爱的，不要犹豫，我要看着你将这女神四十一号暂时封存，我要看着你开始六组雕塑的创作，我要目送你乘着希望的风帆走上成功的堤岸。

罗涅夫没动。站在原地。犹豫。

伊秀儿笃定地望着罗涅夫。你不要再无谓地等待，生活里每天都有很多道选择题，你要勇敢地找到属于自己的答案。

可是我真的不想放下女神的雕塑。

放下只是暂时，半年之后一切又会重新开始，朦胧的灯光下我继续做模特，让你从女神四十一号开始，雕塑我的容颜，雕塑我的自由。

罗涅夫低下了头，思考。

伊秀儿试图自己动手搬动女神塑像。试了试，很吃力。

我来吧。罗涅夫情绪低沉，从伊秀儿手里接过女神塑像，转了一圈，没想好放哪里。稍作停顿，他推开了卧室的门，将女神四十一号抱进了卧室，腾出一角，立正放好，扯一铺床单，从头顶盖上，只露出雪白的脚。

好了，这下我们可以全心全意投入展览的准备工作。伊秀儿释放欢乐，如同看到罗涅夫雕塑出女神一号时那样阳光灿烂清风醉人。你要给我说说你的创意，作为一个资深模特，我说不定还能提一些有价值的建议。

夜晚的黑色在点滴霓虹里肆意拓展，无边无际。

又一个周六的黎明在星辰尚未完全隐去就已到来。有一只迷途的麻雀落在创作室古旧的铁窗上，惊恐地朝里面张望，找寻自己的伙伴，或者就是好奇，想弄清楚里面是谁，在干什么。罗涅夫和伊秀儿没有看到麻雀。他们和往常一样，拥吻，告别。罗涅夫拉开笨重的铁门。彼此摇一摇手，一个朝里，一个朝外。伊秀儿遁去。生活在麻雀的疑惑里没有停顿，继续前进。

十三

我亲爱的艺术家啊，这到底是怎么回事？罗涅夫有气无力地打开铁门，笑意盈盈的伊秀儿并没有等到他一个温暖的拥抱。创作室里气氛凝重，几尊被损毁的塑像残片胡乱堆在地上，零零散散的烟蒂散落其中。你到底雕塑了什么，又为何将它们全部打烂？即将迎来盛大而庄重的青年艺术家联展，你为何不充满热情地去创作，去迎接艺术生涯里难得的机遇和挑战？

罗涅夫不修边幅地坐在地上，和以前伊秀儿见到的那个罗涅夫判若两人。一切你都看到了。罗涅夫有气无力地辩白说，我想做最大的努力，我也想抓住命运之神的尾巴，你走之后我夜以继日不停不歇，可你也看到了，最后只是这些毫无用处的残片。我的刻刀中了魔邪，它已经不听我的召唤了，它就像被一个无形的力量控制，不需我动手，它就会在石膏上自由地行走，走出轮廓，走出形象，走出一个南辕北辙的雕像。

这又是怎么回事呢？伊秀儿捡起地上的雕像碎片。天呐，这是什么，这不是已经封存起来的女神四十一号吗？你不要惊讶。罗涅夫吐一口烟圈，幽幽地说，这个不是那尊高贵的女神塑像。可是，伊秀儿保持着目瞪口呆的神情。她心里疑虑不安，她不知道究竟发生了什么事情。

这个怎么说呢。罗涅夫狠狠地抽了几口烟，呛着了，一阵吭吭咔咔。我原本是要塑造我参加联展的第一组雕像，主题是欲望。你知道的，那天晚上我已经详细告诉了你，我想刻画这个世界对女人的欲望，以及女人对世界的欲望。那该是怎样的世界呢，那又该是怎样的女人呢？这个我想了三天三夜，我看见了锦绣遮天黄金铺地的世界，我看见了在酒池肉林里燃烧的女人，这是多么绝美的意象，我沉浸其中无比振奋无比亢奋。

一个艺术家思想能够自由狂野地驰骋在无边无际的想象里，那该是多么令人欣喜的过程。祝贺你，我的爱人，如果我没有猜错，你已经在新的征程上踏出了坚实的一步。你有理由信心满怀，你有理由扬帆起航。

我也是这么想的。罗涅夫短暂振奋的情绪又被拉回到了沮丧里。你看到了吗，那些残片，那些不是女神四十一号却几乎与女神四十一号真假难辨的雕塑残片见证了我失败的开始。我要的是燃烧着饱满肉体的欲女，无拘无束的刻刀却又把我带进了女神的世界里，我已经无能为力。

换一把刻刀试试。伊秀儿把拎在手里的残片轻轻放了回去。

没用的，我换了三把，结果雕刻出三个女神。

会好起来的。

但愿吧，希望我的刻刀不仅仅能够雕刻女神。

或许责任在我。

罗涅夫望着伊秀儿，不解其意。

我应该消失一段时间，我经常出现在你的生活里，或许干扰了你艺术的思维，左右了你创作的灵感。我在，你的眼里全是我，但我不能替代你的艺术，我希望给你帮助，而不是将你禁锢在我的世界里。

不，这一切与你无关，千万不要有这种离开我的想法。我会努力，我会说服我的刻刀，让它们听从号令，不再无拘无束地自由行走。

刻刀是无辜的，它永远是你最忠诚的伙伴。

就算这样我也不让你离开，我宁愿不去参加那个艺术联展，也要把你留在身边。我知道自己要什么，我也知道自己该干什么，如果因为参加联展而要与你分别，我宁愿停下手头的一切工作，重新开始女神四十一号的创作。没有什么能抢走我对你的爱，为此我什么都可以抛在脑后。

千万不要这样想，千万不要给自己这种暗示。伊秀儿摇着头。我不是与你永远分离，而是短暂的离开，我要从你的眼睛里，从你的思念里暂时的消失，为你聪慧的大脑腾出空间，让它们有充裕的时间去思考天马行空的艺术，去思考更有价值的东西。分别是为了更好地团聚。

可是，我真的不想与你分离。

一切都是暂时的，有分离，团聚才更有意义。

罗涅夫无语，陷入纠结。

听我的，世界上的爱情不都是朝朝暮暮，何况我们只是短暂的分离，一切都会好起来的。亲爱的，请暂时忘记我吧，全身心地投入你的创作。相信你的刻刀，它是你最忠诚的伙伴，它会给你带来幸运带来成功。

罗涅夫努努嘴，还是说不出话来，就那样望着伊秀儿。

相信我，好吗?

伊秀儿转身，又回过头，有些不忍，低头回转，她还是走了。走过石膏的残片，走过笨重的铁门，再没有回头。罗涅夫望着，直到伊秀儿在视野里消失。一分钟，两分钟，过了很长时间，罗涅夫突然回过神来，他冲出创作室，暗夜漆黑，黎明还在遥远的云层之外，他不知道伊秀儿去了哪里。他有些后悔，应该追上去制止她的，可他又觉得她是对的。罗涅夫不能欺骗自己，是的，他心底里也认为是伊秀儿的频繁出现干扰了他，他脑子里全是女神的身影，那个充满智慧意象的欲望之女使劲了，努力了，却怎么也进入不了他的大脑，进入不了他的内心。一切与刻刀无关，刻刀忠心耿耿听从大脑的指令，可大脑里，压根没有那个一直燃烧的欲望之女。

走吧。这是罗涅夫发自心底里的声音，是说给伊秀儿的。这个心思早早地存留在了心里，只是没有说出口，他强忍着，没有说出口就不算数。他也自责，裴多菲说过的，爱情价更高，可在他的心里，爱情竟然比不上一次艺术展览重要，他鄙视自己的内心，他实在想与其割袍断义，可又不能，于是纠结着，越是纠结，越扼杀了艺术的灵感，创作就停滞了。

罗涅夫万万没有想到，是伊秀儿率先提出了分离，虽然他们都知道这只是暂时的，但罗涅夫隐隐感到这是一个危险的信号，沿着这种趋势罗涅夫不知道将走向哪里，但他预感将是与期盼的相反。她提出来了，他听进了耳里。罗涅夫以为自己能够激烈地反驳，伊秀儿也是这样想的，可是不是。罗涅夫本能地沉默，罗涅夫只是注视，就像秋天的太阳注视一片落叶无可奈何地从树梢上坠落，与温度无关，与色彩无关。伊秀儿读出了他的沉默，就像一开始就读懂了他的内心一样，她顺从他，她即使不愿意也要做出选择，她是女神，她来自士兵的哨所，她知道什么该做什么不该做。

罗涅夫无意中觉察出自己落了泪。即使分离，他也不应该让她瞬间消失，她走了千百里的山路，她跨越了湍急的河流，她刚刚进门，又转身离去，要重新走千百里的山路，重新去跨越那一条条湍急的河流。想起她的奔波，想起她的劳累，他有些不忍。不忍又如何，她已经走在回去的路上。

他擦干眼泪，重新站立在一堆混沌不清的石膏面前。

她的影子已经模糊，他不再惦记她走过山几座，水几重。

伊秀儿并没有着急回到大山，回到天上星哨所。她在一尊尊女神塑像前面停下，与她们对视，和她们说话，可她们都不理她。她希望她们苏醒，好与她们说说烦恼，讲一讲大山的温情与寂寞，又巴望着她们就一直这样矗立不动。是的，她希望她们没有呼吸没有生命，就是一尊尊普普通通的塑像。塑像是安静的，塑像是沉默的，如果每一尊都和她一样拥有了生命，拥有了渴望自由的念想，那么这漫山遍野就会整日飞舞着雪白的塑像。她们从大山飞往城市，寻找那个创作室里的雕塑家，让他为每一尊塑像塑出七七四十九个雷同的模子。她不敢想，倒不是不能忍受山道上嘈杂拥挤的繁华，也不是怕失去罗涅夫那散发着温热诱惑的承诺，而是担心，他该怎样应付那四十九尊又四十九尊的塑像，他还要参加青年艺术家联展，他还要雕塑六组风格完全不同的雕像。她惆怅地走过每一尊塑像，像她，而又不是她，她祈祷着，希望她们永久沉默，正如塑像那样不会醒来。

十四

你总算回来了，令我日思夜想的女神，为了弄清你的行踪，我站在了高高的山顶，我下到了幽黑的河底，可哪里都没有你的踪影，我没有任何的办法找到你，于是就在这里等待。你知道吗，我等了两个白天一个黑夜，在这即将升起国旗的清晨，你终于露出了面容，你可知道我是多么的欢乐，你可知道我是多么的信心满怀。伊秀儿惊了一跳。她总是把躯壳留在哨所，抽出灵魂，轻盈地飘起离开，又在周一凌晨不动声色地将灵魂融入雕像，一切，无人知晓。可此刻，眼前的矮个上等兵知道了她所有的秘密。

我年轻的上等兵啊，你到底找我有什么重要的事，这洁白的塑像长久挺立，我疑惑竟然有人能看出它的归来离去。晨雾散去，笼罩在雾中的几只山雀很快活跃起来，跳上树梢，飞上天空，啾啾鸣叫，上下翻腾。

我久仰盛名的女神啊，我在遥远的山外已经听说了你的聪慧贤达和无所不能，可自从来到这高山上的哨所，你就对我不理不睬。你知道吗，我喊了你一千遍，你却没有一句回应，这不应该是一个女神的做派，难道你嫌弃我的职级不够或者我在不知情的情况下无意冒犯了你？矮个上等兵仰起头，他青春阳光的脸上写满虔诚，浓雾在他的头顶继续随风远去。

我年轻的上等兵啊，你并没有冒犯我，如果我的沉默让你感到委屈，请允许我对你表示深深的歉意。只是请你明白，我并没有高高在上的做派，我们都是高山哨所的平等一员，我渴望你的呼唤，我愿与你平等交流。

智慧的女神啊，多么欣喜听到你平易近人的回应，我已经知道，你是一个令人敬仰的女神，我的两天一夜没有白等。你的出现令我鼓舞，就像那朝阳刺破云雾普照大地，就像那井底的青蛙纵身一跳跃向天空。

矮个上等兵亢奋激动，他的表述才刚刚开始。

军号声响起的时候，他不得不停下来。

集合，升旗。

嘹亮的国歌声中，三个兵（胖下士尚未归队）连同军犬莉莉一起肃穆而立，上士拽着绳子，伴随音乐缓缓将国旗拉向高处。士兵们的眼睛定在红旗里，定在五星上。缓缓地，缓缓地向上。音乐结束，五星红旗不偏不倚正好升到最顶端。在风里，旗帜舒展，高高飘扬，哨所迎来新的一周。

来不及整理内务打扫卫生，矮个上等兵又来到了伊秀儿的面前。

我的女神啊，我又来了。矮个上等兵喘息急促，面呈羞涩。希望没有搅扰你平静的生活，希望没有羁绊你远行的脚步，但我不能阻止自己向你靠近，我有紧迫的事情相求，希望你不要拒绝，不要在我说完后果断地摇头。

我的生活就在这高山上的哨所，我的双脚就在这水泥的基座，我年轻的上等兵啊，你实在没有必要吞吞吐吐，有什么事你就讲吧，只要是为了我们共同的哨所。我相信，我会成为你倾诉时最为忠实的倾听者。

那就太好了，这一切都印证了我的直觉。矮个上等兵很兴奋，脸色赤红。我所说的一切都是为了哨所，我绝不会为了私事搅扰你平静的生活。

我洗耳恭听。

我想借助你无所不能的力量飞向高高的天空，站在云朵之上看万山的婀娜，看山谷的险峻，看河水的奔腾，看每一块山石，每一棵树木。

年轻的上等兵啊，你的要求为何如此奇特，请允许我对你产生误解。这里是神圣的高山哨所，每一个士兵都应该和上士一样心无旁骛忠心耿耿，这里不是你所想的风景胜地，撇下责任在山谷里享受诗情画意，极目四方，尽情地呼喊，壮丽地歌唱。我要冒昧地告诉你，即使能够舍弃安危守护哨所安全，我也不能助你站上那高高的云端。

你一定对我产生了误解，我聪慧贤达的女神。矮个上等兵急切无措，面红耳赤。如果是我的表达含糊不清，我希望能把意图重新阐述一遍。

你慢慢说，我希望知道你在想些什么。

这里是禁区的门户，这里是责任重大的高山哨所。

这个你不用多说，我知道的比你还要多。

我的女神啊，万能的女神，但是也有你不知道的地方。

但说无妨。

你知道吗，在这万山环绕的哨所，除了高高的山巅，深邃的河谷，还有许多人迹未至的地方，可是我们每次巡逻走的都是同一条路线，看的都是同样的山坡，在我们每日不变的路线之外，大山还有盲区，远处还有屏障。有谁知道呢，会不会有敌人隐藏在另一条山谷；有谁知道呢，他们会不会把致命的武器隐藏在那些巨大的屏障背后。也许是我想得太多，也许是我杞人忧天，但是谁又能知道呢，说不定这一切哪一天都会变成现实。

你不是想得太多，你不是杞人忧天，深思熟虑的上等兵啊，你的忧虑正是哨所的短板，正是我们面临的足以致命的缺陷。你的一席话让我后背发凉，你的一席话让我忧心忡忡，我真想知道你有什么应对的良方。

哨所的亲密朋友啊，心中装着责任的美丽女神，我就是要告诉你我应对的办法，我就是要确保禁区的绝对安全。我要让每一段盲区走进我们的视野，我要让战友们明明白白知道大山里每一个未知的天然屏障。

我的心里充满了疑惑，你到底想怎么做啊，我智慧的上等兵。

我希望借助你无所不能的强大力量，带我站在那高高的云朵之上。矮个上等兵昂首抬胸，远望天空。云雾已经散尽，天空在轻盈的空气里明亮清爽。在云朵之上，这绵延的大山就会尽收眼底，我要绘就一张禁区的地图，标出每一座山峰，绘出每一条河流，就连那亘古千年的大石头也要清清楚楚地写明高度几许，矗立在什么坐标。我要将这繁芜的坐标和路线划分七个距离相等的部分，巡山的队伍每天会走在不同的地方，每周都会将重重山峦巡视一遍，那样我们就会知道每一座大山和丛林是否安全，甚至知道那些偷蜜的狗熊会将蜂蜜隐藏在什么地方，那些壮硕的羚牛谁和谁是一伙，谁又和谁为了争夺与雌羚牛交配的权利拳脚相加血肉相搏。

这真是一个绝好的创意。伊秀儿笑逐颜开，她刚才的惊愕担忧伴随笑声消退逝去。你真是一个聪明的上等兵。伊秀儿由衷的为哨所能有这样聪慧的战士感到骄傲。我愿意尽我最大的努力带你翱翔在广阔的天空，我愿意倾尽全身的力量带你站在高高的云朵之上，我要帮助你绘就那群山里的每一条路，还有湍急的河流，深不可测的山谷。我愿意看到你们每天走在不同的地方，我情愿这大山的禁区永远安全，不出一丝一点的纰漏。

一切会实现的，这里是禁区锁钥，固若金汤。

我年轻的上等兵啊，我已经做好了一切的准备，随时可以带你冲上云霄，俯向谷底。不知道你要何时出发，何时一览万重大山、千条河流，何时绘就那复杂的禁区地图，我希望一切都快点开始，快点实现。

如果可以，我希望此刻就站在云朵之上。矮个上等兵仰头望着伊秀儿。

真是神奇啊，矮个上等兵感觉自己并没有受到任何一种外力的牵引，身子却失重腾空。开始他有些惊惧无措，手忙脚乱，不过很快就调整身姿保持了平衡。云朵越来越近，哨所越来越远。他低头，女神塑像还在那里挺立着，越来越小，越来越小，直到什么也看不到；抬起头，湛蓝的天穹，巨大的棉花团一样簇簇紧挨的云朵，置身其中，矮个上等兵以为自己在梦境里。

很快，他的身子又开始急速地坠落，耳边传来呼呼的风声，那层峦叠嶂的大山如同一个个钢铁战士矗立不动，接受他庄严的检阅。还有河流，如同玉带一样晶莹柔美。矮个上等兵已经适应了上天入地的急促，他一手拿本一手拿笔，开始记录，开始描绘，那些山山水水经过他眼睛和思想的加工，已经变成了一条条有粗有细的线条，随着笔墨流淌在纸面上。

此刻，伊秀儿就在矮个上等兵的身边，他看不见她，她却紧紧伴随着他。她要护佑他游荡在大山河流之间，她要看着他在本子上绘下一座座大山，一条条河流。低些，再低些，他发现了一个漆黑的洞穴，洞穴外面长着郁郁葱葱的树木，里面却不知道是些什么名堂，他绕着洞穴飘荡来又飘荡去，冲向高空又俯向地面。而伊秀儿走神了，她看见了两只身上长满了斑斑点点的黄羊。没有奔跑，没有吃草，它们头顶着头，嘴对着嘴，耳鬓厮磨，互相耳语。伊秀儿想知道它们说些什么，凑近些，再凑近些。原来雌性的黄羊想找到一种散发香气的蓝色花朵，雄性黄羊一遍遍说，我在这广袤的深山里奔跑了好几年，见到了红花，见到了绿叶，见到了春天的五颜六色，也见到了冰雪封山的枯枝败叶，却从没有见到过散发着香气的蓝色花朵。雌性黄羊坚持己见，它说小时候听外婆说过，也听奶奶说过，它们说那种香气能叫人心旷神怡，那种花朵能叫人忘掉一切的忧愁和烦恼，今天它一定要找到那种传说中散发香气的蓝色花朵。雄性黄羊不再劝它，即使知道错的，即使面临着在大山里迷路的危险，它还是紧紧跟着雌性黄羊，走向一处处从来没有去过的地方，与雌性黄羊一起寻找那个遥远的传说。黄羊东张西望行走在草木杂错的山坡上，伊秀儿走神了，伊秀儿伤感了，伊秀儿落泪了。她突然想起了她深爱着的艺术家，想起了为她塑下四十尊女神雕像的罗涅夫。她真想知道他此刻做些什么，他的六组作品进展如何。

那真是一项浩大的测绘工程，远远超出了伊秀儿的想象。

矮个上等兵是个优秀的小伙子，他坚持站哨，坚持跟队巡山，只是在空余的时间，他才会找到伊秀儿，借助她神一样的力量冲向天空。他在呼呼的风声中丈量大山，记录大河，在本子上绘下一条条曲曲弯弯的黑线。他没有将自己所做的一切告诉战友，也没有告诉上士哨长，一切都在悄悄地做。

无数个清风朗月的夜里，伊秀儿不可遏制地思念罗涅夫，她甚至想什么都不思考，就那样挥一挥衣袖冲入云霄，穿行在她那走过很多遍的道路上，奔往城市，见他醉心的爱人。可是就在即将挥起衣袖的瞬间，她猛地想起，她心爱的艺术家正在废寝忘食地创作参加青年艺术家联展的六组作品，当初她短暂的离别就是为了不打扰他，为他装满了女神的大脑腾出思维的空间。此刻，她突然的出现，会不会惊扰了他，会不会给他添乱？她还想起，矮个上等兵的大山测绘才刚刚开始，还有许多山脉没有去过，还有许多河流未曾造访，她就这样走了，留下一个飞不上蓝天的矮个上等兵又能如何，就是为了这高山上的哨所，她也不能袖手旁观。想来想去，跟没想的时候一模一样。伊秀儿走不了，心走不了，人也走不了，于是她就安静地耸立在水泥基座上，看夕阳在西山的顶上慢慢隐没，看朝阳在东山的顶上露出金黄色的温暖光芒。或长或短，每一天，矮个上等兵都要抽出时间冲一次天空，有时有孤傲的老鹰做伴，有时蔚蓝的天空干干净净，连一丝云朵也看不见。矮个上等兵的心思也不在那些云朵上，他紧紧盯着身下的山峦。伊秀儿相信，那些树木山石早已把根扎进了矮个上等兵的心中。

翻看着一页一页绘好的图纸，矮个上等兵笑得灿烂如花。

真要好好感谢你，我无所不能的女神，你让我看见了天空的湛蓝，你让我见识了云朵的洁白，你让我有了嫦娥飞天的本领，你帮我阅尽了一座座高山一条条河流，没有你就不会有这清晰明确的山峦路线图。

在这件事情里你是居功至伟，我勇于担当的上等兵。你甘受着寂寞，忍受着困苦，却坚定而执着地一次次冲向天空，记下那庞杂琐碎的一条条线路，你是一名优秀的士兵，我被你的努力深深地打动。

矮个上等兵笑了。黝黑的面孔，洁白的牙齿。

伊秀儿实在忍受不住思念煎熬的时候，流水般逝去的三个月已经定格成了日历上厚厚的一沓。思前想后，理性终究战胜不了思念的折磨，挥一挥衣袖，伊秀儿向着城市的方向出发了，那里有她日思夜想的爱人。

十五

大门敲过了五遍，里面没有丝毫的动静。伊秀儿在门外等待。

叮叮咚咚，叮叮咚咚。罗涅夫雕刻出一个邋遢的汉子，他此刻凝聚了全部的注意力，正在慢条斯理地拉出雕塑的一条条纤细髭须。明亮的灯光下，他把眼睛睁得大大的，唯恐一刀走神，在汉子的下巴上留下伤疤。

咚——咚——咚，大门第六次响起。

好像聚集了前五次共同的分贝，声音倔强地传入罗涅夫的耳朵。

停住手，慢慢地将刀抽离，愣神片刻。

亲爱的，想死我了。伊秀儿来不及怪怨罗涅夫开门的迟缓，她抱住他，就像在寒夜里抱住了一团徐徐燃烧的温暖。你知道吗，我早都想来看你了，可是我们那个新来的上等兵要测绘大山，我答应了要帮助他，所以迟迟不能动身，但我没有动身不代表不想你，我是时时刻刻都把你装在心里的。

你想我吗？嘟嘟囔囔一直倾诉的伊秀儿突然回过头来望着罗涅夫的时候，罗涅夫焦躁的脸上流露出急切，不是思念的急切，而是工作的急切。他没有回答想或者不想伊秀儿。他将她拉进创作室，哐当关上了笨重的铁门。

你先坐一会儿。罗涅夫安置完伊秀儿，又沉浸在髭须的雕刻中。

哦，实在太美了，这就是那组欲望主题的作品吗？伊秀儿风尘仆仆赶来并不是为了坐着休息，徜徉在创作室里，她默默望着罗涅夫的后背。他完全没有觉察，没有觉察出她望他，更没有觉察出她的问话。每一根髭须都比刺猬的刺要精细，他把全部的注意力都倾注在上面，聚精会神，一丝不苟。伊秀儿住了嘴，空旷中只有罗涅夫吹走石膏碎屑的噗噗声。

伊秀儿看见的那组欲望主题雕塑就静静陈列在创作室的一角。约莫五六个人物，一个肥硕饱满的女人挺立着大号的身体站在最中央，她有胸衣或者没胸衣，充满弹性的乳房挣脱了所有的束缚和界限，汹涌澎湃地绽放着，裙裾被风吹起，她欲掩未掩，露出大腿的根部，露出浑圆臀部的一角。裙裾底下，是那些矮化了的众生，有肆意睁大眼睛仰望的少年，有张大了嘴巴流着涎水的中年人，还有正着头却斜着眼的老年人，边上两个女人的神情里写满鄙夷，却在眼角的留白处，残存着不易觉察的羡慕嫉妒恨，女人的心思，谁又能说得清呢？反正里面传递出凌乱而又庞杂的信号。那个大号女人，脸上洋溢着享受的满足，她的满足从哪里来，或许就是来自那些不同年龄男人的觊觎，也来自女人的嫉妒。她因此而扬扬得意沾沾自喜。

伊秀儿是欣喜的，最起码罗涅夫刻刀下的作品已经跳出了女神的藩篱。如此，在那六组参展作品的雕刻中，刻刀又会回归到原来的行走轨迹上，根据他大脑传来的指令，塑造出惊喜和传奇。同时她又滋生伤感，脱离了女神的桎梏说明罗涅夫脑子里装的不再全部是她，而是多出了那些妖艳的女人、丰满的女人、放荡不羁的女人。她的嫉妒点燃了烦躁的情绪。

亲爱的，我从你的生活里消失了三个月，却看见你收获了如此优美的艺术作品，我为你感到由衷的自豪。伊秀儿坐在罗涅夫边上，静静地看他雕刻汉子的髭须，那真是个精细活，仿佛一个不经意的喷嚏就会毁了一切。你的双手既能创造世界，又能改造世界。伊秀儿把眼睛从塑像的髭须上转移到罗涅夫的脸庞。他瘦了，清癯的脸庞上渗出密密的汗珠，聚拢一处，成为一条细线，缓缓流淌下来。可是你知道吗，三个月静立在遥远的大山里我是多么地想你，想你青春洋溢的容颜，也想你散发着淡淡清香的鼻息。白天想，梦里想，想得我常常辗转难眠夜不能寐，想得我常常突然无端喟叹，泪流满面。亲爱的，我也想知道，你想我吗？

哦，当然想了，每天都是。罗涅夫的注意力从来没有离开髭须。

不过你也不要担心，我在大山里并不是无事可做，我帮助矮个上等兵测量了大山和河流。他真是一个忠诚敬业的士兵，为了禁区的安全，他宁愿牺牲自己的休息时间，绘出了层峦叠嶂的大山的路线图。伊秀儿尽量把说话的声调提得高一点，以引起罗涅夫的注意，她感受到了他的无动于衷。

我知道了哨所里一个天大的秘密。伊秀儿把身体前倾，尽量嘴巴靠近罗涅夫的耳朵。她真想让罗涅夫暂时停下陪她说一会儿话。三个月没见面，心中积累的思念如同干裂的大地，需要水，需要向罗涅夫慢慢诉说。

哦，是吗？罗涅夫眼睛没动，机械地点了点头。

你知道吗，那一高一矮两个上等兵都是名牌大学的学生。伊秀儿的语调抑扬顿挫。真是非常让人惊讶的事情，我一开始就觉得他们的言行举止与众不同。那个高个上等兵是中国农业大学生命学院的大二学生，那个矮个上等兵，当年是全省的理科状元，现在就读于清华大学的电子工程专业。他们都是响应国家“知识报国”的号召，暂停学业，走进火热军营。

还有这事，大学生咋还去当兵？

你也觉得奇怪吧，是不是想当然地认为当兵的都是老实巴交没文化，或者就是在家里实在无事可做，家里人才将他们送到部队。伊秀儿啧啧地说，世道变了，军队里现在有着一拨一拨的高学历人才，我听矮个上等兵说了，在禁区里，干部里的学士硕士比比皆是，就连士兵也都了不得。

伊秀儿看着罗涅夫，等待他对刚才所描述的情况的评价。可罗涅夫完全没有把心思放在现在战士的素质问题上，那一把胡子够他忙活的。

还有一个大大的喜讯告诉你呢。伊秀儿在罗涅夫的沉默里沉默了几分钟，显然她不喜欢那种肃穆的宁静。迷人的夜色里，她想倾诉自己的欢乐与忧愁，倾诉相隔了三个月的思念，可专注的罗涅夫不解风情，只顾着低头雕塑，一刀刀，又一刀刀。不管罗涅夫有没有反应，伊秀儿自己说起来。高个上等兵真是个心灵手巧的能人，他在广袤的大山里找到五个风干的大树根，费尽九牛二虎之力扛到了哨所，所有人都不知道他想干什么。上士以为他积极表现为厨房拿回了免费的柴，虽然表扬了他，却婉转地说，现在为了环保，哨所用上了罐装的煤气，这上好的木材实在派不上用场。中士以为他要为军犬莉莉搭建新的圈舍，阻拦说，这钢筋水泥的圈舍是上级统一规定的样式和标准，不能随随便便修改。胖下士说，做个凳子倒不错，就是外表太过于粗糙，内务检查的时候必须给藏起来。高个上等兵不说话，他默默地将树根搬到了哨所宿舍的房檐底下。刮风了，他坐在那里刀刻斧凿；下雨了，他坐在那里刀刻斧凿。他真是个心灵手巧的士兵，当然跟你没法比，你是专业的大师，他只是业余的爱好者，但他又是爱好者里的佼佼者。一日日一夜夜，他和矮个上等兵一样，空闲的时间全有用处。矮个上等兵冲上蓝天一览众山小的时候，他的刀斧从来没有闲过，两个月不到，你知道吗，五个树根上长出了五个威严的士兵。他一个个指着说，这个是哨长，这个是中士班长，这个是胖下士班长。当然，还有他们两个上等兵。他把每个人都刻在了树根上。胖下士嚷嚷说，可是这个怎么跟我不像。中士代为解释说，咋不像，你看那个圆圆的脑袋，多么令人喜欢。胖下士争辩，可我的脑袋也不是那样的圆。高个上等兵轻言细语，这只是抽象的雕刻，突出人物的特别之处，看似像而又不全像。胖下士嘀咕，最不愿意让别人提及我的大脑袋。众人笑，前仰后翻，张嘴跺脚。高个上等兵本想修改胖下士的雕像。上士说，不改不改，该咋样就咋样。刷上清漆，一个个树根上的士兵光鲜亮堂。究竟要将这长出了士兵的树根放在哪里呢？还是胖下士主意多，他说就放在女神塑像的后面，整齐划一，排成一字形的队伍。好吧，就让女神带领我们守望禁区，守护哨所。高个上等兵还说要做五个精致的牌子挂在树根上，写上每一个人的名字职别，当兵的誓言。上士表态说，好么，天天看着自己说了啥，干活就有心劲，坚持说到做到。精致的牌子一一挂好，大家总觉得不得劲，胖下士说，大家都有了，女神也得有一个。可是，可是这女神的姓名职别和誓言怎么写？一句疑问让大家犯了难，一个光光的牌子挂起来也确实不好看。我建议推选女神塑像当我们的荣誉哨长吧。上士说完，第一个高高举起了手。我同意，我也同意。大家纷纷举手。嘿嘿。就是这样一个经过，我的“女神”的名字后面就有了“荣誉哨长”的职位，他们还给我写了誓言：守望千百里大山的美丽，守护大山哨所的安全。他们真是想到我心里去了，我也真是那么想的。从一诞生开始，我就是无拘无束没有归宿的雕像，可现在我竟然成了哨所的荣誉哨长。你知道吗，我亲爱的艺术家，我深爱的爱人，我并不在乎当个什么官，可他们给了我自信，给了我尊严，矗立在深山那么长时间，我第一次有了家的感觉，意识中知道自己有了归宿。我真害怕——

嗯。罗涅夫听到了“害怕”二字，扭过头。可随即，他思考着的脑袋又被汉子的髭须拽了回去。开始新一个波次的叮叮咚咚、叮叮当当。

伊秀儿心中泛起了一种没法言表的担忧。他怕哨所给她营造出来的那种家的感觉牵绊住她的脚步，三个月没见，她不可遏制地思念罗涅夫，可飞来城市的刹那，她竟开始惦念身后的哨所。她惦记高个上等兵何时能够给千千万万的花草树木取出名字，她惦记一周时间里官兵能不能走完矮个上等兵绘出的那些长长短短的黑线。惦记就是一种留恋，在此之前，她从来没有过这种感觉，心中永远满满装着罗涅夫。心中有了，她却不敢张嘴，不敢说，连她自己也不敢相信那会是真的。生活里泛起的这小小的波澜让伊秀儿感到惊讶，怎么会呢，怎么会呢？她悄悄在心底问自己。

罗涅夫没再回头。伊秀儿也咬咬牙，把深沉的害怕压了回去。

她在创作室里转了一圈，端详了一番欲望主题雕塑里那个被偷窥点燃了兴奋的女子。伊秀儿迷惑，雕刻出女神的罗涅夫心中为什么藏着这些东西。或许是艺术吧。伟大的艺术都匪夷所思，不是常人轻易能够想明白的。

停下来吧。伊秀儿心里默念着，窗外浓重的黑夜逐渐淡去，黎明一程紧赶着一程前来赴约。就算不是为了说说心里话，伊秀儿也希望罗涅夫停下来歇一歇。他干活从来就是不要命，但命终归还是比其他东西重要。

伊秀儿犹豫不决，不知道这话该怎么说。三个月未见，心底里倒多出了生分。伊秀儿抿着嘴，急切着，为难着。未等到开口，却突然出了状况，随着罗涅夫“哎呀”一声，伊秀儿看见汉子几根胡子齐茬断裂，银针一般的须梢凌乱散落地上。罗涅夫左手抓着塑像，右手握着刻刀，张开双臂，却无处去，就那样呆呆静止了。看着颇费周折的作品躺在地上，他表情里夹杂着愤怒和惋惜，鼻腔里温热的怒气呼呼地往外扩散。伊秀儿想劝慰，张了张嘴，舌头却没有勇气动起来。空气出现了短暂的凝滞。

罗涅夫静止了三分钟或者五分钟，从不可遏制的愤怒里解脱出来，不说话，默默地找来笤帚扫把，将原本是艺术品现在却一文不值的掉落物清理掉。他抽了一支烟，重新拿起刻刀，又开始在汉子的下巴上忙活起来。

窗外褪尽了朦朦胧胧的灰色，太阳在远处起了身，亮光铺天盖地打在创作室的窗户上。虽然开着灯，创作室里却很暗淡。一夜未眠，罗涅夫此刻也似乎没有半点要停下来休息的意思。伊秀儿不得不开口了。亲爱的，你该休息一下了。哪还有时间休息，参展的时间一天天临近，你没有看见我忙得不可开交?我闲来无事的女人啊，你可不可以不打搅我的创作。罗涅夫头也没回，刻刀伴随着他不耐烦的声音并未停下，叮咚着朝前行走。亲爱的，我实在无意打扰你的创作，只是希望你爱护自己的身体，我不能时时相伴，黎明已经来临，我不得不走了。少顷，罗涅夫转过身子。这就要走了吗？黎明已经来临。伊秀儿指指窗外，金黄色的阳光正在一丝一缕地渗进来。哦，那你一路顺风，我真没有时间送你。罗涅夫转过身，伊秀儿对他笑。他没有回应，僵硬着表情。伊秀儿落寞地望着罗涅夫忙碌的身影，转身，拉开重重的铁门，临出去，回头，他还忙碌着，并没有打算与她挥手作别。徜徉在朝气蓬勃的阳光里，伊秀儿突然感觉出周身的疲惫，她感觉没有力气踏上征途，奔回千重万重的大山里，脑中空灵，腿脚疲软，她真想找个舒适绵软的地方，把自己扔上去，睡个十天半月地老天荒。

十六

高个上等兵真是聪慧。他告诉伊秀儿说，我知道每一种植物的说话原理，我要给它们不一样的职务，让它们滋生出热爱大山和哨所的责任，一声令下，要求它们与我们同甘共苦守护禁区的安全。

这怎么可能？伊秀儿把石膏质地的头颈摇得跟拨浪鼓一样。这里有千千万万种植物，它们和大山一起生在这里长在这里，它们一年又一年吸收阳光雨露，成长得无拘无束自由自在，可从没见过哪样开口说话，哪样能把守护哨所当成自己的责任。年轻的士兵啊，我知道你是知识报国的高才生，我知道你有着不一样的理想，但也不能标新立异痴人说梦。

通情达理无所不能的女神啊，难道你忘了你是怎样矗立在这高高的山岗，难道你忘了你曾经只是无人理睬的一堆杂乱无章的石膏。我不知道你遇到了谁，我不知道你邂逅了怎样的人生际遇，可你今天已经高贵圣洁地站到了这里。如果返回很多年前，石膏还是石膏，你还是你，有人告诉你那堆石膏会变成令人敬仰的女神，你到底信还是不信？高个上等兵显然有些激动了，他手舞足蹈面色红赤。世界从来听命于现实，没有什么不可能。

伊秀儿一开始绝对没打算相信高个上等兵的异想天开，可是就因为他提到了那堆石膏，也提到了现在的女神塑像。伊秀儿就信了，信得坚决彻底心服口服，并且应承下来，要和高个上等兵一起完成这光荣的使命。

高个上等兵真是与众不同，他站在每一座山头，抚摸着一株叫不上名字的植物嘀嘀咕咕，一会儿点头，一会儿摇头。伊秀儿不知道他说些什么，就看到他说得口干舌燥非常辛苦。开始伊秀儿以为他装神弄鬼故弄玄虚，可她看到高个上等兵说完后，那株植物狠命地摇头又狠命地点头，就像人与人交流之后表达肯定接着又表达否定。真是神了。他终于停止了嘀嘀咕咕，点着头与那株植物互致敬意。天呐，这一切如果不是亲眼所见真不敢相信，就算见惯了大世面的伊秀儿也惊叹不止。高个上等兵与那株植物交流完毕，就直起身子昂起头，声震长河地一通呜呜啦啦，你看见了吗，万能的山神；你看见了吗，俯仰大地的蓝天！那漫山遍野的植物就像得到了命令，只要与和高个上等兵讲过话的那株同祖同宗，它们就挺立起身子，舒展开枝叶，活脱脱就是整装完毕受命出征的战士。呜呜啦啦，嘀嘀咕咕，高个上等兵一口气说了十几分钟，说得那些植物簌簌作响手舞足蹈。高个上等兵摆一摆手，它们又都收回了身子紧缩了枝叶。山川大河重新平静，洒满阳光的大山上就像什么也未曾发生。伊秀儿张大了嘴，她觉得不可思议。

这是能够搬动石头的爬山龙，它们有钢缆一样结实并且柔韧的枝条，能够不屈不挠攀上树梢，也能冲破层层阻力扎到山里。高个上等兵说，我把它们的领袖册封为拦路大将军，只要有不穿军装的人从此经过，我命令它率领着它的千军万马缠绕他的脚，捆住他的身子，站在山里最高一棵树的树梢，用爬山龙的语言向哨所报信，告诉我们抓住了几个人，有无携带武器。

你能册封一个拦路大将军，那你又是谁？高个上等兵自豪地说，我是哨所的普通士兵，我是这漫山遍野植物的最高统领，我有数不胜数的绿色士兵，我能发挥不可想象的潜能，我要让这绵延大山里的每一株植物都听从号令，与我们心想一处劲使一处，让这深山禁区固若金汤密不透风。

高个上等兵说到做到，他给了每一株爬山龙一个响亮的名字，一个充满了诱惑的职务。他对它们说，世界上没有无缘无故的成功，你们已经担起了沉甸甸的责任，要为此不断努力和攀登。他把二十万株爬山龙划分为一个加强集团军的编制，给这些坚强的植物分封了军长、旅长、营长、排长、班长，还有千千万万的兵。他说，能者上庸者下，每一个士兵都有成为领导的机会，每一个领导也有可能成为普通的士兵。自由上升渠道的畅通让每一株爬山龙欢欣鼓舞，它们从此被赋予了神圣的使命。

下一趟我们要征服雪松。高个上等兵每一次册封归来都信心满满。

可伊秀儿抵不住思念。跟随高个上等兵在大山里奔波了一个多月，她原本以为可以心如止水，但却做不到。一闪念她就惦记起罗涅夫的雕塑到了什么程度，这一想，便一发不可收拾，甚至与高个上等兵不辞而别。虽然有犹豫，想着能不能去打扰罗涅夫，但思念从来都无视理智，昂起头，她就到了云霄里，向着城市的方向，快点，再快点。她丝毫觉不出疲倦。

看见创作室里流露出的明亮灯光，伊秀儿心中充盈着温暖。一切都从敲门开始。她幻想着拥抱，幻想着耳鬓厮磨，也幻想着罗涅夫狠狠心，停下手中这些乱七八糟的雕刻，继续从第四十一尊女神开始。再有九周，雕刻完，一了百了，再无牵挂，再无担忧，奔波的日子在温暖中归于平淡。可她开不了口，她清楚罗涅夫是她日思夜想的情人，应该握起刻刀给她自由，但他更是一个前途无量的艺术家，他的生命里不光有爱情，他要追求认可，追求出名。默默无闻的艺术家就像爆竹远离了火花，迟早会在沉默中销声匿迹。伊秀儿宽容地让他暂且放下女神的雕塑去参加展览，以为会两不误，一边收获爱情的甜蜜，一边收获事业的成功，殊不知从来都是鱼与熊掌不可兼得，得到这个，免不了就要失去那个。伊秀儿后悔了，她的后悔来源于一种巨大的担忧，她意识到在漫长的展览作品雕塑过程中罗涅夫会慢慢忘记她，这种忘记对于罗涅夫来说只是一场爱情的结束，对于伊秀儿来说却牵扯能不能自由，能不能走出那座绵延不断的大山。当然，伊秀儿对爱情的渴求远远大于自由。她一次次的奔波来往绝不仅仅是为了向罗涅夫祈求自由，更重要的是她深深地爱着他。爱情从来不需要理由。

心里的话实在没法说出口，但又想让罗涅夫知道，最好他能参透她的内心，一切了然于胸。她多想听他说，亲爱的，我决定停止这毫无意义的展览作品雕刻，全心全意完成剩下的九尊女神。如果他说了，伊秀儿想着，自己一定不会拒绝的，她会站在聚光灯下，看他神情严肃，看他一刀一刀在石膏上游走。梦境一样渴望的场景，此时令她忐忑不安。

一切没有改变，一切令人失望。

大铁门在敲了很久后才打开。沉默，沉默。

黎明还没有来临，伊秀儿就悄悄地离开。

路途上她没有哭，泪水却汩汩而流。滴落在大山里，树木花草都被淋得湿漉漉，它们说不知道发生了什么，我们触碰到了女神的悲伤；滴在大河里，鱼儿争先恐后，它们说不知道发生了什么，我们品尝到了女神的酸楚；滴在那一溜儿的女神塑像上，纯净的洁白躯体上留下了斑斑点点的痕迹。

走吧，异想天开的上等兵，我陪着你继续征服你那万万千千的植物朋友，我伴你册封你那千千万万的绿色首领。伊秀儿的眼泪早已在风中吹干，她心中释然，阳光灿烂。我敬佩你为哨所和禁区所做的一切尝试和努力。

你还算回来得及时。高个上等兵说，在你离开的这一周时间里，我已经收编了两百万大军，册封了千千万万的王侯将相。我给它们划分了一座座山峰和一道道隘口，为禁区安全挂上了一长串坚固无比的锁链。

你真是功不可没，祖国知道你，人民知道你。

我是一个士兵，这是士兵的职责。

你是数万万绿色植物的最高统领。

这话可不敢让我们的上士哨长知道。

你知，我知，还有你的绿色大军知道。

走吧，让我们背起行囊。

走吧，让我们继续招兵买马。

三个月里，他们的足迹遍布大山的角角落落。

异想天开的上等兵啊，我们繁重的任务已经结束，终于可以停下来歇歇脚了。我现在最愿意做的事情就是在阳光的沐浴里，听你讲讲我们的战果，我想知道你现在有多少兵丁，册封了多少将校尉官。谁都不会想到，在这寂静的大山里隐藏着你的千军万马，只要你的一声令下，山野就会沸腾，河谷也能闻令而动，要是敌人胆敢进入，肯定会上天无门进退无路。

这有你一大半的功劳，如果没有无所不能的女神指点迷津，不要说带回千千万万的兵丁，也许我早已在广袤的大山里迷路，成了虎豹熊狼的食物。高个上等兵同样筋疲力尽。庆幸遇到了你，所以我们说到做到心想事成。

快说说吧，我真想知道我们都取得了什么样的成绩。

这是大山的秘密啊，这是我们居功至伟的成绩。高个上等兵自豪地昂起头颅。你看呐，我这里已经记载下一万三千种植物，它们加起来超过了六十亿株，如果一株植物对应一个人类，那么我们已经拥有了整个世界。它们操着不同的语言，在不同的季节生长，有的温和顺从，有的桀骜不驯，但都听到了我们的召唤，都答应与我们一起守护孤悬高山的禁区。

这是最好不过的结果，这听起来真是令人欣慰。伊秀儿洁白的脸上投射着太阳的光芒，金光灿灿，华彩熠熠。这是大山哨所开天辟地的历史，这是苍天大地崭新的纪元，从此以后，守卫这哨所的不再是五个孤独的士兵，还有漫山遍野的藤蔓树枝，伴随季节荣枯的各色花朵。

还有你，我们令人敬仰的女神，我们不可替代的荣誉哨长。

我们的一切努力终会有回报。

我相信你的预言，虽然这是广袤深邃的大山，虽然这里有远离城市的寂寞，虽然我们跋山涉水的努力换不来银圆无数、广厦万间，但我们的心里是充实的。我们骄傲于把一己之力倾注大山，我们在白昼与黑夜的交替里洒下滚烫的汗水，收获了花草树木的信任，收获了日月轮回的平安。

是啊，你担起了一个士兵的责任，实现了一个士兵的诺言。

我骄傲地伫立万山之巅，我只是一个守望的哨兵。

你是一个优秀的士兵，大山因你而骄傲。

但愿我们的努力能为禁区筑起坚不可摧的天然屏障。

你做到了，禁区已经风吹不进，水渗不进。

感谢你的褒奖，可是还远远没到那种地步呢。

会的，只要努力不止步，一切的希望都会实现。

太阳沉淀成巨大通红的一轮，在西山的顶部倔强地坚守，山峦通红，天空通红，这是太阳一天里最后的辉煌。很快，还是耐不住时间的催促，大山将它慢慢地遮掩，此消彼长，黑夜成了万千大山新的统治者。

十七

真是一个烦躁不安的夜晚。伊秀儿站在黑夜的清风里，远望着苍茫黑夜里的磅礴大山，还有它承载的那些植物，到现在伊秀儿都没有弄清楚，高个上等兵怎么就会掌握植物的语言，还能无一例外将它们说服。真是神通广大的高才生啊，真是异想天开的上等兵。思索着他和植物对话的每一个细节，伊秀儿还是猜不透，他的嘟嘟囔囔里说了些什么。他的一席话竟让万千植物欢欣鼓舞，逐一臣服。如果他是天才的演说家，为什么要放下学业来到这偏远的哨所。他是谁呢？真是不可思议，脑细胞就像串线的电线，将高个上等兵的形象突兀地连接到了罗涅夫那里。伊秀儿在黑夜里看到了罗涅夫忙碌的身影，清癯的面庞，还有转过身后那诚挚渴望的呼唤。

高个上等兵为什么要选择这莽林环绕中的深山哨所？

我日思夜想的情人，你为什么不辞而别长久地驻留在大山里？

高个上等兵会不会一直待下去，或者义务兵服役期满就会回去？

你的离别让我寝食不安，让我没有了继续创作的勇气。

册封完了万千的植物，下一步高个上等兵还会有什么异想天开的举动？

秀儿，我的伊秀儿，你为什么迟迟不回来？

伊秀儿在黑夜里的遐想丝毫没有结果，罗涅夫的影像时断时续地出现在她的脑海里，无孔不入，无时不在。一切的思维都杂乱地搅混在一起，高个上等兵甚至和罗涅夫围桌而坐，神情诡异地不知道谈些什么。

伊秀儿张大了嘴巴，她不知道眼里的世界是真是假。

伊秀儿呼唤高个上等兵，高个上等兵毫无反应。

伊秀儿呼唤罗涅夫，罗涅夫不理不睬。

她不罢休，继续声嘶力竭地呼唤着。

我大山骄傲的女神啊，我哨所忠诚的朋友。城市艺术家沉沉的思念已经穿越大山河流，从城市的喧嚣里来到禁区的静谧，树木知道了，鱼儿知道了，甚至连那不善言辞的石头都知道他在召唤你。所有的爱情都有始有终，不要欺骗自己，你已经听到了他的呼唤，你已经感受到了他的爱恋。你们是亲密的恋人，虽然心中有了小小的芥蒂，但爱情的火焰不应该因此而熄灭。他是优秀的艺术家，他为苍凉的大山塑了四十尊美丽的女神雕像。你没有看见吗，那每一尊都神态迥异，每一尊都是漂亮的你。我们要感谢才华横溢的艺术家，他给了大山美丽的馈赠，他给了大山蓬勃的朝气和无限的激情。如果你埋怨我是冷血无情的主宰，我也没有任何反驳的理由。如果我让艺术家在大山里塑的是四十尊雕塑而不是四十九尊，那么你早就拥有了无拘无束的自由，你很久之前就可以留在城市，不必跨越山川河流回到这苍茫的大山里，我为此向你深深地忏悔。

铁面无私的大山啊，你真不应该在这里自责，是你让我在这万山之巅矗立，是你给了我自由的希望。我们曾经许下诺言有了约定，用七七四十九尊塑像换取我的离去换取我的自由，这是最为公平的约定。为此我一次次地穿越大山跨越河流，山路上也矗立下一尊尊洁白的塑像，可我的努力不够，我的付出不够，四十尊塑像还不足以让我离去让我拥有自由。

我看到了一切，我美丽善良的女神。为了立下那四十尊塑像，你已经筋疲力尽；为了立下那四十尊塑像，深爱着你的艺术家已经耗尽所有。现在我要告诉你，我已经改变了主意，这荒凉的大山里虽然缺少绚烂的色彩，却实在不需要七七四十九尊塑像。四十尊已经足够，如果愿意，你现在就可以拥有无拘无束的自由，此时此刻，我率领万山的生灵向你作别，目送你离开这重山的束缚，奔向城市，寻找你才华横溢的爱人。无私无畏的女神啊，你是否听到了我的许诺，离开吧，去开启你自由美丽的人生。

你不需要同情我，你不需要眷顾我。深明大义的大山啊，我已经从你的话语里听出了恩赐中的温暖，我已经明白你此刻愿意给我自由，可我还没有兑现承诺，没有在山间河谷矗立七七四十九尊塑像。大山的需求与我无关，你的大度与我无关，我只记得自由的天平那端有四十九尊塑像。

你为何如此固执，遥远的城市里有想着你的爱人啊。

可大山里还差了九尊女神的塑像。

我可以改变我的决定。

我不能。

你不能辜负了自己年轻的爱人。

大山里同样有我沉甸甸的责任。

大山的哨所里有忠诚的士兵。

也应该有一尊美丽的女神。

我怎么说你好啊。

什么都不说，等我矗立完四十九尊女神，你再给我自由。

唉，唉。大山退去了，在伸手不见五指的黑夜里，伊秀儿不知道它隐向了东南或者西北。空气宁静了，她才知道它已经离去。要在两年前，大山如果给她自由，她定会手舞足蹈欢欣鼓舞，可时间总会改变一切，如果说伊秀儿曾经的生命里只有日思夜想的爱情，那么现在则要丰满很多。

她犹豫不决。

她心烦意乱。

伊秀儿你在哪里？伊秀儿你可知道我想你？

河谷里聚集的气流一次次在夜色的掩护下冲向哨所，沙沙的树木摩擦声搅乱了军犬莉莉的美梦。冲着黑色的夜空，它汪汪汪地吠叫，它以为有冒昧的敌人侵袭。其实风不是敌人，只是罗涅夫的信使，它们把他的呼唤和思念带给伊秀儿。它们替罗涅夫询问，女神啊，你有没有听到呼唤？女神啊，你为什么丝毫没有回应？你的爱人在呼唤你，你的爱人在想念你。

风乱了树林，也乱了伊秀儿的心。

混沌中，她挥一挥手，冲向无垠的夜空。

熟悉的城市，熟悉的灯光，熟悉的铁门。

里面的人却陌生起来。

青年艺术家联展只是房地产商人促销的一个噱头。他们说会有中国最顶尖的鉴赏家评论家到场，为了得到认可和赞许，罗涅夫夜以继日雕刻出六组无与伦比的艺术作品，面对一帮不懂艺术之人的指责，他默默忍受，一遍遍修改，把最初的灵感改得面目全非。他不知道对或者不对，侥幸想着，一次艺术的冒险，或者能够收获一个年轻人想象不到的成功。

确实想象不到。大厅里人声鼎沸，大家呼喊着说这个不错，那个也很好。观众里都是买房的有钱人，没有一个是鉴赏家评论家。他们赞赏了他的作品，争相合影。他落寞地旁观，不可遏制地想念起被冷落了的伊秀儿。

我们开始吧，我的爱人。半年前那尊未完成的女神四十一号已经待命许久，罗涅夫一直在等待伊秀儿的到来，他渴望新的开始。九个星期，只要九个星期，错过的就能弥补回来，失去的就可以重新拥有。

还要继续吗？伊秀儿矜持，欲说还休。

当然要继续。罗涅夫激动地说。所有不着边际的忙碌都已经结束，我要一心一意雕刻你，塑完最后的九尊女神，给你彻底的自由。

可是？

可是什么啊，我亲爱的情人，难道你还有犹豫，难道你忘记了我们当初的约定，或者你已经不渴望无拘无束的自由？快不要可是了，赶紧站在那熟悉的位置，我要用刻刀镌刻下我的思念，镌刻下你无与伦比的美丽。

我听从你的安排，我听从你的召唤。伊秀儿犹豫了一下，还是站到了朦胧的聚光灯下。曾经的爱人啊，这是我与你最后的告别，我愿意留下这尊与我并无二致的塑像，但愿你能爱她，也能给她无拘无束的自由。

你不爱我了吗？罗涅夫呆立，面色凝重。

我不知道。伊秀儿淌下泪来。我只知道我已经没有了强烈的回到城市的愿望，倒是此刻，我按捺不住，想逃离这五彩斑斓的霓虹，回到宁静的大山，享受黑夜的静谧，守望大山的巍峨，或许这就是不爱吧。

你爱上了别人？罗涅夫大滴的泪水断续掉落。

我爱上了大山，我爱上了士兵，我爱上了千万种花草树木。谁知道呢，站在万山之巅，他们都像磁场一样深深吸引着我，我已经把自己当成了深山哨所的一员，守望风吹草动，惦记着禁区的安全。

可是你忘了我在爱着你吗？

我感受到了你的思念，我听到了你的呼唤，所以我又一次千里迢迢跨越重山。伊秀儿说，正如当初不能违背自己内心召唤不管不顾地爱上了你，此刻，我把同样的情意给了大山，大山的哨所，大山的士兵。

你不要自由了吗？难道甘愿一生困守大山？

爱你，有你便是有了自由。爱大山，大山便是我的自由。

你已经下定决心了吗？你就要与我永远告别了吗？

我不能不顾内心的召唤，我愿意让女神四十一号与你相伴。

擦一把泪水，罗涅夫握紧刻刀，深情地凝望着伊秀儿，望一眼，刻一刀。很快，他就泪眼蒙眬了，擦一把，继续创作。那是一次颇为艰难的雕刻。静谧中他们各司其职，都不说话，就连呼吸也是受到压制的。从黑夜到黎明，罗涅夫每一刀都刻在肌肤上，刻在心里，疼痛并且坚持着。

女神四十一号静静塑立着。一尊美丽的塑像。

希望她能成为我。伊秀儿流泪说，我不想让你孤单，希望你和女神的爱情重新开始，她或许比我更好，比我更善解人意，只是你要全心全意地爱着她，终有一天她会获得自由，与你完成你所期望的爱情故事。

会的，我会的。罗涅夫的泪水忍不住，擦掉，涌出，再擦掉，再涌出。山里的哨所需要你，山里的士兵需要你。你去吧，再不要将我惦记，生命里总有数不胜数新的开始，你要善待自己，珍惜阳光明媚的每一个清晨，善待那些士兵，他们是寂寞清苦的，应该受到无与伦比的崇高礼遇。

我会的。你珍重。

你也珍重。我强迫自己不去想你。

有女神四十一号相伴，我此去无憾。

爱自己。

你也爱自己。

冉冉升起的太阳中止了一切，短暂的相逢不得不散了。相望，分别。在罗涅夫的注视里，伊秀儿在视线的拐角处消失，留下一行清晰的泪痕。

一日又一日，春夏秋冬又到春。

那日送别上士回家省亲，伊秀儿又走到了矗立雕像的山道上。她告诉上士说，这里有着和我一模一样的四十尊雕像。上士细数，说四十一尊。伊秀儿让他再数数。数了三遍，还是四十一尊。伊秀儿慌乱了，从头到尾再数一遍，确实是四十一尊。她百思不得其解，为什么平白无故多出一尊。凭着直觉一摸，在末尾塑像的裙摆里果真藏着一封信。创作室的纸，罗涅夫的字。

爱人永远藏在心中，塑像注定属于山路。

伊秀儿瞬时泪流满面。上士不知所措，搓手跺脚。

离别大半年，伊秀儿又回了一趟城市里的创作室。重重的擂门声没有激起半点反应，隔窗而望，创作室里积满了尘埃，石膏还在，当初参加展览的作品还在，唯独少了罗涅夫。从蜘蛛网的密集程度推断，这里已经好久没有住人了。思前想后，伊秀儿不能推断罗涅夫到底去了哪里。

她准备转身离去，却看见了用石膏写在玻璃上的一行字。

“远去的情人，你何时回来——我永远等待着你。”

脚步再移不动。伊秀儿突然想起第一次见面时罗涅夫的茫然无措，他沉浸在失望的沮丧里，也想起最后一次离别时罗涅夫的失魂落魄，他沉浸在将要失去的绝望里。她突然特别想念他，那个才华横溢的艺术家。

原载于《解放军文艺》，2014年12期

我为什么写火箭军题材的小说

我为什么写火箭军题材的小说?

就连我自己也在寻找答案。

2014年8月，我到某工兵营采访，一早就出发，可到达时还是过了吃午饭的点儿。教导员自己也没吃饭，等着我。我们走进饭堂时，有个兵正背身拖地，仔细而用力。觉出后面有人来，就顺势让开一条道。

拖得这么勤?一会儿还会脏的。教导员跟他打招呼。

哦。他停下来，直起身子，憨厚地说，教导员好。显然，他刚开始并没有意识到后面的人是教导员，又说，再脏了就再拖。

你这个王乐成，真是闲不住。教导员转身准备介绍时，他却睁大了眼睛望着我，由于惊讶而有些结巴，排——长——

这个兵穿着油腻的迷彩服，皮肤粗粝而坚硬，头发因稀疏而愈发显得每一根都孑孓挺立，背也微微驼了，乍看上去，他并不比教导员年轻。

我终于确定，他就是王乐成——八年前我曾带过的那个新兵。

往日情景浮现眼前，我清楚记得他机灵活泼的模样。

为啥来当兵？

说实话还是说大话？

实话怎么说？大话又怎么说？

实话是体验一下生活，大话是报效国家。

打算长干吗？

长干？怎么可能，两年后我还要回去继续读大三呢。

他对自己的生活有着清晰可行的规划，并坦诚地说，毕业后要用一年时间去旅游，还说要在文化公司打工积累创业经验，将来自己开公司。他想得那么远，就像一个运筹帷幄的将军。

他能在读大二时来当兵，在当时，也是不同寻常的选择。我喜欢他，并不是因为他喜欢说俏皮话，也不是因为他在每一次集体活动中都自告奋勇，而是因为就算来体验生活，他也不枉费光阴，总是极尽所能地做好每一件事情。

他的各项考核成绩在同批新兵里大都领先，唯有臂力稍弱，投掷手榴弹三十米及格，他最远扔二十三米。我劝慰他，努力的态度有时比成绩更重要。

他闷闷地说，一切没有结果的努力都值得怀疑。

那时，即使新兵再不长进，班长也只能动口不动手。班长文明，他却对自己野蛮，咬牙用单手练俯卧撑吊单杠，胳膊肿了消、消了又肿。但遗憾的是，他缺少那根运动神经，新训考核时，手榴弹投掷仍不及三十米，但他留给我们的精神力量却远远超过三十米。新训结束，我把从营里争取来的唯一一个拼搏进取奖给了他。

后来分配，他去了工兵营。我们从此失去联系。

第三年开始，我带的那批新兵陆续服役期满离队，很多人临离开，才第一次、也是最后一次到繁华市区。我为他们送行的时候，总要问一问王乐成的情况。

哦，他呀，或许早就回去了吧。

他是大学生，才不会长干呢。

部队依山分散驻扎，大部分人只能彼此猜测着音信。

出乎意料，八年之后，我又见到了他。

吃完饭出来，食堂空荡荡的，他把大厅拖得洁白如新。

王乐成呢？我问教导员。

肯定到工地上去了。教导员说，他可是个闲不住的人。

我真想跟他聊聊，可教导员紧等着给我介绍他们上个月水坝攻坚战的先进事迹。

会议室里，教导员详细地给我介绍在艰巨的水坝围堵任务中，出动了多少车辆、集结了多少人员，以及在短时间内完成了几乎平时三倍之多的土方量，听着听着，我却走神了，又想到了王乐成新训时的样子。

我终于忍不住，打断教导员说，给我讲讲王乐成吧。

王乐成啊？教导员长长地叹了口气，怎么说呢……

八年足够漫长，我却不知道王乐成到底经历了什么。我迫切地想知道，按计划本应开公司的他为什么还在山里？看得出来，王乐成是教导员心中一个痛苦的结，他的回忆断续而艰难。

唉！教导员又是一声重重的叹息。

王乐成的机灵活泼和勤勉努力到了工兵营后并未减弱，抱得起石头、看得懂图纸，粗中有细、文武双全。教导员说，他不光脑子聪明，关键是还舍得下苦功夫。没错，他就是我印象中的王乐成。

下连一年，他被保荐为副班长，一年半入党，这些在别人看来几乎不可能的事情，在一个肯干愿干能干的兵身上，倒也顺理成章。

那回，他和班长在河道里用风钻打石头，七月的山里没个准头，不知道哪座山上一阵雨，河道就汹涌泛滥。眼看河水冲下来，班长让他提着风钻先跑，自己则去拉发电机。洪水比往常更大，班长拉着发电机没走几步，河道就被水灌满，班长站在一块大石头上等他扔救生圈。这东西管用，一头系在树上，只要抓住就安全了。他抓起救生圈往河里扔，一下、两下、三下，生生没能扔过去，直到班长站不住被洪水卷走……

两年义务兵期满，王乐成写了血书要留队。班长在时对他好，没少动员他转下士，他因有自己的规划，当时并没有答应。班长走了，他惭愧自责，说要替班长继续在山里干下去。

他对自己那样狠，令旁人心疼。

几十斤的大石头，他一上午能抱三四十趟，直到胳膊脱臼，也不言语，自己怼上，接着干。混凝土砂浆要从山底背到半山腰，别人一趟一休息，他累得不行了，才靠在树上喘口气，砂浆却不下身，气喘匀了，继续爬山。不要命地干，他最后落下一身的伤病，胳膊习惯性脱臼，腰椎间盘突出，膝盖增生，就连耳朵也在一次爆破后长鸣不止……

营里照顾他，让他开翻斗车——这是技术活，比别的工作轻省。

他学得真快，没几个月就能带徒弟。那年冬天，又一茬新兵刚到营里，营长指着两个大学生士兵对他说，他们跟你学开车。

刚过一个月，两个兵就能上路了。一个兵要单飞，他没应。一次，他开车下了河滩装石头，石头装满了，他没留神，那个兵自己坐到了驾驶位，并启动了车子。他挡不住，只能一边大声叮嘱，一边在下面跟着跑。那个兵开车上坡的时候慌乱了，车头转了向。他冲到驾驶位置，一脚把兵蹬了下去，扭转方向盘已经来不及，车子侧翻倾倒，他被扣在了车底下。

七根肋骨骨折、大腿骨折、脾脏破裂，后脑勺缝了一长条。

他在医院里躺了九个多月，受尽手术折磨，总算活了下来。

翻车是事故，他受到了严重警告处分。一身伤病、前途无望，按条件，他也符合病退条件。营里征求他的意见，他却要留下来。教导员把走留的得与失掰扯来掰扯去，他还是那句话：哪里都不去，我就待在工兵营。

工兵营都是重活，他没法干，就主动请缨到炊事班。

炊事班活也不少，尤其工期紧的时候，一天要做四顿饭，甚至更多，而且经常要送到工点上去。即使这样，他仍然是只要忙完手上的活就往工地跑，重活干不了，他就打杂，反正不闲着，像机器一样竭力运转。

就这样，他在杳无音信的山沟里一待就是八年。

那天，我离开山沟前想见一见他，可他去工地未归，我终没有等到。

人没见到，念想却刻在了心里。那之后，我时不时就会想起王乐成，想起他新兵时的模样，想起在饭堂相见的情景，以及从教导员那里听来留在我脑海中的一帧帧画面。

可是，我再没有见到过他，亦如大山连绵，回望处却终年沉默。

我脑海里还经常浮现出更多面孔：有在山沟里待了四十二年的老高工、有名校毕业却情愿当一辈子电工的专家、还有因参加任务把探亲女友逼走的“绝情”连长，以及回到家里被女儿喊叔叔的二级军士长……我在大山待了十年，他们的故事一次次被人说起，他们的无私一次次令我感动。

这就是我的战友们，我的那些年复一年隐没在高山密林里默默付出的战友们。他们守卫祖国的深山禁地尽职尽责，从不因为自身的渺小而懈怠，正如一个老兵刻在石头上的话：“我无名国有名，以无名铸威名。”这就是他们的心声、他们的追求。一茬茬官兵就像大山里的野草那样，随着季节枯荣更替，或许永远没有人知道他们是谁、做过什么，但这并不妨碍他们义无反顾地把责任和使命扛在肩上，并不妨碍他们成为顶天立地的军人。

多少人安逸于岁月安好静待晨暮，多少人享受面朝大海春暖花开。可是，没有那千千万万有家不回、拥抱孤独、甘守寂寞、负重前行的军人，又哪有什么岁月安好里的晨晨暮暮，又到哪里去寻找面朝大海春暖花开？

大山深处火箭军官兵的故事被写成新闻稿、汇编成事迹材料，在我看来还远远不够。世界那么大，几人懂他们？有时，就连亲朋好友都会对他们产生误解和质疑。所以，我尝试以小说解读他们，剖析和诠释他们的忠诚、奉献、牺牲和无私。我也尝试让更多的人认识、理解和尊重他们。我愿擎一笔之力，尽我所能，用小说塑造他们的形象、讲述他们的故事、讴歌他们的功绩。

此为答案，亦作后记。

二〇一七年元旦